陈涛◎主编

# 灯盏2021

中国作家网
『文学之星』
原创作品选

作家出版社

# 序：大地的照亮或夜空的光芒

陈　涛

一晃，我们《灯盏》书系的出版已经是第四个年头了。

一件事情，让一群人坚持做四年，想来已然无言地证明了这件事情的价值与意义。

回望来时路，我们会记起四年前对原创频道投稿系统的创新性升级与改造；会记得三年前在集思广益下对“本周之星”栏目的创立；会记得两年前“年度文学之星”评选时的繁忙与郑重；更会记得一年前原创频道小说征文大赛启动时的激动与期盼……四年中，让我们铭记的事情有很多，但最让我们喜悦并自豪的是日益攀升的注册会员数量，是一本本《灯盏》的出版以及来自全国各地文友们的认可与鼓励。

我们之所以矢志不渝地坚持这项工作，原因有很多，但最重要的一点，是因为我们清楚地知道在无穷的远方与无数个角落，闪耀着从未熄灭的文学之火与文明之光。无论在闹市还是边地，在人群中还是独行者，他们个个满怀赤诚，在文学的篝火旁聚拢、取暖和明心见性。他们中的很多人选择与文学为伴，并将他们对世界的识见与生之遭际通过我们的网站发表，进而获得读者的阅读或反馈。源自心灵深处的热爱迸发出不竭的创作激情，这其中有很多人的名字经常会在我们的网站页面中出现，而他们的作品也被我们的编辑们所熟知并探讨。诚然，一个时代有一个时代的文学，媒介融合时代的文学固然在流动变化中，但同时文学的内在之核又是恒常不变的。我真切地感受到，在这些朋友的心中，文学始终纯粹、温暖，闪耀着迷人的光泽，充满着永恒的力量。文学如同一盏盏明亮的灯火照耀着他们的内心与生活。事实上，这也是我们中国作家网始终尽力推动全国文学内刊工作发展的最根本因由，做好服务推举工作，既是我们的义务，更是我们的职责。

为了守护文学的辉光，为了不辜负作者的创作热情，我们唯有不断地努力和前行。四年来，《灯盏》书系的装帧、册数、字数以及选择文章的范围都有了较大的改变，尤其是随着 2020 年年初“本周之星”栏目的设立，《灯盏》主要收录那些入选“本周之星”的作品，它们都是每周由 6 位有着丰富经验的编辑从几千篇投稿中精心爬梳而来的作品，所以《灯盏》书系的副标题由“中国作家网精品文选”变更为“中国作家网‘文学之星’原创作品选”。其中 2020 年度《灯盏》收录 48 位作者的优秀之作，分别为诗歌 16 首，散文 23 篇，小说 9 篇；2021 年度《灯盏》收录 47 位作者的优秀篇章，分别是诗歌 20 首，散文 13 篇，小说 14 篇。之所以列出详细的数字和体裁类型，只是想告知朋友们，我们在这项工作中在不断地吸取经验，通过加强编辑力量，设立文学奖项，以及经由征文大赛等方式所进行的引导与荐举，一定程度上改善了以往投稿作品体裁单一、不够均衡的状况，从而在整体上实现了原创作品的丰富与内在品质的提升。

循此路径，在 2021 年度《灯盏》所收录的 47 篇（首）文章中，既有名家力作，亦有新人佳作，内中的许多作品给我们留下了深刻的印象，让我们感受到人世的旷远与精神的景深。杨帆的《蜗牛邮局》将目光聚焦于一个偏僻的小城，作者语言素朴细腻，直达人性的幽微，传递出浓浓的旧时气息与风俗世情。张满昌的《深夜出击》塑造出一位深情而又疼惜爱人的暖男形象，但他却无法将所爱之人从深夜的加班中“拯救”出来，世俗生活的压力与人生的复杂况味令读者感同身受，唏嘘不已。这两篇作品都在2021年中国作家网小说征文大赛中脱颖而出，分别荣获一、二等奖。值得一提的是，在本年度的《灯盏》中，收录了李跃慧的《县长和我打老庚》，她凭借《山歌好比春江水》一文荣获去年小说征文大赛的一等奖，在她的文学作品中，一以贯之的是坚定的善和乐观的信——那些生活在底层的芸芸众生不管经历多少艰难困苦却始终坚韧、乐观，给人以温暖与力量。

每逢岁尾，中国作家网会约请专家、学者对全年入选“本周之星”栏目的作品进行研究点评，并评审出年度“文学之星”的获奖名单。王建刚的《北漂的老人》以独特的题材与成熟的叙事荣登榜首。他将目光投向人们鲜少驻足的北漂老人群体，将他们的喜乐悲愁挪移到文字中。经由作者的书写，我们得以窥见那些为了子女后代的生活不得不远离家乡、侨寓在陌生都市中冷暖自知的老年人的人生故事；西厍的《玻璃、废墟及其他》一诗冷峻、节制，诗人将沿河行走时所见的几个画面准确定格，呈现出一幅鲜活而又耐人寻味的水边画卷；扎西才让的《他们》中每个章节独立成篇，每章两三百字不等，诗中的人物带有浓郁的藏地气息，这些边地之子从远古的时空中迎面而来，在岁月的洗礼中体悟生命，叩问命运；吴彦非的《阮郎归》关注的是流动时代中在乡村与城市之间游走的个体感怀与心灵悸动。作者将这类人群从纠结、挣扎到最终与自己和解的心路历程和盘托出，摹画出一幅当下时代有情众生的烟火画卷。此外，前进的孙的《我记住的树》显示出一个年轻写作者向内心掘进的智性表达。杨秀廷的《夏至：时间的拐角》将文字的优美恣意发挥到极致，是语言与情致兼具的佳作。刚杰·索木东的《重阳（外二首）》犹如如泣如诉的小提琴曲，弥漫着忧伤、哀婉却又不肯颓靡的坚韧的力量。任路的《给我一支烟》为英雄的逝去奏响了铿锵的颂歌，充溢着朗健的气质和淋漓的元气。木俞的《关于苏茜（节选）》则以海外生活的深描显示出年轻作者对时代和生活的介入，显示出年轻作家的写作才情及未来可期的前景。

自然，优秀的作品还有很多，譬如董欣潘《秘药（组诗）》、野老《海浪哲学（外九首）》、林杰荣《海边行（组诗）》、双鱼《沂蒙旧事》、张毛豆《豌豆》、何晶《英语》等等。限于篇幅，更多的作家作品难以一一罗列，也未能逐一品评，但这并不妨碍文本内在品质的精良，也不会遮蔽作家创作成果的展示。所谓“诗无达诂，文无达诠”，未及展开的探讨和空间留待读者们的思索和品鉴。

毋庸置疑，《灯盏》所收录的作品是我们从成千上万篇作品中精挑细选出来的，能够从数量如此之巨的稿件中脱颖而出足见其艺术品质之优长。但同时我们也应看到，在这些入选作品中，现实题材的作品占据了绝大多数，而充满想象力和讲究叙事技巧的文学作品却并不多见。更重要的是，在现实主义文学作品中，乡土题材作品以压倒性的优势占据着文学的主舞台，而城市文学作品的数量则少之又少。在总结过往、放眼未来的日子里，我们期待明年的《灯盏》收录中，读者可以看到更多类型更为丰富、题材更为多元、叙事更为精巧、艺术更为圆熟的文学精品。

最后，祝愿所有的写作者不仅要做苍茫大地上的灯盏，更要成为浩瀚天空中的明星，让我们在阡陌红尘中共享文学的荣光，编绘出璀璨夺目的文学星图。

# 目录 CONTENTS

## 散文卷



## 诗歌卷

**小说卷**

# 散文卷

# 他们（节选）

扎西才让

## 庄园之门

百年前的某个秋日，我的两个太爷从异乡出发，走在归家的道路上。途经一个小镇时，两人看到一处庄园，背靠在巍峨的西山下，那高耸的门楼在落日的余晖里显得异常壮观。一个太爷指着那处庄园说："听说这就是土司居住的地方。"随后他俩就离开了。但还没走出那个小镇，就被一群人——老人和孩子——给堵住了。老人们神色都格外慌张，而孩子们个个手里拿着沙棘条，枝条上的绿叶和红果依然充满生机。他们用眼睛盯着那处庄园，指责他俩不该用手胡乱指点，说庄园的主人会很愤怒，而主人的愤怒必将给小镇带来看不见的灾难。两个太爷只好顺从了这些老人和孩子，被他们领着踏上赎罪之路。他们把他俩带到庄园门口，其中一个白胡子老人很小心地敲了几下门。等了好半天，没人来开。白胡子等得有些焦虑，就轻手轻脚地去推门，门也许从里闩住了，怎么推也推不开。又等了一段时间，没有一丝有人来开门的迹象。白胡子说："也许里面的人都睡了。这样吧，你俩就等在门口，等第二天门开了去给主人赔罪。"可是，第二天，门没有开。第三天，门依然没有开。一个月过去了，门还是没有开。一年过去了，门始终没有开。时光老人挥舞着他的长鞭，把万物赶往岁月深处。两个太爷已经老了，同他俩一样坚守在庄园门口的那些老人，早就化为了灰尘。那些手执沙棘条的小孩，也长成了大人，他们早就不想等了，都悄悄地离开了那个小镇。但那扇在落日光辉里更显沧桑的庄园大门，一直不曾被人打开。

## 江淮移民

在甘南生活的大部分汉族人，据史料记载，其先祖是在明洪武年间，从江淮大规模屯垦移民过来的："你从哪里来？我从南京来，你带的什么花儿来？我带的茉莉花儿来。"在甘南这块热土上，他们渐渐融入羌、藏等土著民族，繁衍生息共同发展，创造了灿烂的历史文化、先进的农耕文明、独特的民俗和地域文化。其实他们的历史，是可以用诗性的文字进行抒写的："冷兵器时代，古战场上只有杀伐之声，牛头人身的将军在长河里饮水。夕阳悬在西山，像充血的眼睛。山下的百姓风声鹤唳草木皆兵。时隔多年，他们还是存活下来，不再像茅草纷飞。不再一身囚衣茫然四顾，坐在惊恐里，于水面上看到残阳里的倒影。江淮移民的后裔，坐在土炕上，说起遥远的故乡，说起茶马互市，众人喝尽杯中烈酒，在荒蛮的边塞，生儿育女，流下相思泪。有人站在高山之巅，背着手眺望南国，唱曲《茉莉花》，生出一段离情。有人终究成为牧羊人，也学苏武，旌节高挑，但也愿意有番女作陪。地方史志里，汉家瓷器映照千年岁月，不说盛唐和大明。只说江淮一场酒宴，梦里就是家国，也抵不过长河落日里的羌笛声碎。"

## 说书艺人

和说书艺人们在一起，你很有可能被派遣到格萨尔王的那个时代去，扮演一个小喽啰，或者某个专门为坏人出谋划策的术士，有时候也成为将领，率领一队死士杀下山去。要么连一句台词也没有，只长着野兽的样子，喘着粗气和天兵天将拼命厮杀。现实就是如此，你没有选择，你只能被安排。而我们的说书艺人，就是在你的旁边专门安排这些事的人。他们安排给你的，你不能推辞，更不能露出不情愿的神情。你要知道，给你安排角色，那是你的荣幸。你可以在今天上午还向现实中的人们微笑着打招呼，下午就要去史诗中迎接凯旋的战士。你要混在人群中，在长长的大街上抛撒风马，一个劲地欢呼。这显然不是令你痛苦的事，因为身处胜利的队伍中，英雄的事迹会让你热血沸腾。你记得吗，就在去年的今天，你带我去听说书艺人弹唱《格萨尔》。在那高高的山冈上，我们刚刚坐下，长着山羊胡的那个说书艺人就要把我弄进传说中去。当我的整个头颅都已进到传说里面，眼睛已经看到远古的绿洲时，你又一把将我拉回现实。你给山羊胡解释道："他没去过古代，我担心他出事，一旦出了事，他的老爹就没人管了。"你又恳求对方："还是我去吧，我熟悉那个时代，也会打仗，会演各种角色，不会叫你失望的。"山羊胡想也没想，一口唾沫吐在你脸上："这是你能选择的事吗？好多事我都无法选择。"结果呢？那天我们谁都没有进到格萨尔王的史诗中。当我们灰头土脸地从高高的山冈上下来时，却在现实里遇到了天兵天将，清一色的红马红袍，戴着金色的头盔。其中一个带头的，叽里咕噜给你说了几句，你就穿上他们给你的金盔红袍，骑上红马头也不回地走了。后来，我听说你就在四川那边的某个山冈上，以说书艺人的身份又对别人分配角色。我每天对着你的照片呼唤着你，可是，直到现在，你还是没回来。

## 房　子

一套郊外的柏木搭成的房子想找到它真正的主人。应招而来的第一个租房者是个中年男人，他孤身一人，只带着一件行李：一箱劣质的酒。自从他搬进来，就不分昼夜喝个不停。房子不喜欢这样的主人，就在其大醉昏睡之际，用种种梦魇去折磨他，直到他因极度恐惧而匆匆搬离。第二个租房者是个音乐家，年近六十，带着她的丈夫、女儿和女儿的男友。每当音乐家弹钢琴曲时，她的丈夫就会沏上一杯茶，坐在一抹余晖里眯着眼睛聆听。在那优美动听的钢琴曲中，他还听出了另一种声音，杂乱却有一定的节奏，那是女儿与她的男友因相互慰藉而弄出的爱的噪音。房子更不喜欢这样的主人，它在暗夜里化出的千万个鬼怪倾巢而出，驱赶走了音乐家和她的家人。一个表情忧郁的青年来到郊外，悄悄地搬进这座闲置了很久的房子，他不抽烟，也不喝酒，更不愿意在音乐声里与女人相偎相依，因为根本就没有一个女人来陪伴他度过寂寞的时光。因此，他在空空的房间里自怜自叹、自怨自艾。终于有一天，他在音乐家的丈夫曾经感受过的那抹余晖里，割断了右腕的动脉。房子目睹他的鲜血，流下床榻，流过地板，翻越门槛，游出走廊，沿着那条青石铺就的小径消失在野外。房子颤抖了几下，一声长叹，它不喜欢这样的结局。然而，有那么一天，一群蝙蝠飞进房间，它们在房梁上找到了长久安乐的巢窝。随后，各种形色的蜘蛛也住了进来，几只乌鸦也在屋檐下落了户，蚯蚓、板虫，有着细长尾巴的蜥蜴们也在地板缝里、墙壁缝里、柱子缝里找到了它们的居所。尘埃开始在空中飘浮，藤蔓沿着柱子轻松地舒展着细长有力的枝条。动物和植物纷纷搬进新居，各自生活，却又相安无事。房子慢慢地喜欢上了它们。它不感到嘈杂，也不觉得烦闷，只觉得自己正在慢慢衰老、颓圮。它很喜欢这种衰老的滋味，常常在余晖里，安详地进入长久的冥思。

**作者简介：**

扎西才让　本名杨晓贤，藏族，七〇后，甘肃临潭人，毕业于西北师范大学中文系，中国作家协会会员，中国诗歌学会理事，甘肃省作家协会理事，甘肃“诗歌八骏”之一，全国少数民族文学创作“骏马奖”获得者，甘肃省“中青年德艺双馨文艺工作者”荣誉称号获得者。作品被《新华文摘》《小说选刊》《中华小说选刊》《散文选刊》等转载。著有中短篇小说集《桑多镇故事集》（2019 年），诗集《七扇门》（2010 年）、《大夏河畔》（2016 年）、《当爱情化为星辰》（2017 年）等。现居甘肃省甘南州合作市。

# 我记住的树

前进的孙

一片叶子落在我肩膀上，我仰头望这棵长满绿油油叶子的树，很像我曾经爬过的那棵。

一棵臭椿树夹在东屋与堂屋的过道中间，我用两只胳膊才能把它抱住。自从我记事儿，它就在那里杵着，那么粗，那么枝叶繁茂。树干直直地长上去，贴着东屋的墙。刚过了房顶，枝杈就分散开来。阔大的枝和叶遮天蔽日，把屋顶盖了个严严实实，不让任何一丝阳光溜进来。屋顶墙沿的红砖上，苔藓湿润而青葱，它们是受到了椿树的庇护，生命力才得到了极大的膨胀。

椿树一定是先于房子而存在的，有谁会在盖好房子后，在房子边上种树呢。许许多多的树，都是无端地出现，莫名地长大。人们从来没有注意到它们从何而来，于是它们就自然而然地活在人世间了。曾经，在这个小院子里，一棵年轻的树，亭亭玉立，高傲地孤独地肆意生长。那时的父亲，很年轻，他肯定不愿砍掉跟他一样的年轻生命，于是他们就围着树打桩子，垒砖头，盖起一座青砖大瓦房和一座红砖小平房。椿树夹在两座房子之间，被两个房子保护起来。春暖花开时，椿树覆盖在房顶，以枝叶抵挡太阳的侵袭和骚扰，让树下的一家人在它的庇护下，凉爽地度过夏秋。

当凛冽的北风呼啸而来，吹走萧瑟的秋。青黄的树叶迎合着风，纷纷离开了滋养自己的树干，飘飘而下，用美妙的舞姿在天地间跳出华丽的乐章。即便一头栽入黄土之上，得了时机，也会再次随风而起，继续它的没有终结的飘荡。椿树的小叶子，在一个挺直了伸出去的茎杆上，两边并排着长，一侧七八个叶，另一侧七八个叶。这根茎带着自己的小叶子，又长在一个更粗的茎上，就像儿子曾经坐在父亲怀里，父亲曾经坐在祖父的怀里一样，子孙在祖辈的拥抱里，越长越旺。

从椿树上折下长长的一枝，把小叶子捋掉，剩下光秃秃的一个茎杆，拿着这个杆，一头捣在大地上，在村里的大路上，印出一个个印迹。这些印迹，跟马蹄子一模一样，错落交替，再和着嘴里“咯噔噔咯噔噔”的拟响，一会儿这里就是快马奔腾，尘土飞扬。

我一直都把家里的骡子说成是马。马温顺而谦和，而骡子性情暴躁。骡子一定是受够了世人的诋毁，在不公平的对待下，急得耐不住性子，恨得把不住脾气。你让它拉车，它硬是不上套，上了套，它硬是不走，打着走起来，它又不走直道。祖父不跟它置气。祖父养过牛，养过猪，养过狗，对付那些倔驴犟牛，有的是耐心。骡子白天把活干得一团糟，晚上还得给它备好草料。祖父把囤起来的苞谷秆，用厚重的铡刀，铡成段段，倒进石槽里，掺上水。骡子吃得很香，伸着那张长长的脸。

当黑夜降临，在村子的中央，剩下一扇窗还亮着昏黄的灯，“嚓嚓嚓”，刀锋与苞谷秆的较量激烈地进行着。深夜里，祖父一个人还在干活，别人的活早在天黑之前都已经干完了，他的活永远都是拖拖拉拉的，天明连着天黑。祖父最稀罕这个怪胎，天天给它喂得饱饱的，让它撒欢，让它折腾。只有他惯着它。每次祖父让我骑马时——应该是骑骡子时——它都一百个不高兴，它哼哩哈地叫唤，反对我骑到它的背上。我坚决反对它的反抗。好不容易骑到背上，因为没有马鞍（骡子鞍更准确些），我的屁股就会跟着它的屁股一颠一颠，如坐针毡。我的屁股怎么有它的大，它还故意扭起来，我的屁股只能高了高上去，低了掉下来，两半屁股各有各的感觉，完全似没有长在一个人身上。我受不了它的折磨，匆匆地哭喊着要下来，再不要坐这个怪物身上了。

温顺的马，驮着自在得意的人，人越吃越胖，马儿越来越瘦。我家的骡子，背上从没有任何一个人再上去过，它越来越胖了。祖父每次听到有人说“你家的骡子又长膘了”，会喜上眉梢，“就是不干活，哈哈”。骡子一直没有改掉它身为一头骡子的性子，但祖父渐渐再也经不起它的折腾。有一天，一个买牲口的人来到我家。祖父把它从屋子里牵出来，朝着屁股上狠狠地拍一巴掌，“到了别人家好好干活，走吧，墩儿！”总算是解了气，从此再不用看那张无法丈量的长脸，我还为此高兴了一阵子。后来，当我走在另一个村庄的路上，看见一匹牲口。它跟马长得很像，跟骡子长得也很像。我从来不知道怎么把马和骡子区分开来，我只知道骡子和马的性格不一样。可是这需要多么长的时间的相处，才能把形同神不同的东西分辨出来。

这匹牲口跟我家的骡子长得如此像，只不过它被拴在露天的一个树桩子上，皮毛脏乱，身子骨瘦得只剩骨架的形状。这才不是我家的骡子，我记得祖父曾经把它养在自己的小屋子里，喂得肥肥的，毛发顺顺的。此时，我的怜悯心如夏雷，突然而至，我的心头掠过一个念想“我家的骡子肯定改了骡子的性格，这会儿说不定正在新的家，跟新主人撒欢呢”。

臭椿树上最多的虫子，是臭虫，也叫放屁虫。它灰色的外表，如果不是凑近了仔细地打量，你还以为它是一块干枯的树皮。树皮干而涩，在多年风吹日晒雨淋里，失去了曾经的绿色光鲜，最后一动不动地定格在树干上。直到一场大雨，以摧枯拉朽之力摧毁了它，冲刷下来，它对此也无能为力。或许是一个无心的孩子，抱着树干向上爬时，他使劲儿地抓住它，唯恐在人生的半空跌落下来，它才感受到温暖的怀抱。托着一个孩子，让他的身子稳稳的，这是一个稚嫩的枝丫无法承受的责任，只有像它一样经历了狂风暴雨的老枝才担当得起。

父亲在椿树的粗杆上，每隔十厘米绑一个红砖头，绕着树干，左一个右一个，绵延上去，这样就成了一个梯子，上到房顶的树梯。我左脚踩着左边的砖头，右脚抬起来，踩上右侧的更高的一块砖头，就这样我踩着砖头，抱着树干就上树了。我是村里第一个这样上树的人，他们从没想过树可以这样爬上去。他们都是抱着树干，两脚蹬着树皮，蹭着树皮往上上。我以他们的方式和他们比赛谁爬得快，我总是落在后面。像他们这样跟猴子似的爬树，我的确跟不上他们的速度。我就是爬得慢，学不会他们一步登天。我也不是上树蹿房的猴子，那些向上爬高的本事学也学不会，学会了也不能用得得心应手。我曾看见过，大伯家的小子，想从房顶上蹿到房子边的一棵核桃树上。他想着用手抓住伸过房来的树枝，用脚踩住一个枝杈，可以稳妥地飞到树上。他纵身一跃，划出优美的弧线，脚离开了房顶，树枝没有接住他的手，树杈没有托住他的脚。他失败了。身子坠落地面，幸运的是，小孩子骨头软，他在地上，像歇了口气，起身拍拍屁股，就跑了。

绑砖头的铁丝锈了，一层掉了一层，在红色的锈迹下面，腐蚀一直都在默默地进行。铁丝从灰色变成暗红色，它没有断开，只不过是藕断丝连。我左脚还踏踏实实地踩在砖头上，右脚刚迈上另一个砖头，铁丝瞬间崩断，砖头掉了下去。求生的本能使我紧紧地抱住树干，悬在空中，幸运的是左脚仍在砖头上。假如砖头上的铁丝从外到内，芯都被腐蚀了，都断了，谁还能救我的百十斤的生命。也许那砖头就是一个个我生命的陷阱，它们被铁丝绑架在树的周围，一不小心，我的整个生命都坠落在这些陷阱里。我缓过神来，慢慢地从树上下来，右脚很痛，脚指甲被砸中了，已经碎裂。母亲听见我疼痛的叫喊，一边安慰我一边对着树和砖头骂“该死的树，烂砖头”。我只顾得为疼痛喊叫，没有另一个喉咙再为树和砖头喊冤。铁丝趁此躲过一劫，把所有的污名全推在了树和砖头身上。它们要是会说话，早就喊出来了。我一直仔细地听，一直都没有听到任何声响。砖头在地上，已经摔成了两截。断的铁丝还在树的身体里，嵌得很深，露出两个断裂的铁丝头，在风中摇晃。母亲使劲拽都没有拽出来。经年累月的束缚，细细的铁丝早已深入枯树皮中，周围肿大了一圈。切肤的痛，树也只是在伤口处流出几滴眼泪，我从来没听见它的反抗声。

起风的日子里，树枝吱吱呀呀地摇摆，让我误以为它是快乐得手舞足蹈。也许这才是它的呐喊，可惜没有人能听懂。

树的根扎在东屋房子的下面。黑云和白云，夏天的两股强大势力不期而遇，都要拦住对方的路，互不相让。它们冲杀到对方的队伍中，电闪雷鸣，气势恢宏。大风也跟着起势，摇摆着椿树，助威呐喊。我躲在屋中，战战兢兢，期望树不会被摇散了，折断了，压倒在房子上。我家的东屋，是水泥板盖的平房。夜晚仰面躺在床上，房顶每块水泥板好像谁也不让着谁，之间撕裂出一道道裂痕。下雨了，钻出点水，天干了，又掉下来几块儿白灰。落在我的前额上，灰飞扬，眯住我的眼睛。我担心在眨眼的瞬间，天花板会支撑不了自己的筋骨，将我永久地埋入泥土。

风停雨住的时候，我从屋子里跑出来，树还直愣愣地站在原处，周围散落了一些干枯的枝枝叶叶。这是脱胎换骨的机会，只有老的不中用的枯枝烂叶去了，剩下的稚嫩萌芽才能茁壮成长。我捡起这些碎了一院子的柴火，扔到锅台旁，它们是烧锅的好料。

多少年后，我的皮也会跟树一样干枯，我的胳膊腿也会跟树的枝一样脆弱，在生命的某一场大风里，我也会散了架，掉落在大地上，而后深埋进黄土地。土地上长出粮食，粮食供养了母亲，母亲供养了孩子，孩子靠着土地的粮食长大，直至一生。从源头上，土地就是一个人的血和肉，最后这个人又腐烂，融进土地的怀抱。这样，我是从一片土又化成了另一片土了。我在人间拍拍屁股，荡了人间一时尘土弥漫，晃了一下世人的眼。

有人说，在走路时，如果一片叶子落在你的头上，这片叶子是神仙的信物，正给你传递幸运的音符。自从听了不知谁传的这个预言，我就经常在走路时，注意路两边的柳树、杨树、榆树、桐树、槐树。只要有一片叶子飘着，打着旋落下来，我就站在下面，接住神仙的恩赐。有时我去厕所，经过椿树下，神秘的一股小风，赶着时令，拉着一片叶子，放在我身上。幸运真是即将降临，可是污秽之物在我体内已经形成一股无法抗拒的能量，蓄势待发。也许这就是神的预言，排除毒物，之后会神清气爽，时运大转。当我们事事顺心时，我们谢天谢地，好像这一切都是无形的神助，而当我们出门踩上一泡狗屎时，我们又会骂天骂地。天地处处活得都是这么纠结，只要生活继续，一切都没有结束。

院子里还有两个槐树，一棵小槐树，一棵老槐树。公鸡和母鸡每天都飞到老槐树上，一觉睡到天亮。老母鸡体形笨重，一下还不能飞到最低的枝杈处。它就辗转迂回，使足了劲扇动翅膀，跳到旁边的猪窝上，再奋力地扇动翅膀，蹿到枝杈上，用爪子狠狠地抓住枝干。在将要仰头倒下又未掉下的时刻，再扇几下翅膀，轻飘飘地就能站直了。接着从枝杈的根部，慢慢向枝干的末梢移动。左脚挪一下，右脚跟着挪一下，后面的鸡跟着前面的鸡学，整齐划一。等几只鸡挤不动了，就停下来。这下就可以安稳睡觉了。

如果有哪只鸡，不知眼色，硬是挤过去凑热闹。枝干弯得已经撑不住了，干脆甩开它们，它们一个个拍打着翅膀咯咯唧唧飞得满院都是，埋怨着那只肥鸡“都怨你，都怨你”。

冬天里鸡子们才会上树睡觉，一堆一堆地站着，眯上眼睛。树在月光下，光秃秃的枝干上，左一堆黑，右一堆黑。墨色的线条，向左凸出一笔，向右凸出一笔，最黑的那笔，苍劲有力，直指天空。我出屋小解。猪打着呼噜睡得正香，狗闻着主人的气味，出了窝给我打个招呼就回去了，鸡一动不动，像水墨画里的几个大黑墨疙瘩。

夏天来了，两棵槐树槐花开。找来一根长棍子，棍头绑上一个铁钩子。高高举起，看准了槐花长满的枝杈，用力一扭，咔嚓一声，槐花带枝便掉落下来。生着吃，香甜可口。炒着吃，回味无穷。

过了几年，小槐树干枯了，再也没有发出新的绿叶来。老的还在努力抵挡生命的每一次恶风的侵袭，小的已经在不堪的重负中提前消亡。在之后的很长一段时间里，我们都没有拔掉这棵小槐树，它的姿态这样一直坚守了几多岁月，而老槐树的一个大枝干慢慢伸长，朝着小槐树的方向生长。在这么小的院子中，跟老槐树相依相守、相伴而生的也就是小槐树了，也许在地层的深处，它们还根连根，相互牵绕。在地之上，那根枝干像一只手，铆足了劲儿想去抚摸一下它。以后老槐树要独自守着这块地，看树下的一家人经历岁月，承受沧海桑田，时代变迁。

年轻的生命，能在承受多少的坎坷和苦难后，还如青春般意气风发，而不会沉默于流光的人群世道中。曾经的枝繁叶茂，也许在一场大霜雪后，被打落了全身的叶子，冻僵了向上生长的精神。无论以后阳光多么温暖，春天如何召唤，一个新的耗尽生命的树干，将不再生出新的希望。

树的摇曳，凉爽了我的身体，这是夏的惬意。鸡开始上树了，预示着秋冬就要来了。肚子饿了，槐花香来，春天也就来了。每场风里，树都迎上前去，树记住了我的一些东西，我记住了树的一些东西，我的岁月跟着树的年轮在一起生长。

**作者简介：**

前进的孙　本名孙林源，生于八〇年代，现居河南漯河。

# 夏至：时间的拐角

杨秀廷

时间有方向、速度，也有重量和拐角。

## 1

澄江、晓风、打鱼船，柳岸、鸟鸣、早行人。江雾淡淡中，小城锦屏三江六岸的灯光一盏接一盏安然隐去，在环绕三江国家水利风景区的健康步道边，花明草碧，树木鲜润，赶早市的人们步履匆匆，平实日子里一帧一帧鲜活的场景又次第打开。

鸟总是站在清晨最早醒来的枝头上，迎风摇曳，它们在清朗晨光中自言自语，然后相约谈天，把翠绿的鸣声满地洒落。有趣的是，本应在晴午才登场的蝉也早醒，开始练习歌唱。起初是在某一棵树上，一只蝉独唱，起调有些散淡、慵懒，却执着，风很快把蝉的情绪播散，一只又一只蝉扯开了嗓子，汇进声音的河流，于是，江岸边绵延的青枝间，蝉声漫涨，如微雨缠绵，犹丝竹乱耳，继而像阵雨袭来，声情兼备，一会儿就变成急雨般密实的恣肆忘情，蔚然如潮，在盛夏的日出前演绎成一场声音的盛典。

始于鸟鸣，盛在蝉声，加上水的润泽，风的加持，清晨的那些诗意蓬勃如新。

长堤漫步，水榭凭栏，一天、两天，一周、两周，一月、两月，我发现丁酉年这个夏天，鸟和蝉像是有了约定，河岸的柳树是鸟儿唤醒小城的试音地和演出场，而圈围在滨江步道和临江绿柳后面的树丛与掩映其间的亭阁，才是蝉声策动的阵地。

鸟雀的啁啾就这样在晨光里被一波一波的蝉声覆盖。这个时候，鸟儿就有了几分谦逊，它们开始把青翠的歌喉调得低一些，调得柔一些，它们轻盈的身影，点缀于枝叶间草丛中，也跃动在江畔人家的庭前院后，标点着这早晨的舒朗和灵性。

生活在这座滨江小镇里的居民，平凡日子里对美的感受，是从鸟叫声轻漾在晨雾中开始的。尤其在夏至时节，在清水江边，这种美的遭逢似乎来得多了一些，这日子就有了簇新的意味，仿佛一大把一大把温暖的旧时光，在夏至这些晴朗而热烈的早晨被阅读，被歌咏，被擦亮。

夏至是我国最早的节日之一。《礼记》载：“夏至到，鹿角解，蝉始鸣，半夏生。”这也是夏至的“三候”。在农历的时间大序列里，由二十四节气构成的等高线中，夏至是一个具有峰值性的时空节点，阳盛极而阴生，这个时间的拐角处，恰似蝉声的瀑布冲刷过清幽的鸟鸣，也像极了隆里古城“花脸龙”执掌龙尾的丑角，在锣钹鼓号的催发中，一跃成为“龙首”，牵动整条龙的进退。自然界的物换星移，其实就是人生的一种镜像，总有一些人和事，选择了这样的时节登临或退场。

## 2

蝉鸣半夏，稻田中青绿的秧子已经扎稳脚跟，在灼热的阳光里等待与更多的雨水相逢。草木有心，用绿色呈现和提纯这个季节的意蕴，守候光阴和流水。

走近绿意盎然的文斗苗寨，仿佛路过一段浑朴清幽的往事，泉清树古，风静绿深，鸟鸣山暖，古韵怡人，绿色生态的美好，天籁般滋润人心。

时空是有重量和体积的，堆青叠绿的群山，流碧淌翠的江水，把“宜林山国”清水江林区的山水气质、生态颜值和人文气韵展呈于天地间。绿水青山养眼，蓝天净土养肺，传统饮食养颜，民族文化养心，田园生活养神，自然的神奇造化，在这样的季节里，借了山水草木的情义通达人心。

清代锦屏县“著述侈侈隆富”的苗族作家和学者龙绍讷（字木斋）在《杉君子传序》中写道：“土生稼穑，水长蛟龙，山茂草木。稼穑甘美养人口体，谓之善人，草可也。蛟龙变化不可方物，谓之豪杰，虫可也。然稼穑能养人之身，而不能范人之心，盖善人质美而未学者也。”木斋先生主张师法自然，敬惜自然的养育之恩，对生存所依赖的资源取之有度、用之有节，倡导人与自然要谐和相生，修身养性，曾益其所不能，认为这才是追求“性直、品端、节坚、材美”的君子之道。这样静水流深的体悟，凸显澄明、坦荡、从容、高贞的品格和生命情感。

万物相生让人类内心有了对生命的觉醒。三百年前，还是一个木不着漆纸不着色的素朴时代，在清水江中下游的文斗苗寨，人们用规约调处人与人、人与自然之间的关系，让自然之心、草木灵魂与人们的意念相逢、相生，继而相依、相护，山、水、草、木与人同生息而被赋予了情感，因而有了美学上的意义。

文斗苗寨有一通刊立于清代乾隆三十八年（1773 年）的环保古碑“六禁碑”，碑文规定：

——禁：不俱远近杉木，吾等所靠，不许大人小孩砍削，如违罚艮（银）十两。

——禁：各甲之阶分落，日后颓坏者自己修补，不遵者罚艮五两，兴众修补，留传后世子孙遵照。

——禁：四至油山，不许乱伐乱捡，如违罚艮五两。

——禁：今后龙之阶，不许放六畜践踏，如违罚艮三两修补。

——禁：不许赶瘟猪牛进寨，恐有不法之徒宰杀，不遵禁者，送官治罪。

——禁：逐年放鸭，不许众妇女挖阶前后左右锄膳，如违罚艮三两。

碑文内容为保护山林、保护村寨人居环境，禁止乱砍滥伐，规范林业市场秩序等，以重典治理而成效凸显，成为清水江流域影响久远的自治“法典”之一。在“六禁碑”旁，有一块刊立于乾隆五十年（1785 年）的古碑，专门对村寨附近的风景林管理作了具体的规定：“此木蓄禁，不许后代砍伐，留以壮丽山川。”

一句“留以壮丽山川”，就像一道神光破空而来，时间在清水江发展史上标注了一个绿色觉醒的转折坐标。

透过岁月的烟尘，我们不难想象，那个两百多年前的春日里，在古树群中，那些“同盟”者“栽岩”以立“规约”的行动，早已把一个族群对家园的挚爱深情托付给了青葱的大山，托付给了未来。人们以行动诠释了族群心中的绿色信仰，用心修补、拉近、维护人与自然的关系，公众利益为先、生态环保优先的文化基因，日渐内化为山地民族的自觉选择和文化灵魂。而今，“生一个小孩栽一棵树，娶一个媳妇修一段路”的地方习俗，礼敬自然的文化传统，已经根植在山里人的血脉深处。

几百年来，人们栽杉种粟，种树护绿，不只是为了生计，那些低到尘埃里的劳作，还有生命的调节、运转和安顿。

山里人以树为伴，敬树为师，代代相袭，因为人们知道，生命需要托举，更需要挽留和呵护。

## 3

树老于村，也算是一种竣成，却难耐风雨相侵。

都说雨落尘宁，但是，雨一旦跟风合谋而仗势，便有了脱缰之虞。丁酉年入夏以来的几场疾风骤雨，横扫清水江中下游的村村寨寨，文斗苗寨这个古树荫护的村庄，有二十五株古树倒下了。

我再一次走进文斗寨边的古树林，是夏至的第二天。我跟着前来考察旅游资源的一大帮人，往文斗上寨后寨门“下马墩”走。在石板街的一个拐弯处，一段已经被锯断移到路边的香樟树匍匐于杂乱的灌木丛中，寂寂无声。

那树干需要三个成年人方能合抱。往日路过这里，绿荫匝地，而现在，头顶上的天空阳光刺眼。

我走过去，看树桩上撕裂的茬口，心念里，咔嚓一声。我仿佛听到那树还在喊疼。

我落在了队伍的后面，待我回过神来，往石板街上走，还不到百步，一株巨杉倒伏在大路上，我忽然又听到了呼啸的风声。

树是自然界中的君子，也是大自然赐予人类最好的伙伴，树的身上，有着美好和高贵的因子，树的安静无语，树的坚守，都是人类需要学习的美德。这些被风雨带走的古树，有的连根翻倒，有的于树干五六米高的地方折断，它们一样有披着露水散发清香青葱当季的时光，一样怀抱着枝繁叶茂护佑家园的绿色梦想。我不禁感叹起来，这些已经活成了传奇的古树，活得这般质朴、宁静，就算倒下了，一样展现出深情拥抱家园的豁达胸襟和刚烈气度。

我想，这也许只是大自然不经意间一次感冒的喷嚏，但是，对于一个以树为魂的中国传统村落来说，这个夏天，文斗苗寨的绿意被风雨掠伤了。

一株古树扑向大地的怀抱，山崩地裂般惊心的沉响之后，拂动起的是一声声叹息。老人们带上香烛，带上惦念和祝福，蹒跚着，一棵树，一棵树，去祭拜。那些紧握老茧的手，一次一次向青山作揖，合十的手掌，终究握不住从指间滤走的时光……

柳丝榆荚自芳菲，花魂鸟魂总难留。须发垂老，古树安在？

所幸文斗苗寨的六百余株古树，依然挺立，大山的绿色风姿，迷人依旧。经受过狂风暴雨洗礼的绿色家园，底色、成色、本色更加明丽和生动。

## 4

夏至时节，滨江小镇锦屏傍晚的色彩是丰盈的，江声悦动，灯影迷幻，行人流连。清浅的夜色静静流淌，三江六岸二十余座风雨廊亭里，人们或驻足小憩，或言笑晏晏，或团在一起唱山歌，动与静，世俗和诗意，构成了一幅幅细微而鲜润的生活图景。

也许是水域连绵，空气湿度大，森林覆盖率高的缘故，盛夏的傍晚，习习江风拂去了小城白天的溽热，蝉也像受到了濡染，收敛起粗粝的声音宣泄，此消彼长的蝉声里便有了几分抑扬。

在我的乡村生活体验中，蝉是闹的，不大知会人的情绪，有时甚至闹得蛮不讲理，让人生厌。我后来离开山村到都市求学，再到小城谋生，想家的时候，又怀念起蝉声扰攘的闹热，才发现，那蝉声里蓄存着自然与生命相互谐和的苦乐，已经幻化为故土乡愁的一种深情表达。

人活百岁，树寿千年，蝉以幼虫蛰伏地下虽可达数年，一旦成为蝉，寿命多为一个星期左右，蝉就是以生命接力的方式深情拥抱着这个世界。一个个夏天远去了，蝉还在。蝉曾用于民间医药，也曾用作宗教或货币的象征，蝉在这个世界的每一次出场和消隐，都承载着别样的意味。

曾不止一次遥想，如果夏天的草木、田野、乡村、家园，没有蝉的参与，那么，青蛙、蟋蟀、鸟雀、风、流水和光阴，会有多么的寂寞……

**作者简介：**

杨秀廷　苗族，贵州省作协会员，鲁迅文学院第二期少数民族文学创作培训班学员。作品散见《民族文学》《写作》《文艺报》《人民日报海外版》《中学生阅读》等30多家报刊。著有散文集《草不飘摇草怏黄》《缱绻与伤怀》。作品还曾入选《新时期中国少数民族文学作品选集（苗族卷）》等选本。

# 烟火探微

徐玉向

## 01

在乡下生活时，家中除了三间堂屋必设一处小锅间。为什么叫小锅间？直到离开故乡三十年后我才想明白，那处小锅间就是为了两口铁锅盖的，就是一家人好好过日子的见证。

老宅院子里正北面是堂屋，堂屋左边原有间牛棚，牛棚东面还有一座猪圈。牛棚是一间茅草屋，单是脱黄澄澄的土坯墙，就花了爸爸和大爷不少的工夫。猪圈也是用砖石搭成的墙，上面铺了瓦。奶奶住的小厢房在院子东南角，她的窗下有一座半人高的鸡舍。

鸡蛋可以换零钱，猪卖了过年，牛的作用更大了，几家人的田地都靠它撑着呢。它们有个窝尚在情理之中，两口铁锅竟然也要盖个更气派的屋子，且规格不下于人住的，门窗齐全，案板水缸与锅和灶台各有摆放位置。

在二十世纪八十年代初期，农村刚实施家庭联产承包责任制，改革开放的春风吹进了每个人的心间。不仅我们家，所有乡下人都把笨拙的铁锅当新娘子一样供起来。不太讲究的人家，会盖个茅草屋当锅间，单独开伙的至少也会搭个为锅遮风挡雨的棚子。有的锅间连着堂屋的左右山墙，有的则在距堂屋几米外的院子里别起地基，或东南或西北。除非实在没有地方，一般不会将锅间置于堂屋的后面。

我家小锅间接着奶奶厢房的北山墙，而灶则是挨着两面山墙，烟囱沿着山墙的夹角攀上屋顶。灶是用石块与碎砖垫底，外面裹着一层泥沙，一大一小开了两口用横梁隔着的灶孔。

奶奶虽然独自开伙，但锅间却是爷爷在世时留下来的，除了两口锅都比我家的大之外，灶与墙壁间还置着一扇大风箱，这是老一代聚族而居人家锅间的标配。在她的窗台下，鸡舍的顶上扣着一口锈迹斑斑的大铁锅，据说是杀猪时用过的。

小锅间的大锅居东面的灶口，小锅在西面。虽然有两个灶孔，内里的火膛却是相通的，且小锅相对大锅更挨着烟囱。素日，大锅用来煮米饭、煮面、蒸馒头，小锅则多用来炒菜。冬天，家里常开大锅，柴也尽量往大锅底下塞，而小锅则是装上水，待大锅洗刷之后，小锅的水恰好是烫的，正宜一家人洗脸泡脚。

隔三岔五，妈妈把拌了面头的小黄盆摆在小锅里，锅底坐碗水，盆上加个盖，一把燃着的柴火尽够面团发酵之用。家里喂了猪之后，常常也会用大锅烀上整锅芋头，分批次地掺进猪食里。每次烀过芋头，家里人总要把锅多刷上两遍。

似乎，所有的铁锅都是一个德性。形象相对碗瓢和盆实在拿不上台面，黑炭一般肤色和外凸内凹的身材，连发音也是闷声闷气，仿佛一个没有见过世面羞涩的乡下孩子。

铁锅唯一兴奋的时候，就是过年或家中来了贵客。灶膛里被填满硬树枝或树桩劈成的柴块，坐在熊熊火焰上，它满脸通红地盯着一道道美味盛进盘子。油嗞啦嗞啦地跳，铁铲嗤嗤地翻，它不但没有一点怨言，反而显得十分享受。凉水感染上了它的热情，化作热气慢慢渗进馏列子上的馒头，再顶起锅盖蹿向屋顶。

铲锅底怕是铁锅一生中最尴尬的时刻。一层层灰垢如落发一般散在阳光下，身体轻松了许多，它用低沉的嗡嗡声来回谢。

铁锅虽然黑不溜秋的，且日日蒸煮煎炒，灶台干净与否，连同灶台上的摆设，则成了家庭主妇的脸面。中华人民共和国成立之后，农村风俗有了很大转变，但女主内男主外的现实情况仍然一直在延续。生在乡下的女孩很早就跟着妈妈学做饭，以及收拾家务。

在乡下，一口铁锅的价值远远高于厨房里的其他物件。常常，一个家庭如果不是遇到难事，不到山穷水尽走投无路之时，绝不会干出砸锅卖铁的举动来。无论邻居还是妯娌间遇到矛盾，只要不去砸对方的锅，事情都会有商量的余地。

成年之后，我辗转各地谋生，陆续发现以锅为名目的美食更接地气。在关中，我学着当地人啃锅盔。游塞上，有道美食叫“铁锅焖面”。过关东，一道乱炖馋得直流口水，一帮人围着一口大铁锅，不知不觉就是大半天。在老家，柴锅鸡也是一道待客的名吃。

自先民发现和使用火以来，人类文明有了跨越式发展。而锅的出现又为我们带来什么呢？我想，除了实用性之外，更多的是增加了些许仪式感吧。

有了锅的存在，水火之间多了一层缓冲，人们的生存空间由此更丰富起来了。有了锅的存在，日子变得更加有滋有味。

## 02

只要手中有一只碗，乡下人就有了底气。

茅草屋的山墙下，有一堆如婶婶短发一般凌乱的麦秸，刚泛青的柳条已沉浸在绿荫满地的午梦中了。扎着一对羊角辫子的小姑娘个头仅及婶婶腰间，两只手却努力地捧着一只头颅般大小的花碗，白色的碗壁上印着色彩鲜亮的花形。她满脸笑容地把头向婶婶身上沾，似乎想跟着她离开，或是在挽留。穿着粗布外套的婶婶两只手却紧紧插在裤兜里，笑嘻嘻地看向眼前的小姑娘，仿佛在说“快跟我走吧”。她俩身后，小姑娘的爷爷和奶奶分别站在离草房门不远的院中。奶奶的吃相比爷爷稍显规矩，筷子一下连着一下把食物从碗里送到口中。我已看不清爷爷的面孔，碗完全遮住了他的脸，仅留给我们一双反复拨拉着的筷子，以及如春日般明亮却又不十分刺目的圆形碗底。

稍显空旷的打谷场上，新打下的豆秸和稻草被堆成了一个个堡垒。光着上身的老汉擎着一副碗筷。时光和田间劳作消耗了他毕生的精力，只留给他微驼但足以让城里老人们羡慕的精瘦身板。他左手拇指和中指食指牢牢地扣着碗，筷子被他的无名指夹着，右手大幅度地在身侧打着摆，也许正从邻居家往回赶，也许正从田里往家返。悬在顶上的烈日，白晃晃的打谷场，对于他身后的小男孩来说仿佛都不存在，边走边不慌不忙地从碗里抓东西向嘴里塞。

秋高气爽之时，正是乡下办喜事的高峰。感觉每场宴席上，都是碗的专场巡展。小碗、大碗、海碗、大海碗、陶碗、瓷碗、木碗、铝碗、铜碗、铁碗，至于碗状的炊具餐具更不可胜数。但逢喜宴，人人都会有一只碗。贵客端坐于堂前上席，正客散坐四围，孩子或攀于女眷身后、桌边，或游走于院落，就连讨饭的叫花子也会被盛上一整碗米饭，盖上两块大肉。办宴的碗大都借自各家各户，但凡借碗的人家必会在碗底画个叉或十字等记号，以免归还时东家弄错了。至于白事，乡里风俗是宾客的赠礼仍然是一只碗，名目是汤碗。

老奶奶脸上的皱纹如身后山墙上沙石间的缝隙，细密而毫无规律，仿佛世间的一切但凡经过岁月的洗礼都会染上从容的气息。她端着碗，微笑地看着眼前的一对活宝在表演。

一位戴着火车头帽子的老汉蹲在山墙根下，两只手紧紧端着一只海碗，薄薄的热气从碗中袅袅升起。也许他正在说话的兴头上，就连筷子也把在碗底的手掌心里。可是他的碗却被一位头戴狗皮帽左手端着碗的老汉盯上了，一双筷子已悄悄伸进了他的碗中。

碗里有什么？那个年代的乡下，一般人家又会有什么美味佳肴？也许仅仅是过年剩下的两片切成薄片的腊肉罢了。蹲着的老汉不由得板起脸，眼神里全是大大的不满。对方完全无视他的表情，眯着眼睛。不知是因为能从老兄弟的碗里抢到东西，还是看见了对方憋屈的表情，他似乎非常享受。而微微叉开的两只脚却出卖了他的心虚，其中一只已向外撇开，大有随时撤退的意思。正午的阳光如冬天一般慵懒，两只粗瓷海碗在深灰色棉袄棉裤面前白得更加耀眼。

早年在乡下时，感觉人们对生活的要求非常简单。无论男女、老幼、高矮、胖瘦，更与长相无关，手里一定要端着一只碗，姑且不论碗个头大小，材质好坏。一个人甚至一个家庭每年收成的好坏，也最终会被碗出卖。乡下人都是从土里刨食，碗也是来自泥土，五谷杂粮，甚至鸡鱼肉蛋，碗总是比人先品尝的，碗从不会说谎，总是把最真实的一面展现在光天化日之下。有时候，人手中端着的那只碗就成了他生活状态的一面镜子。

听老人们说，偶然遇到荒年，庄稼人就捎上一只碗一根棍子，拔腿就走，到外面讨生活。等荒年之后，再返回村子。我开始不信，遇到来院子讨饭的我就留意起来。我发现，凡是碗好的讨饭者大都长相实诚，似寻常村里的庄稼人一般；而碗上有缺口或者用其他器物讨饭的，要么是一脸苦相，或者是一脸奸滑。我把这个重大发现向大人汇报时，他们皆不作声。这世间，到底是人多还是碗多？每个人都会有自己的脸，每个人都会有自己的碗吗？

乡下人脾气来时，尤其是新婚不久的女人，常常会用摔碗来造势。仿佛碗摔得越多、越响，自己就越占理。这不过是新人对陌生环境心虚的表现，通过摔碗来给自己壮胆的小把戏罢了。图了一时痛快，过不了多久又常常后悔起来，自己摔的碗最终还要自己掏钱买，自己捅的窟窿还得自己填补。买进家里的碗永远多过被摔碎的碗，便如这世间的人，去世的永远赶不上出生的。

老人们说家里的碗是可以传承的，我能见到为数不多的老碗却是摆在博物馆里的样品。每有人去世，坟头一定会摆几只盛着食物的碗。

小时候，吃饭时无意间打碎一只饭碗，豁达的人家会说“旧的不去，新的不来”，也有人家会念“岁岁平安”。

多年之后，混迹各处的我偶回乡下时，发现记忆中的那些碗已非常少见，家家户户的碗都在向城里看齐。碗的个头越来越小，做工越来越细，材质越来越好，花色也越来越优美。只是，我和儿时玩伴们各自捧着的碗却越发沉重起来。

## 03

乡下的小锅间，黄盆是最接地气的一个物件。

故乡丘山之间有黏土，颜色发红，含沙量少，颗粒细腻，可塑性很强，是制作陶器以及砖瓦的上等原料。自我记事起，乡间仅有几座砖窑，黄盆多是河对岸的人贩来的，也许是制作黄盆工序稍为繁杂的缘故吧。

一辆架子车，或车身两侧夹上板子，或车上置两个柳条筐，大大小小的黄盆过了大河，再一路被载到了繁华喧闹的乡下集市上。有经验的妇女围着车转上一圈，从中挑出一个盆口滑溜周身无缺口的，轻轻用中指的铜顶针叩两下盆沿。声音清亮圆润无浊音的一定会被一把皱巴巴的钞票或绿豆、芝麻等物换走。一场集下来，架子车上的盆所剩无几，连次品也会被低价处理。

黄盆拥有与大地及生活在这片土地上的人同样的肤色，口阔而底实，憨厚中不失豪爽的性格更容易被乡下人认同。锅从不会主动承担盛装的任务，碗盛不下的，瓢装不了的，水、粮及一切食物，不管荤素咸淡，无论软硬，统统塞到盆里，而它也从无怨言，尽其所能地帮助东家。

黄盆有大小，小者可与碗瓢混用，大者独享其尊。和面须用大黄盆，揉搓挤按，如太极手法，和面之人两臂搬运全身之力。水融入面，面渗着水，水中有面，面中含水，始于淡泊，止于混沌，一切皆于盆中完成。倘若将这天地比作水与面的话，黄盆便是宇宙，无论天地如何变化，皆始于宇宙，又跳不出宇宙，一切只能在这宇宙中完成。

而人间的面，和成之时并无任何形状，东家一把将它自黄盆捞出陈于案上时，或切或擀，或扯或拉，被制成的形状始有厚薄方圆长短之别，至于出锅后，经过火与铁的洗礼，滋味更是百般不同。

在乡下，每当有人出殡之时，所摔的火盆多是黄盆。所谓火盆，死者陈于堂屋，头对着门，头前置一案，上供食品及长明灯，案前摆一小黄盆，不断化火纸于其中直至出殡摔碎于大门前。火盆与长明灯也喻示死者子孙繁荣香火鼎盛。摔火盆的人一般是长子或长孙，摔火盆时一定要举过头顶，再狠狠摔下，中间若是迟疑就可能出现摔不碎的情况。

摔火盆是出殡中死者离开家门的最后的仪式。生者用碗吃饭，死者用盆装香火，火盆摔碎的刹那，便是阴阳相隔生命断裂的起始，尘归了尘，土也还了土。或许，这也是先民们传下来的一种智慧吧。

**作者简介：**

徐玉向　安徽蚌埠人，生于1979年，安徽省作协会员，主持“歧堂·当代散文”平台。作品发表于《中国铁路文艺》《延河》《奔流》《滇池》《海外文摘》《散文选刊》《散文百家》等，曾被收入《中国青年作家年鉴·小说散文卷》等。

# 在赣州遇见苏轼和辛弃疾

阳　春

## 01

飞机降落赣州黄金机场前，有意在赣州城上空兜了一个整圈。隔着舷窗眺望出去，柔软的白云之下，清晰可见自南向北的章、贡二水穿山越岭而至，在赣州城内不约而同地扭了一个腰，俨然画出一幅八卦图，再迤迤然从西东两面合抱过来，将各自一路上的收藏全部托付于八境台下的龟角尾，挥写出一个大大的“人”字。从这里开始，往北襟带千里，它们的名字合称赣江。

这些年大凡想去的地方都已踏遍，赣州本不在我的期待之列。然而，当飞机着陆后，车渐入城中，惊讶和震撼便接踵而至，街道宽敞整洁、绿树成荫、碧水环绕，楼厦鳞次栉比，高架桥绵延二三十公里，霓虹逶迤，蔚为壮观，俨然一派现代大都市风貌。赣州地处江南最南、岭北最北，随着近代赣江水路交通的失利，赣州曾陷入长期闭塞，旧时风光不再，却也因此远避战火罹患，人文历史几得幸存。

踱步旧城区，红旗大道古樟蔽日，满目旖旎，仿若时空折叠，误入记忆的上游，顿生亲切。自唐相张九龄开通大庾岭梅关驿道，从中原逆赣江而上便可直通海粤，海上丝绸之路的黄金水道，与客家先民的人口大迁徙，成就了赣州城的千载繁华，也成就了中国文化史上的贬谪流放之路。

三江并流处，远山叠嶂、浮桥横江，宛若相识。在河流与阁楼之间，是被称作宋城孤品的赣州古城墙。现保存较完整的古城墙建于北宋嘉祐年间，为江南现存规模之最，也是全国屈指可数的北宋砖墙之一。城墙平均高七米，从东门至西门长三千六百米，垛墙、炮城、马面、城门都保存完好。古城墙有着历史的印记，部分墙砖上可见到自宋以后许多朝代的铭文。我着意摩挲了一块城砖，刻有“淳祐乙巳修城砖使”字样。“淳祐”是南宋理宗年号，距今已近八百年。目前可查最早的城砖为熙宁二年，“熙宁”为北宋神宗年号，是年即公元一〇六九年，正是熙宁变法的开端，也称王安石变法。

这段城墙像是珠链一样，串起了遗忘过、丢失过的最珍贵的善因。赣州正是因为有了宋城墙，才守住了一座城的文脉和气度。古城墙外是天然的护城河——章、贡二水，水面开阔，浩浩荡荡。城头极目，城墙逶迤，宛若游龙，青灰色的城堞上苔痕深覆，暗自生长。城墙下古木葱郁，漫然一碧。坐落在赣州城北的八境台是赣州古城的象征，因城为台，今台筑三层，仿古式建筑高近三十米，其形飞檐斗拱，其内雕梁画栋，其上琉璃盖顶，雄伟壮丽。登上八境台，赣州八景尽收眼底，故此取名为“八境”。

## 02

一〇九四年秋天的一个黄昏，一叶扁舟在夹峙的激流中，艰难曲折地沿涸千嶂十八滩。光孝寺最后一声荒凉的暮鼓响彻了全城，时针就划进了北宋绍圣元年的仲秋。百年不涸的贡江水，竟出现“水涸不可舟”的异象。

彼时，赣州叫作虔州。小舟悄然停泊在了西津门外的官渡，虔州知州黄元翁率众乡贤士子在码头欣然迎接。虔州城迎来了赋予这座中原视野极限之外的南方小城以特殊精神气质的又一位失意的过客。是的，他就是垂暮投荒的苏东坡，随行的还有侍妾王朝云与季子苏过，一路惊惶忧惧，颠沛流离。比起在汴梁临行前“无人送临贺”的景况，此时的虔州，让苏东坡心头别有一番炎凉滋味。

苏东坡及岸虔州后，并未宿于逆旅，而是投寄在城南慈云寺，半生宦海沉浮，远路疲惫不堪，只想在青灯黄卷之间借得片刻安宁。寺中长老明鉴禅师颇通诗文，与黄山谷曾有酬唱之交。苏东坡信手写了几页诗，与高僧们开了几个充满禅意的玩笑，一场秋雨就淅淅沥沥地下了起来。故乡眉州在这个时节应该也是这样的雨吧，算着行程子由也该到贬地筠州了，此刻兄弟俩相距六百里。窗外的雨穿林打叶，更似民间的疾苦之声了。

苏东坡与虔州最早的关联，源于天竺寺里的一座诗碑。早在唐宪宗时期，虔州天竺寺建成，高僧韬光自钱塘天竺来此驻锡。时任杭州刺史的白居易写诗相赠，以寄托他对韬光的思念之情。诗曰：

一山门作两山门，两寺原从一寺分。
东涧水流西涧水，南山云起北山云。
前台花发后台见，上界钟清下界闻。
遥想吾师行道处，天香桂子落纷纷。

韬光得诗后，请人凿成诗碑，作为镇寺之宝。唐以降宋，“乐天墨迹”依然“笔势奇逸，墨迹如新”。苏轼十二岁那年，游历虔州的苏洵回到眉州，将江南西道的风物见闻激动地讲与苏轼、苏辙兄弟，其间曾提及“天竺寺白乐天诗碑”，在二苏脑海中留下了深刻的印象，神往之情便由此萌生。然而，虔州远离中原，偏居于赣江源头的青山翠岭中，是荒蛮不达的南国边境，再加上唯一可行的赣江水路滩多水急，要走近虔州，实属不易。从此，虔州便在苏轼记忆的上游，光阴交错。

苏东坡与虔州的第二次结缘，与《虔州八境图》有关。机缘的巧合常给人意外的惊喜，一〇七七年，接任苏轼密州太守的恰好是前虔州知州孔宗瀚。在此之前，孔宗翰鉴于“江水坏城，改甃以石，并建台城上”。石楼建成后，“虔州八景”尽收眼底。离任虔州时，孔宗翰请丹青妙手制成《虔州八境图》，留作纪念。面对匆匆赶来的接任者，苏东坡在惊喜之中听闻了许多关于虔州的风物。孔宗瀚顺势缓袖展开《虔州八境图》，郁孤台、章贡台、皂盖楼、白鹊楼、石楼、舍利塔、马祖岩、崆峒山跃然而出，苏东坡游目骋怀，心旷神怡。孔宗瀚见机缘成熟，便请苏东坡题诗，其时苏东坡虽未到过虔州，却依凭图画和想象，慷慨挥就八首，还满怀激情地在序中写道，“东望七闽、南望五岭，览群山之参差，俯章贡之奔流，云烟出没，草木蕃丽，邑屋相望，鸡犬之声相闻……”孔宗瀚的善举和苏东坡的《虔州八境图》八首，让虔州人倍加感激和珍惜，并以此为发端，举起了“八境文化”的旗帜。

距离苏洵游历虔州四十七年后，被贬惠州的苏东坡途经虔州，登八境楼台，亲莅其境，遍览虔州的旖旎风光。应虔州士大夫之请，苏东坡书旧作《虔州八境图》八首。挥墨完毕，苏东坡又深感十七年前的题诗未能道其万一，遂补作《虔州八境图后序》一篇，来对虔州美景作新的描绘。从此，八境台成为历代文人墨客唱和不绝的诗画台，一展时人风骚意气，缅怀古今风物流年。

苏东坡喜欢白居易是不争的事实，乌台诗案后，他在黄州城东垦荒耕种，“平生自觉出处老少粗似乐天”，“东坡”之名即始于斯。天竺寺有如一位故友，静静地等候苏东坡的寻访，在寺内苏东坡见到了白居易的诗文刻石，遗憾的是，父亲曾见过的笔势奇逸的诗碑早已斑驳依稀，不胜惋惜的苏东坡在石刻上复书《赠韬光禅师》。见天竺寺呈衰败之势，触景伤情的苏东坡联想到自己天涯流落的境遇，又题《天竺寺并引》，以怅人生的梦寐沧桑，“予年十二，先君自虔州归为予言，近城山中天竺寺有乐天亲书诗云……今四十七年矣，予来访之，则诗已亡，有刻石存耳，感涕不已，而作是诗”。

天竺寺仿佛一个载梦的归宿，苏东坡在这里思考他五十七年雪泥鸿爪的人生，有年少的得意、有官宦的沉浮，也有着人生如梦的初醒。在天人合一的天竺寺，他惆怅的不是岁月流逝，却是遗迹故家的依恋。“四十七年真一梦，天涯流落泪横斜。”面对漂泊不定的人生，苏东坡喟叹一声倒也坦然，就如明月和江水一样获得自身的淡然与宁静。

留居虔州的光阴里，苏东坡一路在友人陪同下偕游唱和，尽览美景佳胜。“山为翠浪涌，水作玉虹流”，景色秀丽的虔州，让他暂时消除了谪迁流离之苦，享受短暂的世外桃源之乐。他漫长的虔州梦，是对如画山水与诗情世界的向往，是对“翠竹江村缭白纱”的田园生活的深爱，也透出了这座古城的魅力和分量。

这一次在虔州，苏东坡驻足一月有余。快乐总是短暂的，千流归海，诗人仍离海太远，还要一路向南，去到那南方之极。“掰开章贡江流去，分得崆峒山色来。”他携王朝云和苏过继续溯章水南去，在极近极远处消失于迷雾叠嶂之中。黄州时写下的“小舟从此逝，江海寄余生”，竟一语成谶。苏东坡自经虔州之后，在生命的最后几年，志心道学，诗风逐渐趋于平淡天真，作为知识人的峥嵘锋芒消磨殆尽。

“问翁大庾岭头住，曾见南迁几个回。”万幸的是，七年后的冬天，苏东坡终究还是回来了。不妨戏谑地说，苏东坡父子不啻为中国文化人中最早的“海归”，只是与我们今天“师夷长技”的“海归”不同，苏东坡出海是文化输出，用文明开垦蛮荒，让化外之地弦歌不辍。遗憾的是这次北归，朝云与家眷仆从已客死异乡，仅幼子苏过得以全躯而还。伫立船头的诗人独立苍茫，孑然一身，十年生死，三千前尘，皆已被江海惊涛淘尽。当船再次行至虔州，居然又现“江水忽清涨丈余，赣石三百里无一见者”的异象。去时枯涸还时涨，看来江水的枯涨也是有情的。这一次逗留，苏东坡与虔州的贤达来往交游，并向虔州百姓施舍丹药，救贫济苦，共计四十多天。

城外的流水一程一程地走远了。他沿着来时的水路顺流北去，一直走进这一年的七月廿八，在常州渐渐松开了他六十四年秉笔的枯槁的手。

## 03

北方贺兰山脉，群岭奔腾；南方贺兰山，郁然孤峙。郁然孤峙的贺兰山在虔州城西北隅，其山“郁然而隆阜，突然而孤起，峙于章贡二水之间”。唐代虔州刺史李勉在贺兰山顶建郁孤台，台“平地数丈，冠冕一郡之形胜，而襟带千里之山川。登其上者，若跨鳌背而升方壶”。

五十余年后，又一位李姓诗人李渤出任虔州刺史，他在完成了自己的抱负与功德之后，志慕清虚的他便一琴一鹤，吞云吐雾，到庐山上做他的白鹿洞主了，李渤就是后来的白鹿洞书院创始人。也不知是有意还是无意，偶然还是必然，经他点化真形的“郁孤”二字，预言性地为这片土地上的灵魂作下了历史的注脚，历代文人墨客常有登临，题咏甚多。

早在《虔州八境图》中，巍峨秀丽的郁孤台就深深地吸引了苏东坡。第一次过虔州时，他登上郁孤台，俯瞰虔州城美景，想着流放岭海之苦楚和生还内地之渺茫，一首《过虔州郁孤台》即兴而发：

八境见图画，郁孤如旧游。
山为翠浪涌，水作玉虹流。
日丽崆峒晓，风酣章贡秋。
丹青未变叶，鳞甲欲生洲。
岚气昏城树，滩声入市楼。
烟云侵岭路，草木半炎洲。

故国千峰处，高台十日留。
他年三宿处，准拟系归舟。

七年后，遇赦北返的苏东坡，在虔守霍汉英、监郡许朝奉的陪同下，重登郁孤台，思绪万千，又作《郁孤台再过虔州和前韵》诗：

吾生如寄耳，岭外亦闲游。
赣石三百里，寒江尺五流。
楚山微有霰，越瘴久无秋。
望断横云峤，魂飞咤雪洲。
晓钟时出寺，暮鼓各鸣楼。
归路迷千嶂，劳生阅百洲。
不随猿鹤化，甘作贾胡留。
只有貂裘在，犹堪买钓舟。

郁孤台见证了苏东坡的两次心境变化，从南贬途中对未来颇难预卜的惆怅到北归生还时的淡然超脱。

今天的郁孤台是依清代旧物考究下的复刻本，台高三层，傲然耸立，垂檐歇山，四面有廊，廊内是厅，上下有梯。高台之上，南可览市井街巷，北可观江上帆影。“孤峙天半，郁然独立”的郁孤台，给人一种巍峨秀丽的美感。兴衰几代，风雨迎送。郁孤台注定了要和气质相近的人产生心理共鸣。与郁孤台渊源最深的，要数南宋著名词人辛弃疾。

登临郁孤台，站在山脚，眼前是百余级台阶，一直伸向灰蒙蒙的天际。台阶两侧是苍翠的松柏，翠草、绿树、鲜花簇拥着山岭和古台。沿山径拾级而上，跨上台阶，矗立着一尊铜像。我终于与他相遇了，他昂头而立，神情凝重，雄瞻远方，身披风衣，长须在风中微微飘动，宽大的手掌紧握着剑柄，剑的一截已悄然出鞘。这就是辛弃疾留给赣州人民的形象，也更符合我心中设想的辛弃疾。

对大多数人来说，他们对辛弃疾的了解，主要来自文学史上的词人形象。事实上辛弃疾不仅是南宋声名最著成就最高的词宗，更是一位勇冠三军、能征善战、熟稔军事的杰出将领。当金国女真人入侵中原，一位骑着白马的少年英雄，长剑挥过，血流成河。而后，二十二岁的他拉起一支两千人的抗金队伍，投奔耿京领导的农民起义军。后来义军中出了叛徒，将印信偷走，准备投金。他又疾手提利剑单人独马追贼两日，第三天提回一颗人头，夺回印信。又一年，为光复大业，他说服耿京南归后，南下临安亲自联络，不想几天之内又变生肘腋，部将叛变，耿京被杀。大怒之下，他跃马横刀，率五十余骑追赶两天，奔驰千里，飞骑入敌营生擒叛将，又奔突千里，将其押解至临安正法，并率上万义军南下归宋。没错，这就是辛弃疾。他惊人的勇敢和果断，名重一时。"壮声英概，懦士为之兴起，圣天子一见三叹息。"

可谁想，他人生的高光时刻戛然止步于此。南宋朝廷和他开了个玩笑，他遭到主和派的倒戈，被削兵权，勇冠三军、能征善战的少年英雄从疆场走进了仰卧起坐式的官场生涯。从此，抗金的战场上少了一位英雄，国家的疆土上少了一道屏障。此后，长期落职闲居于江西的辛弃疾，多次迁徙，颠沛流离。他先后写了大量的奏疏，主张收复河山，均未被朝廷采纳。

一一五三年初春，宋改虔州为赣州。廿二年后，辛弃疾在赣州就任江西提点刑狱，时年三十六岁。他大力整治军务，增加壮勇之士，在他的军事部署下，扑灭了当地多年顽疾贩私茶武装割据的茶商军。金兵南侵时，江淮居民大量向江西境内赣州、吉州等地迁徙躲避，获得辛弃疾的庇护。他在赣州任上，勤于政务、治理荒政、整顿治安、抚恤贫民，颇有政绩，百姓交赞。

"驾长车，踏破贺兰山缺，壮志饥餐胡虏肉，笑谈渴饮匈奴血。"这是岳飞在《满江红》中写到的抗金抱负。同为抗金名将，辛弃疾不止一次登上赣州贺兰山，在郁孤台远眺汴梁，临江孑立，深感岁月流驰，人生短暂。

惆怅之中，辛弃疾如往常一样途经江西万安造口，一个决定着郁孤台的文化高度的日子就这样缓步走来。鹧鸪声声，斜阳荒草，一江春水浩荡而去，往事一幕幕浮泛在江心：大半个中原沦陷金人手中，百姓惨遭杀戮，南宋朝廷岌岌可危，隆祐太后一路仓皇，从赣江造口壁起船上岸逃至赣州。一颗孤悬天下之心，满怀郁结乾坤之情。十多年来的郁结之气在胸中翻涌，一首千古绝唱《菩萨蛮·书江西造口壁》奔泻而出，喷洒在崖壁之上：

郁孤台下清江水，中间多少行人泪。西北望长安，可怜无数山。

青山遮不住，毕竟东流去。江晚正愁余，山深闻鹧鸪。

这阕词成为郁孤台“横绝六合，扫空万古”的绝响，也拔高了赣州文化的新海拔。大多数时候，文字的生命力远比一座楼台旺盛得多，设若没有这阕辛词作柱梁，郁孤台还能否矗立到今天？在郁孤台的数度兴废中，难道不是词中的一腔丹心，一次次拯救着它？不可否认，郁孤台的名气是远高于作为地名存在的赣州的，它是深埋于中国士人骨子里的一种文化渴望。放眼看去，黄鹤楼之于武汉、岳阳楼之于洞庭，滕王阁之于南昌，阅江楼之于南京，无不是依附于千古卓绝的文章辞赋，才有了长久常新的生命力和穿越时空的精神气质。

两年后，辛弃疾追寻当年苏东坡离开的路线北去，调任杭州大理少卿。这次离去，他仍未能重回沙场，马革裹尸。把栏杆拍遍的辛弃疾用刀和剑代替羊毫，用血和泪作墨汁，写出一阕阕震烁着金戈之声的作品，为历史留下一声声悲壮的呼喊，一步步登顶宋代文学史上的又一座高峰，成就他在历代文人中不可复制的气质和独特地位。

兴许是命运有意为之，离开赣州后，兜兜转转，辛弃疾又回到江西乡间闲居二十来年，自号“稼轩”，一任秋风空老华发，在“稻花香里说丰年，听取蛙声一片”里冷却壮心，最终归于铅山。

## 04

在中国的水系里，大多是“一江春水向东流”，或“山山皆向北，条条南流水”，而唯有湘江和赣江是一改常态的极少数，由南流向北，这本身就是诗化了的意象。苏东坡七年间，往返于水墨之流，所到之处皆施以仁，在度己与度人之间归于至境，成为两宋峰顶的一代文宗，道成肉身，融入旷世。辛弃疾像一块铁，时而被烧红锤打，时而又被扔到冷水中淬火。尽管无法统军饮马中原、收复失地，但他每为官一处，都尽心竭力，打理国计民生，政绩卓著。

从文学史的角度去看，同为豪放派词人代表，苏东坡和辛稼轩的词都有被政治所挤压、扭曲、拧绞、烧炼、锤打后的光华和超脱。所不同的是，苏东坡的豪放在于大江东去，山水之阔，以及出乎天性的旷达与博爱之心；而辛稼轩的豪放多了一股民族仇、复国志来炼词魂，多了胡尘飞、金戈鸣来壮其词威，这也是历史对他的厚泽。

苏东坡与辛弃疾，让我想到的是中国古代士子中的两种人：通子和执子。“莫听穿林打叶声，何妨吟啸且徐行”是通子的从容，“九死南荒吾不恨，兹游奇绝冠平生”是通子的旷达；“了却君王天下事，赢得生前身后名”是执子的坚持，“四十三年，望中犹记，烽火扬州路”是执子的信念。通子沉稳柔和如圆，执子棱角分明如星。白居易任杭州刺史时，以通子的安时顺命融入杭州，苏东坡做杭州太守时，仍存有几分执子的峥嵘，他们先后以白堤、苏堤为部首，在西湖上一撇一捺写出大大的“人”字，完善了白苏的人格；而在赣州，自海外北还的苏东坡以通子的旷达，与执子辛弃疾，先后以章贡二水为部首，合力为赣州城书写出一个完整的“人”字。尤其是苏东坡，俯拾起赣州的一撇和杭州的一捺，更是独立完成了他作为“人”的人间修为。

苏轼、辛弃疾的同行者们皆是心系苍生、匡扶社稷的忠贤清流。早于苏轼三十三年登岸虔州的通判周敦颐，于城北衙署内辟池植莲，带着一身荷香，与出淤泥而不染的知州、铁面御史赵抃一道，于水东玉虚观创濂溪书院，收弟子程颐、程颢兄弟，讲授理学，开脉学术正朔风气之先；一二七四年，文天祥任赣州知州，散尽家资组织义军勤王，兵败被俘，却成高洁；一五一七年，王阳明赴任南赣巡抚，治赣八年，文治武功，卓于大成……

天下的水都是相连的，清廉高洁的水脉定义了赣州的文化品格，造就了城市的精神高峰。我曾暗自思忖，赣州古城墙作为当今宋城的孤品，最重要的原因并非在其现存规模最大、保护最完整、修缮最频繁，其内核还是在于因皇朝变更和流放到此的无数仁人志士，将这座城市文明推向宋代历史高位的不灭功绩。

蓦然回首，赣州城区内纵横的街道、栉比的楼房，尽伏脚下。建春门外，一江秋水之上，由百余只木船托起的东津桥，以四百米的长度，随机应变地连接起贡水两岸，这座横江的古浮桥依靠木船的浮力支撑桥体，随江水的涨落而升沉。千百年间，过往行人一浅一深的履历，见证了赣州城的繁荣和苍凉。

**作者简介：**

阳　春　作家、诗人。1983 年端午前夜生于四川省威远县。毕业于南京大学中国语言文学系。二十世纪九十年代末期开始文学创作并发表作品，主要著作有文集《墙外行人》、诗集《去云彩里打个晚儿》等多部。作品入选《中国青年诗人作品选》《青年诗歌年鉴》《中国作家网精品文选：灯盏·2019》《中国新诗排行榜》等年度选本。

# 陪植物们说话

李　汀

陪植物们说说话，心里会像阳光一样敞亮舒畅。

只要坐在一棵草面前，哪怕是田坎的一棵狗尾巴草，或是荒坡上的一片芭茅草，爷爷都要陪植物们说说话，爷爷说：草听得懂人话。一个深秋，爷爷坐在一大片芭茅草地里，深秋的阳光懒洋洋打在草地里，爷爷开始唠叨起来：草呀，人都是草命。村里的张老汉，昨天还耕了两亩多地，晚上回家喝了二两，就再也没有醒来。那头牛怪了，第二天站在耕过的地里，静静站着，不吃不喝，再怎么吼，再怎么打，它就站在地里望着远方，太阳落山的时候，一头栽在地里也死了。张老汉使唤的一头牛，陪他走黄泉路呢，张老汉也不孤单了。可是，再一想，这张老汉也是苦啊，在另一个世界，还要唤牛耕地吗？爷爷坐在草丛里，几株芭茅草放低身姿，虔诚地听着爷爷述说。

那时候的我，跟在爷爷身后，爷爷说给草的话，我也在听。爷爷对一片草说话，像是和村里的一群老汉拉家常说话，家长里短，不急不火。草虽然不说话，但爷爷知道草心里想说什么。风轻轻摇动草，沙沙响。我问，也像是一棵草在问：张老汉是一棵草吗？

爷爷笑笑说：其实，每个人都是一棵草。

几只鸟儿从草丛里飞出来，叽叽喳喳飞走了。我和爷爷坐在芭茅草丛里，爷爷望着远处的山峰出神，我在草丛里与几只黑蚂蚁玩，一会儿用草秆堵蚂蚁的路，一会儿用石块切去蚂蚁的腰肢。直到太阳下山，我才和爷爷回到木屋里。

爷爷是个骗匠，跟动物说话的时候更多一点。我亲眼看过爷爷骗一头牯牛。

那是一个春天。我看见小牯牛跑进春风里，四蹄高扬，腾起的尘土在村头飞扬。山间小路上、空地里，它轻踏小路，好像在跳着踢踏舞。春风是它的，春阳是它的，春天也是它的。我感觉到了小牯牛身上的那一股子牛劲。

这时，爷爷撞了进来，气呼呼地说了一句：你个小家伙，硬是拿你莫法了。小牯牛听见爷爷的骂声，站在阳光里对爷爷笑了一下，爷爷也狡猾地笑了笑。小牯牛调皮地瞪着大大的眼睛，清澈、无邪、干净的目光在阳光里闪烁，像是在问爷爷：老家伙，你要干啥？

我看见爷爷身后站着几个小伙子，拿着麻绳和粗粗的木棒，悠闲地抽着纸烟，满面春风。

爷爷干脆坐在草地上，也拿出一支纸烟抽着。小牛犊哪里知道爷爷正在酝酿一场战斗。一支烟抽完，爷爷把烟头甩得远远的。爷爷跟牛打了一辈子交道，他像哄小孩子一样把小牯牛唤过来。小牯牛用一对刚冒出来的角在爷爷怀里试探着。爷爷抚摸着小牯牛脖子上的毛，使了一个眼色，几个小伙子上前用麻绳套在牛的两前脚上，结套的另一头套在树干上，爷爷使劲拽着小牛犊的一对角，小伙子用力一拉绳套头，阳光开始猛烈地摇晃，摇晃，“咚”一声，小牯牛还没反应过来，已经躺在了草坪上。小牯牛一个劲地挣扎，不停地哞哞叫唤，四个蹄子在地上乱踢腾着。几个小伙子爽朗地笑着：“这家伙劲好大，是个耕地的料子。”

我大声喊起来：“为啥要把小牛儿按倒？”爷爷没有理会我，不紧不慢地用一块破布遮了小牯牛的眼睛，再用绳子将它的前脚捆绑结实，小伙子们按牛头的按牛头，拉牛尾的拉牛尾，小牯牛再也动弹不得了。这时，爷爷拿出一把锋利的小刀子，对着刀口吹了几口气，嘴里念念有词：刀儿刀儿锋快，手儿手儿活泛，风儿风儿凉快，牛儿牛儿疯长。刹那间，爷爷二指蘸水，弹在牛卵包上，一刀划出一条长口子，用手抠出牛卵根，用细麻绳结套在了牛卵根上，抠出两个牛卵子用刀割去，再把牛卵根送回，最后用细麻线将伤口缝合。爷爷含一口清水，用力地喷在伤口处，把小刀上的血擦拭在牛肚上，牛肚上立马显出一道道血渍。小刀又恢复清冷的光芒。爷爷长出一口气说："好了。"然后拍了拍小牯牛的大胯，喃喃道：骟了小牯牛，少了闯祸狂呢……

那个下午，爷爷把小牯牛的两个牛卵子，埋在半坡上的一棵松树下。爷爷坐在树下，跟松树说话："小牯牛长大了，今天骟了，是头好牛，是犁地的好料子。"松树在春风里摇摆了几下枝条，像是听懂了爷爷的话。阳光透过松树枝，在爷爷身上印下星星点点的光芒，闪烁斑斓。几只鸟儿在松树枝头跳跃鸣叫，附和爷爷说话。爷爷继续说："明年开春，小牯牛就能下田犁地了。明年开春，金黄的油菜花开满山坡，小牯牛再也不能满山坡撒欢乱跑了……"

爷爷说完，像完成了一件神圣的使命，双手背后满足地走在山路上。可我还是怀疑，问："松树听得懂人话？"爷爷笑笑，背着手没有回答我。走了一段山路，爷爷说："那棵松树会长成一棵笔直擎天的大树。"后来那棵松树一直顺从爷爷的意愿，长成了村里笔直的风水树。我很是为爷爷这句能看透植物未来走向的话掂量了许久。长大才明白，爷爷把植物当成了一个个有知有觉的生灵了。

爷爷和这些植物说话时眯着眼睛，很享受的样子。他手里卷着一袋旱烟，说一句话，"吧嗒吧嗒"抽一口旱烟。爷爷的话在烟雾里缭绕飘动，植物在烟雾缭绕里肃穆静立。植物懂得爷爷，爷爷说话的语气、音调，它们都很熟悉，甚至爷爷咳嗽一声的深浅，它们都能感受到。爷爷也理解植物的苦衷，大多时候坐在植物跟前，用手抚摸着植物的叶子，或者用手撑在植物茎秆上，像与老兄弟一起抽烟、聊天。

说到和植物说话，我忽然间又想到了母亲。

记忆就像一部超大的放映机，这情景真实得就像在眼前。母亲坐在草坪上，绣鞋垫。那些野花悄悄绽开，蜜蜂和蝴蝶翻飞，金色阳光铺满草坪。我在离母亲不远处，望着一只停在粉色刺花的花蝴蝶入了迷。蝴蝶翅膀一张一合，在阳光的照耀下，显示出深沉与明亮的色彩，闪动着引人遐想的光芒。当它的翅膀灵动地扬起，向着另一只蝴蝶抒情时，身体里闪烁出了全部的鲜活和光彩，所有的色彩都在飞闪舞蹈。突然，我听见了婉转千回的歌声在荡漾，覆盖了那些色彩的舞蹈。在微风中，在阳光里，在蜜蜂的低语中，在蝴蝶的飞舞里，我听见：“月儿落西下，想起小冤家，冤家不来我家耍，怎能不恼他……”我寂寞的母亲，曾经年轻的母亲，在这片铺满阳光的草地上，回忆起令她充满憧憬的黄昏。

母亲一边低头绣着鞋垫，一边低低地对着草坪上所有植物唱着。长发遮了她的脸，我看不见她的表情，但能感受到她的笑意。歌声就像熨斗一样熨过草坪上的植物，平缓地落在草丛里，潜伏在时光的褶皱里闪闪发光。那些植物，特别是那些花儿张开耳朵，侧耳倾听，像在牛奶浴场里沐浴过一样，骤然之间斑斓无比，透明晶亮，精神抖擞。母亲坐在草坪上，唱着年轻时的歌儿，心里就像花儿一样盛开着。

我踏着旋律，坐在了母亲身边。母亲一抬头，望见是我，歌声戛然而止，脸一瞬间红了。我说：“歌唱得蛮动听呢。”母亲说：“小孩家家，懂个啥？”

多年以后，我才明白，其实，母亲是在用歌声与身边植物交流。

在乡村植物面前，母亲总是一张笑脸相迎。在槐花繁茂的树下，母亲绽开笑脸，不管她如何感叹那一树繁花的短暂，镀了阳光的笑容仍像槐花一样，清亮、柔和。在一大片苞谷丛中，锄苞谷草的母亲抬头望我，总是一张笑脸。可有一次，我们在山间小路上走着，母亲背着阳光，在一株禾苗前停下，抬手抹泪。跟在后面的我不停问她咋了呢，她转身的瞬间带上了一张笑脸，就像山腰的一丛百合花。“母亲的眼睛见不得风。”“可哪来的风呢？”我说。母亲笑了，眼泪一颗一颗流出来，泪水滴在我的小手上，暖和、晶莹。我听见那些风穿过苞谷林，漫山遍野地哗啦啦响；我仿佛听见母亲心里排山倒海般的声音，是什么声响，我不知道。母亲也不会让我知道。母亲就像太阳一样照看着她生活中的一切。她把所有的阴暗都藏好，给予人的都是明亮的天空。对于生活，她就像是在缝补一件衣裳。爷爷身体上有了病痛，父亲有了抱怨，儿女们有了哭声……她站在某一个角落，发现一丝缝隙，都要精心补好，她缝缝补补，把一个家缝补得尽量温馨、和睦。尽管生活这件衣裳被缝补得花花绿绿，但母亲赋予了它足够多的阳光。

母亲擅长这种缝补，但有时，生活的针尖也要戳痛母亲的手指。一次，母亲与父亲发生激烈的争吵，母亲的脸被父亲打肿了。母亲去了菜园子。我悄悄跟在母亲身后，看见她面对着一窝白菜，眼泪唰唰流着自言自语道："这日子还得好好过呢。"母亲哭着哭着，就坐在了地上，望着自己亲手种下的青翠欲滴的菜，一双手把一块小土疙瘩捏了又捏，反复和这土疙瘩商量、试探。最后，她笑着对一片白菜说："多好的白菜啊。"

每年春天到来的时候，母亲都会咳嗽不止，她说，熬过春天，这咳嗽病才会好啊。我站在万物萌动的春天里，阳光闪得我的眼睛迷蒙。我看见一些鸟雀扑棱棱从瓦窑铺的灌木丛飞起，一下子带出一片星星点点的绿。这时，母亲的咳嗽就像鸟雀带出的那一片绿一样，在春天的阳光里一日甚过一日。母亲加重的咳嗽，沿着那些小路，沿着那些木屋的窗台，洒在青草丛里，弥漫在澄明的空气里，同时也扑进我的心口，像跑着轰隆隆的火车，使我的胸口也隐隐作痛。

尽管咳嗽，母亲还是要收拾散乱一冬的生活和心思，把锄头擦亮，把种子播在田间，把秧苗扶正。母亲做这些的时候，还要忙里偷闲把药罐刷洗干净，等那咳嗽在某一夜，或者哪一个早晨到来时，熬制一服服汤药，用来舒缓春天里身体的某一个角落。

院子里的葡萄树没有搭架子，粗大的茎杆就沿着院墙走。春天一到，都能想到炎夏时满院的绿荫，那些葡萄在绿叶中瞪着黑色的眼睛。母亲把喝剩的药渣倒在葡萄树根下，我问葡萄树也咳嗽了吗？母亲笑笑，微风中葡萄树点点头，似乎在说话。

春天在山坡一晃就过去了。山坡上的红茅草长到半人高，苞谷苗长到半人高，那些水麻子开始红亮红亮的时候，炎热的夏天来了。一到夏天，母亲的咳嗽就跑了。母亲把药罐提到屋外的水井边去淘洗，黑狗跟了去，我也跟了去。母亲用谷草把药罐里里外外刷洗了一遍，就蹲在水井旁抽水烟。不再咳嗽的母亲眯着的眼睛里闪烁着喜悦的光芒，说：“这个春天又熬过来了。”黑狗在水井边转来转去，一不小心，把母亲的药罐绊倒了，黑不溜秋的药罐子一下子摔成了碎片。母亲起身，一脚将黑狗踢跑了。母亲捡起药罐的碎片，甩到了水井旁的竹林里，就像把身体里的咳嗽也一起甩跑，用了很大的劲儿，“唷嗬”一声。

往回走的时候，母亲轻松了许多。

许多年过去了，我才觉得，爷爷和植物们说话，母亲和植物们说话，其实都因为他们需要忠实的倾听者。

**作者简介：**

李　汀　中国作家协会会员。曾在《人民日报》《散文》《青年作家》《散文百家》《北京文学》《读者》《岁月》《滇池》《小说月刊》《短篇小说》《辽河》《鸭绿江》《福建文学》《四川文学》等报刊发表小说、散文作品数百篇，有作品被《青年文摘》《文学教育》杂志选载并评介，出版散文集《农谚里的村庄》《西藏，清水一样的光芒》《民间有味》。曾获第七届冰心散文奖、第五届宝石文学奖、首届浩然文学奖、首届四川省散文奖、第二届孙犁散文大赛三等奖。

# 高山远鼓

常龙云

初夏芳菲尽，大地少妇般丰腴起来。杜鹃声声里，我走进花萼山。

东出四川盆地的盐茶古道，草蛇灰线，遗迹难觅。代之是水泥公路，于山体凿出，在崇山峻岭间时隐时现。无数次峰回路转，愈行峰愈高、谷愈窄、山愈深。蓝如镜面的天空，被刀剑似的山峰切割，剩下窄长一溜，嵌在头顶。此时，我们已进入到了大巴山腹地。

千里大巴山，与秦岭比肩，横亘东西，是中国南北地理和气候分界线。花萼山地处大巴山脉中段、川陕鄂渝接合部的四川万源市境内。冲天耸立的五座高峰，状若五瓣花萼，故名花萼山。一山出二水，也分二水，任河北上入汉江，白沙河南下入嘉陵江，成为长江中上游两大支流的发源地和分水岭。

沿着一条小溪溯流而上，来到山谷口，地势陡然奇险，望之惊心。右岸玄天观，壁立千仞，不可仰视，裸岩熠熠，居中劈掉一半似的。山顶曾有庙宇，立于崖畔，如悬天际。当地民谚道：陕西有个钟鼓楼，半截伸在云里头；四川有个玄天观，离天只有三尺半。左岸鸡冠寨，隆起云中，形若鸡冠，峭岩赤壁列阵，猿猴不可攀，自古天然要塞，寨墙、寨门遗迹犹存。一只金雕盘旋在山谷上空，翅膀偶尔扇动，俯察山川动静，搜寻猎物。

当地向导老项说，此地项家坪，是上花萼山主峰南天门的必经之地，也是盐茶古道出川到安康、紫阳、城口等地的重要关口，自古客商往来不绝；鸡冠寨与玄天观隔溪耸峙，钳制着山谷口，历代兵家必争。

谈到一九三四年那场万源保卫战，老项神色凝重。刘湘六路大军围剿川陕苏区，万源到处是战场，一寸山河一寸血。花萼山是主战场之一，李先念、程世才率领的红四方面军三十军驻防。八十八师十四团防守项家坪，凭鸡冠寨、玄天观之险阻敌，浴血奋战。缺乏粮食，每个战士每天靠一个洋芋充饥；缺少武器弹药，长矛大刀加滚木礌石。鏖战两个多月，敌人寸步难进，溃败而退。中央军委原副主席刘华清，万源保卫战时任机枪连连长。多年后，回首那场历时近一年的惨烈战役，他挥毫写下：“花萼天下无”。我想，那不仅仅只是称赞山川大美，其中定有更多难以言说的复杂情愫。

在项家坪村党群服务中心广场，有一座四角攒尖亭，亭里陈列着一面巨型牛皮大鼓，外罩玻璃保护。由于年岁久远，鼓身变得乌黑，鼓面墨饰模糊。

这面鼓大有来历，要追溯到三国时候。说起这面牛皮大鼓，老项语气敬畏。

话说徐庶被曹操要挟到曹营，郁闷不已，最终寻计走脱，入花萼山隐居修道，留下诸多遗迹和传说。花萼山主峰南天门曾有徐庶寺，始建于明代。据考证，这面大鼓是寺内的庙鼓。万源保卫战期间，敌军围困万千重，红军举步维艰，缺少武器弹药。和尚顾一本借故庙鼓破损，送成都修复，暗藏二十条枪和弹药于鼓内，骗过敌人层层封锁和盘查，运回花萼山，武装了部队。战斗中，红军抬来庙鼓当战鼓，鼓声隆隆震山川，红军士气大振，威慑敌胆。

徐庶寺毁于战火后，庙鼓被当地老百姓收藏。一九五八年成立人民公社、办集体食堂，尘封的大鼓被搬出来，鼓声再次响彻花萼山。社员们闻鼓而动，出工、收工、吃饭。实行土地联产承包责任制后，鼓声又沉寂下来。一九九六年，在峨眉山修行的顾一本曾重返花萼山，特地来看了大鼓，抚今追昔，感慨良多。

我见过不少鼓，但没见过如此巨大的鼓，架在不同场合、响在不同时间，作用和意义迥异。挂在庙堂是法器，暮鼓晨钟，唤醒尘世迷途人；架在阵前是军器，鼓声擂动，有进无退；摆在生产队是权器，发号施令，无不遵从。当然，如果置鼓于舞台，它就是乐器，踏鼓而歌，闻鼓而舞，娱人精神。

我知道花萼山很晚，二十世纪八十年代，一位朋友谈及，唏嘘不已。山高路远，山民下山赶场买生活用品，往返要走三天；地僻土瘠，巴掌大的平地也难找，陡坡石隙、捧土之地上播种，秋来收获甚微；生活艰难，主食苞谷、洋芋也不充裕，一天吃两顿；有的人家仅有一条遮羞的裤子，谁出门谁穿……

风水轮流转。二〇〇七年花萼山确定为国家级自然保护区，穷山恶水蝶化为人间仙境。高山峡谷、原始森林、溶洞飞瀑、奇花异草、珍禽异兽等，无不吸引游客。民宿、餐饮兴起，药材、山货抢手，山民们逐渐脱贫致富。

夜宿花萼山中。山里的夜晚，静得能听到呼吸和心跳。一行人乘兴夜游，借助幽微天光，灰白公路隐约可见。黑暗中看不清谁是谁，凭说话声辨别彼此。走着、说着，骤闻狗声大作，灯光随即亮起，我们闯进农户院坝了。

原以为山里安静好睡眠，夜深了，我却毫无睡意。我点燃一支烟，凭窗眺望。啥也看不见，连那棵近在咫尺的核桃树，也被黑夜抹去。我用耳朵捕捉夜的声音，杜鹃叫、溪水流、狗吠，似八大山人简约传神的画，寥寥几笔。溪水流很轻，若微风过野，屏声静气才能听到。狗吠往往很突然，乍然响起，附近定有夜行物。所有鸟儿都睡了，杜鹃叫声嘹亮，夜以继日，声声似呼唤，苦心孤诣。它为什么不睡，它的叫声为啥那么凄清？

隐隐遥遥，我听到另一种声音，如闷雷碾过山巅，又似洪流奔腾山间，轰隆之声不绝于耳。哦，是鼓声。红军擂响牛皮大鼓，勇士们前仆后继，英勇杀敌。历时近一年的万源保卫战，虽然最终取得了胜利，但苏区也损失惨重，万源二十万人，战死、饿死无数，红军撤走时，只剩下六万多人。青山处处埋白骨，杜鹃啼血似招魂。

鼓声渐渐远去，消失在茫茫黑夜中，夜又归于寂静。

窗前那棵高大粗壮的核桃树，终于显影出来。透过零乱的枝丫，我看见一颗颗星星，在辽远的夜空明灭闪烁。

**作者简介：**

常龙云　中国作家协会会员，四川省达州市作家协会常务副主席。作品散见于《青年文学》《文学自由谈》《四川文学》《文学报》《散文选刊》等报刊杂志，多次获奖，入选多种文集。著有散文集《寻找诗意生活》《大地芳菲》，小说集《少年行》《亲密爱人》《失乐地带》等。

# 风自有归处

烨水珠华

## 01

黑夜里的光亮是行路者的新乡。这话是我自银川回理工路上忽然想出来的，倒不是说一路皆黑色，而是那种暂无定所的飘离感，让人急需熟悉的事物来使自己安稳。毫无疑问，理工的斑斓光点是我这只舟即将停泊的岸。经风受雨的夜航船在大海颠簸，船上的人也疲惫不堪，他们身体承受出海的折磨，灵魂在飘零的广阔之水上，也如无根浮萍，空虚不自在。直至见到灯塔射出的星点光芒，才欢呼雀跃，凤凰涅槃。在我看来，人和植物还是有某种相似性，比如远游千里，仍觉得自己扎根在最初的小村小镇，城市街区。吃食，见景，虽经历大城市的冲击，但故土油腻乏味、千篇一律的米面零嘴，依旧会在某时某刻线一样扯回羁旅的风筝。

我记得公路夜行的时候，脑袋昏沉，身躯疲乏，尽管司机尽量把车开得稳，但仍觉得自己被莫名其妙的海水抛来抛去，左颠右簸，车窗外大抵有路灯的微弱光芒，风景簌簌闪向脑后，不知道什么时间才会停止。直至司机轻声告诉道：“快要到了。”整个人都被这句平淡的话惊动，心神震撼，像在原野奔跑，听到牛羊的叫声、望见营帐的火把。在学校里永远不会明白宿舍楼与体育馆的光斓有多可亲，在那个永恒无边的夜色里，我只觉得见到指引行船归航的灯塔了，岸就在不远处。人总是这样，对可以救赎灵魂的亲切事物视若无睹，甚至毫不介意它们消逝与解除，等到孤独寂寞，在冰冷狭窄的夜里舔舐内心伤痛的时刻，才猛然惊觉自己需要一段回忆，一条被子，一杯热水，一些幸福欢悦的时光。

我每次放假返回徐州，先是坐火车。火车这个庞然大物能一定程度消解漂泊感，如同建筑物，较为稳定。我们甚至可以和毫不相识的人聊天，谈谈天气与一切值得相互探讨的问题。人是群居动物，跻身同类的环境时，大多数情况下不会觉得自己单薄无依，虽然不喜欢赶路，但我也不得不承认这种引力令人无法抗拒。从火车站到我出生的小村还有大约两小时的路程，这段路的前半部分，我在乡土乡音的熔炼下已经可以安宁下来，甚至近乡情更怯，试图用稍显陌生的家乡话与车上的乘客交流一二；后半部分则更像是一个回归自我的过程。尤其是见到熟悉的街道牌坊、河流农田，只觉得自己的双脚生出柔软细微的根须，与小麦玉米一样，扎进土地汲取那永生难忘的汁液了。

在山东地界时，家乡人已然多了起来，那粗犷土性的老家话不再千篇一律，反而格外动听起来。我发誓即便是身处景区密林，鸟儿们婉转悠扬的啼叫和鸣也不如这声音让我浑身颤抖、恍惚蹦跳、止不住地恸哭起来啊！或许宋之问的《渡汉江》并非一首乡愁诗，但“近乡情更怯，不敢问来人”却使得远乡游子的心灵为之共鸣，拍手称赞，泪流满面千年之久。

## 02

生命里有无数场风需要经受，这是自一落地就要懂得的事情。

石嘴山多风，即便是巍峨高耸的贺兰山也不能阻挡它们远来，我在诗中写过这风：“石嘴山的风，如匹小兽，时而温顺，时而狂野”，大概狂野时多，温顺时少。风一刮并不飞沙走石，只是大，气势十足，强悍无比。宁夏理工被星海湖包围，人们对于风的感受不好为外人道，但仍可借湖之口讲解一二。一旦有风，星海湖就在风中翻卷，它的粼波跌宕，时而汇聚成大团的浪抛起，又在下一瞬砸落，碎成细小的浪花。刮风时，人难以前行，鸟雀也不得不暂避其势，树都朝一个方向倒伏，湖边的芦苇少女头发似的被“梳”到风离去的地方。这个过程高潮迭起，令人目不暇接。夜晚乌云被风吹散，露出银娑娑的月光，月亮还未在湖面留下它窈窕的倩影，就被撕裂，成为一个个小月亮，它们一齐放光，于是湖水愈加亮，也愈加神秘不可捉摸。直到这场风吹透彻了，湖水才会慢慢平静，成为镜子，将宁夏理工、月夜、岸边城市的霓虹以及远山倒映出来，那景色极美，让无数学子沉醉。

星海湖也有平静的时候。我记得有一次从市区回学校路上，见到许多水鸟，岸边的芦苇也翠绿起来。春光渐欲迷人眼。那些鸟在凫水。几只野鸭在水面追逐，偶尔啄对方的翅膀毛发，把水面鼓弄起好看的波澜。其中有只公野鸭像是在求得“姑娘”的喜欢，它从很远的地方就开始低飞，在星海湖静谧的表面划出一道秀气的细线，紧接着它骤停到喜爱的“姑娘”身侧，展示它油亮的羽毛与矫健的翅膀，又用喙去为“姑娘”清理粘连的毛发。彼时无风，天光清亮，远山安静，苇叶轻摇。等到未来某天，就能从岸边草窠见到圆润的野鸭蛋，那意味着新的开始，也是星海湖孕育罗曼蒂克的结晶。

我不知石嘴山的风会停止在什么地方，但我知道每一阵风自有归处，就像每一只鸟自有歇脚的枝杈，每一滴雨自有融汇的湖海，每一块煤自有释能的炉膛，这都是命运起初注定的事情。莫言的短篇《大风》我读过多遍，最喜欢其中他对于风的描写，那风让我熟悉，亦使我明白再恐怖的野兽也终会偃旗息鼓，潜入山林。“刮过去的是大风。风过后，天地间静了一小会儿。夕阳不动声色地露出来，河里通红通红，像流动着冷冷的铁水。庄稼慢慢地直腰。”我见过这幅场景。风来的时候水缸粗的杨树拦腰截断，石桥毁坏，仿佛世界末日；风走的时候，就如同莫言所描述的，只不过庄稼没有直腰，它们之中的一小部分永久倒下，其他则会在某些时候站起来，只不过背仍弓着。“爷爷像一尊青铜塑像一样保持着用力的姿势”，这是每一处村庄里的老人对自然的态度，那场野风永远有一截尾巴留在我们胸腔中，作为记忆告诫人类：没什么可怕的！

是啊，没什么可怕的。我们永远无法追上一场风，但不代表这风可以永久压垮我们的脊背，它走后，我们也会像庄稼慢慢直起腰来，继续茁壮成长。至于风的归处，又有什么值得探索的意义呢？我们铭记从野风刮过中学到的精神，靠它面对今后的困难挫折，这大概就是人在自然界当中的独特之处。石嘴山的风也是磨砺，使不屈的骨头更加挺拔，令鲁莽的石子更加倔强。就如宁夏理工的校训“如切如磋，如琢如磨”，其必然依靠一种坚守如一的精神，使任何会影响它攀登至高的风畏难退却，于是骨器锋锐，美玉无瑕。

## 03

五一去宁夏博物馆，走马观花，只记得一句话震撼我许久：“岁月失语，惟石能言。”博物馆其中一个展厅罗列着贺兰石，石上有古人留下的文字与壁画。尽管笔法朴拙，但那些简单的线条仍一刹那就把人拉进历史长河，随神秘符号探寻古老的真相。那些“尚未进化完全”的人生活也丰富多彩，他们希冀牛羊健壮，他们也有喜怒哀乐，他们将对自然的敬畏转换为想象的神灵。神由人所创，这点从贺兰石壁画中可以看出：其一为当时人的自画像，其二为他们所绘太阳神，后者与前者的面部特征几乎相同，只不过多了一些代表太阳形象的细节。这说明他们根据自身创造出代表日月山川与各种超自然现象的神灵，并对其祈祷崇拜，这从本质上来讲还是对于自然与人的崇拜。文明从石头遗留的痕迹当中可窥一二，为我们的研究提供实物史料。

宁夏还有一处地质博物馆，里面陈列的石头更古朴天成。说石头有些不严谨，其中一部分是自然形成的晶体或矿石，另外一部分是地壳运动、地质变化产生的具有奇特纹路的岩石，天外陨石以及埋藏在地下的生物化石等。这些“石头”很漂亮，有令人迷恋的光彩与花纹，使我不由自主想要看清它们的样貌，探索其后隐藏的故事。其中最为赞叹的是一个海洋古生物化石群落，借此能够想象出那一处地域当时的状况，想象水流如何湍急，水草在轻柔浮动，各种有趣的古生物或是独行，或是三五成群，觅食嬉戏，这大概是从事地质科研工作的美妙之处。感谢他们，让我们仅仅是在一个馆里就逛遍几十亿年的光阴。“石头”这本书很厚，时间的痕迹潜蕴其中。

石头是岁月的归处。

## 04

胡楼村后有桃林，仿若海洋。每当春天桃花盛开时，粉嫩蔓延天际，让人陶醉。花会衰落，桃成熟被人摘下，等到盛况过去，就只剩秃枝在寒风中摇曳。果农修剪桃枝，剪下的枝条被村人捡回，修理，捆扎，垛好，充当过冬的柴火。我记得父母修剪桃枝的身影，我父亲坐在板凳上，将一根根枝条从较粗壮的主枝上折下，捋顺，用布绳捆扎丢到脚边。他动作很快，极用力，浑身冒汗，晒干的枯枝像一尾尾鱼灵活地跃进布头编织成的网中，乖巧拥在一旁，等待炉膛里的炽热火焰把它们舔舐成灰烬，就又随烟囱飘飞向旷野，那时天地之间都是任它们遨游的海。日光明亮，父亲脱下袄放在柴垛，我抽出一截桃枝随手把这幕写到土地上：“他坐在凳子上削桃枝／修剪，捆好，垛在一起当柴火／太阳把他厚重的身影描边／雕刻在我的脸上／我看到他那双曾抱过我的大手／黝黑干裂，上面有许多纹路／像村后因缺水干涸而裂开的河道／我那个逐渐苍老的父亲／把自己的一生都活成了土地。”

有许多桃枝并未晒干，还很湿，母亲站在一旁用剪子来修枝节，我帮她把剪下的枝条拢到一起，用绳捆住。这些桃枝很难弄，母亲一个不注意被刺扎破了手，口子很深，我慌忙跑进屋里取创可贴，等出来时母亲已经用水把伤口冲洗干净，她止着血坐在堂屋门边，我问她要紧吗，母亲说“小伤”，贴上创可贴就又继续修剪桃枝去了。在这之后我每次看到桃树桃花，都会想起母亲流血的手，我觉得自己也是棵桃树，被她用尽心力修剪一生，期盼未来能开花结果。

剪下的桃枝在冬季用于烧火做饭。我盯着炉膛里燃烧的火，想起刘庄，事实上，在我写下它时，刘庄已经从世界消失了。取代它的是桃林，是芍药花。我不止一次写过关于刘庄的文字，它们暂时帮我留住关于这个苏北小村的记忆，很幸运的是我并未遗忘太多细节，只是每次经过横穿村庄的那条小河时，仍觉得曾见过的青灰色风箱在扇合响动，吹出猛烈的风，助使我体内的火燃得更旺，这是刘庄赐予的礼物，这团火使我永远暖和，不会被冰雪磨灭热情。它最终也成了刮过我生命的一场风，很不起眼，但却要比其他风都渺远，我整副皮囊与全身骨节都回响风声，这声音里筑着一个小村，等到多年后我像桃枝焚烧殆尽，此村即为灵魂归处。

**作者简介：**

烨水珠华　本名刘庆烨，江苏沛县人。〇〇后，现就读于宁夏理工学院经管学院18级国贸专业。作品散见于《中国校园文学》《散文诗》《散文诗世界》《六盘山》《彭城晚报》等刊物。曾获2020年度宁夏大学生原创文学大赛一等奖，“2020·梦想与奋斗”宁夏大学生主题征文二等奖。

# 瓮城记

张水华

版筑之功，或始未有，而今创之。或昔苦湫隘，今更爽垲。又或由休咎之分，昔罹其咎，而今欲凝其休，不能不经之营之矣。

——引自《光绪吉水县志·建制志》

## 1

水是生命之源，这已不再是一个哲学命题，而是一个现实的生活命题。上古先民不分东西南北，无论农耕、游牧和猎狩，都有逐水而居的习性，是人的天性。

眼前的江西吉水腹地，悠悠恩江从东而出，滔滔赣江由南而来，两水在大东山脚下两相汇聚，交汇之地背山面水，宝地现在也叫文峰。吉水先民选择这块风水宝地依山而憩、逐水而居，有山、有水、有地，在这片土地上，挥镐以耕，张网以渔。

竹篱茅舍风光好，道院僧房总不如。先民们在大东山脚下，或樵或渔或耕，自给自足，过着日出而作日落而息的生活，在这块土地上代代繁衍生息。

冬春之时，大雾笼罩下的江流暗涌。此时，东山之巅，一轮红日喷薄而出，阳光透射山脊，霎时光芒倾盆斜指江面。远眺恩、赣两江，蒸腾的气雾与映日交织，幻化成七彩的虹光。太阳缓缓西移，江面升腾的雾气卷珠帘般，渐次消散。断断续续的雾气夹带着渔船往来游动，犹如天庭飘移的云彩。

风和日暖，赣水中流——墨潭（桃花岛）、青湖两洲，成群的鹭鸟在水田、江州和农人之间翻飞翱翔，洲上草木油绿，桃花明媚。这个时节，唐人张志和《渔歌子》："西塞山前白鹭飞，桃花流水鳜鱼肥。青箬笠，绿蓑衣，斜风细雨不须归"，仿佛就是赣江吉水渔、耕最明净的写意。

半江渔火一江水，水上的日夜，那是吉水渔民最辛劳的繁忙时节。白昼，江面浩瀚，渔船往来如织，远近处，渔歌空旷有似天籁。入夜，江面水波泛起点点游动的渔火，宛如星子烛天。"渔翁夜傍西岩宿，晓汲清湘燃楚竹。烟销日出不见人，欸乃一声山水绿。回看天际下中流，岩上无心云相逐。"当初，柳宗元若是有幸亲临吉水赣江渔夜，一定会有比在湖南永州更好的诗意吟咏。

令人惜叹的是，古时的吉水文人没有留下一篇描述赣江渔、耕光景的精彩诗文。只有南宋时期吉水诗人杨万里在过赣江渡时，有感于江岸水天一色的庄稼田园，写下《农家六言》："插秧已盖田面，疏苗犹透水光。白鹭飞处极浦，黄犊归时夕阳。"多么和谐娴静的天地人间，难怪，杨万里辞官远离朝廷后，最终的归宿，选择回归生养自己的家乡——吉水湴塘。

也许，一江流水在文人诗文里的呈现，大都那么平静、温馨和美好，否则，我们也就永远读不到张若虚的千古名篇《春江花月夜》，"诗言其志，歌咏其声，舞动其容"，也就没有后来因诗谱写的名曲——《春江花月夜》《渔舟唱晚》这样的音律在大地上回响。

"近水楼台先得月"，有水利，就会有水害，这就是水性的两面。恩江缠着赣江，就像小龙依附大龙，一江春水向北流，时而温顺，时而桀骜不驯。

水之害，自古以来恩、赣两江交汇之地的吉水感受尤甚。江水大发之时，如孽龙翻江，沿江两岸物事摧枯拉朽般，轻者江岸崩塌、农田毁坏，重者损毁房屋、伤人性命。江水大地在文人眼中不再是“雨过水明霞，潮回岸带沙”般的诗情画意，号啕、哭丧者声音被奔腾的巨浪淹埋在江底，人与江河的爱恨情仇在此刻表现得淋漓尽致。为求风调雨顺，先民们建龙王庙、修寺观、立公祠、筑祭坛，用来祈天祷神，在精神上修起一道道化灾为吉的防线，但现实总是难遂人愿。

如何在水与人之间建立一道相互融洽的防堤，成为吉水先民世代追求与斗争的目标。

## 2

“积久水啮，闾殚为河”“生齿益增，隙地渐萎”，水来土掩，兵来将挡。解决人与水之间的矛盾，人们想到的办法唯有筑堤。

“时虽为当务，而民官久患财力不逮，是故堤防之功难达。”水患面前，吉水先民有难言的苦衷。

直到唐代乾符元年（874年），有世居文峰、主官吉水的解世隆（解缙先祖）始“城吉水，高六尺、周四里、设四门”，吉水瓮城如受精卵般，在母体开始孕育。

其时，所谓“城吉水，高六尺”就是用人力之功构筑土质围堤，筑堤防水兼防贼寇，护卫堤内的人居。

这样说来，人与水之间的战争总归还是土地战争。

远在上古尧、舜时期，人与水的斗争，就有鲧、禹父子以牺牲身家为代价的治水故事载入史册，成为经验教训和意志磨炼的典范流传至今。在人力不敌水力的情形下，人不得不退缩，筑堤围城仿佛“画地为牢”，以求得一时的安宁，人的活动范围圈限在堤内。

“我的地盘我做主”，只能是一句无奈的感叹。

城立则人旺，人旺而市兴。时有记载的吉水街巷：四坊四街八十六村，庙巷、黄竹巷、九曲巷、果巷、往（广）通巷、缘同巷、火巷、官家巷、罗家巷、李家巷、蒋家巷、周家巷等十二条大巷。街、巷两边商旗、号匾粉墨登场，商号林立。从此，易市繁兴，水声被人声湮没，人间烟火越过城堤，沿着江流荡漾。

城堤的存在，人与水之争似乎转化为水与堤的较量。然而，岁月催人老，时间也能使一切事物的质与量发生不易察觉的改变。只不过，在天地运行的外力作用下，这种变化只会加速不停。

子在川上曰“逝者如斯夫”，仲尼感叹时间就像流水一般，一去不返。因此流水的意义所向，一个是时间的赋形，另外一个就是天地运行中的“外力”。城堤静静地立在那里，因为有“流水”的存在，就不可能固若金汤。否则，修城志记不会出现诸如“每惊涛拍天，孤城衔斋，懔懔栗栗，若坠若覆”“南门之外，庐舍田园鳞次栉比者且里许，而今胥为鱼矣”等等吓惨人的文字。

关于各个朝代吉水城堤修筑经营情状，光绪吉水县志记载：

> 宋时，水决西南两门，东平惠，北平江。
>
> 元升州治，仍故城。都事吴不都剌修筑。
>
> 明洪武元年戊申，南当永丰河口，西北临大江，波涛冲激，屡修屡毁；正德初，甃以砖石，周一千二百三十八丈，高七尺，复构东西两水门；正德十年乙亥，雨圮，十五年庚辰，复圮于水；万历十四年丙戌，沿城西南一带，滨于文江、丰水之间，其南每为丰水所啮，知县徐学聚筑堤护之，邑人名徐公堤；天启二年壬戌，筑月城。南曰恩泽流谦，东曰阳德敷生，西曰金城砥柱，北曰拱极朝宗，唯小东门未筑。
>
> 国朝康熙三年甲辰，修增二尺。雍正五年丁未，修葺；乾隆十七年壬申，增筑西城。二十年，重修移旧北门改而东向。三十六年植木为桩，实以坚土，叠筑三层，长二百

丈。五十九年，南城东隅岸崩十余丈，以石修葺；咸丰元年辛亥，修增一尺，北门改复旧向。

于是，历代各色修城人物相继复活与登场：吴不都剌、费震、朱寅、张景华、牟盛、徐学聚、何应奎、张象灿、黄云、张彤标、徐大坤、高必遴、米嘉绩、朱廷基、彭淑、李潜、金渭详、杨异。这些吉水县令，除费震、牟盛分别为江西鄱阳、九江籍外，余皆来自浙江、贵州、江苏、陕西、福建、山东、广东、湖北等省外，他们虽身为“七品芝麻官”，却显四方之志的男儿本色，留名史册。

为不忘代代功业传承，以文载修城之事者，有元朝周霆震《新城序》，有明朝左都御史邹元标《修城记》、无名氏《评事罗侨记》，有清朝知县高必遴《议覆疏浚丰河故道》、知县米嘉绩《补筑南门石堤记》。

翻开志页，仿佛吉水城堤上，各个朝代的筑堤队伍摩肩接踵来来往往，肩扛手提如虫蚁般接续呈现。堤上，尘土飞舞，夯号震天。城堤就是今朝土覆盖前朝土的垒积，土因由彼到此，从沉睡的黑暗见到瞬间的光明后，给打夯夯实，被那些不知名的脚印层层叠叠踝踏，又重新回到黑暗里努力沉睡。一阵江风吹来，滚滚波浪拍击城堤化作汩汩水花，堤上那些憧憧人影，转眼间随着水花隐没在江底。

## 3

瓮城又称月城、曲池，是与城墙连接一体。根据“天启二年壬戌，筑月城”志记，吉水瓮城由孕育到出生，经历了唐朝乾符至明朝天启年间近八百年时光的磨难。

八百年光阴，只是时间的一个转身，王朝闪过的一个背影。

我眼前这张古吉水县城图，画法粗糙，像极一张儿童画。画面颇有山高水深的气象，山与水之间，被一道似八达岭长城般的城墙包围，吉水城圈围在其中。图上，土堆似的山间标有名称不一的寺、坊、坛；城墙有门五道，分东、南、西、北，还有一门未有名称（为小东门）。城内有县署、文明书院、仁文书院、仰山书院、复初书院、泰东书院、孝棚、四牌楼、上谕亭、万寿宫、吉阳祠、旌忠祠、城隍庙、儒学宫、关帝庙、城守署、鉴湖、西湖等；图中的恩江经巽峰（文峰山）、龙眼山、莲花石（石官寨）出，赣江地标有墨坛汛、邱公埠、青湖洲、文江渡、三曲滩。我就像一个文物考古的老者，借助高倍放大镜将古图颠来倒去方能辨识图上标示的文字，仿佛前世的我，在城里十二巷四坊街道迷失了方向。

可以想见，城里十二巷四坊街，除了寺庙飘出的香火与诵经音，更多的是书院里传来琅琅书声。万般皆下品、唯有读书高，朝为田舍郎、暮登天子堂，吉水先民明这个理，不然，“人文渊源之地，文章节义之邦”人才辈出的进士之乡吉水岂不虚幻？

进城不忘筑城人，时刻想念何县令。吉水后人一定会记住，主筑瓮城城墙是安徽桐城人——何应奎，万历四十七年（1619 年）进士，天启二年（1622 年）授吉水知县。上溯，也许当初，我太爷的爷爷的太爷就是其中的一介筑城平民。砌城砖时，他有没有偷奸耍滑遭何县令的呵斥或杖打？我无法知晓，但是，城砖里一定沁有他的汗渍甚至手脚磕破的血迹。这些城砖出生地在哪里？我只知道一块砖的出生要经取土、装运、去杂、和水、踏浆、做坯、晾干、装窑、烧炼、看火、出窑，一块砖的身世完全蕴含中国人关于“金木水火土”五行观。何知县定制这块砖的规格为 40 厘米 ×18 厘米 ×11 厘米，砖体硕大分量重，一般不适合民用，这种规格的砖体专属官府。砖侧“吉水縣造”“西門官磚”“月城官磚”字样铭文，明示官府衙门对城砖的所有权。但是这些城砖铭文，恰能说明吉水瓮城城墙的修筑不属于朝廷城建投资项目，而属于当地官民自选项目。朝廷城建用砖，会在砖侧嵌铭制砖人的字号，赣州古城墙砖就有诸如“虔州虔化县陈二”“小甲许德钦”“赣州嘉定拾柒年修城官口”“淳祐乙巳修城砖使”“赣州卫官砖”“林魁盛造城砖”字样铭文。其目的实行制砖人与监造官“一砖双责”制，方便朝廷和官员追责，严把质量关，这样的铭文实际已经暗宣了官府对城与砖的所有权。

天启年的某个冬季吉日吉时，赣江飞翔的一群白鹭像一团祥云聚落在瓮城城头，知县何应奎没在城墙遍插彩旗，也没向兄弟州县、膏药老板孔二狗等邀约诸如“热烈祝贺……”之类的悬挂条幅。像平民家庭新屋舍落成一样，他召集本地贤达、衙役、筑城工匠燃放了一挂长长的鞭炮，呈三牲以敬四方天地，身着正装官袍笑吟吟地宣告瓮城工程圆满结束。彼时，我们家那位上太爷领到县衙发的几粒饷银，放在猴嘴边奋力一咬，咧开老牙一笑，偷偷溜到九曲巷里逍遥快乐去了。

此刻，何知县背着双手，踱步城墙之上，东探探西看看，东抚抚西摸摸，饶有兴致地欣赏自己创作的作品。

只可惜他是一个文官，立于城头显不出勃勃英气，若是身着盔甲仗剑执戟，吉水瓮城城墙自然会生发春秋战国英武气象。这也意味着吉水瓮城城墙的功能远非战守之城，弹丸之地，天高皇帝远，非兵家要争。

南疆北塞，东城西寨。

古今有多少战争都与这个“城”字有关。夺城，也就是夺人、夺财、夺资源。翻开春秋战国、秦汉三国……各个朝代更替的历史中有多少动人故事与“城”字有关，又有多少唐宋诗篇、历代雄文与“城”字有关——有站立城墙上的断头壮士，才有地动山河的浩然正气；有走出城墙的沙场将军，才有永垂丹青的英勇悲壮。江河故土，战士的两种宿命：一入水、一入土，都是同一种归宿。

矛与盾、攻与守、依与附、胜与败、生与死，可否归结为云梯与城墙的关系？梯在城灭，城存梯毁。一句话，“城”可生哲学之思。

## 4

通常，进出瓮城的有豆腐坊的邹七嫂、跌打郎中李小三、染坊掌柜赵司晨、八卦神算子王老八、接生神婆吴妈、铁匠铺老板王胡、屠户牛百件，还有一般不用脚走路的大户钱太爷……商贩、农夫、渔民、和尚、拐子、乞丐、巫婆、衙役、嬉闹童稚、私塾先生、江湖人士、白面书生……瓮门仿佛戏台，他们进进出出，来去匆匆，各自上演人生出彩与落魄的戏码。

瓮城面临赣水，坐东向西，很有“一墙当关，万夫莫开”之势。城墙砖块各就各位，黑压压地排着，牵着手彼此相安无事。日白夜黑，时与水嬉戏，时与风抚摸，夙夕感受日月之沧桑巨变。它看见，原先那些出入瓮门的各色面孔，黑发慢慢地变成了白发，渐渐地又被另一拨新面孔替换。几道轮回，原先紧密依靠在一起的城砖也渐生缝隙，青藤草色在缝隙里顽强地茁长，虫鸟和蚂蚁纷纷于此安营扎寨，硕体蜈蚣如入隧火车一般贴在墙根探穴，城墙之外安静而又热闹。

遇发大水的时候，江水拼着老命似的向城堤丝丝地洇渗，瓮城边的老翁老妪们手摇蒲扇，成天坐在门口那条光亮的板凳上，指天唤地，总感心神不安甚至惶然失措。

就在那些个涨水季节里，南北大地刀光剑影，外部世界变化，就像城堤内洇渗江水，衙门和瓮城上的旗帜交替变化：日月旗忽地变成黄龙旗，黄龙旗忽地变成了青天白日旗，唯一确定的是，白底红日的“膏药”旗从没在衙门和瓮城上出现过。

关于吉水兵燹战祸，志记的大体有“唐乾符五年春黄巢作乱，有吉之解氏世族相与率乡兵拒却之。于是，吉独不罹害”云；“宋景炎二年，文天祥勤王，率赣诸县兵捣永丰、吉水，复之”云，“元张楫以忠诩校尉知吉水县事，剿除盗贼，民皆安堵”云；元末兵祸有“红巾徐寿辉寇吉”、朱元璋与陈友谅争雄;明有南昌宁王宸濠反;清咸丰六年（1856年）太平天国石达开兵犯吉水城，闻知县章裕善惠政名因免侵扰，章作绝命词仰药死。其余，偶遭兵祸中失联贼寇团伙打劫骚扰、流民啸聚山林为患等，皆遭吉水人民顽强抗击。

直到一九二六年九月北伐军炮击吉水城内的北洋军，取胜的北伐军经水路从瓮城开进吉水城，北伐军营长陈策留任吉水县政府县长。

一九三八年，民国政府为防日机轰炸，使居民便于疏散，下令拆除东门城墙。

瓮城就这样在年复一年的战火中，在伤心痛哭中加速衰败与老去。有的城砖就像表皮脱落的麻饼遍体鳞伤，有的一夜之间竟不知所终，不是跟着江水去远游就是被城边阿嫂阿婆掏去垫床脚或缸底。于是，淤泥河沙趁机爬上了城墙堤脚，草木遍生，成了鸟虫繁殖乐园。枯水季节，被城内居户辟为菜地，每当春季来临，菜花满坡堤成了城墙外另一道风景。

瓮城一直在打量着什么，同时也在努力挣扎着，热切盼望着……

城外世界，激流暗涌，前途未卜，凶险难料，天地运行，日月浩荡。

青天白日旗的飘起，并没有给中华民族带来“民族、民权、民生”的实现。有识之士开始联合工农寻找一条救国救民挽民族于危亡的道路。一九二四年秋，江西青年学会成立吉水分会，马列主义开始在吉水土地上传播。革命火种在这块洒满鲜血的热土上燃起了熊熊烈火。在曾山任书记的中共吉水县委领导下，农民运动一浪高过一浪。由于得到吉水县委、县苏维埃政府组织万余人的向导队、破坏队、运输队、担架队有力支持，一九三〇年十月红军九打吉安一举攻克。同年，毛泽东曾深入吉水农村开展农运调查，写下《木口村调查》等光辉篇章。

为粉碎国民党的第一、二、三次“围剿”，毛泽东、朱德、古柏率红军辗转在吉水水南、白沙山区农村一带作战，得到吉水人民有力支持和配合，第一、二、三次反“围剿”取得最终胜利，毛泽东在苏区留下的一句名言“水南人民靠得住”。

由于第五次反“围剿”失败，主力红军撤离中央苏区，国民党李云杰二十三师对吉水苏区革命群众疯狂报复，妄图将革命火种熄灭，公略县苏区革命进入低潮。为保存革命火种，苏区革命运动由明转暗，进入地下游击，继续与国民党反动派作殊死斗争。

“为有牺牲多壮志，敢教日月换新天”。最终，中国共产党领导全国人民经过土地革命战争、抗日战争、解放战争的洗礼，取得了伟大胜利，建立了中华人民共和国。

这翻天覆地的变化，一道无言的瓮城墙堤，是亲历者，也是最有力的见证者。

## 5

我父亲曾从离城百里的农村来到瓮城城堤下工作。听村里人说（我也曾向我妈求证过），父亲因性情暴戾搞得四邻不安不得奈何，村里借县里下指标招民工之机推荐了他（实为和平驱逐出村），且上报名单不得撤销，父亲才不得不打起行囊一路向东。

现在我才记起，父亲的单位叫吉水县农林垦殖局，位于城堤之北，垦殖局的大门就是城墙北堤闸门。幼时，我跟随父亲到单位玩耍，就是从这道闸门进出爬到城堤上疯跑，于堤脚捡过医疗垃圾诸如注射针头、玻璃药瓶、硬壳药盒等自制玩具，把堤坝泥孔里掏捉的小蜜蜂装进药瓶子观赏，药盒则用来装养蚕虫。

父亲到垦殖局后几年里，曾经三次参加过全县组织的由南门到西门再到北门的大规模修堤劳动，之后，江水就再也没有机会进入城里。我还记得有一天夏夜，月光明媚似柔情之水，父亲和他一同事去赣江钓鱼放网。出闸门往北行千米，一路虫鸣蛙鼓，更显夜的静谧。我这小跟屁虫尾随在后到了赣江边，河边停靠着许多杉木排，一排联着一排宽有几十米，几只白鹭耷拉着脑袋立于木排边缘。我们在木排上踉跄而行，河水拍打一串串木排的间隙，发出窾坎镗鞳之声，漾起的泡沫隆在木排间隙里。选好位置后，父亲的那位同事脱掉衣裤，“扑通”一声，一个猛扎，一道水花溅起，河里已是不见人影。

似乎我也得了上太爷的基因遗传，与瓮城城堤的关联，始终是我们家族绕不开的情结。

三十年后，我从文峰小学单职工宿舍过道冒着炊烟的居所，搬进了南门瓮城堤边商品住房，属于当时全县开发的首批商品房。进住之后，才真切感到是自己的家。傍晚，我经常在城堤上散步看风景，那时的瓮城城墙已经被不断加高的堤土掩盖，瓮门草木丛生，垃圾遍地。只有瓮门旁边青石码头时有妇人漂洗的身影，偶有光着上半身的男子从河面爬上码头，和浣妇打情骂俏。

住在河堤边，惯看秋月春风、水涨潮落。记得一九九八年水涨，赣江还未建桥，我和公安王教导员经珠山桥渡口，车上趸船，船过赣江，到对岸金滩下渡，车下船再开往尚贤乡。下午返回路上被告知金滩渡口因涨水停渡，我们只好绕大弯往吉安井冈山大桥105国道回县城，车到城北闸门时，江水已漫到马路就要侵入闸门口，县林业局正组织人员在门口码填土沙包堵水。守了几个小时水，江水距离闸门不到十厘米就一直止步不前。

最难忘是二〇〇八年吉水百年难遇的大水灾，六月下旬开始，未断线的雨水几天下来，恩、赣江水暴涨有漫堤之危。县城机关、企事业单位党员干部不分昼夜分段把守，我正是抗洪抢险队伍中的一员。城堤上，工程车辆来回穿梭，四公里长的护城河堤插满了“××抗洪抢险突击队”旗帜，堤上堤下锹镐飞舞，沙袋层叠铺张，号子此起彼伏，劳动气氛紧张有序。县林业局各个林场的专业森林扑火队员全调上了河堤抗洪抢险，救火队变成了救水队。在县委、县政府的强有力组织救援下，水灾虽有大惊却无大险。水退之后，有人站在堤上，面朝赣江一声长啸：吉水，吉水，你是吉祥之水啊。

一条大河波浪宽，风吹稻花香两岸。很多时候，恩、赣两江性情都是宁静、内敛、豁达、温馨的呈现，给我们现在和未来带来无限希望和生机。

## 6

限于地理，一天比一天膨胀起来的吉水城，不得不紧跟着赣江由南往北奔跑。“穷无立锥之地”之说已不合时宜，早被经济发展潮流取代为时髦新词——“富无立锥之地”。老旧的大街小巷墙根屋下，若现红漆圈个“拆”字，那么恭喜，你的所在将会成为文明进步的物标。无须多久，隆隆的工程机械驶入其中，在阳光下进行宛如螳螂拳的表演：进、退、伸、屈、钩、拉、摆、撞。堤下之城，发生了恍若隔世的变化，人与天的距离被一幢幢高耸入云的楼房无限拉近，可邀月可摘星。近乡情更怯，远在他乡的游子常因不辨来时路，误将故乡作异乡。

道路的延伸鞭打着城的奔跑，城的奔跑又驱赶着道路的延伸，瓮城已经感受到，焕发时代生机的希望近在咫尺。

那年，山花在温暖的春光里次第绽放，赣江以北住岐塔下峡江水利枢纽开工工地上，一阵礼炮响过，终日蓬头垢脸的瓮城露出了久违而又难得的笑容。

时来风送滕王阁，运去雷轰荐福碑。瓮城的堤上、堤下，各类工程车汇聚，一场新赛事拉开了帷幕。

此刻，我在想，把第一块新城砖砌在瓮城城墙的人是幸运的，他仿佛是瓮城时空转换的操盘手，新时代的传承人。他按下时光电流开关这一刹那，历代筑城人的心灯被一一点亮，他们对着江和城指指点点，红光满面，谈笑风生。

站在我家阳台眺望，赣江尽收眼底。原先的瓮城墙堤被一条宽敞的沥青公路覆盖，一路沿江北去。河堤改变为堤、路两大功能兼具。一道崭新的城墙于赣江边缘拔地而起，城墙之下，南门码头、西门码头、近水台、观澜道、艺术石雕等各种造景如胶片里的影像，随江面移动的船只，缓缓映入视线。瓮城女墙、雉堞、垛口、剑孔恢复到原有的壮观面貌，新修的南门、西门瓮城两座箭楼坐望江水，南楼悬匾曰“恩泽流谦”、西楼匾额曰“金城砥柱”，驻足相望，空阔无边的古气、文气、时代气息奔来眼底，气象万千。

我想，此刻他的心一定像赣江水拍，时伏时起，难复平静。

月上东山，日落西山。瓮城江景，大美无言。

江风扶水，漾起白浪泛在波间，如一群群白鹭凫在水面作沧浪之舞，水声起音律，凌波现洛神。蓝色天空，阳光照射，江水粼粼，一团团白云于西岸飘来，云的阴影飘浮于江面如奔波的行船。

瓮城墙边，人喧若市。路堤之上，车水马龙。

我们所处的新时代正在人类大历史千回百转、跌宕起伏的大潮中滚滚向前，一如瓮城堤下北去的江水，浪潮滚滚生生不息，所向披靡投奔大海。

**作者简介：**

张水华　笔名尚贤，江西省作协会员。有过乡镇政府、林业、工业信息化等工作经历。曾两次获全国林业系统散文征文赛二等奖，三次获吉安市井冈山报《白鹭洲》文学奖，发表文学作品十万余字。

# 《子归秭归·醉倾葫芦》系列散文

刘庆华

## 夏夜归州　意睡江涛

归州的夏日是很炎热的，尤其是在已很久远的葛洲坝蓄水前的那个年代。

那时的归州，古城墙虽然早已成了残垣，但葫芦城却依然延续了古城的小巧模式，主体蜷缩在古城墙之内。没有耸立的高楼，房屋也依旧以民房居多，且绝大多数仍延续着土墙木椽黑瓦构建而成的那一种老式的传统风味。它们宛如依了山势、就着地势而随意地错落、叠码在了山坡上。尽管在稍后的年代里，也大致是规划了一下的，但房屋依旧是叠码得有如犬牙交错般的杂乱，总还是摆脱不了必须被动地依着城内的街道走势，或沿着山体固有坡形而建的格局。

那时城内的居民也不是很多，三四千人、五六千人而已吧，绝不会达到万人之巨的。葫芦城里便算不得拥挤，弥散着一分闲散、弥漫着一分恬淡、居守着一分安适。

南门是唯一保留有城楼的地方，城楼很有高耸之态。城楼下，是前街的起点，街道在刚离了南门西行之际，突然快速凹下，形成约四十至五十度的降坡走势，这便更彰显出了南门城墙使城内之于城外的阻挡态势，却也使得居民相对集中的前街大部分街道都很难在夏季享受到下游江风的拂吹。不过，偶尔的夜风也还是有的，那是江风在弯转旋钻过了房屋间的空隙或墙缝后，略略潜入了城里的细微残余，其势也便早已细弱若微了。

入夜，归州古城酣酣地入睡了。灯光，稀少了；人们也大多随之沉醉进了梦乡。偶尔，也有零星的灯火闪闪在某一个不定之处，它们就好似葫芦城里的某几个不眠者的夜眼，在欲睡尚未眠去之际疲惫地闪眨着，透出睡眼迷离的那种蒙眬的意味，这更增添了未睡熬夜的人儿欲睡恹恹的困意。

夏时的夜，在悄没声息中渐沉渐深……但这一个过程，晚夜却并不宁静。至少，那时的我是这般印象。

山城在古城墙的圈围之中，紧凑而封闭；江风自是稀有，山风也是甚少。夏日的热便仿佛只是全吸收蓄积在了城内一切物什里，这让城内的人们倍觉如待在密闭热罐里般难耐。在夜间，这一分难耐更随了墙壁、石坎、土地绵绵不绝地二次释放出的炎热而增长着，往往就更甚过了日间；而欲睡的人们，也就因怀了企盼风凉安眠的念想而愈加难以成眠，尽管，他们都深知心静自然凉的道理。

为了消暑，为了纳凉，难眠的人儿便常常手握了蒲扇或者折扇，搬了用桐油抹得晶晶亮的小木椅、小板凳儿，去寻得一块至少是让人感觉不甚热的空地，或者就在窄窄的前街街面、民主路的路边，或者河街的道旁，三三两两地坐了下来，在夏夜熠熠闪闪的星空下，各自轻摇着手里的扇儿，闲话着随了夜黑一般没有边际的话语。

睡不着觉时，我或者也就偶坐在那一些地界儿上的某一处，或者是在没有人的树下找寻着将待钻出土表的没有脱蜕的叽啦子（即秭归方言对知了的称谓），可最终总会是被父亲撵回家去睡觉的。

虽说人躺在床铺上，却总是不能马上就睡去，只是赤膊躺在竹篾编成的凉席上。初始，是能略略地感觉到凉爽的舒适入了意中的，但仅仅就那么一会儿。也只能是一会儿吧，身体的温度很快就会把凉席给温热了起来，凉席的热再把心里的睡意搅腾得像煮开了的水一样咕嘟着；甚时，更有若沸腾状，汗液便沁湿了竹席。此时反倒是屁股因短裤的隔拒而少了汗液黏粘篾席的烦热，可也不排除早已被持久的热炙得疲劳了。

我不停地辗转、挪移，以求挪开那黏粘的焦烦，从床的这里到了那里，又从那边到了这边……

屋外面的人渐渐也会和我一样，躺在各自床上；或者，就躺在了露天那块席地铺板上了。人声渐渐稀少，不时被夜热焦烦得嘶鸣着的蝉声也渐稀疏了下去，就是蛐蛐儿的弹鸣也好似放低了声度，隐隐浅浅地只剩一种往而复来、来而复去的悠远遥遥。

这般躺在床上，这般闭着双眼，这般心烦着暑热；耳边却是江水的声响阵阵地来。

此时的夜，仿佛真的渐渐也已睡去，寂静成为了夜的厚重的背景。

“哗……哗……”

在这一个本该静籁的时间里，那长江的水声涛声，偏就掺和了巨流奔出雷鸣洞下泄水口的汩汩声，远远地、远远地来，流了过来……不时地，或还有江水在江流间、在江岸边、在岩石上激弄出的某些别致的水调，构成古城归州晚夜背景音的主旋律，入了耳里，住了心里来。

“哗……哗啦！”绞滩处那江段的落差，间或又击出了江水卷翻冲击的巨响，让人想起水浪翻卷的惊骇，想起漩涡飞速奔涌的旋吸，想起夹板水的纠绕蛮缠。慢慢地，慢慢地，终于有了一种身浸入江水的感意，在马沟？在蛤蟆石？在西门下？在城沱？还是在放小歪（江中一段由江岸流向主流的有点长度的激流）或者大歪（长江主流里一长段尾端回流向江岸的激流）？只是心中那热、意中那烦渐渐地就散了去，散了去，散了去了。越积越浓厚的睡意，越来越浓密了起来，慢慢弥散全身，沁入意念。

“哗……”远处的江水冲刷着江岸，已分不清是石门还是舀鱼方处，是雷鸣洞下还是狮子背头，甚或是马沟或者对岸绞滩船处？本是汹汹而涌的扑击声，经这夜色的滤过消融，听着便已很轻很轻很轻，且柔柔悠悠地绵了，漫弥在耳际，不息。

睡去。

## 船过石门

小的时候就知道“新滩、泄滩不算滩，崆岭才是鬼门关”这句流传很广的俗语。知道归知道，却不甚了了，直到上初中后，耳闻目睹了雷鸣洞上下长江河段的数次翻船事故，才算略知其中一二，但仍然不能明白崆岭的厉害所在。因为那时听到老人们讲“现在的长江好走多了，崆岭滩都炸平了，要说以前啊……”每念及此处，老人们大都或摆摆头、或摇摇手，眼神里些许迷离。

我就只能凭借着对雷鸣洞江段的认识来想象长江那原本的险了。而真正切身经历长江之险却是幼年一次乘木船的经历。尽管在见多识广的老人们眼里，那也只能算平常之至，可在我的记忆里，却因此对汹涌长江的险恶留下了深深的印记。

那是在学龄前的幼年。父母因工作而分居在归州与香溪，幼年的我常来往于两地。在当时，交通大多时候就是靠自己的双腿（客运车好像是我上小学后出现的新生事物），但因我年龄小，有机会以船代步。船，也多为木船。

那天，父亲、母亲、姐与我从香溪乘上了一条发往归州的大木船，虽说是大木船，其实也就是在船的中舱里能坐下十余人而已。

船起航后不久，我就听见艄公大声吆喝：“顺……风……扯……帆……”

桅杆下，两个只穿着短裤衩的壮汉在吆喝声里四臂交替、两腰轮弯，头顶上响起一阵哗啦啦、嘎嘎咯的声响，船帆就张开了，好大好大的，借着从西陵峡吹来的江风，鼓鼓地向上水方向胀起，船也就平平稳稳地溯江而上。

“格老子哩，顺风。伙计们，歇歇啰。”壮实的船工们有的歪在了舱板上、有的躺在了船板上。阳光下，黑红的脊梁、胸膛闪亮闪亮，晶莹的汗珠也懒懒地歇在皮肤上晒着太阳。

我好生羡慕，却只能跟着父母与其他乘客们乖乖地待坐在船舱里。

习习的江风从兵书宝剑峡吹来，我困顿的双眼迷离起来，再也无力睁开……

也不知过了多久，一阵粗暴的吆喝声惊醒了我的瞌睡：“饭桶啊！用篙撑起！”

艄公的骂声里，数只茶杯粗的竹篙插入了江水中。

父亲双眼盯着艄公、紧紧地搂住我：“莫怕，莫怕。”我紧紧抓住父亲的手臂，惊恐又好奇地注视着岸上正在改变移动方向的草木——原本向下水方向的移动变成了向上水方向的移动。

掌舵艄公一改先前的闲散，烟杆早被丢到脚边，腿也不再是一条跨在舵把杆上了。只见他两腿紧绷、叉开而立，赤着脚像钉住了一样，牢牢抓在金黄油亮的船板上，双手将舵把牢牢抱在胸膛，双眼眨也不眨紧盯着船头。

汹涌的江水冲击着木船。在摇晃与颠簸中，江水不断地飞溅入船舱。此时，我听到的只有江水的冲击声和船工们沉重的喘息声。

乘客里有人站了起来。我感觉到父亲把我搂得更紧了，母亲也紧紧抓住姐的两手，让她倚在自己的怀里，而本由姐提着的、装有我们两人换洗衣服的小包已被落在了溅湿了水的、光亮的船板上。

“格老子哩，想找死啊！都坐到起！都坐到起！”艄公的骂声里，站起来的人们又都坐下来。大家谁也没再动弹。

壮汉们在船的两舷一个走来一个走去，先是在船头用竹篙撑在江里，再用胸膛和双手顶着篙的尾端向船尾一步一步吃力地迈进，人与篙形成了撇短捺长的不相称的人字。若不是竹篙撑着，整个人几乎就要躺在了船板上。看着这情景，我忘记了刚才的惊恐，问道："他们怎么老是在船边边上走呢？"父亲摸摸我的头，说："撑船。"船板早已被飞溅的江水打湿，壮汉们艰难地从船头走向船尾、又从船尾跑回到船头。来来去去里，岸上的草木怎么动着动着就不动了呢？壮汉们继续吃力地走着、快速地跑着，岸上的草木又开始向船尾移动。

父亲松开了搂抱着我的手臂，一旁的老爹长叹一口气，说道："过了石门了，快到啰。"

我至今都在想着一个问题，那就是壮汉们赤着的脚为什么能稳稳地走在被江水打湿的光滑油亮的船板上？

## 知了又叫蝉，却未尽然

知了又叫蝉，却未尽然。

几十年前，在长江三峡西陵峡北岸的江边、将军包的山腰部，曾有个葫芦古城，那是古之州县府、当今县城的所在地。虽然它古已有名"归州"，而归州人却习惯地称它城关。在城关，方言把知了叫作"叽啦子"，不是知了，也不是蝉。

那时候，城关所依托的将军包荒秃秃几近于裸山，可城关内还是有很多的树绿夹杂在高高矮矮的楼房之间，只是种类并不繁多；虽则如此，我却还是不能够明了地一一道出树们的名字或是俗名。

依稀只是记得什么柑子树、橘子树、柚子树，是有的；什么槐树、柳树、皂角树，也是有的；余下的便是我都叫不上名儿的树了。有的树很高，高得即便是颇擅爬树的我都不能知道它们的高度；有的树却很矮，矮得只有两三人那么高；或者更矮，甚而也有矮得伸手就可触及其尖梢者，它们大多是柑子树和橘子树，偶有小的槐树。

不知名的树中也有几种高高的树是很给我留有印象的。有一种树，树干笔直，离地十余米才始分出枝杈，树的表皮很粗糙、成竖直形表层竖纹。还有一种树，在某个季节会挂出一串串形状完似包面的果（果吗？猜想的），我们儿时便把它叫作包面树。另有一种树，树皮表面很有点光滑，好像还呈现出一种青色，秋天里它能结出像豌豆荚一样的果实，果实成熟干燥之后便会自行裂开，掉下许多像豌豆粒一样的子儿；这玩意儿很好吃，特别是在炉火上干炒以后，吃在嘴里更是满嘴喷香，漫鼻溢香却又沁了入心，缭然然萦绕在情思中，缠绵绵纠结在念思里，我们这一拨孩童称它为“天花生”，树便很自然地被俗称作了“天花生树”了。对于树的印象，现在的我也只能是寥寥地记忆起这些许了。

当然，之所以还能记得它们，其实是因为着旁的原因——曾经每年夏秋而深深惦念着的树上的叽啦子们。

夏日里、秋天中，叽啦子们特别喜欢栖在这几种树高高的枝头上欢唱，贴伏在树干茂密处鸣声，无须借那秋风、无须凭那夏风，其声自当传远。

那个年代，这个小县城是没听说过空调的，也没有见过电扇，除了蒲扇、折扇、抑或半折着的草帽、或者能有点面积的其他平面状物事被聊用解暑工具之外，是没有旁的降暑方法的。夏秋的天热便很是难耐。

这热，使得男人们习惯着了赤膊，当然，裤衩是不会免穿的。于是，着松紧裤腰的短裤、赤露着臂膀、光着脚板也就成为了我当年在夏秋最喜欢的扮相了。

燥热的季候，本已让人难耐。叽啦子们日里、夜间的欢叫，更以那欲裂撕空域的兴奋搅扰得人心烦闹。原就难以入眠的午睡便时常为我所抛弃，却悄然循声踽踽而行，找寻那欢唱着的叽啦子们去了。

赤着膊的我循声而寻，最终总会来到前述几种高高的树下，很溜巴（迅捷）地直接攀趴在了树身上。双臂紧紧环抱了树干，双脚脚板紧紧地对夹住了树干（像青蛙后腿将蹬弹前那般），或者双小腿紧紧绞缠住树干，肚皮与胸脯则紧紧地贴在树干粗糙的树皮上。

摆好这攀趴的架势，下一步就是开始向树的高处努力攀爬。先是双手不再紧紧地围抱住树身了，只轻轻围抱，但也不可以过于松懈，还需格外注意以免因身体后仰而跌落的危险；双腿轻夹住树身，双脚斜向下用力地蹬撑着树干，身体便顺着树干向上延展；然后，双手再用力抱紧树身，以髋、膝的收缩带动双腿成蜷曲状，此时的脚后跟便几可与屁股相贴了。如此往复，很快就轻松地上到了树的高处。

上树时，一定是能遇到贴附在树干上的叽啦子的，所以上树的动作便须刻意地轻柔，极尽着努力，努力着使上树的过程尽可能轻巧，努力着做到不可动摇了树干。

将近叽啦子贴伏树干处了，便该当在某一个恰当的位置停下来，稍稍缓一缓时间，定一定心绪，观察一下叽啦子的反应，这都是为贯彻着一种欲麻痹叽啦子不引它警惕危险的战略方针。挨觉时机成熟之际，右手手掌呈虚握半拳的状态，悄悄而缓缓地延伸出右手手臂；及至叽啦子贴附的树干或树枝之处，右手再快速地向叽啦子圈捂而去，颇有毒蛇吐芯那般迅捷扑击的意味；紧接着快速拳紧拳头，很多时候那叽啦子便成了拳中之物了。

待觉知掌中有物、叽啦子到手之后，松紧裤腰的优势便随即显现而出。右手依然拳住叽啦子，以掌心和中指、无名指与小指固定着叽啦子，再贴放到裤腰处，一定得是贴伏很紧；再以大拇指插入裤腰，然后以食中两指配合着大拇指把裤腰一点一点地折卷，直到叽啦子被裤腰处的橡皮筋包裹进裤腰，此时那裤腰就是一个向外卷翻而成的圈形的囚牢了，叽啦子老老实实地被圈限在了松紧裤腰里。由于布的通气性，叽啦子在里面是不会有生命之虞的。

至于收获，得全凭当时的运气了，却也并非是百战百胜。有时会颇丰，整圈裤腰都满圈着叽啦子；而有的时候也会除了自己的纤纤瘦腰外，裤腰里便啥也没有了。

对于被擒获的叽啦子，则会按当时的心念进入玩趣的不同层面：或以细绳绑缚牵在手中飞旋；或除掉翅膀里的那对小翅后放飞；或者直接下河去，扑通一声跳进水中，在水下垂直拉扯裤头让裤腰松解，于是便看见一只只叽啦子从水下升浮上水面，扑腾腾于水面，再先先后后地由水面飞向空中，匆遽远去……

**作者简介：**

刘庆华　秭归县疾控中心医师。因为偶发地记录非典防控经历而开始了文字录记疾病防控工作之艰辛历程；又因三峡大移民激发出的对已淹没入三峡库底的故乡——归州的念思，而开始了对故土的回忆与录记；更因移居茅坪后的心怡宜居而绵醇了对家乡的爱与思。由此成文了关于秭归的《医踪心鉴》《醉倾葫芦》《贻民宜居》。

# 人间点滴

毛银鹏

## 你声音放小些

我学理发时，在师傅店里束手束脚，憋得喘不过气来，抽空去尚老师家玩。聊到文学理想，我不禁放开喉咙。

尚老师突然对我摆手：“你声音放小些！别人听到了，会说——谁这么大声？原来是个剃头的。”

## 把我处理给你

搞批发的老板，有时鞋积压过时了，削价处理，我进回再卖，利润比较高。

我坐一夜的船，到汉口天亮，上岸挤入窄长的汉正街。一个垂着松弛大眼袋的肥胖男人，长满黑毛粗壮的手，正一块一块地卸开污迹斑斑的厚门板。我见店内码满了鞋，便问：“师傅，有处理鞋吗？”他立即把门板往门边“砰”地一磕，瞪大血红的眼睛，往我面前一冲，上身前倾，粗声浊嗓地喊：“把我处理给你！”

我赶紧转身，三步并作两步走开，还听到背后的浊声：“一大早的，也不来句吉利的！”

## 城里的太阳

我租住北京大杂院的房向北，一年四季见不到太阳，我常把被子抱到外面胡同去晒。

上幼儿园的小儿，眨巴着眼问我，为何不租向南的房，我说向南的房租金高。

小儿说："啊，城里的太阳，也要钱买。"

## 艺术家与疯子

我看电视上，艺术家谈话，不是平常人能说出的，便对妻子说，你看这些艺术家，纯粹是疯子。

妻子埋头剥豆："成功了就是艺术家，失败了就是疯子。"

后来，她有些言行过激，我本想骂她疯子，但怕激化矛盾，便笑着说："你这没成功的艺术家！"她也笑。

## 少男少女

我睡在北京胡同的四合院内，做了个梦，醒后梦境清晰，字句涌动，我便实录下来——

美少男少女同佣于地主家。少男扫地，少女洗衣，因相恋，地净，衣也净，人皆赞之。

少男归家。少爷找少女亲热，求婚，老爷不允："年少求学！"打发出去。

少男再来，寻遍塘边院角，不见少女，便立在晾衣绳边，夸衣服洗得净，特大道少女名。旁佣质之："姨太太的尊名，怎能乱说？"

少男默退。临出院门，觉有光灼背，急转头，见泪眼，在雕花窗内。

## "细哥！"

我头上有哥姐，脚下有弟妹。过去，我们都叫最大的哥为大哥，弟妹们叫我为细哥。父母和姐对弟妹们谈到我时，也依弟妹的口气："俺细哥"；谈到最小的弟，都是："俺细弟儿"；弟妹们对别人谈到我，也总是一声一个："我细哥。"我们都咂着嘴，似乎含了糖，甜滋滋的。

妹比小弟大两岁，小弟一直依我们，对妹直接叫名字。他只在千里外当新兵时，写家信称妹为细姐。妹一看到"细姐"，就涌泪哽咽："俺细弟儿！"

小弟退伍回乡，还是依过去，叫妹名字。妹找的对象，比我们困难，小弟也依我们，直呼其名。

我在县城开店，挣了些钱，在村里建起最高的三间两层楼房，还带姐弟妹们做生意，帮他们建起楼房。弟妹们叫"细哥"，父母和姐依弟妹们谈到"俺细哥"更是饱含了蜜，连叫我妻子"细姐"也是流蜜溢糖。

妹夫开始上街收废品，见人说不出话。我带他见人，示范给他看。他和妹在街道试卖豆腐脑，老卖豆腐脑的人赶他们走，打他们。我带人去给他们打开门路。妹夫和他的父母，每次一见到我，都立即下身直立，上身弯曲，脸泛红，眼发光，嗓子抹蜜："细哥！"

因我迷在书上，尽管受一些文学青年尊重，但我没坚持好好开店，没买房，特别是近些年，房价翻百十倍疯涨，我已成了比平常人差的穷人。父母说我："半天云上过日子。"母亲对弟妹们谈到我，不再是"俺细哥！"，而是平平淡淡的"银尔"，和叫"张三、李四、王二麻子"没两样。如谈到我穷困，简直是谈"猪、狗、苍蝇"。

妹夫一直认真做生意，早已好几百万了，动辄给我父母几千、整万元。姐弟妹们都向他借了钱。

几年前春节，我们全家人在父母堂屋吃饭。坐在上铺位的老父突然站起身，双手端着酒杯，独独直盯妹夫大叫："贵尔！我敬你一杯！"随即夹起桌中小铁锅里的大鸡腿，塞到妹夫碗里："特地留给你的！"

姐说我们三兄弟（大哥早病故，我有个大弟）加在一起，抵不到妹夫一人。妹夫说我："再想赚钱，不那么容易。"妹夫的父母再碰到我，跷脚架手端坐，眼向上翻，脸皮纹丝不动。

去年年底，母亲在电话中对我说：小弟接了"细哥细姐"吃年饭。我奇怪：我和妻子并没回乡。随后才听出，自从盘古开天地，深入我们全家人和亲戚六眷的骨髓，融进我们全家人和亲戚六眷的血脉，我们全家人和亲戚六眷，梦里都不会模糊的——我和妻子的专用名："细哥""细姐"，已被剥夺，转呈给"发了大财"的妹夫和妹了。

我告诉妻子，妻子为小弟愁急得眉毛拧成结："那他叫你什么？"一直狂傲得眼向天上望、自诩博识的我，这时也只得猛搔头皮，低头盯地。

正在这时，小弟打来电话，说二姑爷做了新屋，送请柬给我们兄弟，他对二姑爷说："老家的礼，银尔不再送了。银尔女儿出嫁，也不打动老家的亲戚。"

## 蜘蛛与我

昨天夜里，见儿子床头有只小蜘蛛，我想都没想，立即拿一张卫生纸，套在手上去捉。它跑掉了，我只捉到它的一只脚。不一会儿，它再在床头墙上转，我猛地一卫生纸，扑瘪了它，丢到窗外去了。

今天早上，我又看到一只小蜘蛛，正准备动手，忽觉它是个小生命，我也只是个小生命，不该伤害它。并且它是在窗玻璃上走动，不会伤害我的儿子，说不定它等会儿又转悠到别处去了（写到这里，我抬头一看，它真的不见了）。

我忽想：这只蜘蛛，说不定是来找昨夜我扑瘪了的那只蜘蛛。它们是父子？夫妻？兄弟姐妹？这样说来，我已犯下罪过了。

看来，我们常常犯错，甚至犯罪，只是自己不觉得罢了。

今后，一举一动，得多加小心，别轻举妄动。

**作者简介：**

毛银鹏　1963年生于湖北武穴，在北京等地开过店。短篇小说《故人西辞》获《北京文学》奖、老舍文学奖新人佳作奖。

# 沿着盲道往前走

鲁北明月

有时，隐约怀疑这条盲道可能为我而修。

我并非盲者，但似乎除我之外，从未见过一位盲者或者非盲者刻意地走上这条镶嵌在人行道中间的盲道。

毫无疑问，这个城市的设计对人行道倾注过多的唯美诉求：香樟，丹桂，银杏，阶前草绿，萱草花紫，甚至还有舶来的加那利海枣，长叶婆娑，扮成热带的风情万种。地砖更是匠心独运，用红蓝白三色铺成规则而且繁复的几何图案，也有用紫色大理石营造华贵气派的路段，最近有一段改成绛红的石板，模仿自然形成的凹凸有致。但我觉得，这条盲道并不在最初的设计里，因为它的出现，很大程度上切割甚至破坏了路面原有构图的完整性和观赏性。

盲道窄窄长长，用一尺见方的黄色地砖铺成，表面都是条状凸起，仿佛八卦图中的“坤”。地势坤，厚德以载物。这盲道给一个特殊的人群独享，必是有大德隐约其中的。虽然这个人群深居简出，如这繁华之城的隐士。

搜遍有关小城的所有记忆，其实并无多少是关于盲者的。想着，脚已不自觉踏上这条特立独行的小道，“坤”的条状凸起在脚底产生一种特殊的触感。我试着闭上眼睛，去体味盲者行走其上的感觉，但仅仅几步之后，我不得不在惶恐中彻底放弃。我无法做到在一片黑暗中，仅靠脚底似是而非的触觉而保持在那窄窄长长的小道上行走。

况且，盲道随主干道的变化而变化着，在绕开窨井或者其他设施的时候，往往会有连续的四个直角拐弯；在横穿马路或者某个小区门口的时候，盲道又会暂时消失。我在想，当独有的触觉突然消失，路面变得平坦时，盲者会面临怎样的踌躇，做出怎样的判断？我的联想始终无法展开——盲道在马路的对面再次出现，像一条神奇的黄色巨蟒从对岸钻出，继续蜿蜒而行。

以我的观察，盲者沿盲道行进的最大障碍还并非是那些转角和形断意连的接驳，而是人们对盲道存在的不以为然。我的散步刚开始就需绕行，不得不彻底放弃走完盲道全程的尝试，因为一辆霸气的轿车牢牢地占据整条通道。

无法想象盲者出行因此可能遇到的曲折甚至凶险，我闭上眼睛时，世界布满黑暗。黑暗本身并不可怕，可怕的是黑暗中的无数未知。

当年读中学时，老家有一条乡间小路，真正属于走的人多便也成了路的那种，略略宽于现在脚下的盲道。小路一端连着村庄，一端连着学校，中间有三片水域、两处坟场、一个人迹罕至树木阴森的果园、一个如高坟涌起的废弃窑场。路上是四季和蛮荒。时至今日，我仍然无法对这条小路给出一个准确的修饰：

繁茂吗？夏秋季节是的。野草杂树，蛙声蝉鸣。

荒凉吗？早春隆冬季节是的，枯草腐叶，寒鸦野鼠。

恐怖吗？尤其晚自修结束后那些没有月光的夜晚，那片叫鬼家湾的水域结冰了，黑暗中一片惨淡的白，有人敢从上面溜过去吗？

暑假结束时，小路瘦了许多。野草藤蔓杂树纠缠不清地占领大半路面，蒺藜甚至爬过小路。走在路上便要当心了——蒺藜已经结出多棱并且带刺的果实来，坚锐到足以刺穿胶皮的鞋底。不仅如此，寂寞的小路上时常会有蛇鼠以及野狗，塌陷的坟茔里有枯骨和暗淡的壁画。枯草覆盖的窑顶，有时雪珠飘落，有时白草飞舞。寒风穿过光秃秃的林梢，横枝上有只一动不动的黑色鸟儿。

小路无声，天籁俱在。

是谁？设计了四季、昼夜、荣枯以及生死的布景，然后沉静地观察我们在这条小路上一路迤逦而来，而去。

若干年后，我们从这条小路走出懵懂期，然后如风中的絮、暗夜的星般四散。按照不同的标准，现在已经有了贫与富、官与民，或者还有美与丑、善与恶，甚至生与死的分类。三十年后，我们在村中饭店举杯，我们把少年的回忆一饮而尽，余响却是破碎的声音。三十年来，我们在各自的路上奔波，已经无法像当年迅速地达成关于偷瓜摸枣的共识。

那么，我们真的走出懵懂期了吗？

脚下的盲道呈现鲜亮的黄色，设计者以美好的一厢情愿提醒拥有明眸的人群给盲者留一条铺满阳光的小路，只可惜理想的阳光照进现实的时候总会发生无法预知的折射、散射以及衍射。就像我无法想象闭着眼睛走在这条盲道会遭逢怎样的波折与坎坷，就像一位盲者无法想象阳光的线条、鲜花的艳丽以及月色的皎洁，就像人们无法预言一个初生的婴孩在若干年后会以何种方式存世一样。

小路是脚步的自然选择，盲道是城市的精心设计，但无论脚在何处，我们的世界遍布无常和无穷的未知。人类是羸弱、无助和一个最需要救赎的物种。

弱者相信命运，强者崇尚主义，教徒信奉上帝，胆怯者迷信鬼神，无知者以为权力和财富可以实现人生的永恒……或苍白、或虚无、或虔诚、或神秘、或愚蠢。杨朱遇歧路而大哭，阮籍因穷途而悲恸，智者尚且如此，寻常的我们在流浪途中迷失的时候，可能宁愿相信哪怕一根从眼前漂过的稻草。

人类其实永远走在盲道上。周围的黑暗并不可怕，可怕的是内心隐藏的黑暗。一位盲者说：我举火而行，只是需要人们看得见我罢了。

在漫长的旅程中，我们是多么需要一盏圣洁的灯火，去照亮自己，去驱赶黑暗。

神也说：要有光。

**作者简介：**

鲁北明月　原名孙振明，山东昌邑人，现居上海金山，上海市作家协会会员。有散文、诗歌等作品散见于《解放日报》《劳动报》《中华词赋》，中国作家网等报刊网站，作品入选多种文学选本，曾获陶渊明散文奖等若干奖项，出版散文集《我在南方》《从流飘荡》。

# 骂冗村散记

刘　荣

## 一

出老家凉水井村，走三里路，过青岗河，是一大片种着油菜的稻田。金黄金黄的油菜花迎着春风摇曳，田野上飘荡着沁人心脾的花香味，让人一点点沉醉！顺着窄长的田埂路走去，翻上垭口，停下脚步抹抹汗揉揉眼，大山环抱之中出现了一个村子。

这村子叫骂冗，流传着许多神秘而久远的故事。

相传好多好多年前，这里的人们分别居住在阿松寨和黑羊大箐，过着男耕女织的日子。黑羊大箐的居民喂养了看家的狗，喂养了耕田的牛，还喂养了下蛋的鸡。狗吠鸡鸣，炊烟袅袅，大山脚下的古老土地升腾起人间烟火味。

那些觅食的鸡，时不时越过半人高的篱笆墙，飞到阿松寨居民的菜园里刨食。那些贪吃的猪，趁主人不注意，跑到庄稼地里啃咬禾苗。阿松寨居民看到自己用汗水浇灌的庄稼被牲畜啃咬，捡起地上的石块砸鸡，抡起半人高的木棒打猪。因为牲畜、因为庄稼，妇女们开始破口大骂，用最恶毒的言语咒骂。到了后来男人也卷进来，提刀弄棒打斗。黑羊大箐的居民争斗不过，只能逞口舌之利，时间长了也就让人生厌，以此得名骂冗，意为骂得冗冗烦烦的。后来黑羊大箐居民找来了一先生，破了阿松寨风水，阿松寨因此破落。最终，黑羊大箐居民成为这片土地的主人。

白姓，是骂冗的大姓。该族起于秦朝名将白起，历朝历代俱为武将，忠义无比。宣武将军白纳元攻打贵州，兵锋直达幺铺。白氏抽标为记，以姓起堡，名为白旗堡，以名起山，名为将军山。落脚白旗堡后，白氏经四代弃武习文，在黑羊大箐安居乐业。骂冗白氏后人及入贵州时同来的谭、王、李、张等将领后人，想起先祖征战的种种艰辛，用地戏这种民间文化活动进行纪念。骂冗地戏，唱的是《薛丁山征西》，讲述唐朝贞观年间薛丁山奉旨讨伐西凉国，与西凉女将樊梨花之间的恩怨情仇。

地戏，让村子变得生动，让村子变得具体；地戏，是骂冗的筋骨，是骂冗的血肉。

## 二

表伯家住在骂冗。正月间最激动人心的事，莫过于去骂冗听戏，那是我童年记忆里最温暖的年味。

露天戏场在村前的土坝子上，搭着戏棚，戏棚边挂着一面大锣。戏还没有开唱，戏场显得热闹得很，有些小商贩高一声低一声吆喝着卖东西。穿着新衣裳的孩子们，喊叫着在人群中跑来跑去的。有些胆大的小孩，点燃鞭炮往空中一扔，鞭炮炸响，声声清脆。我围着戏棚转了一圈，抚摸着铜锣，静下心来听一位头发花白的老人哼唱戏文。

我在戏场边遇到二表哥，他穿着黑色的新衣裳，没有说话，一把抓着我的手，带我去买甘蔗。二表哥的手厚实而有力，我挣脱不开，跟着他走。有人在卖甘蔗，一捆捆甘蔗用绳子绑着。

这时候，有个小孩往空中扔了鞭炮，“啪”一声，鞭炮发出了清脆的声响。二表哥摸了摸头，咧着嘴巴望着我笑。人来人去的戏场和这个叫骂冗的村子仿佛也跟着他笑了起来。

二表哥带我去家里，路上他眉飞色舞地给我说起了《薛丁山征西》里面的薛丁山，说起了薛丁山的夫人窦仙童。这个窦仙童有件宝贝叫捆仙绳，见到敌将把捆仙绳往空中一扔，敌将还没反应过来，就被捆住了手脚，动弹不得……

我正听得入神，二表哥带着我走进了他家堂屋。我眨着眼睛想，要是自己也像窦仙童那样手里有根捆仙绳，玩抓特务的游戏时就把捆仙绳往空中一扔，小伙伴们被捆绑住手脚，就只能乖乖认输了。

## 三

表伯妈在灶房里熏腊肉，柴草噼噼啪啪响着，火苗欢快地舞动着身子，把墙壁映得红通通的。灶房，暖烘烘的，炕上的腊肉散发出烟火味，这是家的味道！

每年春节，我都去骂冗听戏，去表伯家玩耍。我对他家很熟，像回到家一样。

表伯妈见我，慌忙站起来，搬凳子给我坐。她怕我冷着，往火塘里加了柴，蹲下身子用力吹几口气，柴草燃烧起来，一团旺火把人烤得满头是汗。

表伯妈用围裙擦了擦手，去灶房角落的水缸边。她揭开盖水缸的小簸箕，伸手进去捞起来一段泡粑。那泡粑四四方方的，还往下滴着冰水。

“伯妈，我不吃，你不要麻烦。”我抢着说。

表伯妈找来菜刀，一边切泡粑一边笑着说：“儿哩，我家就是你家，伯妈烧粑粑给你吃。”

她一片一片切着泡粑，每一片切得大小一样，分不出厚薄。表伯妈坐在煤灶边，把火钳支在灶上烤泡粑。她很有耐心，时不时翻一下泡粑，转过身笑着对我说上几句话。

泡粑受热后，开始一点点鼓胀起来，一点点变得焦黄起来，热气中透出了诱人的香味。表伯妈用指甲轻轻刮几下烤焦的粑粑，吹几口后，递到我手里。我把手中的粑粑给二表哥，表伯妈笑着说："儿哩，快吃！你哥饿了，他自己会烧吃。"

二表哥去碗柜里端来半碗蜂糖，喊我用粑粑蘸着吃。表伯妈烤的泡粑，我吃了好几片，撑得肚子又鼓又圆，还时不时揉一下肚子。这是童年时光中最美好的回忆！那以后的日子，我总会想起表伯妈烤的泡粑和二表哥端来的半碗蜂糖。

长大后离开家出门打工，经常会梦到骂冗这个村子，梦到表伯妈烤的米粑，焦黄喷香，还冒着一缕热气。几年前回家，去看表伯妈，就想像小时候那样吃几片她烤的泡粑。

## 四

二表哥站在我身边，陪着我看戏。

午饭后，四村八寨的乡邻们都赶来骂冗村听戏。一些提着乌木烟杆的老伯，眯着眼，皱纹里仿佛都带着笑意。男女老幼在土坝子上或站或坐围成一个圈，翘首以待。

"咚咚咚……"

鼓响起来了，听起来热闹。

"锵锵锵……"

锣也响起来了，听起来欢快。

"咚锵咚锵咚咚锵……"

锣鼓响起来了，热闹而欢快，戏场的气氛活跃起来。一个蹲在墙边啃甘蔗的小孩，吐出甘蔗渣，抹了抹嘴巴往人群里挤。锣鼓的击奏力度由轻变重由弱变强，唱戏的民间艺人在热闹的锣鼓声中出场。先出来一个小卒，穿绿色戏服，走场时拖长声调呐喊几声。那面具是民间艺人用丁香木雕刻的，神态逼真，有些小孩指着面具咧着嘴巴笑。这戏服，做工精良，我觉得好奇，伸手摸了一下戏服，怕被人发现，又慌忙把手缩回来。接着头戴面具腰系战袍手持刀剑的将帅出来了，那面具，栩栩如生；那战袍，鲜艳夺目；那刀剑，寒光闪闪。士卒呐喊，战旗飘飞，这简陋的露天戏场变成了号角争鸣刀光剑影的古战场……

锣鼓停下，一位民间艺人坐在戏棚边的长凳子上开唱了起来，戴着插长长的箐鸡毛的红色面具，红色象征忠勇。站我身旁的二表哥轻声说这是薛仁贵元帅，“白虎星”转世，三箭定天山。一部书就是一个完整的战争故事，一个完整的战争故事就是一部厚书。这毛笔抄写的唱本带着说白，听起来朗朗上口，浸透着民间说唱文学的芳香。民间艺人高声唱了一段后，停了下来，那唱词是七言韵文，一字一字落在了父老兄弟们的心坎上，让人回味无穷。锣鼓响起来了，在舒缓或急促的鼓点与锣声中，手持刀剑的艺人做出了一连串腾挪转换的打斗动作，两将相斗四人穿插，到最后变成了八人齐舞。艺人们辗转腾挪，在这一招一式你来我往之间，色彩鲜艳的战袍随风飘飞，让人目不暇接。叫好声一浪接一浪，响彻云霄，戏场热闹非凡。戏场边，有个八九岁的男孩，手握一截树枝学着跳戏。

锣鼓声中，一页页历史画卷，鲜活清晰地在眼前翻动。唱书中的那些忠臣良将，仿佛从书中跳了出来，在戏场上穿插打斗。唱戏散场后，夕阳已西下，四村八寨的乡邻才恋恋不舍离去……

## 五

出门打工后，很少去骂冗了。特别是烧米粑给我吃的表伯妈离开了人世后，那个叫骂冗的村子渐渐变得陌生起来。可有时候，我还会梦见那片开满油菜花的稻田，梦见稻田中间的那条小路，梦见站在河边望着我一步步回家的二表哥。从梦中醒来，想到这个叫骂冗的村子，想起骂冗的地戏，想起表伯妈烤的米粑，丝丝暖意在心间缓缓流淌，冰冷而漫长的夜一点点变得暖和而美好起来！

**作者简介：**

刘　荣　贵州六枝人，2001 年南下深圳，开始了持续至今的打工生涯。在漂泊的日子里，坐在宿舍那狭长而摇晃的铁床上，拼凑些平淡而浅显的文字充实打工生活。习作散见《大鹏湾》《江门文艺》《六枝文艺》《深圳青年》。《割稻谷》《祖屋只在我梦里》入选中国作家网精品文集。

# 诗歌卷

# 玻璃、废墟及其他

西　库

## 玻　璃

在玻璃的碎裂声中你听到什么
我听到碎裂
听到事物毁于碎片的尖叫——
无声的

我听到尖叫中美的毁灭和
心灵的战栗
比如，一张破碎的、姑娘的脸
被剜去了人们对美的信仰

一双儿童的眼睛——
完整的玻璃背后破碎的心
光芒幽然像一把刀
扎向这个羞辱和毁灭它的世界

## 读魏纯风景写生

他已经入秋——那些响亮的色调
初看完全是盛夏，其实不然
我闻到的气息表明，他的画笔蘸足了初秋
果粒一样炸裂的阳光。他当然热爱树绿
和湖水的蓝，他用某种偏爱堆砌
那些入秋的浓绿和深蓝，也包括淡绿
和浅蓝。秋天赋予了他
更多牧歌式的灵感，所以他同样毫不吝啬
熟褐、赭石、土黄甚至近乎玫红
用大笔触画出对土地毋庸掩饰的感情
我羡慕画家不必受制于语言的桎梏
在看似随意的涂抹和堆叠中表达入秋的
确定性：他摒弃了诗人式的伤感
和所有构成伤感的犹疑、软弱、虚无的笔触
一切都在坚定和充满肌理的厚涂中
生成健全的和声，和果实一样饱满的诗意

## 小风景

河边散步。无风，闷热
没什么可抱怨的，出汗是散步的
第一要义而风景
不是：出汗更让人确定
身体的存在感与合法性
而风景让人恍惚——

河水暗绿，收敛，倒映的两岸
风景如此平庸
反使人更加专注于出汗
汗水像一条条河流
流经身体的沟壑——
它们正生成着自足而隐秘的
小风景。夏天和秋天
正在身体上完成它们的
交权仪式，它们的进退与胶着
还将持续一些时日
这不影响身体向其中一方
逐日倾斜。就像河岸上
几棵侧柏，一日比一日倾斜
静穆中构成自足的小风景

## 小泖港，一匹丝绸的皱褶

小泖港，一匹丝绸在黄昏
完成它的漂染——用夕光和
黛云。一匹重磅丝绸
在时间里冷却、褶皱，且自我赋就
入秋以来的光泽和质感

鹭鸟回到涵养林，回到
响叶杨日见疏阔的庭院和卧房
胆小的族类也有欲盖弥彰的
隐私。它们的鸣叫
空旷了小泖港这匹

江南丝绸。时间在小泖港
完成密集的皱褶：时间由深而浅
由浊而清，由快而慢
由粗粝而柔滑，由喧嚣
而静谧。在时间的物化中

一条驳船吃水及舷。它所裁开和
缝合的，是同一匹江南
同一匹黄昏，同一匹冷却的
丝绸——夕阳也熨不服帖的皱褶
势必俘获一弯弦月，并完成自我命名

## 废　墟

烂尾湿地公园
数百亩黄昏草深及腰

落日把深草当成了巢穴
收起翅膀的灰烬

巨大的时间废墟里
鹭鸟警惕。鹭鸟白得

像一个污点
鹭鸟飞起来的瞬间

散步者深陷，并成为

时间之灰的一部分

他们完成了
对荒芜的最终定义

## 写生课：扳罾者

雨后的小泖港堤岸上
扳罾者近乎古人

他脸上苍云飞度
看上去古老而又苍茫

他的眼神比黄昏浅
比小泖港的河水

略深：偶有鱼影拨刺
更多是寂寞

有时候他也和围观者
搭话，言辞简省、寡淡

仿佛来自一卷
宋山水。他轻手轻脚地

起网，又轻手轻脚下网
黄昏与河水反反复复

从网眼里过滤——
他像极了一枚宋画落款

疏淡，漫漶
蹲守在小泖港的江南

## 写生课：垃圾分类员

她拥有一张长脸，看着有些丧，
还有些煞气。她好像从来没有笑过。

相比其他女人她显得瘦削、高大，
也更晦暗，浑身上下找不到

一处堪称色彩的地方：她与环境保持了
高度谐和，在一幅暗调子画中她总是

更暗的那部分。她已不年轻，
但也无法准确判断她所处的年龄区间。

大多时候她用一根木棍压实干垃圾，
间或探身埋进湿垃圾桶，分拣出那些

被误投的塑料袋。她常常按捺不住怨怒，
和某个穿睡衣的小妇人骂架——

面对故意不拆包湿垃圾且语带挑衅的
小妇人，她也出言不逊，有时用方言有时

用普通话。那些使惯了的污言秽语，
她用得得心应口。她不买谁的账。

当然更多时候她是沉默的。她用布条
下狠手捆扎大大小小的纸板，然后堆放。

在并不亮堂的路灯下，
她和她的影子一起，忙忙碌碌。

一个非典型劳动妇女，她不任劳任怨，
适合现实主义的炭精条，不适合赞美诗。

2021.9

**作者简介：**

西　库　上海市作协会员，金山区作协副主席。出版诗集《站在秋天中央》《万物收藏月光的方式》《写生课》等六种。作品见于《诗刊》《星星》《诗潮》《诗歌月刊》《西部》《青年文学》《散文诗》等报刊。作品收入《2017 年中国诗歌精选》《2018 年中国年度诗歌》《2019 中国年度散文诗》等选本。曾获 2014 年度星星中国散文诗大赛优秀奖，上海市作协 2013、2017、2020 年度作品奖等。

# 重阳（外二首）

刚杰·索木东

## 重　阳

阳光正好，顺着北山走了走
我们所能企及的高度
早就有人抵达了。绕过山头
就是下山的便道

金碧辉煌的庙堂立于高冈之上
那么多的先贤颔首而立，沉默不语
那么多的石头堆积在一起
足以构成凝重的气息
浓墨重彩的檐头，几只鸽子
嘀咕着午后的琐碎
吹过去的风，就一直停不下来

向阳的山坡上，应时的花木
还未真正斑斓就已开始凋零
摇曳的秋英，结下黑色的果实

“在藏地被叫作格桑的花朵，
拥有着针一般坚硬的种子。
再强大的胃口，也无法阻止
来年，它们漫山遍野地盛开！”

更远处的河谷里，一塘苇子
半亩黄沙，安安静静地陪伴着
北方的这条大河，漫长而寂寥的冬天
远走的飞鸟，偶尔还会梦见
浊流里艰难蠕动的沉默吗？

绕过繁华，绕过行人
绕过康庄大道的平坦与拥堵
这一座小院清清静静
五彩的萱草，委顿于地
渐知天命的我们，举起酒杯
溢满泡沫的庸常里

风，分明已经静了下来

## 重阳于晨郊见菊

从甘南下来，整个北方都在下雨
那些高处的雪峰早已不属于我了
那个温暖的屋檐，早已不属于我了
我们之间，客气得就像
秋天，最后剩下的两朵残菊

热闹的话语总是容易使人疲惫
从一场又一场宿醉中醒来
那些僵硬的记忆，越发
让我感到秋日的衰败

回到老家的那几天，母亲
从南方打来的电话是最多的
——她怕我忘了，那些
和泥土有关的仪轨

## 在秋天

在秋天，谁能真正放弃
登临高处的愿望？
唯有，北方的林木
又在安静地卸下
整整一年的繁琐

礼佛的母亲在这个秋天病着
另一个世界里的父亲
却很少能够，走进梦境了
生在重阳的兄弟
携着稚子，走进黎明
我们，偶尔会在
校园的深处相遇

屯粮，备肉，储酒
丰收的季节，我们闭口不谈

历经的苦难和北风的萧索
人近中年，都得学会
握住，生命中
不可多得的
这份温润

**作者简介：**

刚杰·索木东　藏族，又名来鑫华，甘肃甘南卓尼人，中国作家协会会员。著有诗集《故乡是甘南》。现供职于西北师大。

# 秘药（组诗）

董欣潘

## 闽东海

从东台山以远，到官井洋以南
百多海里的洋面，是我的闽东海
它也称为海西，在台湾海峡以西
我最先迎来朝日的第一缕曙光
送走夕阳的最后一片暮色
其间有我众多的渔民兄弟踏浪出海
或放网捕捞，或围网养鱼
这片海域是我们赖以生存的疆域
古老的海洋潮起潮落，它日夜欢唱
一支渔歌，高亢的部分是水手的豪放
低沉的部分是渔村的呜咽和悲壮

## 秘　药

将海水反复地在太阳下翻晒
蒸发，淬炼和提纯

成为一粒粒肉眼看得见的晶体
它像大海的种子
种在舌尖上，让人得以识别
世间的苦与涩
它仿佛是神化的大海
以其精华供养生命
塑造一个人博大的胸襟和坦荡的灵魂
它既不是白的，也不是灰的，更不是蔚蓝色的
它只是大海的本色，归还于人

有时，它也化作一种盐水
专治人间疾病

## 浪涛中的礁石

砸向它的海浪，如今都退向哪里？
礁石还在，面目已千疮百孔
那些曾开在它身上的浪花
继续开着。大海有无边的苦涩
和众多暗流与陷阱，并不值得赞美
但我欣赏一块礁石，它面对风暴时的
坚韧品性和定力不容置疑
它总是不动声色，沉默如金
令所有巨浪狂涛
汹汹而来，又完败而去

## 寄生蟹匆匆爬行而过

海边的礁岩，表层粗粝

有几处风刮浪击后留下的沟壑
里面居然蛰居着一只寄生蟹
它并不起眼，穿一身铠甲
斑驳又沧桑，我独爱这斑驳与沧桑
爱它起伏不平的身世与坚韧的个性
面对大海，终年的风暴并不停息
它有生的无声无息
也有死的安宁与孤寂

## 向落日说再见

它的告别充满仪式感
在一条沿海栈道
那些从远方赶来的人们
扛着“长枪短炮”，守候落日降落
我从生活中挤出一点时间
加入这支宏大的团队，那时
风自远方吹来，浪从脚下涌起
大海碧波万顷，涌荡着万千金银
海平线上，那艘船一次次伸出手
挽留着落日，但我在心里
一次次向它说再见

## 白露溪流向东海

礁石沉溺于溪水
浮萍逐流于水的行程
平静的水面突然面目狰狞

仿佛没有一滴水是无辜的
都是帮凶，在江湖
即使一艘大船，在突如其来的风暴中
汹涌，激荡，漂摇
难以掌控自己的命运
而泥沙俱下，堆积成为
一股阻挡潮流的旧势力
有时河道更改，换了姓名
江山还是这座江山
依然有绝处逢生的沧桑之美

## 在海风中享用最好的晚餐

天快黑下来了，隐秘的时间就要显现
你如果再不来，夕阳就落山了

在一片耀眼而辉煌的暮光下
你随我一起来到海边
渔船正在归来，你有满心的诗意
他们有一船的海鲜：石鲟，九节虾，鲈鱼
活蹦乱跳，往死里跳，像脱离了苦海
那些牡蛎，海螺，贻贝，岩乳
它们味道鲜美
如果有酒，最好是酱香型的白酒
本地的土黄酒太过温柔
如果有诗，最好是一海的生猛与鲜活

晚风吹来海鲜生猛的味道

那将是我一生最好的晚餐

## 海边即景

夏日海边，波涛汹涌，海鸥翻飞
它们一个也不认识我

有人在晒盐
他想从海水里提取盐
白花花的盐，一旦被他取出
大海还剩下什么

如同一个人被索要了灵魂
之后，他还能剩下什么

大海空阔，那无边的蓝，无边的白
无边的苦和涩

## 大海突然不安起来

有风的午后，大海突然骚动起来
它坐立不安，身心一刻也不能安静
试图通过十万朵浪花释放出来

海浪浑浊而暴力
攻击了大海处子之身
它磅礴的欲望，不达天际誓不罢休

鱼死不能复生，但一阵海风可以
一股波涛可以，一朵浪花可以
大海的蓝色烈火在燃烧
只是一粒盐巴的死灰复燃

**作者简介：**

董欣潘　原名董新潘，福建福鼎人，福建作协会员，中国诗歌学会会员。诗作见于《诗刊》《草堂》《诗潮》《诗歌月刊》《福建文学》《北方文学》等，入选《2016中国年度诗歌》《2019年诗歌选粹》等多个选本。出版诗集《闲笔》。

# 海浪哲学（外九首）

野　老

一浪接一浪拍击海岸，一浪又一浪
淹没沙滩上的红尘之事
无人诠释海浪的力量
它赶走沐浴的曙光，赶走了
途经的夕阳。唯独，海鸥
栖息在灌木丛中

点数海浪。它破碎，如此迅速
成为海洋的一部分，是必要的
成为海浪上的漂浮物是幸福的
与海浪随波逐流，辽阔
还原陆地上的生活景象

船灯微暗，借一只渔船露宿
人类许下的祝福以及抛弃的忧愁
进入梦境，绽放出芬芳
与天空闪耀的星辰共呼吸
透明的海浪之声消失于
宁静的无边的黑夜

但海浪的翅膀在飞翔
闪电、雷鸣永远无法击退
一浪浪涟漪，赋予大海新的含义
盐不动声色地随海一生

舒缓的陈述里，偶尔看到
海浪亲吻若隐若现的岛屿
也许不是爱的亲吻，也许
是为生活狠狠地碰了个满怀
这是海浪的

柔弱时刻。大海给予慈祥般安慰
海浪，把裸体的自己归还水域
蓝色的鲸鱼吐出生活之痛
你听见新鲜的潮汐声
响彻在体内，尾声清脆

## 为山水立碑

它们还活着，但我不断为它们立碑
只有这样，我与山水才没有
阴阳界限。为山水立碑
不用选择墓地，它们身上处处是墓地穴位
但祭品是必要的。为此，我要亲自放牧牛羊
……收集鸟鸣，在山坡种满鲜花
同时，借用每天的夕阳来哀伤
让万物也变得沉默

沉默时刻，我为它们吹一曲完整的唢呐
吹到月缺星散，吹到雷雨交加
然后在银装素裹的世界拥抱它们
至于碑文，我可能终生无法拟写
也许关于光芒，也许是雨水

## 火车上的牧羊人

驶向沿海的火车上，与我邻座的大叔
目不转睛地看着手机屏幕上的羊群
生怕目光转移，羊会少一只
儿时，我牧羊。种种原因
我的羊群丢失在风中

我多看了一眼他的羊只
他便悉数给我介绍：“这只叫铁头，羊角坚硬
最小这只，是傍月，它出生在有月亮的傍晚”
他彻底打动了我，不仅仅是为羊只取名字
而是他那充满光芒的眼睛
吸引着窗外的静物

晚霞迟暮。电线上站着一只只鸟雀
火车开走了，驶过旷野和村庄
他的目光，紧盯眼前驶过的一座座山岗
嘴角微动，帮我唤回了一只走失的羊
草色青青，它在人间亲吻天上的云朵

## 刮胡子

对着镜子，最先看到的是带有故事的眼眸
如要证明，下巴长着稀疏的胡须
说明一切。用手触摸，密麻的松针
刺穿了窗外的树林
光芒、树叶、鸟鸣，洒落一地
有的掉落在水池
父亲，曾无数次对着水池刮胡子
只是后来，水池干枯
我再没能看到他站在那对着水镜……
父亲从未教过我刮胡子的手法
慢慢地，岁月教会了我
生活也让我渐渐走上了父亲的道路
譬如，离开故乡
栖身于城市的村庄
白天外出，晚上回到出租屋
……洗澡，刮胡子。不管刮得干净与否
但这次我刮得异常干净
我似乎已不再像我
窗外飞过的黑鸟，吓我一跳

## 种菜所悟

我总相信，一个人在陌生的地方
也能过好生活
譬如，我在芦湾村租了小块地

春埋莴苣种，夏种刺青瓜
秋播香菜籽，冬割大白菜
种菜，是继承母亲生活的一部分
继承她的勤劳，该松土就别施肥，该浇水
就替天空下雨
继承她的热情，蔬菜成熟
采摘一些送给在工地上舞蹈的农民
生活给了他们足够的苦，新鲜蔬菜
能在他们的碗中加点糖
继承她的勤劳、热情、朴素之余
我也学习向日葵的精神
生活充满雷电与暴雨
但它心中，笑对太阳的信念永恒
学习长纽儿的丝瓜，即使白天的事物对它
冷眼相对。入梦前，它把白天的一切遭遇
关闭在梦境之外
只留窗外月色皎洁

## 出　走

村庄。马匹。峡谷。船只
在我前去没有尽头的路上
出走，为了探索闪电之下跳动的
词语。路上，借用鸟鸣和涛声
动用山神与水鬼，轻摇
不懂山河契阔的自己
路过亲戚的坟茔，记得表示祝贺
生前低头行走，在这终于站直了身腰

一只鸟携清风拂过，留下漩涡歌声
四季，学会懂得分配光芒和雨水
一天取三寸光芒豢养生锈的思想
每夜饮用二两雨水丈量未老去的时光
选择出走就不必后悔
路上霜雪，胜过门前落叶
也许闪电下词语的奥秘，始终
无法得到解剖。出走的道理在于
跋涉完葳蕤山脉
也就越过了滔滔江河

## 在夕阳里静看远方

羊铃已被风灌满
因为此刻山峦要浓妆上台
你在夕阳里静看远方
你站向哪座山顶？湖泊
在我们身后是清澈的村庄
只有河流，在我们之间奔向美的远方
山谷回响，像橘树下擦泪的老人
如摇篮里啼哭的婴儿
费尽最大的力气发出声响
也没能吓飞草堆里的麻雀
于是，你捡起地上的松果
咬破手指，疼痛使你明白了远方很美丽
但也很贫穷。贫穷到你——
没有居所
……半粒月色，进入他人闺窗

你可以不计较这些现实的贫穷
但你不得不还原成为一块石头
聆听羊铃声在山坡响起
余音缭绕

## 山色空蒙

雨后初晴，雾色于半山游动
人间的莹澈无限弥漫

你在山中，看向藤蔓

淋过雨的鸟
听见满山清脆

## 为了生活

溪水静静地流淌
你为了寻找一只失散的羊
借着月光，翻空了整座山
同样的夜晚
你又为了生活
悄悄翻过了一座山
这么多年，小溪和山一直都在
但始终没人翻山越岭找你
你告诉我
他们也要生活

## 生活赞歌

臻于生活契机的人，最终淬于生活

以脆弱的躯体，对抗直面生活的坚硬
在枯瘠的土地上，欺骗自己
寸草不生。渐渐遗忘生活的本质意义
而生活将在一个理由边缘
无情收回那些自暴自弃之人

以黎明的葳蕤治疗暮色的苍茫
全心掷入，河流，青黛
退回花期。坟茔中的安眠者
只是替我，提前夭亡了一次

深夜的女子，遗弃的女子
在梦的床头默念月亮的纯洁
我拜访月亮身上一些隐蔽的地方
寂静地躺在苍白树影下，窥透
生活背面，另一个陌生的

自己。在波澜不惊的生活里渡劫
虚假充实，幸福短暂
与醉酒的空气凝视
把自己交给欠缺半根骨头的月亮
目睹泪水破碎的现场
听见悲痛的哀歌

任何苦难都与我相连
任何鬼魂都与我相关
我与他们重逢于相识
在奔途中——
谛听生活的赞歌

**作者简介：**

野　老　原名黄健，土家族，贵州沿河人，贵州省作家协会会员、广东省散文诗学会会员。作品散见《诗刊》《长江文艺》《星星》《扬子江》《诗歌月刊》《散文诗》《诗选刊》《江南诗》《绿风》《草堂》《贵州作家》《延河》《青春》《散文诗世界》《椰城》《上海诗人》等杂志，入选《2019年度中国优秀散文诗》《2020年度中国年度作品·散文诗》，参加第九届《中国诗歌》"新发现诗歌营"。出版诗集《雾中山色》，获第八届梵净山年度文学奖。

# 海边行（组诗）

林杰荣

## 试 探

山川冰冻，我不担心
发芽的树都说真话
雪把土地捂热
黑漆漆的眼睛沾染月光
流水流啊，越流越宽阔
我在下游收割稻子、麦子和粗粮
春天依旧小心翼翼
用一阵风试探我脸上的温度
微热，正适合栽花或埋藏多余的叶子

## 季节的恩惠

流水不急，赶路的人也不急
每一朵花还在挑选合适的颜色
天空越蓝，我就越惭愧
曾经的错事，还有太多没反省

一直沿着小路走
软软泥巴像大山一样围住我
但我不会迷失方向
有风带路，有诚实的年轮
阳光轻易照透了我和一片绿叶

果子还没熟呢，劳动者
把它们轻轻搂在怀里
宽容是这个季节最大的恩惠
弯腰的身影在大地上越来越多
我忍不住摸了一把土
竟然，摸到一阵不紧不慢的心跳

## 一座空空的庙

村子拆迁了
只留下一座空空的庙
庙里的僧人搬走了
只留下一尊空空的佛
佛的眼里本来就是空空的
好像一切都没变过
我开车路过寺庙
如同一阵微不足道的风

## 脚　印

石头的脚印埋在泥沙下

百年，千年，刚刚走到山脚
而山脚下，那棵光秃老树
在原地踩碎了数不清的光阴

时间到处飞，忽而扬尘，忽而落叶
阳光依旧薄如纸，多踩几脚才会变厚
村里的人走进城市，城市里的人
走进一座比村屋更小的房子
只有路，没有脚印
地面上，偶尔看到风吹过的痕迹

## 河流史

要从最高的那座山数起
一条河，两条河，三条河
在大雪纷飞的日子里
它们一涨再涨，然后各自转弯

带着黄土流经千里，万里
带着历史的回声流过石器，青铜，水泥坝子
当它爱上某个地方
必然要经历一次干涸，以及
孕育出一个饥渴而忍耐的种族

它还会继续流，直到
所有纷争都彻底安静下来
它比时间更仁慈
于是，我们看到海洋

而那些流着流着就消失的
让我对生命有了更多好奇与期待

## 吃素者

她吃素，平淡如流水
既不信佛，也不信命运
每一天都给花浇水
没有阳光的日子，也喜欢早起

窗外是一片小树林
大多数声音，来源于土壤内部
她安静时，总有几声虫鸣
一群吃素者在讨论
如何才能让蔬菜长得更绿

## 集装箱

在某个大型港口
房子一样的集装箱，搬来运去
它们在海上漂，忘了自己原本是铁
坚硬的属性被改造成淡漠与服从

它们不了解大海有多深
一阵波涛起伏，以为就是全部
漂泊数日，到了新大陆
铁皮箱子就变成木箱子，纸箱子
变得更加容易向生活服软

或许，只有生锈时才能想起自己
随波逐流的日子，湿气太重
太多隐患一点一点塞进关节里
直到终于忍不住，喊出第一声“疼”
沉重的集装箱被丢弃在某处废墟
而此刻，它们看起来更像一块坚硬的铁

## 病　友

患着一样的相思病
只有故乡的河水可以入药
没有河水，他就喝酒
连咳嗽也沾上了土腔

一路颠簸，阳光成了曲线
他脚不沾尘地离开，再离开
河水流得很远很远
甚至拐过的弯，比他的思念还多
昨天，早已成为大海的一部分

## 海边行

正是涨潮的时候
海水一层一层地涌到脚边
空气中弥漫着潮湿的咸涩
我忽然有种吐露隐私的冲动

远方有人在鼓动么
海边行走的人似乎都敢于赤裸
你说涨潮是为了掩盖什么
但这里只有乱石，只有泥沙
只有上不了岸的某些孤独的渴望

我慢慢退回岸上，潮水
已经淹没了空寂的乱石滩
海面比刚才平静了一些
但我知道，潮水依然在涨
那些沉没的事物
总会再次浮出水面

## 流水书

我拖着缓慢的身躯，爱着万物
胸口总是起伏着天空的颜色
高山为母，大海为父
我矢志要做思想广阔的人

无数的黑夜拉扯我
但我依然奔入更深的黑夜
听说孤独可以把人磨得更锋利
疼归疼，我还是不断撞开顽石
把一身柔弱磨成硬骨头

至于光阴流逝，和我无关
落花，落叶，总是要珍惜的

睡不着的日子里
我学会了与岸边的人谈心
有人说我长得像月亮
嘿，月亮又哪儿懂得生活呢

## 河流的一生

溯源，非常艰难
我不是活在记忆里
但总有一座高山，高过视线里的云
仰望时令人颤动，死后有了皈依

如果，能一直走下去
我的子孙会有更大的胸怀
看过蓝天，再看一看海
血脉里的家族史
先澎湃一阵，最后复归平静

终于，我找到祖先的尸骸
一次次不为人知的迁徙，沉默而悲壮
它们用泥沙改变历史
用生命来冲撞愚昧者的堵截
直到粮食丰获，秋天变得更温暖
它们悄悄转一个弯，望着高过云端的那座山

## 关于秋天

秋天，落叶一遍遍重复着

对大地深沉的爱
人间一遍遍重复着悲欢离合
以及消逝者最后的劝诫

一阵风落到枝头，又落到我手上
陌生人也得到善意的馈赠
昏黄的秋天并没有陷入昏沉
鸟儿飞过山川，找到家
红脸的小姑娘被苹果轻轻砸了一下

谁还能比这秋天更有母性呢
天空那么高，清浅的溪水
依然把云的影子喂得白白胖胖
田野里大家都弯着腰
一群对生活满怀感恩的凡人
在为辽阔大地的灵魂接生
阳光终将穿透一切

晨雾散了，大地上
有了你，我，和一棵树
羊群不再惧怕黑夜
庄稼都活过了严寒的冬天

挖井人挖出了光
我相信下面的水是甜的?
落叶落在那里，伟人葬在那里
偶尔路过那片土地
我看到自己的影子是完整的

还有炮火里的口琴声
还有风雪里的朗读声
谁说一点怜悯就是懦弱
此刻，我的信仰依然如旧
拥抱一定要温暖，还有
阳光终将穿透一切

## 石　佛

这尊石佛还没有成形
阳光抹不清灰暗的面部
此时寂静，但没有更深的寓意
一声鸟鸣，恍若一种解脱

香火还在人间
不够虔诚，就是一团冷冷的烟
那么高的山，也留不住脚下的水
而那些被水冲落的石子
慢慢了解生活疾苦

还要继续挨刀，挨风雪
尝遍了痛，才会想到慈悲
一块石头要睁开眼睛
多少个黑夜已变得驯良
当有人在它面前下跪
它沉重得甚至要把自己压垮

**作者简介：**

林杰荣　笔名林邪云，浙江奉化人，入选浙江省青年作家人才库，第二届全国新青年诗会成员。作品散见于《人民日报》《光明日报》《诗刊》《星星》《儿童文学》《江南诗》《扬子江诗刊》等报刊。出版诗集《海边的玩火者》等个人作品五部。曾获李白诗歌奖、鲁藜诗歌奖、冰心儿童文学奖、谢璞儿童文学奖、宁波文学奖等。

# 良夜

木一伊

## 树林中的小屋

像栖息的蝶，在光影里明亮
祖母坐在向阳的屋顶上，躺椅“咯吱”的
声音融化在密林暗下来的时间里

沙漏在她身边漏下一颗颗沙粒
坠入幽深的底部

时间向后转动的圆圈
转入深陷的眼窝，辽阔的眼窝里一个山谷的
风霜雨雪走过去

她准备在阳光下绣花，在月亮下讲故事
直到星星入海，直到人瘦
入草木

## 良　夜

声音来自脚底还是头顶?
尖锐的拖桌子的音，垂直掉在被子上

“叽叽喳喳”的微弱的群音
像爬上海滩的浪花，星星点点开遍了
整个夜晚

月亮在更高的位置
铺设的良夜
在声音的断裂处晃动起来

你站在树梢上
数星星

## 岁　末

黄昏时分
红鲤鱼悬在头顶上，一群群地赶入深水区
乌黑的云在搅动，露出绯红的鱼背
快要落在地上了

那时你推着自行车，走进樱花公寓
在一片红色的光影里
把新年愿望折叠成一只鹤
送入天空

## 补　叙

你们呆滞地对望
你转身而不是高声喧哗，向着来路走回去
在夜色中，她敲开你的门
把项链奉还，而不是撕碎友谊

或者再一次遗失
在秋天的某个黄昏再次相遇
她微笑着成为死亡唇边的一粒
芝麻

或者，你们向着塞纳河边走去
在夕阳中说起往事

她把项链拿出来套在你的脖子上，再一次把
命运套在预定的机器里，出品同样的结局

但你会
漫不经心地离去

**作者简介：**

木一伊　诗歌《立夏》《你在水面下看到的》收录于《中外诗歌散文精品集》（2019年）。2020年参加第三届“琅琊杯”诗歌赛，《造字》《彩虹之河》《木质画》获一等奖，作品入选《全国诗书画精品选集》。

# 山中（组诗）

王永苓

## 山　中

镰刀。借我收割山脉的夜色
光芒返还
茅草。借我一只哨子
混进夜莺的剧场
语言，割下一座山的寂静
女人的歌谣绕过所有
陡峭
我，一只蒙尘的土陶
试图用清水装满一切
流云，月亮和山川……
放在她的姓名旁边
试图请一颗石头
放进故乡

## 额外的雪

她应该需要一支火柴，划亮

雪的童话
在巴颜喀拉山
没有什么雪是不应该的
除非，她放出牦牛
再多几个跋涉者
也只是多了几堆额外的白
她烤着柴火，旋转的雪粒子
扑腾着在窗上
难熬的季节，我无法融化的唯一
来自无法走近或者疏远
眼睛里的倾塌

## 白色信封

这封信注定要搁置，在我动笔以前
它成为一个无瑕的少女
写给爱人，完全可以装进一整支
大雁队伍
写给故乡，也可以
收容一块漂泊的墓碑
直到她成为一个少女，赤裸裸地
露出棱角和惶恐
我取下我的心脏，贴成邮票
遥寄。
给谁呢？在不长不短的二十几岁
读完，这一生的红白喜丧

## 茶花传记

给你一场荒唐的雪，邀请你
凋谢春天
春寒是一种遥远的涟漪，牵引我
找到了荒岬
找到了铁做的土壤

山上的古寺敲落经声，一些
返回弥远的冬天
剩下的，组成这场荒唐的低雪
你身上的奥妙
在我的鼻息中聚首

你在大雾中穿上白衣，震撼我的苍茫
你低垂而欢喜的头颅，成为废墟上的绝世吟诵

露水通过你流向我，不能去诠释
这白色花嫁的幸福之源
下坠，再下坠
我回荡在绿色错落的高楼间
触碰过的地方，属于春天

想起来了，你应该拥有一个好听的名字
我彻夜在看不见的尘埃里找寻
我奔赴在山海交叠的版图中
试着去记起开放时

轻轻吐出的小小花蕊：故乡

## 破窗而入

蝉声破窗而入，因此
夏天碎了一地
一个男人破窗而入
于是我得以呼吸
在光阴的角落里，总有
破碎的玻璃
从自然，从人的回忆
掉落
那时像蜕去的蝉壳
成为十几年来，不断
破窗而入的理由
这天，黄昏破窗而入
成为一个事故现场
而我
还在等一个人
来收拾

**作者简介：**

王永苓　四川泸州人，作品见《星星》《散文诗世界》等刊物。

# 旷野之上（组诗）

安　蓝

## 一个人在旷野读诗

鸟雀都安静下来
苜蓿支起她紫色的耳朵
野草屏住呼吸
多么隆重的仪式
我感觉自己正被读着
一个字一个字
像在念一段
镀满月光的
经卷
当我读到“寂寞像傍晚的雪一样
飘飘洒洒”
一棵树
忍不住叫了一下

## 旷野之秋

我的到来

一定加重了旷野的秋色
你看雨水许下的诺言
伤口正在愈合

寂静被拉开了一条口子
鸟鸣如浪花四溅
草木释放出体内的忧伤
站在旷野上
我成了旷野一小块移动的思想
和意义

## 秋雨的列车

要开往哪里呢？
这一场场秋雨的列车
乘满夏季的狂热和多情

每开走一列
世界就安静一点，就冰凉一点，仿佛
它们带走的不仅是暴乱的绿
还有狐媚子的红

要送往哪里呢？
这傻瓜一般的秋雨啊
难道不知，没有如火如荼的思想
肉身，只是一座凄冷的坟场

## 被修改的事物

左手边的树林里
有只大鸟惊叫着飞了出来
前面百米远的奶牛场
被荒凉养成疯草院

很多东西，在不知不觉中
被悄悄修改了
雨水修改了一条道路的走向
风修改了一棵树的长势
寺庙修改着一座村庄的习性

旷野之上
我坐在土梁
心被水渠的流水声
修改得干净而忧伤

## 旷野疗伤

久居闹市
被高楼拦截的目光
越来越短浅
心，困于喧嚣
终日，浮躁不安

于是，常常逃离

独行，至一片无人旷野
做一个射线的点
放出目光，如脱兔
自由奔驰

再收回眼窝时
天高地阔

耳朵，喂饱了寂静
听到大地的心跳
草木的呼吸
灵魂的乐音

心，喝足了辽阔
被阳光捶打、延展成一片
鸟语花香，骏马奔驰的草原
那些曾经的
伤神，仿佛天际的
一群牛羊
一眨眼
都不见了

## 独在旷野

独自站在旷野
我是世界上最富有的人
整个旷野的旷是我的
旷野的野也是我的

那婉转啁啾是我的
那被荒草的荒撑起的天空
和被荒草的草覆盖的大地是我的
那高大的榆树以及树上掉落的鸟窝是我的

那树下两张摊开的报纸
和曾经坐过的一对温暖的屁股
是我的。那被虚构又被瓦解的爱情是我的
那消失的风筝和依然紧握的线是我的

还有神秘的车辙和被掏开的小洞
还有垂着头颅的向日葵
还有被掏空了身体的玉米
还有丝绸般的空气

还有开花的紫苜蓿
还有被雨水爱了又爱的沙地和奇怪的足印
还有一片明媚的姜花
两只恋爱的蝴蝶

还有新鲜的小路
还有远处的寺庙
还有你
恰好发来的短信
激活的孤独
……

2017.8.29

## 一个人读旷野

雨过，天未晴
我一个人去读旷野
我用双脚读，用左眼读，用右手读
用我的呼吸读
用大过旷野的寂寞读
用高过秋天的愁绪读
用堆积四十年的月光读
用体内所剩无多的
火焰和水分读
用被爱情反复捶打，被世俗一再撞击
但依然
保持完好的心，读

我读到冰草，就读到了童年
养过的一只小羊羔
读到紫苜蓿就读到了
睡在阳坡湾苜蓿地里的婆婆。
读到垂着头颅的向日葵
就读到了公公越来越弯的腰背
读到一片小树林
就读到了你
我还想往树林的深处读
怕只怕，读到一碰就落下的
眼泪

**作者简介：**

安　蓝　原名魁俊梅，甘肃省作家协会会员。诗歌、散文、小说等作品散见于《星星・散文诗》《飞天》《扬子江诗刊》《天津诗人》《西部诗报》《中国煤炭报》《甘肃日报》等报刊和网络媒体。出版散文集《陪你云开见月明》。

# 北疆棉田（外四首）

秋　华

## 北疆棉田

撒一朵棉花在天山北麓
一群群白色蝴蝶漫涌而出
风无休止地吹着雪白
这些被秋天宠爱的植物
枝、叶与内心
在一起积攒着对雪霜的祝福

缓慢移动的
不只是一块成熟的棉花
或者是一大块的土地
还有一台兴奋的机器
拖着昏黄的斜晖
拉着戈壁一路朝西

棉田遗落有黎明的星星
第一个下田的女人

把清晨翻开
光线在她臂弯处亮了起来
星星，棉花
都被收拾进紧随她的布袋

一些花铃挪进暮色
蓦然处，一声清脆的破裂声
把隐含的苦楚
在干燥的空气中释放
露出一片洁白
仰望在天空的幸福，被风吹动

## 胡　杨

坐在玻璃茶几上
深秋好浓
胡杨看着灯光
在夜色里散开

一种枯枝，如烟霞
在飘渺的路上
自成风景
又孤零零地相对挺立

一直幻想千年
鹤，抬起一条腿
断掉的枝，枯萎的叶
在阳光下跋涉

枯枝上曾长过三种叶
少年如柳，中年是杨
老年成枫
密密麻麻的白天摇晃开来

戈壁忘记了戒律
这里离沙漠不远
没有水，没有糖酒
胡杨自成东西

灯光照进旧时光
四季，已经过去好多世纪
一只鸟点啄着时间
伸出手又把它们吓跑

朽木飘浮在目光上
映照出狂风、烈日、弯月
不朽的背影，枯枝和沉默
无声无息穿行而过

## 天山路上的落叶

路过天山路
挤进了一个深秋
眼前的空间
没有人说话
肃穆　忘记了伤痛

不用恐惧　不用悲伤
边行进，边窥探
人生的内核

落叶，一群接着一群
鱼贯而入一个暧昧的异乡
累了，就睡
落叶，在梦中飘到天山
把一场爱恨情仇
酌一口风霜
化为翩翩的飞蝶
飘过一叶灿然

落叶，融入时间的薄雾
在温和的光线下坐着
安定且谦和
摆脱了俗世的苦痛
隐藏在天山路丫子和角落里
掩盖黑暗的面目
留下一层暖暖的鲜亮
生动着一路简洁

## 母亲石之力

石头，以恒定与坚硬
裸露出一股张力与神奇
如母亲的一个肢体语言
阐述着大地的秘密

夕阳唤醒一阵阵记忆
好多的前尘往事
开始复活

经过的人
仿佛来到了久违的故地
一颗饱满的石头
隐藏着内心的伤痛
走近那声呐喊
穿透童年的帷幕
飘荡在外

一匹马飞奔而过的蹄痕中
有一种千年的仰望
看见远古的路标
风吹过英雄的山河
女娲般的意志
裸露出游牧人的气概
在民族的古道中，坚守

## 赛里木湖的清晨

雪，露出山的肩膀
站在婆罗科努山上
焦虑地把沙尘别开
雪松，赶紧竖起衣领
遮挡住夜的灰烬
苍鹰都把自己啜泣

展成一团狂喜
赛里木湖的清晨
新泛出一页页冬的色彩

十月，才露出冬的形状
赛里木湖的清晨
已经呼吸到冬雪的寒意
没有遇上美妙的阳光
寒冷隐身于苍绿的湖岸
这时，黄的天人菊、鸢尾
苍白的苔草、藤萝
极度平和埋在湖的四周
为闪耀的湖水而啜泣

赛里木湖躺在高山中
让谁也找不到星星的泪水
遗落在赛里木湖的午夜
黎明的相见像花朵绽放
开启一片片简单的思想波光
简单纯洁得没有答案
除非湖水泛出晶莹
光，远远地隐藏在浪花里
共同看护着一颗心灵

**作者简介：**

秋　华　湖北通城人。本源幕阜、龙窖，游学隽水、淦河，历练长江、新疆。年少逐吴钩，不惑拒五斗。耕读汉语言，诗作千余首。

# 大海从来不悲伤（组诗）

冀卫军

## 狭路相逢

想象，在生活面前
往往异常苍白。阴晴圆缺

不过是人生的一个个小程序，日子
其实更像是一个又一个的补丁。当生活

无法按部就班地继续，一个生命
面临的要么是一个机遇，要么
就是一种危险。求生的欲望

是生命的一种本能，抑或
条件反射，其实
更多的是一种心理恐惧。唯有

理解了死的纯粹和必然，才能更加懂得
生的偶然和活的艰难。生命的意义

往往潜伏在生死之外，我们
却一直习惯，在生死之间
寻找标准答案

## 爱与不爱

习惯。从认识到离开
一直在心头打结，有时
用文字打结，有时
用泪水。分别

装入两个口袋，时过五年
或者十年，依然能闭着眼睛
将它们准确区分开。快乐

是一种记忆，疼痛
是另一种记忆，心里
并没有厚此薄彼，宛若
一双手。偶尔

故意将它们十指相扣，最终
只是一种徒劳，像油和水
谁也无法打败或替代对方活着

## 雪落下

在梦中。安静和自由

带有一种善意，为每一个生命
让路，微笑。回避或过滤掉

过程的意外，包括生死
涂抹出一番新景象。梦醒时分

鸟儿在枝头尖叫，村庄和城市
穿上了新衣，堆积的落雪
掩藏起大地的凌乱，拼接出
一个更大的舞台，填平
小路的凸凹和崎岖。短暂的纯净

过后，依然无法
改写尘世的混浊和黑白。生命中

需要一场大雪，与过去
诀别，重新另起一行
开始新的故事

## 大海从来不悲伤

初见。海与天
无法拆散，就像
一对连体人。海浪

一次次疯狂扑向礁石，然后
又一次次缓缓地松开手，分分合合
似乎从来没有悲伤，也没有

厌倦。海边的潮水

像一只温顺的泰迪狗，误将我
当成了主人，一遍遍地
亲吻着脚背和脚踝，毫无
戒备和恶意。看海归来

我莫名病了，一直
未找到一个验方救治——
我的失恋

## 请把我的心寄存在今夜

气温骤降。夜幕下
一盏盏路灯清冷而孤单，河水
也压低了嗓音，行人
稀疏，背影匆忙。一弯上弦月

忧郁而迷人，拥堵的人间
只能容纳下两个人，一颗心
也只能供一叶兰舟停靠。空气中

无家可归的灯光，像
一个个丢失灵魂的野鬼，四处游荡
偷窥着人间的悲喜，一会儿哭
一会儿笑。风吹过

隐隐有暗香盈鼻，公园中

梅影婆娑，幽幽绰绰，脑海里
依然是含苞欲放的模样。没有
花开，就不必担心凋零。如果

错过了今晚，明天
就只剩一片枯萎和叹息

## 二　月

一颗颗红色的痣。带着
宗教般的虔诚和威严，循环
在城市和乡村流转，一起
迎新，祈福。不慌不忙

欢聚的时刻，乘着一场飞雪
从四面八方涌来，熟悉
或陌生的面孔，有着
不同的心事，山高水长
置于脑后。房前屋后

站满了草木，有的
已经老去，有的正当壮年
有的正在萌芽。炊烟

在心头扎了根，一个人
无论飞多高，走多远，最终
都要回归这里，与泥土
同眠。飞奔的时光

准确抵达每个节点，一刻
也未停歇。沿途的过客

眼睁睁，无计可施
欲言又止

## 又见桃花

先是瞥见一汪碧水。一群野鸭
好似在放风，夹岸的石头
依旧凌乱，却更加潮湿
温润。待嫁的姑娘

脸上飞起一抹羞赧，双眸
水汪汪的，像两片比邻的海
清澈而纯净，深不见底

风吹过。摇摆的柳条
临水照影，愈加
婀娜，妩媚。对面山坡

憋得一片彤红，桃树下
油菜花儿正年少，黄得
快要晃瞎眼。又闻

山歌响起，又见炊烟
笼罩，桃花灼灼，转眼

又是一年春回头

## 不要问我是谁

夜晚。潜伏着崇山
河流，险滩，悬崖，以及草地
平原和花海，彼此之间
你拥我挤，像争夺
出席一场盛会。夜空中

绽放的每一朵烟花，瞬间的绚烂
或惊艳，都是一种恩赐——
无一不被命运暗自宠幸。即使

过眼飘散，粉碎，沦为一粒尘埃
也是生命最好的礼遇。不必

为余烬叹息，也不必
问我是谁，把掌声和欢呼
献给那些——
黑暗里，怀抱希望和激情
不幸阵亡的无名者。所有的幸运

都是在生命的尸首堆上开出的花朵

## 最后的夜晚

灯火，越来越

沉闷和安静，恨不能
将两个影子折叠，除掉
一个对手。空气

变得局促而呆滞，一只野猫
在叫春，像上演一出
没有台词的悲情戏。角色

互换，空间对调，悲喜
瞬间逆转。不再揪心

此刻诀别的哀与愁，而是
未来的不可知。夜

越来越颓败，一点一点
沦陷于灯火的堕落和失守之中

**作者简介：**

冀卫军　陕西商洛人，陕西省作协会员，鲁24高研班学员。有诗歌、散文、小说在《诗刊》《绿风》《延河》《山东文学》《安徽文学》《台港文学选刊》等报刊发表。已出版散文集《四眼看世界》，诗集《一晃而过》。

# 背景（组章）

水过河

## 背　景

男孩和小草一样低矮，住在荒芜寂寥的家园。小鸟衔过来的种子，萌芽了他最初的梦。

父亲扶起的犁铧，早已锈迹斑斑。清贫的血丝，古铜色一般蔓延过田野，然后深入大地扎根。

孩子，轻轻地拾起几枚残落的叶慰藉自己。填饱了饥肠，而他的自尊漏了几个洞，被北风刮了几刀。

## 空房子

几年前，一位老人病倒了，某年某月某日某时刻。

那天，风走过，雨走过，岁月走过，泪水走过，上帝就这样匆匆地带走了一个人的命根。

现在谁也难以忘却，那天刚好是大年初一，鞭炮响亮得很，几条街道也听到。

一个人走了，除了一座房子空着，忧伤的语言也空了。

## 风在风中吹

风在风中吹。谁先吹起谁的发绢？谁能分得清。

它们是孪生姊妹，情同手足。或起舞，或歌唱，或低吟，或消逝。

携着流浪的手绢，向上飘，向下舞，向南飞，向北归，不分昼夜，捕捉方向。

风在风中吹。我一直相信，这是人生容纳与追赶的姿态。

多少岁月的土，重叠了厚实的诗页。多少关注的目光，翻阅了无声的葬埋。

是风，一次又一次地清扫生命的阴霾。等待阳光，扑哧在它们流浪的雨翼上。

风在风中吹，风从风中来，雨从风中去。

风在风中吹，我从风中来，你从风中去。

当风吹过昨夜的故事，我顿悟：记忆诞生在风谷，消亡在风谷。

## 寒冷在守望

寒冷在守望。我在这个冬天的夜晚，挖掘出了这个秘密。

泥土在酣眠。记忆在冷藏。人字在呼吸。

细节，简单的几条枝丫，支撑起了守望的里程。

阳光。雨露。花蕾。于梦中浅浅地浮起，又是那个旧池塘。

几条鱼的自由，被雪包围起来。几根鲜活的神经，被风打包在野外。

灵魂静静地入眠。静谧的思维，开始从守望的目光，一直盖到希冀的心田。

寒冷在寒冷中守望。温暖淌入血脉，喂养凄冷的孤独和舒展的欲望。

人们，开始在这个冬天的城堡，筑高了春天的望远镜。

雪花在半空中凄美绽放。待到丛中赤露嫣红，我怀疑它是寒冷的血液。

## 地

海子住过的村庄，住满了诗句。还有清贫的骨头，清贫的眼泪。

麦子翻阅大地的忧伤。我看见诗人连夜在照顾麦地。

晶莹的雨露，是他真诚的眼泪。因为流泪，让麦子和诗句一样饱满而成熟。

海子走的时候，村庄下雪了，分明是有人在哭泣。

雪白的心事，刚刚过完冬，就融化成水奔入田野，温润母亲苍老的眼眶。

残留的痕迹里，我找到了一种温暖，与诗歌有关，和爱有关。

卧下来并不代表逝去，或许站着已经很累，灵魂需要休憩。

可是他的诗歌依然站着，默默地站着。站成了一道凄美独特的风景，让父老乡亲们泪流纵横。

站在旧麦地，风吹过的时候，我突然想起还有一颗麦穗还没捡起，也无法捡起。

## 河

一条河，又是一条河。一道岁月，又是一道岁月。

弯弯曲曲，坎坎坷坷。人生，漂在上面，故事，沉在下面。

潺潺，浅唱低吟。淙淙，斗志昂扬。

哗啦啦的水声，是故乡水橹的多情吗？

玉溪柳畔，浣洗青衣，江南女孩的倩影，投放在浪花绽放处，涟漪开始温柔起来。

风景这边独好。柔情似水，佳期如梦。

我在左岸，故乡在右岸。河流，流淌着遥远的思念，清澈而遥远。

人生苦短，河流漫长。一条河流，就是我的一生在绵延着另一生。

把自己丢在水中，付诸河流向东流。笔作楫，纸作舟，信念起风，梦想挂帆。上路吧。

## 井

一面明镜，反射不到记忆背后的身影。

挑水的木绳，断了。故乡的亲人，老了。曾经的古井，荒了。

我看见了荒芜的诗句，攀上我的心房。读来依然亲切，可是眼泪很忧伤。

自从门口有了打水井，你隐退江湖，淡远了人们的视野。

多少次，我静静地路过你的家门，远远地沉思。我真担心我的到来，会惊起你酣眠的波涛。

打湿我的诗句，包括我多愁善感的心灵。

井啊，井——你是我的第二个母亲，我爱你就如爱上我的诗歌。

你可知道？多少游子曾在你面前装扮过童年纯真的梦幻。

今夜。就让我悄悄地梳理你的发梢吧。顿时，我发觉一缕比盐还咸的液体灌注全身。

## 田

一个字，就把农人围困住了。不是围城，也不是荒城，是谷城。

里面住满了大地的女儿，天空的梦想。

汗水耕耘过的地方，留下了芬芳。泪水浇灌过的地方，留下了风骨。

风雨交加的时候，我看见命运在挣扎，甚至看见了血液向体外肆意地流淌。

他们默默地送走了太阳，又在等待月亮。

多少日子，倒在田野里，扶起来就是尊严。多少苦难，浸入泥土深处，犁不尽的绿色希冀。

春华秋实，四季轮回。一方田，反复地孵化，反复地收割。

田野，走出了很多人，挽留了很多人。

我种田的父老乡亲啊，清贫的田野围困了你们的一生，而把奉献与希望送到远方。

## 山

是山，还是山。一条路在林中深入浅出。

脚印爬过，树木爬过，岁月爬过。

耸起的信念，牵引着大山的孩子，沿着你凹凸的脊背往上攀爬。

石头，是故乡的特产。拎起来很沉重，让异乡的游子背负使命不忘根。

树林，遮掩着人们的头颅，为山村撑起了一把绿色的雨伞。

幽径栈道，履痕斑斑，岁月沧桑而山更坚韧如磐。

山的孩子，背负着山的梦想，担当起山的脊梁。

披上荆棘，踏破铁鞋，徐徐而行，穿过了层层山林，寻觅凤凰美丽的传说。

艳阳天在前面。阳光成为他们久违的记忆。

**作者简介：**

水过河　原名许水活，八〇后，广东廉江人，广东省作家协会会员。十七岁开始在《中学生优秀作文》发表文章，作品散见于《散文选刊》《散文诗》《散文诗世界》《延河》《新语丝》《南方都市报》等。已出版散文集《篱笆家园》、诗集《三滴水》。曾获2006年广东校园文学大赛一等奖、第四届中外散文诗歌邀请赛一等奖、2018年深圳市优秀群众文学奖、2020年中国散文年会二等奖等。《左山崖·右山崖》入选《2016中国年度散文诗》。

# 和高坡邂逅（组诗）

牧 之

## 在高坡，我和月亮有约

我的心，徘徊在高坡的月夜中
童年的月亮，还照在我记忆的地方

月光在草里，依然如故
微风吹过，拐了一个小弯
山坡上迎风而来的布依情歌
正在隐姓埋名，让我在端起的
酒杯中，把与生俱来的那份乡愁
沉湎于思念高坡的千回百转

在高坡，我就是回到了故乡
和月亮的相约，就像我与布依姑娘的相恋
让一双眸子，都有佛珠捻动的忐忑
在一缕春光中，让一瓣桃花
道破溪水的流欢，满怀的心事

在高坡，我和月亮有约
而远方的另一扇门
正在我来时的路上，安放
年久失修的落日，之后
让高坡的山风，与布依的米酒
成为掠过秦月汉关的千古绝唱

## 在石门，怀想尘世的雪

迷茫中，尘世的雪
在向石门飘来
祖先们的生命演绎成了永恒
在天地间，在石门槛上
和瓦蓝的天空，与松树为伴
等岁月里的火焰，在晨光之下
摇曳成远方游子怀想石门的姿态

月光和风一起飘来
尘世的雪，自己回到了故乡
高处不胜寒的石门，有风吹的流云
和游子双手合十的祈祷
一起在高大的槐树下
与绵延的乡音把珍藏的酒杯
碰得热泪盈眶，乳名荡漾

在石门，不必回首尘世的那场雪
只需在深深浅浅的脚印里

找到丢失的童谣，逝去的回忆
那如十指连心的乡愁，会将隐痛
放逐在泥泞之上，止不住眼泪
就会和石门的山溪一起
在时光的羊肠小道，夜听
岁月的门环轻轻响起

## 和一尘不染的梯田相拥而泣

云朵，在高坡的梯田徘徊
我们，正在赶往高坡的路上
无尽的阳光，蔓合的芳草
和三月悠长的雨，让我们的双眸
与若即若离的春光，在高坡
和一尘不染的梯田相拥而泣

无家可归的雨，慢了下来
和那些逝去的时光，在高坡的梯田
与挂在树梢的炊烟对饮
雨，替我们说了密密麻麻的话
关于爱情、关于思念、关于远方
而杏花，在高坡的梯田边
白了一地，和云朵
叙说祖先的农事，四季的轮回

时光蹲在梯田里，像在等待
无家可归的人，我们只有向光阴低头

交出我们在旅途中凌乱的脚步
迷离的心境，然后，在风声中
在古道边，饮下我们在红尘的愧疚
和最后的落日，在高坡
再次和一尘不染的梯田相拥而泣

## 在红岩大峡谷

在高坡，群山汹涌
我们挨着峡谷的风，倾听
大地的心语，抹去鸟的悲伤
佛语从石头里蹦出来
那些身披石头过河的人
为结痂的伤口，点燃慈悲的火

一片风的辽阔，在红岩大峡谷
与涅槃的凤凰一起获得新生
生与死的边缘，我们在听
薄薄的鸟语，如何把没有度过的光阴
去为一场悲喜的风雪祷告
在潮起之处，在木鱼声里
为忘记来路的人，解绳松绑

跌入尘土，峡谷美的绝境
和我们的怦然心动，在暮色中
向岁月深处走去，等雨回归云朵
让她在高坡邂逅一场雪

与内心有惊雷滚动的人
在峡谷深处，在溅飞的泥泞中
看尘埃落定，看众生奔逃

## 在云顶草原，与苍天对话

置身云顶，草原铺向天际
那些飞向苍天的鸟，打开了
时光的隧道，我们迷失的归途
在云顶之上，有一路的寂然无声
等草木摇曳，等春风吹又生

空山新雨后，我们远离尘嚣
在云顶草原，让灵魂像云朵一样
驮着李白的《将进酒》，与君歌一曲
之后，回首草原的辽远
抱住明月的影子，以对草的深情
在时光的分水岭，完成与灵魂的对话

秋风起，草木抵住了最后的凋零
云顶草原，在寂静的无边里
有我们起伏的心，沧桑的脸
在万物有约中，和漫天的星光
豪饮高坡之上最烈的酒
咽下云顶草原最粗粝的风
然后，像蹒跚学步的孩子
与苍天对话，喊醒山那边的黎明

擦掉受伤的眼泪，等大风起兮云飞扬
抵达，云顶草原的永恒和寂静？

**作者简介：**

牧　之　原名韦光榜，布依族，贵州贞丰人，中国作家协会会员，贵州省诗人协会副主席，《万峰湖》文学双月刊执行主编。有各类文学作品在《十月》《诗刊》《民族文学》《北京文学》《人民日报》等报刊发表。著有《山恋》《纸上人间》《风在拐弯处》《纳祥郎岱》《牧之诗歌选》等。曾获“韶峰杯”“李贺杯”“美文天下”等全国散文、诗歌大赛一等奖，第十四届中国人口文化奖，贵州第二届专业文艺奖等。

# 那些琐碎、弱小的生灵（组诗）

方　义

## 紫　藤

枯萎，韧劲还存的紫藤
缠绕电杆、电话线、电缆线、路灯线

夏天藤繁叶茂
绿荫一片又一片
由秋入冬，蜷缩为干枯的大蜘蛛
消隐，影犹在

这景象告诉你冬确实是冬
尽管，冬天没有雪
标志物，从不缺失
冰河的游鱼、冰凉的石头也是

## 知　了

蝉先地下蛰伏一年

倘若生命不能歌唱
就再蛰伏三年、十几年

理想，泥土一样低矮
却有羽化的梦
白雪覆盖，野火拂面
也如镜的光，久久外挂

它的歌，懂的人不多
充其量，只是“知了、知了”
其实，它每一拍
都按下飘浮的尘埃，激起号角的亢奋

曲谱由阳光绘制，简直就是
将勇者的宣言刻在日晷之上

## 在苏堤

松鼠上蹿下跳
吸引我在苏堤走走停停

整个上午交给这里了
要办的事推迟

千年的柳树还风姿绰约
有什么事等不得呢

## 残　月

萤火虫
不是吃素的

提着灯笼柔情漫舞
彰显一物降一物的力量
先麻醉，后液化，俘虏、消灭一个个蜗牛

望着荒野，满以为月光轻盈
却怎料月光驮着蜗牛的残盔弃甲

## 海河的冬天

海河的冰，像碎裂的玻璃片
浮于河面，棱与角
刀的锋刃，水痛刀也痛

几条鱼，潜游冰的缝隙
被捞鱼的人捞走
寺院放生的在其中吗？

游船上个月停航了
冰面上的主人俨然
是捕食的海鸥，静立，时而飞翔

夕阳西下

友人问，海鸥的家在哪？
我只知道，海鸥年年来，我也年年来

## 紫薇花

野马狂飙
炽烈的阳光在马背上触到闪电
紫薇，悠然自在，却也坦然
让阳光直射胸膛

当言辞，对酷热丧失耐心、缺乏活力
紫薇，从马蹄的声响
感悟到音乐的美妙

烈日当中
大街小巷的人都回到了家
暴晒的紫薇
仰问太阳的家在哪里，西山还是东海

花开傲然
鲜红的每一瓣都含有阳光的荆棘
这里，考琳·麦卡洛说的荆棘鸟
仿佛紫薇的化身

“我依然要这样做，依然把荆棘扎进胸膛”——
谁不动恻隐之心？
与紫薇一道，种子似的向上抬头

## 柿子熟了

柿子熟了，消瘦的树枝
无一叶片，尽是橙红点点

寂寥、孤独的美
用些比喻形容，终究陈词
就让柿子不贴标签地挂在树上吧

大院的门锁着
曾经的园丁何在？

屋顶戴着帽子，显高
却还是比柿树矮一截
柿子欲破窗而入

南风来，带雨
北风来，带霜，柿树照单收下

鸟来，啄食
柿子染进羽翼
橙红泼向更远的时空

习惯看星空的人
习惯着抬头追随这橙红点点

喜欢素描的人

架起画板，柿子里正下着雪

## 隐　喻

晨曦，毛毛虫
抖落雾水，羽化为蝶

蝶，自庄子起就带有隐喻
期待，对接暗语解码

瞬间，涌动
——爱，欲望，完美，痛苦，悲切，苦旅……

每个人
领走每个人的蝴蝶

## 结晶的蓝

走吧，去港口
光芒覆盖着海水
万亿吨的海水，我取走一粒盐
盐取走我虔诚的味蕾

原生的苦涩
由海风书写为云，降为远处赭色的海礁
修炼，摊晒
——那粒盐偿还沧桑、蜃楼、天堂

那粒盐，闩住海的大门
自己抱紧自己，结晶的蓝
行者不归，归来却是百味之王

**作者简介：**

方　义　原名罗方义，江西赣州人，居天津，中国诗歌学会会员。当过知青、教师、公务员，退休于中共赣州市委宣传部。文学作品散见于《星星》《中国诗歌》《诗歌月刊》《中国诗人》《绿风》《天津诗人》等刊物，入选多种诗歌选本。出版诗文集《与阳光同行》《微笑在路上》，多人合集《陌上花开》。获“新诗放歌六十年”全国网络诗歌大赛三等奖等。

# 荞麦（外七首）

产安江

## 荞　麦

在北方苦寒之地，我一眼就认出了你
而在你的身后，秋天的尽头——

先是缓缓走过一列送亲的队伍
接着又走过一列送葬的队伍

一只垂死的大鸟从天空飞过
掉下的羽毛，被秋风撕碎

顺着风向，你不停地向我倾斜
中间隔着一条无法越过的沟堑

我们就这样彼此默默地交换着信息
又一波寒潮，从西伯利亚赶来

## 青　草

被白居易吟诵过的青草
一路逐水而生。水是河水
雨水和露水。每滋润一次
爱，就被唤醒一次
穿过食草动物的利齿
铡刀和野火的围猎
在阳光中接受春风的抚摸
那么柔韧，那么温顺
像一群默默不语的乡村女子

## 对　峙

在太阳底下，在斧头和锯子的反光中
一棵树的神性，被充分激活
施暴者对此毫无觉察
忍辱菩萨立于绝地
阳光雨，下得更猛烈了

## 底层生活

机器的轰鸣声里，埋伏着上万头野兽
被淹没的，不只是我们的交谈

我们在空气中龇牙咧嘴，使眼色
像猿猴那样夸张地打着手势

仿佛回到茹毛饮血的年代

但果实和猎物越来越少
我们紧张工作睡觉，活得很真实
我们见面行礼问候，活得很虚假

我们的内心刚刚冒出一头河马
又被某种力量狠狠按了回去

## 日　昳

午后三点。太阳高举白旗，向西山投降
那些来不及丢盔弃甲的事物
陷在自身的泥淖中
只有一只身披铠甲的彩臂金龟
在岩石上不紧不慢地爬行
它怀揣的目的，没有人知道
也许它在等一场雨水
前来清理天地之间这庞大的战场
它缓慢地爬着，作为一条命
一个劫后余生的稀有物种
每移动一步，阴翳便加深一步

## 非虚构性幻觉

起风了，“拔大根三千里”
唯有伏草，如冲冠怒发
紧贴着黄昏的大地

写下苍茫

眼前仿佛史前
一只独角兽从水中爬出来
移动的巨石在风沙中渐行渐远
恒星之光，恍若隔世

## 女　巫

无数个不眠之夜，你在篝火上舞蹈
在农业的刀尖上祈求风调雨顺

后来，人们离开土地
田园空旷，黑夜漫长

一粒星光带着凄惶
风一样穿过故乡的屋顶

## 雨中的长城

雨水顺着城墙一直流到墙根
每一道沟壑都清晰可见
被揭开的历史的创口
在一张泪流满面的脸上
显现火山熔岩

不可说不可说
面对杵在你面前的我

你剜心的泪水
扑不灭岩层深处呼呼的火苗

**作者简介：**

产安江　安徽怀宁人。诗作见《诗刊》《作家天地》《π° 诗刊》等纸媒和网络平台。多首作品入选中国诗歌网“中国好诗”栏目。

# 看一棵参天大树（组诗）

余述斌

## 预 演

植株相互碰撞
飘飞的黄叶，不是隐忍的争执
有人以发出
纸质折叠般的声音为快，多像
呻吟、咳嗽、翻转侧覆
来换取草木山川的注意
我与明月是单相思，相互欣赏的借口
不在对方的相框中
那么多仰慕，像中药引子
只有流淌出来
才证明你有纸
你的纸上是有边疆的，纵火者的权利
是这刀刃收起渐渐卷边的人生
渐渐坐稳的人间和中年
你多像一个碰瓷的人
一阵微凉的重阳风

那些预演者
一次次在舞台上复述歌舞升平

## 看一棵参天大树上的悲伤

腰部，悬挂着一个通用名的牌
比如银杏，香樟，梧桐
我还是喜欢
大声念出这雷同的名字
如同，深秋了
身上哪有什么配饰，光秃秃的
连叶子也没有
残疾的臂，只有一小截儿
总是指向不明
而一只小小的鸟在上面待着
像一个假装远道而来的亲戚

## 昨夜，只用惯了灯光

你多么善良，把一切
一一归还，文字的裙裾成为借据
朗朗上口
昨晚埋了万物，不用内疚
不用泥土
不用流水。灯光会挖开一个口子
许多人都用过
这用习惯了的东西
总是用不旧。我丢与不丢

都像是在替夜色惋惜
一起潜伏在里面吧
骨肉相连，你这个不黏人的人
我一闭上眼睛，你多像个我用惯的灯光
乖巧伶俐

## 她绾上发髻，露出几缕白发

区分蚁类，还在沿用人间的黑与白
我在黑夜里爬行
以此加深对你的印象
我晒黑的肌肤，容易褪色
我动用遮阳伞，防晒霜，遮瑕膏
还有回忆，甚至酷爱的文字狱
将你锁在一张白纸上
卸妆的人们啊，黑夜是认同你的
我钟爱用灯光打败花蕾
戳上一千万洞穴
送给匆匆回家的人，如飞蛾一样
旷野长满的作物，才是亲人
你点一盏孤灯，把我
引诱到没有粮食，只有稻草的地方
你绾起黑发髻，露出几缕白发
是我昨夜不小心用灯光漂染上去的

## 秋水赋

时光挪移在水上

那些凸起的部位，如小小的波折
让人既爱又恨
有两种事物酷似涟漪
在水中屏息生存
高天上悠然的流云，河水里沉沦的落叶
一个偏明，一个偏暗
两个心存隔阂的人在此各抒已见
原来虚与实
只是个借口，就可搂抱在一起
像千里之外，你在临屏的对话框里
与我对话
我喜欢这开放的群居的水体
狭窄的空间投进扎堆的社会
不涨秋池
不拥挤踩踏
也无争执，我从不怪罪秋风
让皱褶从身体上撤退
钟爱如欢愉，成水体上的尤物
只是来约一次会就安静离开

## 银杏黄

路旁的
几棵银杏树，有一二棵
开始泛黄了，有一二棵
还在坚守绿色，像一群意志薄弱者
金黄色，才是最后要认的命
我知道，树上的人，鸟

都爱悔棋，我也像个观棋不语的人
喜欢看它们悔棋，我已在汉江路上
走了十年了，来来回回
看见悔棋者越来越高大
丢下的叶子越来越多，越来越黄
越来越好看

## 秋色意象

阳光的锤，柔软地
锤打着向日葵的肉身，里面的钉子
又整齐
又丰满。像河水一样
那么宁静，让人不忍伸手
让涟漪成为水中的乱世，偷走容颜
这个世界，每一枚优秀的钉子
会故意留出把柄
在墙上，悬挂一些时光的纸巾
在椅上，木头相互咬合呈现爱情
我有时想从向日葵里
拔出生锈的钉子，和它的痛楚
送给我亲爱的嘴巴

## 一只猫

仲夏的午后
车投下影子，绿树投下影子
一只花猫伏在一段隔阂里

在庇护
有倦意的人
我快速而过
比一只猫还轻，猫的尾巴
不时敲打地上别人的生活

**作者简介：**

余述斌　湖北省作家协会会员，仙桃市作家协会会员。有小说及诗歌三百多首（篇）散见于《延河》《红豆》《长江丛刊》《散文诗世界》《当代人》《芒种》等。曾获2018年度《延河》诗歌二等奖、2020年曹禺杯全国诗歌大赛三等奖等。

# 铁的紫烟（组诗）

中　明

## 铁的紫烟

父亲是一炉不熄的火焰
风吹不熄　雨淋不熄
生命煅烧生命的铁
生命的铁垦荒、锄地、收割
把苦涩的日子串成一抹温情的暖色

小时候我的调皮
是一块顽劣的石头
父亲将我的顽劣视如铁矿
夹进火炉中煅烧
夹进去一次失望一次
父亲却不放弃。摇头之后
又继续投放进炉中

父亲生命的火焰忽然熄灭
一家人的生活陷入一片灰暗

那年我从辍学的作业里走出来
打开凝聚在生命中的火焰
一枚煅烧过的石头，发出铁的紫烟……

## 穿越黄昏

落日隐去了最后一抹余晖
一棵棵树收回了游走的影子
天幕在无声地下滑
无形的黑翅扑腾着阴森森的寒气

寂静蛇一样缠了过来
心忽地悬到嗓子眼
我胆怯成一头逃命的野兽
身影闪电般蹿过夜的沙漠

那远处的点点灯火
尽管没有一盏属于我
在这无边的黑中
那是一只只拽住我生命的手

## 荒野的坟茔

锤子和錾子
把逝者的姓氏注入石头
石头站起来
用逝者的嘴巴说话

当夜幕降临
逝者从石头的替身里走出来
一盏灵魂的灯明明灭灭
荒野中找不到那条回家的路

蒿草丛生的荒野
掩不住凄凉的窸窸窣窣
那孤魂呜咽叙说的殇情
令一地冷月战栗惊悚

**作者简介：**

中　明　原名陈中明，1959 年生。在浙江打工的重庆人，做过建筑工、饭店杂工、送货工、清洁工等。诗歌爱好者，以诗缓解疲累以及充实在外东奔西闯的漂泊生活。有诗作在省、市级刊物发表过，现多发于网络平台。出版诗集《低处的阳光》一部。

# 庄稼的青春期（组诗）

何军雄

## 庄稼的青春期

时间不会喊一声疼
即使伤口被钟声震破
在六月
一粒麦子会提前剖腹产
所有的痛苦都销声匿迹
在时光的隧道里静候
刀子走过麦苗的头顶
庄稼的发育还在青春期

## 静

世间的万物都静下来
只有寺院的钟声在敲响

一个沉睡的孩子
梦见木鱼的叫喊声从耳畔响起

比夜还要静的
是一个僧侣在禅房打坐

一只蚂蚁从洞穴探出半个脑袋
身心被菩萨的慈悲感化

一段佛经穿过漆黑的夜
照亮尘埃中最为寂静的部分

## 夜的灯盏

举过头顶的一盏灯
亮彻了整个夜晚
风从一些角落侵入
吹晕无数觅食的蚂蚁
黑暗在寂静中摆布
不管一盏灯的死活
所有的星星都是我的眼睛
在夜晚寻找光明
风还在吹
一盏灯
从梦中醒来

## 夏天的雨

夏天的雨
滋润着一粒庄稼

饱满的粮仓是农民的孩子

夏天的雨
是女人的眼泪
以雨水的形式传递情感

夏天的雨
暴露了一个季节的心事
让多愁的内心不再寂寥

夏天的雨
在寂静中出发
抵达一年中最辉煌的时刻

## 水的影子

穿过黑夜
穿越岩石的裂缝
我看见
冰块的躯体
冲击生命的泉

双眼在黑暗中
找到了光明
无论是灵魂的第二次爆发
还是心灵的再次震撼
我只明白
那是水的影子

从故乡的河中流过

## 石　磨

我的每一顿口粮
就从两块石头中间磨出来

一头驴被蒙了眼睛
如同生活中迷失方向的我
在一块石磨旁转圈

那些粮食从细小的石缝里钻出来
从而进入我的肠胃

时常会想起一头驴
和一块石磨
是那些最不起眼的东西
喂养了我们的心灵

## 等待一场雪

在秋天的最深处
静候一段与雪有关的消息

雪是天空灵性的诗歌
飘落整个人间大地

雪花飞舞的日子

我的文学布满山村

等待一场雪
融化我的诗歌和散文

## 村　庄

留守儿童的温馨家园
挡不住阳光的亲密来访

树枝搭建的围栏
是鸡鸭独有的领地

一方清静的池塘
鱼虾占据了上风

春日的画笔展开色彩的宣纸
是一幅绚丽的立体画卷

谁把村庄的老人遗忘
一只狗迷失了回家的方向

## 午夜听雨

充满爱恋的朦胧
把一朵云彩
带入午夜时分

愁肠走后
下起了一场大雨
温馨而浪漫

苦恼未必真实
听雨的心情
大于午夜的沉醉

## 诗意的村庄

几只麻雀在偷吃玉米
一个孩子追赶着

苞谷挂满枝头
心中的喜悦升上眉梢

耕种大豆抑或高粱
犁耙像蚯蚓一般翻阅土地

像是四季的经卷
写在乡村的诗行里

谁把一幅山水画
遗失在人间

一扇门打开
一只狗蹲在路边

## 故乡的月

圆圆的一轮明月
收割了所有游子的心事
漂泊在外
故乡的月亮
照亮回家的路

故乡的月是抒情诗
诉说千里之外的思念
故乡的月是山水画
把一切牵挂的眼泪流到纸上

故乡的月
就是母亲
深情的眼睛

## 谁把寂寥说破

秋风吹过的夜晚
一缕微风失去了妩媚

缠绵于季节的根部
与一场雪不期而遇

冬天最大的宴会
莫过于雪与冰的碰撞

一切都在悄然无声地进行
如同我彻夜无眠

一阵风吹过墙角
一些语言走漏了风声

谁把寂寥说破
我的内心还在彷徨

**作者简介：**

何军雄　中国诗歌学会会员、甘肃省作家协会会员。作品散见于《诗刊》《中国诗歌》《中国诗人》《星星》《诗潮》《诗林》《上海文学》《延河》《飞天》等。出版诗集《雪地上的书生》《风吹故乡》《春日辞》。曾获北京市通州区“庆祝建党95周年红军长征胜利80周年”征文大赛一等奖、聊城大学纪念抗战胜利70周年征文一等奖、马边文学艺术大赛一等奖等。

# 月下忆荷（组诗）

罗国雄

## 芦苇活着只为白一次头

**1**

惊异于岷江边低头汲水的芦苇
一年中多数日子都在这个下游
拼命地绿着，用卑微的江湖
营养它虚构的庙堂

直到时间变了颜色
它才放弃了悲欢
挤破了头，也要
献给生活一支歌

一支柔韧、婉转、透明的歌
没有忧伤的词，只有温暖的曲
让江水有了光泽，像蔚蓝色的海子

**2**

披头散发的芦苇，朝落日投去

一束哀悼的目光，就有雪花带它
去前世飞翔，母亲站在黑龙滩湖边
捧着梦剥茧抽丝，穿针引线故乡的山水

雪泥鸿爪，荻花苍茫
一生站直了的人，到老来
也弯了脊背，爱如泰山压顶
他还有多久苟活于这个尘世？
得看从记忆深处飘来的那股流芳
有没有更小的子宫刚好够藏他的故乡！
等童年的白色柔毛，被风一吹
视线就能大雪纷飞

成千上万的母亲，径直穿进了一件棉袄
在蒹葭寺里静修，并且繁殖温暖
安慰着他心里的死者。让人间
更多死于心碎的人，重回
暮色笼罩的泥泞小径

**3**

秋天卸下了重负，玻璃江皱褶里
万物的底部，睡着一个天堂的倒影
芦苇选择从拐弯的低洼处，回到
积雪的往事里，仅仅一声咳嗽
就烧得河滩波澜起伏。一丈白绫
锁住了寒江，水与野之间
鸟鸣一起一落，仿佛在祝福
能点燃人间的，不一定是风

大地不一定要长翅膀，才会飞起来
去够落日的光芒，给即将封冻的清澈
保留入冬前，最后一点温暖的念想

远在上游的故乡，也有芦苇星星点灯
只为让我的母亲，一生能白一次头的爱
成为一江春水的遗物，或让这首诗里
结了冰的纸上声，能回到血液的源头

## 月下忆荷

午夜一朵清荷跃出水面
墨仿佛泼了一地
一张走动月光的宣纸上
妩媚的渴望
正一波一波荡开
从梦的湖心升腾
神秘的芬芳以我为彼岸
此刻我的眼睛
已是最美的花园

荷岂是花
是有人在最远的地方歌唱

## 春　日

三月的心扉，吱呀一声开了
蒲包花、樱草、瓜叶菊、蟹爪莲

玉兰、海棠、迎春……蜂拥而入的
远芳袭人，像在下毛毛雨，沸腾着
我眼镜片上起雾的向往。但它们
还接不到真正的阳光雨，只能在
城市的花园里，喝自来水厂的水

这一刻我想起我年轻的妈妈
想起她把我放进春风摇篮里
一遍遍哼儿歌："桃花，桃花
张开嘴巴。只会笑，不讲话
脸儿红红，像个娃娃。"

她背我回家时经过的那片油菜花地
有一条蚯蚓，至今仍在我脑海里蠕动
拱出泥土最新鲜最古老最柔软的部分
值得让我怀中小憩的稚子，毛绒绒的脸蛋
依偎。当他细嫩的小手，也长出十字花科
呈旋叠状的欢愉，记忆的田野应声起伏
那叶绿花黄的蝶舞，将折返回来找我

**湖水的生命线，也是爱情线**

自我出生开始，偌大的黑龙滩湖
就从未干涸过。母亲抚摸过的水
熬得住无人问津，就会有盐，有光
唤醒父亲十七年孤独垂钓的湖泥
烧制成盛满了陡峭乡愁的瓷缸
世事温存。游来游去的鱼儿

仿佛也被命运摁下了指纹
搅动山岚、苍穹、飞鸟、流云
和草木人间，只是为了修复和延续
始终在扩大，永远不会散失的温暖

当回忆的碎片，不小心割破了时间
看不见的蒸发，垂顾异乡的天际空茫
落进我五脏六腑的雨，都是浓于血的水
身体里隐秘的电丝，会借故乡的风平浪静
让短暂战栗地住过落日的视线，再次噙满
想象的晶莹。等我石头沉底的心
也柔软如琉璃，泉涌离合悲欢
勾兑自己的酒，烹饪客家醉鱼
与时光博弈，让晨曦夺回蓝天
让落花浮现——湖水生命线的曲折
爱情线的秀美，荡漾在能令月光窒息
的铜镜里，紧攥我灵魂的一粒粒流沙

## 忆菖蒲

悲伤是失去了孩子的母亲
她突然走进一个人心时
像在迎迓一场暴风骤雨
身体里早已泥泞不堪
既无瓦盆可倾
也无屋檐躲避

但她还爱着这样的人间

骤雨初歇，恩怨洗净的村路旁
比我更快到来，又更快离去的
一株叫菖蒲的植物被连根拔起
在她临死之际，剑状的秆稃
像剜走了我心跳的小手
还举着一片湿漉漉的天

她的爱会有力不可支的时候
时间也终将松开攥紧的拳头

## 晚风吹

晚风吹着流水，吹着绿树枝头
闹哄哄的春意。它们柔弱的呼吸
渗出细密的水珠，雾气氤氲而起
淡淡浓浓的水墨，为山村穿一件纱衣

故乡有太多坎坷，太曲折了
连月光也改道走了水路
但仍然没有一叶扁舟
能把这条岷江送回到源头
就像没有一滴泪，能把我
送回母亲已然枯竭的眼眶

密林深处，一口老井的深黑
把一个山坡，分成了两个人间
中间隔着茫茫的生死

## 花开的声音

天微微亮，世界刚苏醒过来
就在一片素色里静静地彩排
有意义的一天。敞了怀的天空
日月尚可怜见，星辰也未远离
白云生处，鸡鸣狗吠，炊烟袅袅
清风徐来，旷野在向我们逼近
山乡村野，卷轴的幸福，越溪的温暖
起伏如绿色的绸缎。美好的气息赶集一样
香椿、蒲包、樱草、海棠、春兰、爪莲
聚齐了。阳光下，春天一寸寸地拔节
校园里，蝴蝶成群翻飞进教室的喘息
都是花开的声音，比任何时候都安静
也都动听。一棵花树下倚靠的梦
在听一个聋哑孩子用手语报告：
她想穿过几垄田埂，去沫溪河边
试一试春天的深浅，小鱼一样
晃动身上的鳞光，“毫米级花瓣，
竟能剪亮所有人内心的一丈烛火”。

## 香　椿

春天刚长出来一茬
就被人狠心掐掉了
拿回家炒鸡蛋
一旦端上餐桌

立春、雨水、惊蛰和清明
会发出碗筷的欢呼声
剩一枚老叶子，站在垃圾堆里
生涩地看着这个欲望如潮的世界
内心有叹息，涌如
静水流深的长河？

**作者简介：**

罗国雄　四川眉山人，现居四川乐山，中国作协会员。诗作散见《人民文学》《解放军文艺》《上海文学》《四川文学》《延河》《鸭绿江》《青年作家》《滇池》等。著有诗集《幸福燕》《遍地乡愁》，主编《乐山百年新诗选》等。曾获《四川日报》文学奖，郭沫若文艺奖。

# 与夜空对坐六首

泥 文

## 与夜空对坐

与夜空对坐，我用做证明题的方式确认
她不是我当年的夜空
当年的夜空还没有故乡这个概念性的说法
她只有清亮的眼睛悬在高处
眨一下闪一下，闪一下亮一下
简单得如水滴一样生来就是往低处流
单纯得如狗尾巴草一样偏安
没有贫穷这个词搬弄是非
也没有自卑的根须伴随着行走
那时候夜空与泥土的距离是近的
近得能听到彼此的心跳
也知道彼此的肠肚没有九曲十八弯那样通幽
所有的事物都有蜂蜜做成的翅膀
飞呀飞，飞呀飞
可没想到飞出了如今晚的夜空
与我对坐——欲望是一条馋嘴的猫

## 韵 脚

雨滴落在七月田地间的庄稼上
穿蓑衣戴斗笠扛着锄头的人
在谷禾的青葱里，放下疲惫露出宽心的笑
那往上提起的嘴角
在雨雾弥漫里将天空越托越高
而那相映成趣的绿色的近水远山
每年都有一次这样疲惫里的幸福
在属于自己的空间里无所顾忌地辉煌
那是粮仓翘首以待的期盼
是下一个年头炊烟升起时的行者之道
是家和万事兴的奠基石
想到这，他将怀里的旱烟烟斗掏了出来
十个脚趾在田坎上用力抓了一下
这一方水土的韵脚，绵长而又与季候契合
旱烟卷在雨水中的斗笠下点燃
他猛吸了一口，而后向远方吐了出去
好似明天的日子就有了看头

## 荡 漾

我在他的脚印里看见我命运的走向
依着山水向远天荡漾着涟漪

托着村庄固有思维的境界
连续起伏弯曲的腰身在雾起时想到远方

一年四季的种子暗藏粮仓
离乡的人怀揣了一个与村庄一样的太阳

除尽杂草丛生的薅刨栽种
在阳光雨露里拾掇前人与后人的关系

在阳光雨露里拾掇城市与村庄之间的和谐
总有一种声音在农具里说话

他随山水起伏爬上爬下衰老下去的命运
总有湿漉漉的春花开与秋草黄

而松树皮的皱褶将日子留在他的脸上
布谷鸟与照亮归路的月亮，声与光

向我荡漾。一个农人的号子声是他最美的发音
一个农人的脚印踩在时间的餐盘上

甘辛与苦涩，小欢心与小胃囊
一个农人的思想不深却是无法取代的路标

## 哑　默

锄头用哑默与泥土对抗而后消解
它的内心里藏有不肯妥协的幽径

习惯服从时令与乡邻的命运

总是从无声中说出那哑默中的海洋

澎湃着一季又一季的耕种发出候鸟的叫声
行走的炊烟，总在生活的哑默里寻找渡口

在晨昏的光阴里用一辈子谱写曲子
如那向阳的葵花，直到最后落幕

直到我手心里结出生活的茧子
酸甜苦辣咸渗透泥土每一个细微的经络

给我庄稼一样的幸福
而后又给我野草旁逸斜出般的自由

## 重 复

昨天的故事，从农家弯曲的小径开始
小径上打着哈欠的天空

在千百年来演变的农具里重复
清晨或扛着或背着农具走出房子的人

在前人的脚步里，重复鸡毛蒜皮的委任状
这没有正式头衔的职务，一代接一代地

重复。这山穷不穷，这水恶不恶
不加选择地喜欢和热爱

红苕，丝瓜花，稻子香……知更鸟，蜜蜂……
在肉体释放的盐里，一镰刀麦子一犁耙播撒

拉开世世代代弯腰搭着的弓
站在粮仓的走向上，偶尔谈谈时代向前的脚步

## 没完成的歌谣

这个距离是拉不远的，桐麻园，在这样的晚上
我酷爱你此起彼伏的蛙鸣和不甘静寂的夜莺
在离开里，用时间彼此取暖又各自安好

我在适应，你也在适应，比如你我的对话
有一些不自然也有一些像，树长大要分丫
我的改变与你坚守后的不动摇，不变的门庭

是不是太冷清了？我唯一的狗吠多么孤独
一盏灯，扇不动桐麻园的烽火年华
你去哪里了？在二〇二〇年初夏

唱响当时的民谣，不给你红盖头给你曲径通幽的晚上
与此时相同，你知道吗？小溪流水欢畅，在四时
相拥的肩，春夏秋冬色彩明了，我注定想你

无法走出的月光，沿那条田坎抛洒
我想你了，见了更想，不见想了又想
不惑的年纪激活了青春那时火一样的无端动荡

在月亮里的桐麻园，我注定将你梳妆成伟大
梳理成我一生完不成的梦想
回不来也离不了。我仅能将夜晚给你，白天给远方

给一个我爱着又疼着的经年，在自照的光阴里
我仅能对自己说说心里话，说说我在天之涯
我不是离开你了就离开你了

**作者简介：**

泥　文　原名倪文财，开州人，中国作家协会会员。诗歌、小说等文字散见于《北京文学》《诗刊》《星星诗刊》《诗选刊》《诗歌月刊》《草堂》等刊物和选本。出版诗集《泥人歌》(入选中国作家协会“21世纪文学之星丛书”2013卷)、《我多想停下来》两部。曾获2010首届“全国十大农民诗人”奖、“全国青年产业工人文学大奖赛”诗歌奖等。

# 明亮的事物（五首）

菩提花开

## 明亮的事物

深渊温柔。收留风，收留雨
收留峭壁的魂，飞鸟的战栗……

枯叶轻盈，秋山干净
木是木，鱼非鱼。子夜的寺庙，如孤儿

月高悬，星低沉
跌落的水，站起来的河流

每一个人都是真相
每一个人都，守口如瓶

## 月　下

在一条修了一半的断头路上
来回踱步

它向着东山岭的姿势
如一个虔诚的信徒

在影子的指引下，蓦然地抬头
我与十四夜的月亮消除了
彼此的被忽略。包括
准备向我跑过来的东山岭

这个知道再也藏不住的高人
这个终于忍不住寂寞的隐士

## 箴　言

东山河的流水。还没架梁的桥
水上无船，如桃花渡无桃花

桥上有人

——天空。这个任性的孩子
沉思的老者

东山河的流水，从未上过东山岭
上过东山岭的每一只眼睛
如“飞来石”，蓄满水

——蓄满糊涂
不朝佛，不养鸟，不说书

## 菊花酒

干杯！如果你足够真诚
我们不谈：火车水上漂，冬雨往南

接下来，喝半杯。留半杯

菊魂曲折，还有什么比适可而止
更能抚慰向北的心

## 十月，致自己

月光，星光，灯光
近处的光，远处的光，隐藏的光
石头服下炸药后的光，树皮抚慰冷风后的光
哦！还有，为光呈上献词的阴影
为月亮守住光的背面，那深不见底的黑
被忽略的光，视线之外的光……

今日，独木成林，一山百虎

**作者简介：**

菩提花开　原名陈敬良，广东汕头人，长居海南海口，中国诗歌学会会员，中国现代作家协会会员。作品发布和刊发于各诗歌网站、网刊和各类纸刊。著有诗集《心灵之门》《落日是一枚隐喻》。

# 小说卷

# 北漂的老人

王建刚

## 1

杨三泰六十岁以后的家在北京像素，这是一个生长在北京朝阳区草房地铁站旁的商住两用小区。二十多栋高楼像五彩缤纷的玻璃柜堆在了一起，里面住着近三万中国人和外国人。中国人主要来自东北三省和华北、华东十二省市。外国人有黑人白人棕色人黄种人，当然他们在这里还属于少数人，而且大都是年轻人。中国人在这里的是年轻人和老人，中年人几乎看不到。像素由于人口众多，分了南区和北区，两区中间有一条宽宽的步行街，两侧是商场、饭店、健身房、游泳馆。杨三泰的家在北区十一号楼，按理说这年头不应暴露过多隐私，但是，中国人就怕“但是”，即使告诉你杨三泰住在北京像素，或者说得更具体一点，六号线草房站北京像素，或者发了截图，你也很难找到他的家。因为杨三泰在这里住了六年，这会儿他都说不清楚楼的朝向，天天出入的西门，他却觉得就应该是个南门。

杨三泰是个当过十年兵的军人，跑方位角、看军用地图从来没转过向、走过眼。怎么就老了老了，刚活明白了，却像小虾米钻进了迷魂阵一样的地笼。

天光大亮，儿子杨千军在摆满婴儿用品的主卧室里，陪媳妇岫玉观看《新妈妈必读》，岫玉忽然想起了一件事说，物业催缴费用了，你一会儿去缴吧。杨千军说，催款的条子就放在楼下茶几上，让爸妈去缴好了。岫玉说，这不好吧？杨千军说，爸妈说了，他们就我一个儿子，给孙子花钱心里痛快。咱就让他们痛快去吧。

楼上楼下不隔音，就像在一个屋里说话。杨三泰听到了，也看到了那张条子。他原本想高兴地去，可现在又不想去了。老伴金景说，看你那出息，多大人了，还和儿子斤斤计较。无奈何，杨三泰在老伴的指挥下去交物业费。

出门下楼，杨三泰在楼道口蒙圈了，眼前的路七拐八弯隐藏在半人多高的绿植里，他不知哪一条通向七号楼。问问保安，保安说我刚来不久，这会儿还转着向。问路人，都只给了一个大概方向。杨三泰说，我就不信了，小羊羔不吃麦苗，一个大活人还找不到七号楼。杨三泰一上火就发狠，他觉着十一号楼的左面或右面就应该是十号楼，依此类推，很快就会找到七号楼的。他先是向左走去，没想到并排着的是四号楼，于是杨三泰返了回来向右走，穿过步行街，结果是南区五号楼，再往前走是南区四号楼。杨三泰这回注意到了南北区的字样，开始向回走过步行街，见前面有一栋怪怪的多层商务楼，走到跟前一看是九号楼。杨三泰要找十号楼，于是沿着绿化带向前走，曲径通幽断头路，一次次将杨三泰带到了离他看到的楼越来越远的地方，忽有一楼兀自矗立，杨三泰抬头一看居然是八号楼。八号楼找到了，七号楼还会远吗？一阵窃喜，不用嘴巴开口，杨三泰也找到了你。心里高兴，已经在小区转蒙圈的杨三泰，径直向前走去，没想到是六号楼，折返向左，居然是十号楼，刹那间，杨三泰被自己的自尊心彻底打败了。看看头顶一幢幢眯着眼在笑话他的扇形排列的高楼，杨三泰真找不到北了。

北京像素，这是由二十一栋时尚、动感、蜂窝状的高楼组成的大风车旋转样式排列的建筑群。杨三泰不敢妄加评定设计的好坏，但五颜六色凹凸的观感的确延展了想象空间，引发了许多思考。也许这就是设计者的理念，无论你是何人，一旦走进里面就会有一种压迫感的浮想联翩。杨三泰很快说服了自己，不要见怪就怪，要沉得住气，要低调，一个小小的县文联主席，六十岁后卖了祖产才来北京和儿子相聚，是不能有想法、不能有意见、不能有牢骚、不能意气用事的。

痛定思痛，转变观念，开启养老模式，进入慢生活状态。从此以后，杨三泰每天懒懒地从床上爬起来，要做的第一件事，就是盘腿打坐，默默地念上一段自编自写的顺口溜：天天有个好心情，莫管闲事啥都行，儿孙自有儿孙福，逆来顺受心安宁。默念十遍，十个指头向后梳头一百次，然后拿起保温杯，一仰脖喝下昨晚睡觉前端上来、放一宿正温乎的白开水。老伴眯缝着老而迷人的大眼，说，这么早，你神经什么？杨三泰说，睡你的吧，你不懂。

杨三泰有一个军人的习惯，到了一个新的地方总要熟悉环境。他还有一个文化人的习惯，喜欢与陌生人闲聊。商住两用楼每一层都有三十几户，在一个相对开阔的直视不能一眼望到头的楼道里。儿子告诉他，左右邻居和对门，住的是和他一样的年轻夫妻，其他挂着牌牌的都是与文化沾边的公司。杨三泰来这里住了几天，总想和陌生人搭讪，好想获得存在感。但是，由于起居时间不同，开门、上下电梯或走在楼道里见面极少，有时见到了也分不清是邻居，还是租用这里办公的公司职员，他们都年轻，脸白白的，胳膊腿细细的，偶尔也能看到一两个企鹅一样的胖子，这些年轻人穿戴非常随意，短款小褂或印花大汗衫，露脐、破膝盖的牛仔裤或大裤衩子，汗衫上印着一个头或一两个非常张扬的汉字：土包子、洋玩意、挣钱、养家、糊口、爱、吻、伤等等，还有几位更有创意，白白的大汗衫后面是半个鲜红的大印章，男孩女孩各背半个，同行时“拼搏”组词，分开时就是独立的“拼”或“搏”。这样来去匆匆的一群人，即使有时在电梯里、楼道里撞见，不是嚼着口香糖，就是啃着面包、火腿肠，根本腾不出嘴和杨三泰这个闲人说话。这样的日子杨三泰有些不习惯，所以他要寻求一个有氧地带，好好地喘匀自己这口气。

翌日，清晨起床的杨三泰，就像一只在笼子里关了很久被放飞的鸟儿，出笼后不想飞，也不会飞，只想在楼层打转。隔着电梯间的玻璃，环顾四周，寻求匹配的目标。不多时，步行街上，一位与他年龄相仿文质彬彬的瘦高男人，牵着一条狗，走进他的视线。

物以类聚，人以群分。杨三泰有时觉得《战国策》里的这句话是在提醒自己，但有时觉得，他还不在这个群里。他总觉得自己还年轻，想法还很多。可一旦身体出现了异常，他又觉得自己非这个群里的人莫属。想着想着，杨三泰走上电梯，他要与那人那狗邂逅、相遇。杨三泰是属狗的，小时候家里养过一条黄狗和一条黑狗，虽说都是本地土狗，个子不大，但挺懂人事。所以杨三泰对狗有一种与生俱来的喜欢。

“师傅早！”

“你早！”遛狗的男人一见杨三泰搭讪，满脸笑眯眯，看得出心里非常高兴。他说好久没和人聊天了，天天伺候这位，都快不会说人话了。杨三泰就像找到了队伍，当两只手紧握在一起时，杨三泰感觉心里热乎乎的。遛狗的男人姓龙，是东北人，非常健谈，他看上去比杨三泰年龄小，实则大杨三泰两岁。没说几句话，杨三泰两个热络的像久别重逢的老朋友。说话间，杨三泰看一眼龙先生手里牵着的狗，这小家伙尖嘴猴腮，长长胡须，四肢高挑，身子瘦长，他没好意思问狗的出身和芳名，只是在谈话中又多看了几眼，总觉得这个肩高一尺半、体长两尺的家伙，还没有自家养过的土狗好看，且大小只有二分之一。龙先生从杨三泰的眼神里读到了想要的答案。他说，这是一只纯英国的猎狐梗，是我儿子花五千元买来让我解闷的。杨三泰是一个从事过新闻专业的业余作家，所以对龙先生的话题产生了浓厚的兴趣，他想问个究竟，可是猎狐梗却不让他问，它突然狂躁地汪汪起来，拽着主人就走远了，此时，杨三泰才发现一条可爱的泰迪犬正在绿植铁桶边上撒尿。龙先生边走边说："不好意思兄弟，再见面再聊。"

此时的阳光从杨三泰认为的北方升起来，照在南方的魔盒叠加的高楼上。满园树木葱茏，映照在熠熠放光的楼体，曲径通幽的园林小路，就像是古彩戏法，你想到了过程和结局，可是你又忍不住问自己，那大袍子里面不可能装着那么多东西，而且那金鱼缸、火盆在裤裆里要占多大地儿，而且还会燃烧的。于是，杨三泰坚定地不走来时小道，选择了另一条回家的路，走着走着拐了弯，曲径通幽，就是绕着圈地越走越远。这是一个什么样的魔性小区，走着路你都会思考许多说不上是哲学还是玄学、理学、经学的东西，杨三泰一着急笑了，看来这环境对年轻人开发智力、对老年人抑制大脑衰退，还有着妙不可言的作用。

总算找回了自己家的楼门口，那个又黑又胖梳着一个油光水滑一把抓小辫子的大肚子男人，手里盘着一对核桃，像弥勒佛一样坐在马扎上，与红脸、瘦身往三轮车上装破烂的男人打哈哈。"兄弟，这回发财了，刚才的小姑娘把没穿过的一打衬衣、裤衩都给了您，还有那看着脏兮兮、实则九成新的锅碗瓢盆也送给了您，这回您发了。请哥哥喝酒吧？"瘦身男人装好车，来取马扎，说："别说一车破烂，就是一百车，也赶不上你这一个金镏子。"胖男人很有风度地笑笑，用手摩挲一把乌黑的头发，说："小气了不是？赶明儿请您。"

胖男人起身，吹着口哨，一步三晃地回楼上去了。瘦男人见杨三泰走来，笑笑，像是对杨三泰，又像是自言自语，说："人家是拆迁户，一次性补偿款在像素买了三套房。"瘦男人说着扬起头："上下一溜。一套房吃租金每年八万，三套房是多少？"杨三泰说："是两套房吧，他自己不是还住一套呢？""是三套房，人家在通州和亦庄还各有一套，这里的全租出去了，昨天家就搬完了，今天过来是和中介交接手续的。"

杨三泰呃呃了两声，准备上楼，没想到等了一会儿，两个电梯显示出了故障，剩下的一个迟迟不肯下来。

真是恼不得又急不得，二十多层楼，年轻的时候，杨三泰也不会贸然走楼梯的。时间过去了好几分钟，电梯终于下来了，从里面慢慢走出一位年轻漂亮的黑人孕妇和她的中国家人。一家人宝贝似的簇拥着女人，在慢慢的行走中显得有些着急，年轻的小伙子用手机在叫网约车。看着远去的姑娘背影，杨三泰在想她的家人知不知道她快要生产了，为何娘家人还没有到来？想到这里，杨三泰真庆幸在国外读书的儿子学业有成后回来了，不然娶个外国老婆，留在异国他乡，杨三泰是去呢，还是不去？想到这里，杨三泰就常常想起在香港伺候外孙子的二哥二嫂，他们都是六十多岁奔七十的人了，还和女儿女婿挤在四十八平方米的房子里生活。一早一晚黄金时间上厕所、洗澡都要留给孩子们，所有的本色出演的事情，都要安排在孩子们上班后。过去二哥对杨三泰说起这些，杨三泰只当笑话听听，根本不到心里去。如今杨三泰摊上准备带孙子的大事了，方知个中憋屈。

几天后，儿媳到了预产期。亲家来了，为了表示心意，杨三泰和老伴让出了错层上的卧室，准备睡在客厅的沙发床上。儿子搀扶着媳妇从错层的楼梯下来，告诉杨三泰，租了南区的房子。杨三泰说，天气已经渐热，睡客厅也不错，何必非要出去租房子，一天花上几百块钱。儿子说："钱都打给人家了，在这里说这个还有什么意义？"

杨三泰无语。为了儿子的脸面，还是去住了。刚刚收拾好躺下，儿子来电话了，说是媳妇要生了。杨三泰一骨碌爬起来，急忙穿好衣服，就急着要走。老伴说，是媳妇生孩子，不是你，阵痛刚开始，一天半宿的也未必能生下来。老伴边说边穿衣服，等她穿好了，再看坐在沙发上的杨三泰，急赤白脸地说道："你发什么愣？还不赶紧走。"

杨三泰和老伴回到十一号楼，儿子搀扶着媳妇正走向楼梯间，电梯一开会合一处。“真是巧了，必定顺产！”亲家说着，杨三泰附和着，大家簇拥着岫玉走出杨三泰认为是南门的西门，分别上了两辆网约车，快速向市里驶去。

位于北三环的私立医院到了，孩子们固执地在那里花了一大把钱，买到了空间、服务费和医疗保障。起初杨三泰夫妇与亲家老四位还极力反对，当人一住下，上楼下楼见面都是“您好！”，顿觉钱花得太值了，心一暖乎就不觉得疼了。尤其是当孙子一落地，瞬间，杨三泰和老伴、亲家，高升为爷爷、奶奶、姥爷、姥姥。那自豪，真有些按捺不住，不要不要的。然而，第二天早上刚送走亲家，护士来送达婴检报告单，她面色平平，说是这孩子黄疸偏高，还需要住院治疗，先交五万押金。当场，杨三泰犹如坠崖。须臾，当极速下降凉凉的心，抓住了儿子也曾得过黄疸的救命稻草，两个头又变回了一个。杨三泰问前来查房的医生：“真需要在这里住院治疗吗？”戴着口罩的女大夫看了一眼杨三泰，可能觉得年龄比较接近，所以就心生了怜悯。她说：“看你们也不像是多么有钱的人，还是找个公立医院吧。”杨三泰明白了，儿子、媳妇、老伴都明白了，连医生都不忍心再捉拿二次冤大头，于是家人迅速达成了一致，通过关系就近转到了北京三院。

一个出生仅十几个小时的孩子，被放到了陌生的观察箱子里，还不让家人陪护。当杨三泰和儿子还有老伴转身离去的时候，杨三泰透过泪眼，看到他们都在偷偷抹泪。残酷的现实，残酷的人生，此情此景，让杨三泰浮想联翩。社会太复杂了，人生太不易了，这么小的孩子，你让他情何以堪。

回私立医院接岫玉回家的路上，一家人有些惶恐不安。还好，一周观察治疗，孙子健康地出院了。接他回家的那天，天气很热，心情难以诉说，从保育室接过孙子时，杨三泰在身边反复叮嘱儿子，看看孙子的脚上是否有胎印？他说，一屋子红嘟嘟的孩子，长得都差不多，也不知道人家是怎样分辨的。老伴小心翼翼地包裹好孙子抱在怀里，一家人下楼坐上了网约车。五十厘米长、六斤七两重的孙子，在杨三泰的大手里，就像是一个脸上涂了红油的小不点绢人，小人儿紧紧地闭着眼睛，小鼻子小嘴发出均匀的呼吸。杨三泰很紧张，第一次用双手端着这么小的孩子，不一会儿就晕车了，但还能坚持。

北京像素到了。杨三泰手捧着金贵的孙子走进了五颜六色的小区，忽然有了一种涅槃重生的感觉，就好像手里捧的不是孙子，而是一个国王，来统治这个万花筒似的红花绿草世界。

## 2

杨三泰把“小皇帝”请回了家里，从此和老伴、亲家、儿子和媳妇都变成了快乐的用人。咣咣咣，有人敲门了。开门一看，是一位手拎旅行箱气色绝好、风姿绰约的中年妇女。杨三泰问你找谁？女人说，这是岫玉的家吧？杨三泰在想，她怎么知道儿媳的名字，必定是朋友或亲戚。赶忙把她放了进来。就在此时，儿子从楼上噔噔跑下来，热情地把中年女人请接上了楼。

杨三泰和老伴还在犯嘀咕，中年女人就像走在自己家里，从楼上下来给杨三泰和金景交代月子里的婴儿吃饭睡觉的要领，尤其强调，睡觉一定要侧身躺着，绝对不能平躺。说，这是当前流行的睡法，奥巴马头。

杨三泰偷偷对老伴说，儿子都三十多了，我们居然不会带孙子？杨三泰有些接受不了，尤其是要把孙子的脑袋睡成前门楼后把子的梆子头。趁着儿子下楼拿尿不湿，杨三泰说了自己的诉求。儿子说：“一切听岫玉的就行了。”一句话不容反驳和质疑，杨三泰心里有气，老伴却笑了，她说：“媳妇有主意是好事，省得跟儿子一样，天天像个大松绳。”

杨三泰无语。但是，心里却又十个不服。花一大把钱请来月嫂，杨三泰和老伴的存在就成了摆设。生活中太多的不确定，给了杨三泰一个措手不及。面对一个陌生的女人突然强势出现在家里，他有一些担心和不自在。人生就像每天夜里坐在窗前，看对面楼里的风景，灯光忽明忽暗，你怎么知道谁在睡觉，谁在暗地里折腾。杨三泰在窗前心事重重，儿子一家和月嫂在上面开心笑谈。须臾，楼下洗衣擦地的老伴不时地仰头看看楼上。

六十岁的人和刚出生的人，每一天的日子一样长短，黑夜白天也只有二十四个小时。杨三泰对月嫂的到来最初的感觉就是心疼钱，后来老腰不再发轴，耳鸣的症状减轻，才又觉得这钱花得值。孙子被照看得很妥帖，儿子媳妇很高兴，于是，那种爷爷的担忧、紧张、恐惧一下子丢到了脑后。杨三泰有了大把的时间白天到楼上楼下走不到的地方转转，晚上躺在床上看完闲书看窗外满天的星星。天空中传来隆隆的声音，一架架南来的飞机，亮着大灯，就像一盏盏孔明灯，由远而近，越过像素的楼顶，飞向首都机场。

三十天很短，月嫂走了，照顾孙子的重任，落到了杨三泰和老伴身上。很快半年过去了，文静、好脾气的媳妇要去上班，杨三泰一下子就成了火头军。每天买菜做饭、洗衣打扫卫生。老伴那就更忙了，隔一天带孙子去游泳，每月去儿研所打一次预防针。人老了眼睛不好使，腿脚不够用，劳累不可怕，就怕孩子上火便秘、伤风感冒。每每此时，杨三泰和金景就觉得是自己的罪过。看着孙子拉不出屎，小脸憋得通红，杨三泰就恨不得用手给他掏出来。看到孙子打针、吃药，每天用呼吸机往鼻子里吹消炎药洗肺，金景的心就碎了。

老天爷，你就让我们多活些日子吧。时间长了，单一的劳作和寂寞让杨三泰心生怨气，总觉得自己不该是这样一个天天就知道擦尿铲屎的人。全说天伦之乐，他是没有带过现在的隔辈人，含在嘴里怕化了，捧在手心怕焐了。即使孩子们不说，自己也是整天提心吊胆。老伴说杨三泰，你就是天天闲得无事生非，早晚出去走走、散散心，你就舒坦了。

第二天清晨，太阳还没从杨三泰认为的北面出来，他就下了楼。今天是星期天，北京像素的年轻人们还在寒冷的秋风中熟睡，所以没了以往赶集、过队伍、上地铁的拥堵场景。步行街很安静，瞭望四周，树叶渐黄，犄角旮旯横躺竖卧着一辆辆共享单车。再往远处看，看到了一位身穿粉红色修女服、头戴黑色贝雷帽的女士，她的手里牵着一只眉眼好看的哈士奇，匆匆向杨三泰走来。原来，是狗狗发现了杨三泰身后的同类，那只灰色的猎狐梗。两只狗狗欢快地在一起玩耍，一个头戴黑呢帽的拾荒老妇人拉着满满一平板小四轮纸壳从狗狗前走过。于是，两只狗狗寻找到了更好的玩伴，它们围着拾荒的老妇人转来转去，直到在它们的视线里又出现了一位文绉绉戴眼镜的清扫工老男人，可能是他那倒插在垃圾车上的大扫把，引起了狗狗们的注意。于是，狗狗们丢下了拾荒的老妇人，扑向了大扫把。可是，等到跟前一看，觉得没什么好玩的，这就又奔向了各自的主人。灰色猎狐梗的主人，是先前见过的东北龙哥，他说好久不见了，怎么冷天动地地这么早下楼？杨三泰说，天天闷着都快长犄角了，下来透透气。龙哥说，带孩子一定辛苦，可我想找累却找不到。忽然，杨三泰觉得是不是听错了，耳朵出了问题，因为最近老伴总说他装蒜。杨三泰试探着问龙哥："你的孙子是不是大了，离开手了？"龙哥笑了，说："儿子结婚十年了，两个人不想要孩子，催问得多了，人家不耐烦了，这不，给我买了这条狗，说是让当孙子养着。"杨三泰真是无语。龙哥牵着猎狐梗说："宝宝该回家进食了。"杨三泰也饿了。想想天天大米稀粥，杨三泰决定今早吃一回纯正的兰州拉面去。

汤足面饱，走出面馆，心情舒畅了许多。回到小区，杨三泰正要低头进电梯上楼，电梯里一个年轻人往外走，他头戴一个五颜六色的小丑帽，身穿乳白色的宽大的棉袍，上面写着醒目的红油漆大字：嘶吼！下面是：摇滚声乐、吉他、贝斯、架子鼓，再下面是电话号码。

杨三泰大喘着气上楼，与老伴诉说刚才的发现与感慨。老伴说，你长着个大脑袋，天天想没用的，退休了，就是万事皆休。杨三泰说，说得轻巧，咱退休了还不是来照看孙子。老伴说，看看天底下的中国人，哪个不是都这样？儿女们对你好，才让你看孙子，不然的话，你想看也不让你看，知足吧！

当头棒喝！这是老伴的拿手好戏。顿时叫人有口难辩，有气难出。杨三泰灰溜溜地上了楼，坐在电脑桌前想要写点什么，可是没写。如今，时过境迁，杨三泰还活在过去的日子里。只要和儿子坐在一起，要么是总重复过去的辉煌历史，要么一言不发。儿子说，过去的日子很精彩但是过去了，未来的日子，虽然艰难，但必须要活下去。

杨三泰说服了自己，从此不再与儿子讨论任何事情。每天抽出时间去看做广告的那个年轻人跳摇滚舞、打架子鼓，有时弹弹吉他唱上一阵子悲怆、苍凉的励志歌。又是一个华灯初上的晴朗夜空，打架子鼓的年轻人身旁多了一支队伍，一群大妈在一个胖胖的高高的年轻女人的带领下，跳着当下最时兴的《小鸡小鸡》街舞，随着强音律动，领舞的女孩幅度之大，动作之柔和，步点之精准，让杨三泰刮目相看。“走吧。”老伴抱着孙子催促杨三泰回家。杨三泰却一而再、再而三地停下脚步，在揣摩猜测这个胖女孩是何方大咖？老伴说，小河沟里没大鱼，在这跳舞的都是为了锻炼身体。杨三泰想也是，目光又回到了打架子鼓的年轻人身上。已是初冬季节，小伙子却满头大汗，这是个急性子，他一边唱，一边敲，还一边纠正着孩子们的动作。整整一个晚上，人山人海的步行街上最数他热闹，好像拿了人家的钱，必须声嘶竭力掏绝活儿，这样才能对得住站在孩子们身后的家长。

两个人说着，儿子下班回来了。孙子闹着找爸爸，儿子抱过来亲了一口，又还给金景。当娘的心疼儿子，知道天天挤地铁不容易。当爹的却心里在生气，年纪轻轻，脸胖肚松，一辈子没个好身体。

回到家，儿子还要继续工作，地铁上早就打好了腹稿。金景在哄着孙子看动画片、码积木，等儿媳下班。杨三泰上楼趁儿媳妇还没回来赶紧洗澡，清水一冲，心情舒缓了一些。这两年，杨三泰不知道为什么，那股子爆劲儿突然没有了，再也不想和人家掰手腕、拔大葱比力气，遇到有人挑战想找回过去的尊严，也只是笑笑，说甘拜下风。一次去泳池游泳，下水还没游几下，腿就抽了筋，想要双手一按池壁蹿上来，没想到糗大了，两只胳膊酸软无力勉强拄着，肚子松软得发不上力，刚一跷腿，又抽开了，扑通一下掉进了池水里。从这以后，杨三泰彻底服了，过去的大力士，已变成了老绵羊。

老伴说，你天天就知道坐在电脑前瞎琢磨，琢磨不出好文章，还琢磨不出病？让你下去锻炼，你倒成了看客，偶尔跑一会儿步，你回来还得多吃一个包子，大晚上的，你就不能少吃一口，看你那肚子，跟让气吹起来一样，还整天喊叫这疼那不舒服，一边待着吧。

过去老伴不这样，天天瞧着杨三泰哪儿都觉得好看。现如今可能让大孙子累的，什么话难听，她说什么。杨三泰是个有自知之明的人，几次数落过后，主动担负起了买菜、做饭、擦地板的任务。老伴也太不容易了，退休金比杨三泰拿得还多，天天眼不离孙子，手不离家务，吃饭睡觉、换洗尿布全是她一个人。儿子说，不行就雇个钟点工打扫卫生做饭。杨三泰心说，钱呢？老伴说：“不用，自己做的饭好吃。再说，你爸干点活，活动活动，对他的冠心病有好处。”

说句实在话，八〇后这一代人不容易。早晨八点上班，晚上十点钟前几乎没回家的。杨三泰知道这是老板的“新常态”用人方法，两个人的活一个人干，工资拿一个半人的。这就叫周瑜打黄盖，打的愿打，挨的愿挨。

## 3

杨三泰终于在无数个想法中找到了自己晚年幸福生活的路。凌晨写作，下午游泳，其他时间干家务。那天又碰到龙哥，他告诉杨三泰像素有一个乒乓球协会，活动在地下室。于是，杨三泰回家换上球鞋、拿上拍子飞快地去了。过去杨三泰只知道露天有几处台子，打过几次，基本上没对手。如今又发现了新的活动室，荷尔蒙没增多，血压却到了一百五六。“镇静，矜持！”一路上，杨三泰激动着，试想着对手的不堪一击，那份心情才叫一个美。

球室在八号楼地下，虽然房间有些窄，地也有些潮湿，但四个屋子都有球台，而且铺着塑胶地板，这让杨三泰大喜过望。这里的球友大多与杨三泰年龄相仿，但球技不在一个水平线上，几轮比赛下来，杨三泰不费吹灰之力获得了全胜和拥戴，秒变杨老师。杨三泰感到心情舒畅，一边客气，一边准备打道回府。就在这时，又来了老几位，白头发的徐哥对杨三泰说，我看你多时了，咱们几位高手都是这个点到，要不要练练？累了，就明天，不累就再比试一下。盛情难却，再说从心里也没把对手放在眼里。然而，一交手，杨三泰感觉有些力不从心，虽说赢多输少，但来者半斤八两只有他自己知道。

徐哥是个北京人，一看就有皇城的做派。他说，势均力敌，不分伯仲，我们协会又添一员大将，从今天起，撤下免战牌，向所有周边小区宣战。徐哥说完，嘱咐杨三泰好好休息，然后送大家走出球室。

第二天，当杨三泰走进干净整洁的球室，球友们告诉他，徐哥是一个热心肠，他把这里当成了家，天天写写画画布置场地，打扫卫生，所有脏活累活他都承包了。另外，同物业交涉用水用电，组织大家唱歌打球旅游，都是他的事。在他的带动下，协会再也没有发生过为占台子争吵的事情。再有，他特别护家，对咱们协会的人就像亲人，对协会的名誉，看得比天大。去年，同周围小区打比赛，成绩一般般，所以一直耿耿于怀。盼了一年多，总算把你给盼来了。

一个人，能让别人在背后有说不完的好话，可见这个人在人们心中的地位有多高。说话间，徐哥走了进来，他让大家把最好用的球室让出来，然后打电话给高手们，催促他们赶快下来。打完了电话，他居然给杨三泰倒了一杯水，要杨三泰稍等一下，然后把协会的章程逐字逐句讲述了一遍，请杨三泰提意见。看到他虔诚、质朴、义气、有担当的样子，杨三泰忽然想起了正在热播的电视剧《北京四合院》里的一位大爷。你还甭说，模样举止还真有些像。

一连数日，杨三泰犹如春风加持，天天傍晚都去地下室打球。这一天，突然下起了雨。打完球后，杨三泰决定从地下停车场回家。杨三泰按照箭头所指方向，找到了十一号楼。在通往负一层电梯间的路上，有一排见不到阳光的地下室，黑洞洞的房间里几乎全部亮着灯，有一间屋子的门半开着，杨三泰先是听到了有人说话，后又看到了那把倒立的大扫把。

好奇心驱使杨三泰紧走几步，他从门缝里看到了那位闲来无事的北京人黑胖子，正在和戴眼镜的清洁工对饮。胖子喝多了，声泪俱下。清洁工正襟危坐，不言不语。偷听别人讲话，不是杨三泰的习惯，可是脚底下好像被什么东西粘住了。胖子说到伤心之处，居然在房间里仅有的一个旧茶几上撞头，清洁工还是一言不发。杨三泰就奇了怪了，这究竟唱的哪出？

从今往后，杨三泰天天来去都走地下停车场，为的是想法子见到戴眼镜的清洁工。这天碰巧遇到楼上拾破烂的东北人老佘，到下面整理旧冰箱、彩电准备拉回老家。于是杨三泰和他唠起了嗑。老余告诉杨三泰，这个清洁工老头姓陈，原来是南方县城一座中学的校长，退休了，老伴走了，独子在北京打拼，工作一直不称心，这会儿有了孩子，实在过不了，所以他来了，白天照看孩子，早晚清扫卫生。杨三泰问他为什么住地下？老余说，孩子的房都是租的，就一室一厅。正说着，老陈回来了，老余给杨三泰接上了头。杨三泰憋着一肚子的话，问，能不能到屋里看看。老陈先是说了句屋里霉味儿太重，后点了一下头。

这是一间十几平方米的地下室，里边有一张旧书橱很扎眼，上面摆满了残旧的儿童玩具和几本书、碗筷，一张单人床，床下是脸盆和洗漱用具。一个茶几，旁边有一把老式的暖壶和一只喝水杯，一个单人沙发，再有一个落地旧衣架，挂着几件深色的衣服。老陈说，平时就我一个人，你请坐。杨三泰坐在床上。老陈说着，把水杯涮一下，给杨三泰倒上水，然后给自己的大塑料杯加上水。杨三泰端过水杯，毫不犹豫地喝了一口，没发现什么异味，倒是有一点柠檬的淡淡清香。

老陈看着杨三泰不语，只是矜持地笑。杨三泰先问了一个问题，楼上的孩子们今天来明天走，扔下的冰箱彩电、微波炉等家用电器，为何不捡一件来用？老陈还是笑，他说物业有规定，除了照明，其他一律不得用电。“其实，”老陈说，“我观察你好久了，你是一个爱学习的人。”“何以见得？”“你看，你在和我讲话，还在用手机准备记录一些关键词。”杨三泰彻底折服了，好奇心立马变成了尊重。老陈摘下眼镜，擦一擦，放到床上。说吧，有什么想问的？

明人面前不说暗话，杨三泰把那天见到的复述了一遍。老陈说，这原本是老孙的个人隐私，不便多说。可是说说也无妨。别看老孙整天游手好闲，他可是科班出身的老戏骨，出演过许多部影视剧。如今，一身的戏没人捧，跑了一辈子龙套玩腻了，这就破罐子破摔不和他们玩了。其实，他这个人心眼很好，就是窄点，在像素没少跟我们瞎咧咧，每次请客都是他掏钱。更搞笑的是，他不仅在单元楼里弄了一个私人小会所，而且还在里面种了许多时令蔬菜，供朋友们现吃现摘。嗨，这样的好日子过去喽，今后他可能不来了。为什么？他这几套房子写的都是儿子的名字，在他不知情下，儿子都给卖了，在三里屯换了一套七十年产权的三室两厅学区房。老孙的财路断了，今后只能靠着三千多块养老金生活了。老陈说着老孙的事，眼泪差点掉下来。

离开了老陈，杨三泰一连好几天没到球室打球。徐哥来电话，问杨三泰怎么个情况？杨三泰胡乱地说，这几天老伴腰疼。

春节前夕，徐哥约了几场比赛。走出去，请进来，像素代表队除了输给了一支朝阳联队，其他小区都被他们打败了。徐哥一高兴，请大家去喝酒。同样是一头白发的老贾说，不能够！协会有七十多号人，徐哥只有三千多退休金，大家都是有工资的人，还是凑份子好。老贾说得对。众人响应。徐哥觉得不妥，最后好说歹说，他单独又买了酒和水果，这才达成一致。

星期天的中午，大家聚到了通州边上的一家纳兰饭店，边吃边喝边唱边说，这年的春节就这样过去了。

来年春天，万物复苏。这些天北京有外事活动，徐哥积极响应常营工委的号召，组织了二十个球友参加志愿巡逻队。吃过午饭，外围执勤的杨三泰和老贾与院内的球友互换，负责天桥巡逻。他们边说边从北十一号楼走上天桥，先左后右，来回闲谈遛弯。杨三泰是个有心人，边走边聊边默记着楼号。从左边走到头是一二三号楼，然后向回走是五号六号楼，左手远处是四号楼，右手远处是七号楼，再往前走是八号楼、十号楼，还有那个三角形的明六暗三与步行街对面的孪生楼，统称九号楼的商务中心。老贾说你嘚啵什么？杨三泰说："我在记楼号，正是这两座三角形的商务中心楼，一个有号，一个没有，把人们正常的意识搞乱了。"老贾稀里糊涂地看着杨三泰，听他还在嘚啵，二人从天桥上穿过步行街，右前方是南区五号楼，左手是四号楼，再往前走是天桥出口，左边是六号楼，右手就是地铁草房站。

天桥下的篮球场、网球场、乒乓球场因上班时间空无一人，只有男男女女的老人领着孩子在玩耍。园林工们刚刚停下手里的活儿聚在一起吃午饭，清洁工老陈赶过来着急忙慌地把银杏树、海棠树下的阴凉处打扫干净，并铺上了纸壳。杨三泰站在天桥上看着，有些不理解。老贾说，老陈是在晾晒纸壳吧，潮湿一点分量重有什么不好。二人说着，走过去又走回来，这时他们看到男男女女的园林工可能太累了，要么是天气太热了，横七竖八躺在林荫下的纸壳上，在呼呼地睡觉。

老陈的善良，让老贾竖起了大拇指，杨三泰暗自思量，想想自己刚刚还为解决了精准指路的问题沾沾自喜，看来比起老陈的无处不用心还差远了。杨三泰心里潮乎乎的。

## 4

北京像素在这几年人口增加得特别快，房价眼看着往上涨，一百多万的五十六平方米错层，居然卖到了三百八十万。老伴说，买房为了住，涨多少也没用，降多少也没用，你别没事总关心这个。杨三泰说，没事的事。老伴说，那你就多想想怎么带好孙子。

小孙子越来越大，越来越可爱，越来越调皮。一周岁前，基本躺在床上，天天盼着他翻身、坐起、爬爬、站起，只要别总吃手吃脚、摔到床下就行。一周岁后，忽然有一天，他用手拿着脚夹耳朵，玩得尽兴后，突然大吼一声站起来，在杨三泰的泪光里踉跄、蹒跚了十多步，然后一屁股坐在地上。后来出门，人多车多，你想抱着他，偏不，非得自己走。眼见着从会走到会跑、会跳、会说到了两岁，他却一出门不走不跑也不跳，总让你“抱抱宝宝”。

杨三泰回答着老伴刚才的话，说行。其实心早就飞到了谜一样的房地产中介市场。忽然一日，某新区不再建商品住宅楼的消息让人们议论着北京的商住两用房不再允许私人交易了，各大中介也在此时纷纷挂牌休息，大家都说这回新区一建成，北京人口迁出一大半，楼市的价格会唰唰降下来。然而，半个月后，中介就在人们的张望中，“老虎归山，和尚归庙”强势回来了。

在中介接待室，杨三泰看到了久违的黑胖子老孙头，他好像喝了二两，正在那里对着中介小哥夸夸其谈，儿子是多么英明，三套房让他一夜之间多赚了三百万。老孙兴高采烈手舞足蹈地说着，全不顾旁边站着一位沮丧到极点的老太太，白脸变黄难看至极。她是八号楼的业主，先前有两套房子要出售，中介协调到了三百七十万，她非要等着涨到四百万才出手，这会儿二百七十万无人问津。中介说，国家正式出台了政策，商住两用房，不允许私人交易，只可卖给公司。老太太的脸铁青着，肯定肠子也是这个颜色。她说，我扇自己的心都有。

北京的夏天来得很快，满园的绿植在南腔北调的外地园工大剪刀咔嚓下眼见着就花红柳绿了。清晨，知了叫了，杨三泰被老伴轰下楼锻炼。东北的老余肯定早起来一两个时辰了，因为满满的三轮车上，纸壳叠放得整整齐齐，此时的杨三泰，煞有兴趣地坐在马扎上看着老余干活。老余干活非常麻利，他的手就像他的嘴，话到手到活完。前些日子，杨三泰家的童车不知怎样变形存放，在小区转了半天，也没有找到解决问题的师傅。正当他沮丧地回到楼里，恰巧碰到了送货刚回来的老余，经他的手一摆弄，三下五除二就好了。事虽小，但杨三泰很感激他。老余年龄比杨三泰小些，全家都在北京。儿子和媳妇在十一号楼的一层开着小卖部，女儿和女婿在另外一个小区打工。老余的任务是捡破烂、送货，老伴主要是做饭、带孙女，他们全家住在小卖部的二层。老余是一位热心肠的东北人，整栋楼里的人几乎都和他认识，所以有了旧物可以换钱的，都放到他的三轮车上，只要他在，肯定是一番心存感激的“谢谢”。

老余的家在黑龙江的宜春林区，他原来是个伐木工，可是后来国家不伐木了，手艺一下子就失传了。儿女长大后，见伙伴们都离开了家南下谋生，老的拧不过小的，于是举家迁徙到了北京。

杨三泰和老余聊天不知不觉到七点多钟，这时就见急匆匆的年轻人们像赶集似的，从北区所有的楼口出来，蜂拥到通往步行街的唯一开放的铁栅栏门前，刷卡而过。人多口小，大家焦急地在当地打转，有着急的上了天桥，后面就听同伴在喊“出天桥的门也刷卡”。于是，就有人向保安喊：“平时可以刷卡，上班高峰期一律放行好吗？”保安一脸无奈，说是在执行命令。

“北京有什么好？看孩子们生活得多艰难。”“说得是。我要是他们的儿子，这会儿就回东北那嘎达种地。”老余说着，突然起身，原来有人拎着一大包垃圾倒在北单元楼前的垃圾桶里。

时间不长，像素物业门口不再刷卡，但是满院里到处飞奔外卖小哥的摩托车和快递小哥的三轮车。业主又有意见了，众口难调，物业只好在门口设岗，外来机动车一律禁止入内。这可苦了外卖和快递小哥，他们拎着吃喝、包裹一路边跑边打电话，一时间成了像素的风景。后来，还是快递有实力，他们在每栋楼的一层大厅，都设了快递专柜，大家只要看一下短信，到楼下自己取包裹就行了。

小鱼儿是个男孩，圆圆的脑袋，大大的眼睛，看上去非常聪慧憨厚，他是领舞的那个胖女孩的儿子，如今两岁多了，他们一家就住在杨三泰家的楼下。杨三泰的孙子比小鱼儿小两个月，长相俊秀，善于聚眉思考，心眼特好，所以他俩总能玩到一块。几乎是每天的傍晚，两个小家伙哥哥、弟弟地叫着，你追我跑，宽敞的电梯大厅和玻璃门前后，就成了他们戏耍的好地方。小鱼儿的妈妈早在那个冬天就把身材跳了回来，现如今已是亭亭玉立的美女。杨三泰说，我就一直想问你，怎么跳舞跳得这么好？她的回答让杨三泰一下子惊到了。女孩说：“我毕业于北京体育大学，曾在央视《早间体育锻炼》栏目领舞六年。”

晚上，杨三泰陪着老伴在楼道口带孙子玩耍，等候小鱼儿的到来。天快黑了，才看见他们母子欢天喜地地下来。小鱼儿和孙子拥抱在一起，哥哥长弟弟短地互摸着小脸，偶尔还亲吻一下。孩子们的举动，感染着大人。金景问小鱼儿的妈妈，看你背着行囊这是要出远门？小鱼儿的妈妈说："我们要搬到燕郊去住了，在那里买了房子，一会儿他爸就开车过来接我们。"听了这话，杨三泰心里一沉。说："你不是要跟着他爸回海南吗？""不回了，我在燕郊那边找到了工作，先生这边也做得还好。现在看来，孩子在北京学习成长还是最佳选择。"说话间，手机响了。"小鱼儿，和爷爷奶奶、弟弟再见！"小鱼儿妈妈说，"车到地下了，我们走了。"小鱼儿挥挥小手，妈妈抱起他，走向电梯。

看着小鱼儿妈妈的背影，听着孙子"我要小鱼儿哥哥"的哭喊，杨三泰有些伤感。"有时间带小鱼儿过来玩！"电梯下去了，杨三泰知道这句话她能听得见。

## 5

龙兄在春节前爆出了一个好消息，儿媳终于怀孕了，还是个双胞胎。他家的猎狐梗从现在起要独自住一个房间，儿媳说那玩意儿带菌。龙哥说，听到这话时，想笑，但没笑出来，想哭，心里又没那么难受。他说，我都快七十的人了，身体一天不如一天，我想就这么着吧，你倒好，玩够了想起了要孩子。这么小的房子，四个大人住着还别扭，又添一对儿，老狗还要占一个屋，我们去哪里？儿子说，你们到隔壁租房。钱谁出？一家一半。杨三泰听了也只能苦笑着。

临过年，杨三泰回了趟河北老家看望亲朋好友。走前，有些纸箱子、旧物送到了楼下给老余。老余一连说了几声谢谢！然后叼着烟卷，手脚麻利地收拾起满地的东西。纸壳、书籍、衣服鞋袜、家用电器、锅碗瓢盆应有尽有。

出发那天早上没做饭，杨三泰兴高采烈地想起了一周没光顾的兰州拉面馆，金景要他快去快回。杨三泰一溜小跑到了面馆。抬头一看，傻眼了，拉面馆不知何时关张了，一家东北饺子馆正在装修。这事虽小，但对杨三泰来说十分重大。全北京城他就相中了这一家拉面馆，物美价廉又方便，这对于一向俭朴、爱吃拉面的杨三泰来说，无异于晴天霹雳。杨三泰嘴里无滋无味地往回走，想起的全是一口大锅，冒着热气，围着白裙的师傅娴熟地操作，三下五除二把拉好的面条抛向锅里，随后一双大筷子，三涮两涮，把面条挑进大青花瓷碗里，然后浇上老汤，撒上些青葱、山韭，自己再浇上一点红油辣椒和香醋，那叫一个迫不及待。第一筷子挑起、入口，然后喝一口老汤，哈——那滋味就有一种神仙附体的感觉。如今，拉面已去，路边的包子、煎饼、油条、豆浆，在杨三泰看来，都不值一看。于是，他决定回家吃方便面，以示对拉面馆的纪念。

在老家期间，杨三泰的小小说集作品样书快递到了北京像素。儿子媳妇带着孩子去了姥姥、姥爷家。杨三泰心里急啊，又想第一时间看到书，又怕书弄丢了。想来想去，杨三泰让快递员把无法放进快递柜子的两包书，交给楼下小卖部的老余。杨三泰与老余通了电话，老余说："你放心吧，我会替你保管好的。"

一周后，杨三泰和老伴从家中回来，第一时间就是到小卖部拿书。等杨三泰到了一看，原来熟悉的面孔变成了生脸。杨三泰问小伙子是老余的什么人？小伙子说："什么也不是，他把店盘给了我，临回东北前特意嘱咐，一定要把你的书保存好，这也是转让协议的一部分。"从小伙子的手里接过书，杨三泰的眼睛湿润了。随即，拨通了老余的电话。电话那头传来老余的声音："对不起了大哥，没打个招呼就走了，欢迎天热了来小兴安岭度假，这里的夏天，晚上睡觉还要盖被。"

人上了岁数总爱伤感，眼里盛不住泪水。其实在北京像素，就这么回事儿，今天你走，明天他来。

杨三泰到地下室去给老陈送书，老陈满心欢喜。他说我回到安徽老家后一定好好拜读。杨三泰说，你要回家过春节吗？老陈说，走了就不回来了，媳妇和儿子过不下去了，他们和平分手了，孩子暂时跟着母亲，成人后再由他自己选择。杨三泰问，儿子同你一起走吗？老陈说，我自己回去，他一个人还要在这里打拼。

老陈说着，把杨三泰的书与周大新的《天黑得很慢》放在一起。说："这本书我看了好多遍，老年人都该读一读。"杨三泰说："是啊，老了有事情可做的人，天才会黑得很慢，老哥要保重。"

老朋友接二连三地在视线中消失，新朋友迟迟还没出现。好在这个时期，儿子事业向好，奖金颇多，给他的手机办了一个微信支付，这家伙买菜购物花起钱来，就像是花别人的。所以，一切原来设想的不好的家庭矛盾冲突倒也没发生。星期天做了一桌子菜，儿子说没胃口，随后叫了外卖。他忍了。儿子说，这个星期你们去天街看电影吧，一百元一张票，他认了。儿子说，平时要多锻炼，你们去游泳吧，一张年卡三千元，他收下了。重阳节儿子在火锅城安排了涮肉，席间服务员送来祝福的生日大蛋糕，一下子花了一千多块，他笑纳了。因为儿子一个月挣他一年的工资，媳妇还三天两头给他在手机里打款，现在是到哪儿都不用带现金。还有一件高兴的事儿，是乒协的一大爷徐哥整出了大响动，他要大喜临门了。那位来协会打球的落落大方、气质非同一般的沈阳王大姐，快闪变成了球友们的大嫂。

大年二十九，徐哥在纳兰酒楼摆了宴席，到场的全是老球友，祝福的话，让徐哥泪流满面、泣不成声。他说，没想到老了老了一下子走了桃花运，七十岁的人了找到了真爱。

纳兰酒店，是众多老年人偏爱的地方。这里不但吃饭便宜，而且还可以讨价还价。其实，年轻人和老年人都是用时间换金钱，只不过是一个快、一个慢罢了。年轻人挣的是热钱，买东西不还价。老年人花的是慢钱，有的是时间，能便宜一分是一分。

喜宴喝的时间很长，酒意很浓话更浓，一帮子老球友替徐哥、王姐开心极了。酒过三巡微醺的时候，老贾提议参加合唱团的球友站到一起，为新郎、新娘演唱一首歌《月亮代表我的心》，一曲未了，徐哥已哭成了泪人。

天黑得很慢，街面上的大小车辆乌泱乌泱地你来我往，一群载歌载舞的青春永驻的男人和女人们，簇拥着一对新人，说笑着坐上公交车，他们准备回到北京像素闹新房。

**作者简介：**

王建刚　1958年生，中国作协会员，中国电视艺术家协会会员。著有长篇小说《复盘》《不惑之惑》,《王建刚精选文集》（三卷本）等中短篇小说集、散文集等12部。作品曾获河北省“五个一”精品工程奖。

# 阮郎归

吴彦非

## 1

风中从磨山上跑来一个人。太阳已渐渐西沉下去。罗之秋穿过楚市，楚市全关张，一派冷清的迹象。再出楚城，转进杉林长堤上，继续沿湖跑。漫漫夕阳映红了天边的天和山脚下一片幽暗的湖水，高大的杉树和他日渐单薄的身躯倒映在水里，曲影摇晃。前方来到雁归桥，他没停下脚步。一只白身灰长尾水鸟俯冲到水面，扑棱几下后向湖中间飞去。是云追逐夕阳，还是夕阳驱赶着云？天空乱云飞渡，变幻不同的形状。他发觉有那么一刻，它们好像僵持住了，互相纠缠在一起。

同为纠缠的，还有他的爱与恨。

昨天是父亲的七七忌日，七七过后，父亲的魂灵将离家向西去。父亲走的那个下午，只有母亲和邻居陪伴他。他没留下只言片语，沉睡在堂屋的棺材里。罗之秋赶回东澜村家里，母亲叫他跪下，给父亲磕头烧纸钱。母亲双眼红肿，泪迹未干，不时发出压抑的抽泣声。或许是二十多年来回家少得可怜的原因，他心里空空的，流不出一滴泪。丧事由弟弟一手操办，不用他插手，他也懒得操心。深夜，他要弟弟去睡一会儿，自己坐在灵堂前守夜。不一会儿，邻居方立来了。他们就坐在父亲旁边，有一搭没一搭地说话。

方立说："前几个月，你父亲预感时日不多，把他的后事一一安排妥当，叫我协助你们。还好多次找我谈心，讲他这一辈子的故事。"

"谢谢，给你添麻烦了。"

方立文化不高，但讲话层次分明，以时间为轴，说父亲的生意经，说父亲的人际交往，说父亲对村里的贡献，说从父亲那里学到很多，父亲也给过他很多帮助。说到动情处，还偶尔朝父亲棺材那边看看。又说父亲对生命的留恋，还有好多事没完成，人生的不如意和遗憾……方立身着蓝色工作制服，黑黑的国字脸上沟壑纵横，但少有波澜，一根接一根抽烟，呛了好几下，语气低沉而舒缓，句句讲到人心里去。父亲棺材边的长明灯星星点点跳动，香纸屑的气味弥散在午夜的空气中。天色一点点亮起来，门口的柿子树叶泛青黄光，一弯下弦月挂在邻居家楼顶上。罗之秋听进去了，但内心没多少触动。不知是不是父亲有意托付方立，借方立的口和他交流，或者道别。要知道，父亲在世时，他短短的几次回家，几乎不和父亲聊天。

"他还说过对不起你，对你关心不够。"

"没什么。"

罗之秋觉得不可思议，父亲是多么爱面子的一个人，怎么会说出那样的话，莫非——父亲走的那几个月，罗之秋从没梦到父亲。他从没像那段时间回去那么勤，从一七到七七,一天不落回去祭奠。也不能说他没有变化，至少，章菁是看出来了。

"你释怀没，原谅你父亲了？"

"不知道。"

"任何和父母关系处不好的人，都不会开心，也不会有好运气。"

"你怎么知道的，你说的是我吗？"

罗之秋上午出门，在省图书馆翻阅几本书和当期杂志，待到正午。黄历上说，今日天晴，冬日暖，适宜运动。出了图书馆，在街边小吃店胡乱吃了热干面和蛋酒，进便利店买一个全麦果蔬三明治打包，再去东湖跑步。走在东湖路上，半个小时不到，来到放鹰台。听到手机微信的提示音，广州的卢云舟发来消息。

“明年的武汉马拉松，报名通道已开启。你报名没，我报的全马，到时候一起跑。”

“希望你中签，你回来，我陪你跑，和上次一样。”

## 2

去年四月中旬的一天，武汉马拉松比赛如期举行。

卢云舟从广州回来参加半马，他是比赛前一天回来的。当晚，他给罗之秋打电话，说明天一起跑步，汉马场上见。罗之秋说没中签，跑不了。

“没事，混进去。我想挑战全马，要不后半程一起。”卢云舟说。

“后半程路解禁，应该可行，我在半程终点等你。”罗之秋说。

早晨七点出门，罗之秋自徐东出发，沿路被封，的士在湖北大学门口没法再往前走，他下车沿友谊大道步行。来到沙湖大桥边，看到几个黑人选手在桥上一路遥遥领先，后面追赶的人的步子也并不显得沉重。才跑了差不多四分之一路程，有人在蓄力，还没到冲刺的时候。他穿过围观人群的挤拥，一路磕磕碰碰，来到省图书馆半程终点时，看到一双双，一堆堆，一群群，拿彩旗的，拉条幅的，举相机的，气球飘起来，锣鼓敲起来……等待选手胜利到达终点。工作人员和警察不厌其烦地接受这个那个重复的问询：

“他们从哪里出来？”

“他们出来了吗？”

“怎么还没见到人？”

太阳出来了，阳光并不强烈，但置身于这样的场景中，不免让人心生一些燥热之气。想必是年龄日渐变老的缘故，罗之秋不喜欢这样热火朝天的景象，尽量回避人多密集喧闹的地方。虽然这次马拉松他也报了名，但没中签也不觉得失落。看时间还来得及，卢云舟还没到终点，他到蔡林记买好酱肉包和皮蛋瘦肉粥在省图书馆侧门等他。

一小时五十九分，竟然刚进两小时以内，比平时成绩差一点。脸上原有个小脓包，风大又运动剧烈，脓包破裂渗出血，半路上停下来，处理了一下伤口。卢云舟从省高院侧边小路走过来，步子略显沉重，有些失望地说，这是我第二个半马比赛，比上次长沙的成绩要差。肚子饿了吧，先趁热吃。速度一点也不重要。罗之秋边说，边把食物袋递给卢云舟。吃完后，卢云舟说："我想挑战全马，我们一起跑？"罗之秋说："当然。你不累？还好。"

他们来到东湖路上，往东湖绿道走。正是春光好时节，罗之秋的心情变得明媚起来，和煦的清风吹到身上，有一点暖洋洋的感觉。罗之秋看了看卢云舟，但见他眉头轻松舒展开，脸上的红潮还没褪去，丝毫没有过去的紧张之感。

"你回东澜村没，村里的房子还没盖？"罗之秋问道，伸出左手，递给卢云舟一瓶运动饮料。

"没回。有些问题没解决，盖不成。"卢云舟接住饮料，拧开瓶盖，喝了一口。

"有什么问题？"

"东澜村换了领导，不认可前面的交易。我那间地基有争议，这样有争议的地基，村子里还有一些，暂时都搁置下来，不知道要等到什么时候。"

"难怪我上次回去，在东澜社区闲逛，看见一些地基已废弃，上面有的种菜，有的堆放着杂物，有的杂草丛生。你要早点想办法，越往后恐怕越悬。"

"我也着急，但急不来。你知道我这个人，最不擅长和那些人打交道。"

“可以叫你哥哥帮忙，你嫂子不是皮书记的侄女吗？”

“唉，哥哥？！他怕他老婆怕得要死，再说，皮书记不是已被换下了吗？”卢云舟摇摇头，唏嘘几声，说，“我这个嫂子厉霸得很，哥哥赚的钱比她少，那个家她做主，她掐倒他玩，他屁都不敢放一个。她太喜欢骂人，又脏又恶毒……”

“她不是小学老师吗，不至于吧？”

“……”

“你们有什么矛盾？”罗之秋刚问出口，就有点后悔，转头看了看卢云舟。卢云舟举起饮料，喝了一口，脸上显得平静，并没有什么不高兴。一阵尖厉的汽车鸣笛声穿过耳膜，让罗之秋觉得有点不舒服。

## 3

十多桌流水席从堂屋摆到大门外，四方乡邻和亲朋好友陆续前来，各打一挂鞭炮后，上桌喝酒吃饭，中午一批，晚上一批。哥哥给一桌又一桌发烟敬酒，笑脸寒暄。卢云舟插不上手，站在一旁。那个大年初一，他们为父亲烧清香。等到酒席散场，和哥哥算账时，得知父亲的丧葬补助金已发放，被嫂子牢牢攥在手中，卢云舟支开妻子常乐凡和儿子小辉，当着母亲的面，觉得有些事要挑明。

卢云舟说：“当时我出了钱，亲兄弟明算账，多退少补。”

哥哥说：“你的钱全花光了，我也出了不少。”

母亲坐在沙发一角，目光空洞，望着父亲的遗像，不发一言。卢云舟看了母亲一眼，说：“父亲的补助金你留着也行，哪一天母亲看病，你要拿出来。”哥哥说：“没问题。”

这会儿，嫂子冲到哥哥面前，说：“有问题，抵扣掉我们花的钱，一分不剩。”卢云舟满脸的不信，说：“怎么可能？”

母亲瞅了瞅大儿媳，又盯住他们哥俩，站起来说：“你们父亲正看着，不要争，都放心，我不会生病的。”

回广州的前一夜，卢云舟单独和母亲聊天。他对母亲说，我发誓，不再和哥哥有金钱往来。我还担心您，在家里受气。要不，您明天和我一起去广州生活，我来照顾您。母亲想都没想，说，莫怪你哥哥，是他老婆作怪。在东澜村住了大半辈子，住习惯了，恐怕不适应南方。

“广州的气候比武汉好，您先过去住一阵子，如果不适应，我再送您回来。我和乐凡平时也忙，您去了也不闲着，可以帮忙接送小辉。”

“那——好。”

母亲在广州一住就是大半年，由她每天接送小辉，还负责一日三餐，卢云舟和常乐凡也轻松了许多。老人的口味偏重，他们唠叨了几次，母亲也试着调整，最后彼此都不计较。这大半年来，哥哥没打来一次电话问候母亲，卢云舟也不在意。倒是母亲有时候站在阳台上，望向杳渺的天空发呆。楼下的芭蕉叶沙沙作响，粤曲细碎地飘上来。不用说，她想她的大孙子小明了，还有房前屋后的三分小菜地。不久，皮书记来电叫卢云舟务必回去一趟，关于东澜村地皮的事有结果了。卢云舟高兴得跳了起来，说在东澜村有个房子多好。母亲说还是皮书记有办法，地皮一定要弄到手。国庆那天下午，卢云舟和母亲回到东澜村。

一回到村，卢云舟和母亲先找到皮书记。

皮书记说：“地皮很紧张，你上次说要一间，我给你留了一间，还是以你母亲的名义。你出个万把块钱意思一下。先把房子盖起来再说，越快越好，否则随时都会被收回。”

卢云舟没多犹豫，掏钱买下一间。回家的路上，和母亲商量是否和哥哥说说，征求一下他的意见。母亲说提下也行，毕竟盖房要请他帮忙。哥哥听到后没说什么，嫂子却不乐意了。

嫂子说："你的户口已迁到广州，就不是这个村子的人，你就没资格有地基。"

母亲说："我愿意把我的地基份额给云舟，他老了在家乡总该有个落脚地。"

嫂子就是不干，说既然是母亲的地基，应该给两个儿子平分才公平。卢云舟望着哥哥，希望他出面说句公道话。但哥哥𡎆在一边，不开口，像失声一样。其实，他们已经有两间，却还要和他争。接下来的日子，嫂子指桑骂槐，吵闹不休，一刻不得安宁。一周后，卢云舟和母亲没打招呼，悄然离去。

从湖边飞来一只褐色的尖嘴鸟，落在前方一棵大树枝头，树干枝丫间稀疏点缀一些淡黄小花。卢云舟顿觉眼前一片开阔，嗅到湖水润湿的气息，思绪渐渐回到现实中。

罗之秋说："快到东湖绿道了，你在想什么？"

卢云舟说："一言难尽。父亲很早就走了，母亲大部分时间在广州和我过，他们都没管过，还觉得我不好。不像你，和弟弟、妹妹关系都好。"

"家庭不睦，子女多疏淡。"

"你父亲身体还好吧，多回去看看。"

"老样子。"

卢云舟说："父亲刚一走，我就开始有悔意。他在的时候，我真该对他好一点，可惜现在晚了，永远没机会了。趁你父亲还在，不要像我那样——"

罗之秋说："我和你一样，就这样吧。"

## 4

过了双湖桥，来到放鹰台。水果湖从这里流向东湖，进入一个辽阔的拥抱里。李白在这里放飞一只苍鹰后，下决心要过一种超凡脱俗的生活。我们就从这里开始跑步吧。罗之秋说。他们停下来，做简单的拉伸运动。前面的路段应该解禁了。卢云舟说。

为什么他哥哥从没到广州看看他呢？他没邀请他们一家去广州玩玩吗？他们应该还有其他的矛盾，兄弟之间为钱扯皮是最没意思的。弓身压腿时，罗之秋想，但没说出来。一想到这里，他悚然一惊，突然想起了另一件事，自己是多么混账。那是多年前，春节没过完的一天，那时他一个人住在金银湖的四季花城，父母一大早从东澜村出发，转了好几道车，花费两个多小时来看他。到花城小区门外，给他打电话，他没接。父亲来干吗，无非是要钱。要钱干吗，赌博挥霍。这样的事，他可没少干。想到这里，他不胜其烦。一会儿后，妹妹打来电话，说，爸妈在你小区门口，说你几年春节都没回家了，很想你，过来看看你。他停顿了一下："哦。""你在听吗？是不是不在家？""是的，在外地。""好吧，我和他们说你不在家，叫他们先回去。"其实，他在家里。那段日子至暗至黑，他不想见任何人。自那以后，父母再也没有来过。

"这是我干的事？"罗之秋暗道，"我真的干过？"卢云舟看到他面部表情有些扭曲，但没有开口向他问起什么。罗之秋知道卢云舟发现了他的异样，恨不得要狠狠扇自己几耳光。

他们并肩跑，跑了半公里，来到武汉大学北门。"加油，加油——"绿道两旁的啦啦队在卖力地呼喊。罗之秋把不好的情绪踩到脚下，瞥了瞥那些青春洋溢的少男少女，从表情和动作可以看到，有人在敷衍，语气冷淡。在队伍中，罗之秋看到一个扎着马尾辫的秀气女孩，她脸上的笑容是真诚的，还略带些羞涩，声音清越而热忱。罗之秋心里动了一下，对她笑了笑。罗之秋不确定卢云舟看到她没有，考虑到他一贯的木讷，他应该完全视而不见吧。

来到千梅引，卢云舟终于停下来，跑不动了。"挑战全马失败。"卢云舟说。"正好，我们过梅园，去植物园旁边的农夫山庄吃饭。"罗之秋说。

圆矮桌子，配的矮靠椅，一坐上去，发出吱呀吱呀的脆响声，罗之秋用屁股摇晃几下，生出亲切感来。在桌子中间正上方，有一个铁架子从房顶吊下来，桌子中间凹进去的地方，放置一个圆形铁锅，吊锅就放在架子上，铁锅里烧木炭。菜单用长条木头书写，挂在进门过道的墙上，营造出一种古朴悠远的气氛。农夫山庄内，他们靠窗坐。正午的太阳当头，充满了活力，照亮路边的一排柳树，光线从树梢穿下来，一直照到湖岸的芦花和茅草，照亮绿幽幽的一汪湖水，湖面上闪耀着粼粼波光。“你去点菜吧。”罗之秋说。“还是你来。”卢云舟推辞。

“我吃得太过清淡，怕你不喜欢。”罗之秋说，“你点，没事。”卢云舟“哦”一声，走到厅外，不一会儿就回来了。

“体力透支了？你今天跑了近三十公里。”罗之秋倒满一杯荞麦茶，放在卢云舟面前。“还好。小腿有些发酸。”卢云舟端起茶杯喝了一大口，然后，用手背轻抹去额头的汗珠。

“之前跑过全马吗？”

“没有。”

十几分钟后，清炒菠菜，鱼头吊锅，牙签蒙古羊肉，冒着热气，依次端了上来。“来点啤酒。”罗之秋对卢云舟说，然后招呼服务员：“来两瓶啤酒，雪花勇闯天涯。”“来了。”服务员小妹今天似乎心情不佳，没释出一点儿热情。和原来有些不一样，但罗之秋一点也不介意。

有人点燃了烟，即刻有烟味弥漫开来。罗之秋下意识地用手扇了扇，感觉喉咙有点不舒服，几乎要咳嗽出声。他起身将窗户开到最大，有风从窗外吹进来，裹挟着湖水的潮气和阳光的暖意。卢云舟拿起手机，给儿子小辉打了个电话，问他在干吗，怎么吃午饭。中午常乐凡不在家，母亲也回了东澜村。

“儿子长大了，性格像我，太内向。”卢云舟边说边脱下防风白外套，随手搭在另一个矮靠椅上。

“人会变的，就像你——”罗之秋说，“今天周日，小常也不休息？”

“物流公司很忙，没有上下班时间。”

“你妻子小常很能干，我有点对不起她。”有一年五一，罗之秋去广州玩，卢云舟没空陪。当时，还是卢云舟女友的常乐凡，从北京路到员村，从越秀公园到天河广场，和罗之秋如影随形，用他的理光傻瓜相机给他拍照，他不停唠叨又挑剌，说这张照片没拍好，那张取景角度不对，“但她一直笑脸相迎，没有一点不快”。

“呵呵，她没和我说过。”卢云舟放下酒杯，挥挥手，咧嘴一笑，“只说你脾气大，很有个性。”

罗之秋回头喊，美女，再来一瓶啤酒。他给卢云舟斟满酒，给自己也倒满，然后举起杯子说，干。

## 5

“我很久不喝咖啡了，现在改喝茶。”卢云舟说。

“原来星巴克可是你的最爱，几乎每天都要来一杯。”罗之秋说，“还在练毛体钢笔字吗？你的毛体字几可乱真。”

“早就不练了，那是学生时代的事。现在提笔就忘，好多字都不会写。”

“现在还读诗吗？记得你喜欢台湾诗人洛夫。武汉有位诗人张执浩，自然写意，我很喜欢他的诗。”罗之秋说，“你是从不写诗，我偶尔会涂鸦几首。”

“生活混乱，疲惫不堪。没有诗意，哪来诗情啊？”

大年初六的晚上，他们坐在汉阳星巴克靠里的位置聊天。卢云舟春节前去了趟泰国，他神情淡定，已没有原来的焦虑不安。店内坐满了人，各自有说不完的话，嘈嘈切切声不绝于耳。咖啡和乳酪的香味在四周飘荡。

“还记得那年初秋的夜晚，我们在珠江边吹晚风——”罗之秋说。

文学，诗歌，现实纠缠，未来畅想，争执，诡辩，交锋，面红脖子粗，一泻千里互不退让……那时候，他们是多么意气风发。那年南下，所谓“双城记，两生花”，罗之秋先去深圳再到羊城，卢云舟提着珠江啤酒在珠江边迎风候他。那个午夜，棕榈树和芭蕉叶迎合昏黄路灯的光晕，珠江上一艘帆船也不见，他们在江边漫步。卢云舟说，何必忽焉珠江水……举世狂热如江水喧哗。他们坐在珠江边上，任夜晚的江风吹拂。到最后，都累了，好久没说一句话，如对面的琶洲湾一样沉默。罗之秋说，如果国际会展一直就这样在这里不停展下去，热闹是否就是这里这样唯一的表达。

现在，他们不约而同地变得平静。空气越来越稀薄，激烈的话越来越少。或许，他们都以为有些事不必摆上台面，还是放在心里比较合适。

“那些年，你喜欢凤凰卫视的时评，我喜欢陈晓楠和《冷暖人生》。现在，我有好久没看电视了，电视成了客厅的装饰。”罗之秋说。

“看不懂的局势，说不清道不明。”卢云舟说。

“什么时候回广州？”

“明天下午。”

前一天中午，罗之秋开车，去沌口城市便捷酒店接卢云舟，他们一起回东澜村。自从父亲去世后，罗之秋基本一月回去一次，而之前，他好多年也回不了一次。他发现卢云舟这些年回来也不多，这次是送母亲回来过春节。车行驶在东风大道高架桥上，一路畅通，不到半小时来到东澜社区罗之秋家门口。卢云舟没进屋，说先去买点东西。回来时，手里拿着一挂鞭炮，在大门口打响。然后，卢云舟随罗之秋进客厅，站在罗之秋父亲遗像前，点燃三炷香，三鞠躬后，插在台柜中间的香炉里。

卢云舟说：“不好意思回晚了，没赶上给你父亲烧清香。”

罗之秋说：“不去你哥哥家看看？”

“不去了。”

母亲端出一杯茶给卢云舟，他们坐在门口晒太阳。

罗之秋说："现在农村比城市好，和我一起在后官湖跑步的嘉军，他是大集的，离东澜村不远，他那一个村只有几户人家，也修了村办公大楼，修得豪华张扬气派。有钱。我问他，'谁出的钱？'嘉军说，'国家啊，还配有好几个领导，一个人又管不了几个人。大楼里平时都看不到人，他们每月还有工资拿'。"

母亲说："东澜村大楼有五层，也很气派。云舟，你的房子盖了没？"

卢云舟说："还没。"

坐了一会儿，罗之秋和母亲道别，和卢云舟去村头转转。走在318国道上，经过东澜小学，再往前，看到一座小土山，他们的父亲都葬在土山坡上。他们同时向山那边望了望，松柏掩映的山林里一片肃静。罗之秋想起卢云舟曾经说过父亲走后就后悔什么的，他不以为意，父亲都走了好几个月也无法感同身受。

折返时，穿过社区中心广场，几个老人在健身器材上锻炼，上肢牵引器上下抖动，在拉扯下发出嘎吱嘎吱声，而大幅度交叉摆腿的老人，动作连贯不停歇。由于彼此互不认识，他们没打招呼，从老人身边走过。往后走，看到几个地基空在一排房子之间，像整齐的牙齿被拔下几颗。卢云舟指着其中一间说是他的，里面凌乱堆放着一些瓶瓶罐罐。他们站在地基上，红砖缝隙间拱出簇簇茅草。

"你还在搞服装软件开发，生意拓展得怎么样？"

"没什么突破，客户越来越少。一个人精力有限，我又不善于与人合作。好几个客户没再续约，目前制造工厂的生意都不太好。"卢云舟说，"恐怕要出去找工作了，找工作都没人要，这个年龄太尴尬。现在是九〇后的天下，〇〇后也出场了，我们七〇后恐怕只能做保安，但保安都需要关系才能进。"

"我还不是一样，业务日渐萎缩，好死不如赖活着。"罗之秋不再多说，卢云舟的脸上露出一丝忧郁，他自己也好不到哪里去。

“或许老了，我会回东澜村，过简单的日子。”卢云舟说，“可一旦离开了家乡，家乡却不愿再收留我。”

“别这么悲观，有办法的。皮书记的余热还在吧。再找找他，把地基搞定，尽快把房子盖起来。至于你哥哥那，和他好好说，给他一些好处。”

卢云舟神色萧然，目光游移不定。

## 6

那年腊月的一天，罗之秋一个人来到大别山南麓，以山脚下问津书院为起点，在周边几个村子里转悠。虽说春节临近，但村子里没几个人，倒是见过几个气派的村大楼。村湾接村湾，田地连田地，他走在弯弯曲曲的土埂上，在田间地头边，与野草枯树对话。走过半马的路程后，他再回到问津书院，后转到书院后面的村子里。

一家门前是另一家屋后，罗之秋在一条小河边驻足，侧耳倾听午后阳光抚摩河水轻柔的声音，又听到河这边的老年女人对河那边的浣衣女人问话。

“你儿子放假回来没？”

“不回了，勤工俭学哩。”

“你男人还没回来？”

“每年不都是那样，春节前几天回。”

罗之秋上断桥过河，来到一片竹林。一阵冷风吹过来，竹叶发出簌簌飒飒声，又有小狗吠和鸡打鸣，在他身边轰响。摩托车扬起的尘土和覆在山坳里的积雪，屋檐下的尖冰凌和门头毛主席的大幅照片……在这个冬日的午后，在山脚下的村子里，当他的目光越过黑白的老树和灰褐的泥土，看着西下夕阳渐渐地由暗红变成橙黄，一些如烟的往事在他的脑海里徐徐漫卷开来。

所谓背井离乡，就是出门打井，和家乡的一样。所谓破一阵立一阵，立一阵破一阵，为了喝一口家乡的水。他听见——

“父亲怎么还不回？”孩子对奶奶叫道。

“你父亲回来了，让他先到院子打井里的水，再大口大口喝井水。”奶奶叮嘱道。

院子里的模样，父亲走时是什么样，回来时还是什么样。父亲从外面回来后，下十几级石阶走进院子里，他的目光久久地注视着前方，院子后的田野，是齐整的大片绿。父亲听到鸡咯咯咯咯地叫着在他身边打转，闻到屋顶烟囱里发出呛鼻的气味。父亲三步并作两步，走到井边，扽住井绳的一端，将另一端拴住的铁桶放下井底，然后把盛满水的铁桶晃晃荡荡拉上来，桶里的水还冒着清冷冷的凉气。父亲用搪瓷缸摝一杯井水，站在石阶下端，像孩子那样蹲着，想再漱一次口，但找不到牙刷。

孩子来到堂屋，翻箱倒柜一通找，终于找到一支绿色的新牙刷，小手一把抓住，快步跑到后房，想把牙刷交给父亲。他推开后门，发现眼前浓雾弥漫，歪歪扭扭下了几步石阶，依稀看到父亲的背影，只一瞬间便消失不见。他想开口喊，却发不出一点声音……

罗之秋从睡梦中醒来时，已是凌晨时分，喉咙干涩又生硬，好像被什么东西扼住了。他不久前的确去过问津书院，那里有的村子也和他小时候的东澜村相像。他十七岁到外读书后，就没在家睡过觉。之后几乎不回家，更遑论和父亲深入交流了。近三十年来，他对父亲并不了解，现在想到他，只停留在少年阶段。他就这样想着，如夜一样茫然。后来怎么睡着的，他完全不知道。

早上起床，昨晚的梦还存留在记忆里，清晰而真切，和那些起床就忘的梦不一样。

罗之秋说：“这几天真奇怪，过去从没梦到他。”

章菁说：“清明节快到了，很显然，你想你父亲了。”

## 7

和罗之秋通完话，卢云舟记起一句：子欲养而亲不待。前人说得对，它既是劝诫，又是忠告。从当初的置若罔闻，到终有一天追悔不已，这就是时间的代价。欣然于罗之秋和他一样，卢云舟发觉，喧哗的世界依旧喧哗，浅薄的他们已不再浅薄。罗之秋在电话那端吁叹几声，不无郑重地说："你上次说得对，想行孝却来不及了。"卢云舟心下黯然，也说他后知后觉："我也是在父亲走后才悟到，可惜晚了。"

客厅的电视正播放TVB资讯节目，卢云舟无心听下去，拉开阳台门走到阳台上。正是晚饭过后不久，天没全黑，东南风凉悠悠，吹在脸上不燥不热。是个好天气，有两周没跑步了。卢云舟想到晚上喝了两瓶啤酒，正好消化消化。换上运动服，下楼，往珠江边跑。他越跑越放松，感觉到脑子里分泌出越来越多的多巴胺，人也变得活泛。他想起父亲走后的第一个清明，从广州回东澜村，在父亲的坟头行礼，转圈跑步两公里。那次过后，他改变了对父亲的看法，内心的纠结也释然了。

卢云舟大一的时候，父亲意外被车撞倒，落下头脑不正常的病，再也没法出去干活。没抓到肇事司机，一下子，家里断了收入来源。卢云舟没指望别人，自己做家教，打短工，挨饿受踹读完大学。父亲的晚年颤颤巍巍，虽然在平庸中度过余生，但最后的倔强和坚持又何尝不是一种生活态度。在卢云舟看来，至少父亲的人生也是积极的，这也是一种精神的有益给予。父亲离开他已经十多年了，他能真正记得父亲，让他会意会心，却是父亲最后几年的不甘心不服输。或许，他错怪了父亲，现在回想起来，父亲一生都在努力地活着，努力成为一个有用的人。但是，父亲终究以无用的热爱，完成了自己的一生。

卢云舟放慢脚步跑，扭头望向珠江对岸，琶洲湾的灯火忽明忽灭。他想到罗之秋，想到罗之秋和他父亲的事。

罗之秋读大学时，他父亲没断书学费，生活费也没断，只是在他毕业找工作的关键时期，需要出钱打点时，他父亲却放手不顾不管。罗之秋说到这里，表现出对他父亲的强烈不满，好像他们结下深仇大恨似的。那时候，卢云舟真想和罗之秋说，其实，他不知道我的难处，他可比我强多了。

大学毕业后，在武汉两年，没闯出什么名堂，卢云舟惶惶不可终日。罗之秋去了上海，给他写信，要他出去闯荡。他盘桓大半年，终于下定决心南下。

十五年前离开武汉，卢云舟走时堪称狼狈，只身一人闯荡广州。寄居在白云机场附近的那些日子里，一架又一架飞机每时每刻在头顶轰鸣，但他感受不到一点干扰，每天回去倒头就睡着。只是觉得四周都是墙壁，摊开双臂就能碰到。当他向墙壁靠近时，墙壁就后退；当他后退时，墙壁又向前进，但始终与他保持双臂的距离。那是一种既危险又安全的感觉，到今天好像都没有消失，还时不时地冒出来，像是要提醒他什么似的。

后来，罗之秋回到武汉，他继续留在广州。娶了龙川客家妹子常乐凡，到小辉出生，生活才渐渐安定下来。常乐凡独立而顾家，他记得罗之秋说，她煲的靓汤特别好喝。前几年从天河员村四横路向东几公里，他卖掉已增值三倍的美林海岸的房子，换更大点的万科金域国际，多的钱买部现代牌小车开开，周末也带着妻儿郊游，他满意这样的生活……

几十年一晃而过，卢云舟忆苦思甜，脑子和身体一起跑，大汗淋漓却脚下轻松。回到家里时，客厅里没人。在卫生间冲凉完出来，坐在沙发上看电视。不一会儿，常乐凡从小辉房间出来，看来才辅导完作业。卢云舟来了兴致，又说起罗之秋。常乐凡推了推眼镜，说，你和老罗一样，不过，现在也不晚，对自己的母亲好点。

母亲从厨房出来，拿小板凳坐在旁边。常乐凡看着母亲笑，卢云舟正要和母亲说话，母亲说，跟你哥哥打个电话，五一请他们过来玩，我也想小明了。这话要在以前，卢云舟不爱听，不过这会儿，他没有反驳。

**作者简介：**

吴彦非　武汉汉阳人。爱好文学，偶有作品发表。

# 关于苏茜（节选）

木　俞

## 1

飞机降落的瞬间，苏西感到有几分晕眩，像回忆突然袭来。

到达伦敦机场时已是深夜，飞机在跑道上平稳地滑行，透过小窗，可以看到机场灯火通明，指示灯像是要延伸到下一个白昼，也可以想到此刻市区灯光璀璨。伦敦是座不夜城，事实上，世界上许多城市都在逐渐失去它们的黑夜。她想到自己第一次来到伦敦，和苏茜一起，时间还是一九九〇年。

一九九〇年六月的某天，一班由刚果直达伦敦的航班上，有这样一对看上去有些奇异的旅客——一个黄皮肤女人带着一个黑人女孩。苏西略带兴奋但又有些紧张地坐在靠过道的座位上，空乘人员耐心地检查着每一位乘客是否系好了安全带。苏西正试着把脚紧紧贴在一起，又一步步分开，再并在一起。她在想象地面是苏茜告诉她的一种叫“钢琴”的能弹奏出声音的东西，这是属于孩子的游戏，她乐此不疲。脚上是颜色夸张的彩色凉鞋，如果是个白皮肤小孩，看到的人会想到洁白云朵间的彩虹，于她却是彩虹坠入了泥潭中。幸好她没有想那么多。

一旁的苏茜早已戴上了眼罩，登机前她曾告诉过她，这将是一场漫长的旅途，也许有双关的意味，苏茜没有说明的是“可能会贯穿你的一生”。总之登机后，一直到苏茜领着她找到座位顺利坐下，苏茜再没有和她说过一句话。

她应该是很累了，苏西悄悄转过脸，看着苏茜沉睡着的无比安详的面容。她们之前一路风尘仆仆、舟车劳顿，但她依旧十分有精神。一路上她都很兴奋，好奇地打量着周围，黑色的眼珠相较于她深色的皮肤更黑更亮，像草原上闪烁的夜空。眼白部分尤为明显，眼睛骨碌碌转着，显出一种黑人小孩特有的机灵与可爱。苏茜曾夸她是个漂亮的黑布娃娃。

周围乘客大多是白人，似乎还有专门来刚果的旅行团。座位有些高，她看不到前面的人了。不过她从座位上露出的一小部分发型发色以及小声交谈的声音音色可以辨别出，毕竟总有那么多不同。

一路上，她们似乎成了移动的焦点，吸引人们若有若无的注视，但她隐隐约约感到那些平和面容下一丝不易察觉的微笑——并不明显，却让她觉得奇怪的微笑。当她后来试着一次又一次回顾过去，想要隔着时空解答心中曾留下的疑惑时，才明白这种微笑背后的含义，也许连微笑者自身也并未意识到——因为这是他们内心深处天然的最真实最隐蔽的微小反应，那包含着一点点好奇、一点点他们绝不愿意承认但确实存在的轻蔑，同时伴随着骨子里天生有的骄傲与一丝同情——他们在心里猜测，一个面容憔悴的黄种女人，一个黑皮肤小孩，她们是母女吗？看上去又不像。那个大点的是哪里人？中国、韩国、日本？东方人的外貌与年龄总是很神秘。没有见到一个类似于父亲的角色——噢，她们只有两个人，那孩子的父亲呢，是在伦敦，在刚果？父亲还活着吗？她是被抛弃了吗——那一定很可怜。他们在心里揣测这背后可能有的悲惨故事。又或者什么也没想，只是单纯觉得，这是比白加黑还奇妙的搭配。

这些微笑，这些复杂的情感，如果不是孩童的眼睛——这台世界上最灵敏的相机——是捕捉不到的。那时的苏西只模糊不确定地感到，周围人都在克制。克制什么？克制上述任意一种被宣判不正确的情绪流露。克制是文明世界的产物。

在一张张苏西觉得或好奇或冷淡的面孔中，她终于见到一张令她舒适的笑脸——那是一个普通的胖胖的白皮肤老年女人，她正和善真诚地看着苏西微笑，她看到苏西身上有着她那同样年幼天真的外孙女的影子。苏西受到鼓舞般自信地咧嘴回给她一个微笑，虽然内心还是有些胆怯。

## 2

到达伦敦后，苏茜在和她找巴士站时，突然俯身笑着对她说："伦敦有许多贫民窟，幸好我们还不至于住到那里。"她不太清楚贫民窟究竟是什么景象，但这是从航班起飞到现在苏茜第二次露出微笑，第一次是出发时苏茜对她微笑，为了传达安慰和鼓励。苏茜笑容收得很快，像晨光在天边泻出一缕，又很快被飘忽的云挡住。

伦敦的天大多时候总是灰蒙蒙的，像一块白布搁久了，拿出来看总是落了许多灰尘，盖在街头每个行色匆匆的人身心上。

苏茜在接到她之前好像在伦敦住过一段时间。她们很快有了落脚点——市中心一幢很老的公寓楼里。对小苏西来说，这里一切都是狭小的，狭小的电梯不太平稳地上行，狭长的走廊，两侧门总是紧闭，像是每扇门背后都有一个秘密，也许是像城市里盛行的那些传言般——其中的人是无耻的皮条客、罪恶的毒贩、可怕的连环杀手。一直到离开伦敦，苏西仍不清楚隔壁套间的住客是谁。

从公寓套间小窗望见天空的一角，她记起自己来的地方。她与苏茜曾经一起待在非洲大草原上，云朵很低很重，垂在天上像随时会掉下来。头顶的蓝天更像是一面倒悬的湖。她喜欢朝草原的尽头也是天的另一边奔跑，试图跳进云中。她不知疲倦地狂奔，像只黑瘦的羚羊。旱季的草变得干枯，蓬松得如一床被子，她直直倒下，想象眼前巨大温柔的云朵包裹在她身上。不一会儿，她妈妈会紧张地在远处一边大吼着一边跑向她，走近了，可以听见妈妈是在斥责她的行为，因为这里可能有猛兽出没。这片被人类文明暂时遗忘的大地，依然恪守着最残酷的自然法则……而现在，她的非洲、过去的记忆，也像云一样飘走了。世界只剩下伦敦单调枯燥的天空。她无聊地打个哈欠，转身回去做到伦敦后苏茜每天都会布置的数学题。

苏茜在一家餐厅里打工，工资几乎没有，不过会有很多小费。她没有问苏茜为什么不去找一份看上去更加体面、更加稳定——属于这座城市真正居民的工作。端盘子虽然很累，那只是身体上的，对苏茜来说，重要的是她随时可以离开，这样她仿佛获得了自由。家中有足够的牛奶与面包，都是超市平时折扣时买回来的冷食。面包切割机在切割德国黑面包时像在切一块岩石，苏西觉得这是很棒的武器。

苏茜有时回来得很晚，带着一身疲倦和给她的 take-away。有一次苏茜晚归，却吓了她一跳。平时的苏茜衣服上或多或少会沾上少许油渍，但整体上依旧很整洁，因为她工作时很注意的缘故。那天的苏茜像是被扔进泥浆里搅了一圈，而且头发散乱，脸上是惊魂未定的表情。往日沉着的苏茜仿佛一个惊慌、受惊的孩子，怀里死死抱着自己陈旧的印着老式暗格子花纹的手提包。苏西担心地跑过去，出于不知发生什么的恐惧，抱着苏茜的腰部，小声地用英语问她发生了什么。听到她的声音，苏茜一下子似乎镇定了许多，轻轻摸了摸她的头，反而用安慰的口气说道：“没什么，路上有人想抢我的包，我抢了回来。”苏茜的语气那么轻松，以至于她当时听了也以为不是什么大事，还为苏茜的勇敢和她们的胜利而开心。直到多年后她突然回忆起这件事，才觉得十分后怕。伦敦的犯罪率如此高，抢劫、杀人事件如下水道内四处乱窜的老鼠在城市各个角落上演。如果苏茜碰上的是一个穷凶极恶的歹徒，如果那个家伙拿着刀，如果苏茜逃跑时慢了一点，如果最后她因此死去，倒在路边的臭水沟里，警察也许会在几天后找上门来，发现家里还有个特殊的她，她会被送去福利院，而那个杀害了苏茜的歹徒可能永远不会被找到——罪恶如此多，罪犯可以轻松地隐遁入黑暗中……没有苏茜的生活让她恐惧，仅是想象都很恐惧。

那天晚上，苏茜简单换洗了身上的衣服，重新打理了自己后，提出带她去中餐厅吃饭——是劫后余生的庆祝。苏茜把头发扎起来，苏西注意到她脸上的淤青和擦伤的痕迹。苏茜没有去报警，因为她明白伦敦的警察都不能为当地的居民提供保护，更何况外来的还常受排挤的她们。

## 3

偶尔苏茜会在家里做中餐。她们小心翼翼地关上门窗，避免油烟逸出被邻居报了火警——结果是房顶上一片烟雾缭绕。

苏茜没有刻意教过她什么餐桌礼仪，一切靠她自己去模仿学习。最开始吃面包时，她仍和从前一样用手指去蘸面前那碟果酱，这没什么。可是当苏茜做了中餐后却难倒了她。苏茜在桌上摆了两副碗筷，然后自己慢条斯理地开始吃饭。苏西看了看苏茜，依旧执拗地伸出了手，苏茜也并没有制止她。可当她黑色的小手碰到菜的瞬间，立刻被烫了回去。苏茜不为所动地在她面前熟练地用筷子夹菜，余光看见她在旁边龇牙咧嘴，掩不住自己的笑意。她不服气地等待菜凉后再去抓来吃，但后面又发现黏糊糊的油留在手上很不舒服，她开始去拿勺子，再之后，又不知不觉中换成了筷子。用筷子很难，同时显得很文雅，学会这个让她觉得自己很聪明。

但苏茜强制性地要求她去学习，包括中文、数学和英语。其中数学最枯燥，但对她来说最轻松，因为苏茜只要求她做一些简单的计算。英语是她们最开始进行对话的语言，尽管之前用得最多，但她能掌握的还是少数。苏茜教她唱中文儿歌《蜗牛与黄鹂鸟》，又把歌词编成简单的睡前故事讲给她听。她还是乐于学不同的语言，因为这样可以和苏茜更好地交流。方块的汉字是沉重的积木，全都压在她身上。苏茜让她用中文写日记，她本来也找不到什么写的，很多时候自己只是一人无聊地在家，小心地遵守苏茜给她强调了许多次的规矩——“不要给陌生人开门”“不许自己乱跑出去”“不要碰插头之类带电的东西”“不要翻窗”“接热水时小心”……她很听苏茜的话，也许是苏茜说这些时郑重严肃且有些担忧的眼神感染到她了。苏西交了一篇全是拼音的作业，苏茜让她重写，她就开始用部落的语言叽里呱啦说了一堆表达不满和抗议，其中还包括一些自创的语言。苏茜只是一遍又一遍用中文告诉她：“你需要重写。”她放弃了，但还是不依不饶地用中文不太清楚地追问：“为什么？”苏茜答道：“因为你以后必须去学校上学。”“中国的学校吗？”她好奇地仰着脸。苏茜沉默了一下，轻轻点头。她继续追问：“你会回中国吗？那我们多久回去？”潜意识中已经把苏茜的故乡当作了自己的。可是苏茜在犹豫，最后也没有回答。

## 4

她们在伦敦待了大概两年多，那些日子总是相似的，相似的单调、漫长，回忆起来又非常短暂。

苏茜换了几份工作，服务员、售货员、垃圾分类工，说出来都不算 decent，赚得的薪酬倒还有些，有段时间干脆闲在家里。她们没有太多的娱乐消遣，家里没有装电视，电话费也没有缴过。苏茜搬回来许多二手书，各种文学、地理、历史、宗教的都有，她们在一起看各自感兴趣的内容。两人在一起，无比远离城市真实的生活。

她们还需要定期去延长签证，很多时候苏茜会带着她一起去。在使馆街上，光滑的卵石路反着光像粼粼的河流，她想起了家乡的河流，尽管这一切已经开始变得飘渺。她们再一起出来，沿途参观不同使馆的建筑样式。

苏茜还热衷于参观博物馆，各式各样的展览，偶尔免费，偶尔需要买票入场。有一些来自中国或者非洲——她们各自遥远的故土的展品，因为种种历史或其他因素同她们一样漂洋过海，在异乡相逢。两人站在玻璃橱窗前，苏茜的眼神与其说是怀念不如说是冷静而克制，她久久沉默地站在前面，静得仿佛成了展品本身。苏西无限望进苏茜的脸庞，看到了落日般凄切的神色。

让她记忆深刻的是有一次展览，苏茜兴致勃勃买了票带着她前往。主题是关于人类历史起源的，远古先辈们的脚步从非洲大陆一直追溯到亚欧大陆，主要展示一些挖掘出的人骨，每次看到或者听说这些展品，小苏西内心都会生出难以言喻的虚无感，这样的感觉，对一个九岁的孩子来说，太让她疑惑了。

苏茜在和她一起入场时遇到了麻烦。检票员接过她们的门票，狐疑地扫了两人几眼，突然做出了禁止入内的手势。苏茜一下子没有理解他的意思，接着保安来了，将苏茜带出了排队队伍。苏西也不明白发生了什么，她看见苏茜在一旁一直和保安解释，她开始后悔自己英语不够熟练。保安只是摇头，接着有其他工作人员似乎也注意到了这边发生的异常，走了过去，但最后只是背着手身体倨傲地后仰着站在一旁。相比之下，一直在说话的苏茜显得有些激动。

不断有其他游客经过检票处，被一旁的争执声吸引，但也只是多看了几眼，或者稍稍顿足停留了几秒又很快离开。苏西隐约中听见一个词——“discramination”，她心里沉了一下，猜测也许自己应该给苏茜一些帮助。于是她大哭起来，其实是希望引起更多人的注意。那边的争执立即停止了。苏茜好像意识到应该照顾孩子的感受，急忙跑回来，在旁人好奇的目光中手足无措地安慰着苏西，似乎犯错的是她。苏西一哭起来全然忘了自己的初衷，最后是苏茜有些尴尬局促地带着她匆匆离去。走回公寓的路上，苏茜给苏西买了一支香草冰激凌。苏西渐渐停止了啜泣，一边开心地吃着冰激凌，一边又回忆起刚才的场景，她开始感到自责，认为自己给苏茜帮了倒忙。苏西胆怯地用余光望向苏茜，不知道苏茜会怎么做。苏茜看上去平静了许多，另一只手里还攥着门票，已经皱了。苏茜似乎注意到了她的目光，以为她是好奇刚才的事件，只是淡淡解释道："门票上说了，可以携带一名十岁以下儿童免费入场，但是他们不让进。"不让进去的是"我"和"你"。她不知道该说些什么，在伦敦的两年里她也习惯了在便利店买一个冰激凌被插队，巴士上售票员不耐烦的白眼，她明白了改变人的成见是世界上最艰难的事情。

苏茜顿了顿："苏西你知道吗？这个世界充满了歧视和偏见，每个人只愿意用自己的眼睛来看待这个世界，歧视永远不可能被消除……非洲被殖民过，中国曾经也几乎沦为殖民地，每一片被殖民的土地深处都浸透了被殖民者的血与泪……文明是世界上最大的隐喻，支撑文明存在的其实是野蛮、是侵略、是杀戮，我们依靠矛盾的这样个体而生存下去……处处都是可揭穿的隐喻。到处都是战争，讽刺的是战争发起者往往宣称自己是为了追求和平而斗争。这些都还只是人类内部的争斗与混乱。"苏茜说到后面越来越激动，像是有许多想表达的，苏西听出来苏茜语气中浓浓的悲观色彩，但她能做的只有小心耐心地等待苏茜发泄完。

那是苏茜在伦敦最后一次带她去博物馆，不久以后她们就离开了。

## 5

苏茜为什么会来到非洲？苏西曾一直感到疑惑。

还在村落中时苏西问过苏茜："他们都说这里是'wild'。"她当时其实不明白 wild 是什么意思，那是听从前探访这里的白人们提起的。但她敏感地认为这就是对他们生活状态最恰当的描述。

苏茜为她说出这个词而有些惊讶，笑了笑看着她，接着一本正经地说："也许是这样的。但外面的世界又是另一种蛮荒了。""wild"

对应的中文是“蛮荒”。

他们的村庄处在刚果河沿岸一处普通的丛林中，丛林的边界邻着广袤的平原，总之要很刻意地寻找才能走到这里。

苏茜是乘着一个月给村庄运一次物资的司机的车一起过来的。又破又旧的敞篷皮卡一路颠簸，还要提防路旁支出的树枝，枝叶间潜藏的那些看似不起眼的生物可能也会有致命的危险。

到目的地后，苏茜跳下车，脸色还是有些苍白。她扶着车门，谨慎地打量周围一切。

村民们听到了车声，很多在家的妇女纷纷从低矮的棚屋内走了出来。于是他们都看见了苏茜。从前村庄有过外来客，他们往往结队来此，然后惊讶、大叫、叹息，送来免费的衣物和书本，后者常常被用来引火，他们一出现，由于平时白天多为妇女留守在村庄内，村民们出于对外来陌生世界的一丝惧怕总是躲藏在屋内，常常只有族长在那手忙脚乱地感激、接待一大群人。

可这次情况不同，苏茜是一个人，也是第一次出现在这里的亚洲女人，尽管大家都没有这些地理概念。她从下车起就表现得异乎寻常地冷静。众人好奇而戒备地逐渐靠近她，渐渐围成一个半包围的圈，但二者之间依旧清晰地隔着一米多的距离。他们在打量这个身材娇小、脸型瘦削的客人，她一头黑发被干练地或者更像是随意地一把抓起来后盘成一个髻，面前还垂下几根，最吸引人的是她的一双眼睛，细长却并不小，眼尾微微上吊，目光凌厉，扫向众人，带着审视的意味，于是显出一种不好接近的气势。后来苏西发现在汉语中有一个词叫“丹凤眼”是形容苏茜这样的眼睛的，如果不是因为身体营养不良导致她的脸型有些瘦削，面色红润时的苏茜应该很符合中国传统美人的定义。

苏茜环视了每一个人，乍一看也很难分清这里每个人，他们穿着几乎统一，在外界看来又十分独特，彩线被编成围巾缠了好几圈在脖子上，还配着银制的当地信奉的神兽项圈，老年男人和女人脸上或穿了鼻环，或耳朵上挂有手镯大小的耳环，女人们无所顾忌地袒露双乳，并没有人觉得有任何不妥。他们就是活的非洲图腾。

大概四五分钟的沉默，人群从开始的警惕到迷惑这个女人到此的目的再到有些不耐烦，族人里有人小声提议立刻赶走苏茜，气氛又有些紧张了。这时司机赶紧把族长领了过来，他已经简单解释了一通——“这个女人，中国人。大城市，上学，做研究调查。参观。”族长不可思议地打量了一下苏茜，然后友好地冲苏茜点了点头，苏茜马上礼貌回应。司机用不太流畅的英文问她觉得怎么样，苏茜表示很合适。于是司机马上又转头和族长说了一大串，讨论让苏茜在村内住一段时间的事宜，这是苏茜自己的想法。不知道苏茜是怎么说服司机的，但司机向族长提出每次多给村落运送物资，族长边听边严肃地盯着苏茜，像是想要找出这个女人是否有什么阴谋，苏茜并没有回避族长的目光，她神色坚毅，眼神中也没有多大波澜。众人担忧地看着族长，等待他的决定。最后族长轻微颔首。

苏茜需要一个住的地方。族长也在思考将如何安置苏茜。小苏西看见自己的妈妈走向皮卡，但她停在了苏茜身边，友好地朝苏茜笑了一下。小苏西突然很开心，从苏茜他们进入村落开始，她一直躲在村口不远处的一棵猴面包树上观察着这边的情况。小苏西对苏茜很好奇，不知道为什么，似乎是一种冥冥中的指引，她很希望去认识这位客人。族长看到苏西母亲并不像其他人一般排斥苏茜，很欣慰，希望能让苏茜暂时住在苏西家内。刚好苏西的姐姐瓦拉去年出嫁了，母亲思念瓦拉，一直空下了她的床位，可以留给苏茜。女孩十四岁在这里成家是正常的习俗，瓦拉嫁给了隔壁部落一个二十二岁的男人，虽然是隔壁部落，但因缺少交通工具，还要小心避开丛林内可能的陷阱和危险，因此两个部落间往返也要走上两天，苏西就很少再见到自己的姐姐。她印象中的姐姐同母亲，或者说族里大部分女性一样沉静、温和，平时几乎不怎么言语，静静操持家务，只有在管教不听话的孩子时语气才会变得急切。

而对比之下小苏西就显得“异类”，她是族内许多老人公认的这么多年见过的最活泼的女孩，“活泼”和“女孩”在这里组合在一起并没有多少赞许的意思。她一点也不文静，每天四处疯跑，和男孩子比爬树，甚至比男孩们还快。就算没有同龄女孩愿意和她说话，男孩子们也不屑于和这个赢了自己的“小女孩玩”，但是他们还是经常听见小苏西一个人趴在村口的树上反反复复大声唱着族内每个人都会唱的儿歌。稚嫩的嗓音，有些跑调的语调，本该欢乐的儿歌中却好像多了一些其他的情感。

苏西的母亲性格过于温和，虽然偶尔会斥责苏西，但很多时候也只是无奈地笑着摇摇头。而苏西还有一个大许多的哥哥，跟着父亲一起出去劳作，也照看不了她。村内健壮一些的男性都选择去矿上工作来支撑家里生活，像苏西哥哥还需要准备将来娶亲的聘礼。那个矿应该很远，男人们几乎一个月才回来一次，矿上的情形女人们无从得知。她们的丈夫儿子每次回来时总是一身的疲倦，她们不敢多问，怕多问几句就耽误了他们的休息。而就算再怎么努力地准备迎接他们每一次的归家，几年里还是陆续有村内男子在矿上遇险丧命的悲剧。在女人们看来，那个地方就像是密林内未曾谋面的怪物，稍有不慎，她们苦苦守候的家庭就会破碎。

## 6

苏茜在苏西家住得很顺利。晚上她睡在苏西母亲旁——瓦拉留下的位子，苏西则睡在母亲另一侧。开始苏西母亲担心苏茜在饮食上不习惯，竭力做得比平时丰盛一些。苏茜看出了她的顾虑，用手语表示自己很习惯，让苏西母亲放心，她平时也帮着苏西母亲做许多杂活。

因为语言障碍，应该也有苏茜性格沉稳的原因，她也保持着和来时一样的状态，干活时几乎不怎么开口。于是奇怪的画面出现了——一开始排斥苏茜的女性们似乎发现了她总是沉默的优点，开始自然地和苏西母亲、和她坐在一起，妇女们静默地聚集一起编织一些手工制品，苏茜手很巧，学得很快，还得到了大家赞许的目光。

但是苏西有些着急，她一直试图引起苏茜的注意，她不希望从外面来的苏茜和族里的许多人一样忽视自己。可是她又不想在其他人面前表现出来，一直以来她总是对他们的评价不屑一顾，显示出她独来独往十分自得的神态，如果让他们看出来了，那对小苏西来说，这个小游戏，这个她告诉自己要坚持下去的小游戏就输掉了。

苏西平时还是多待在树上，她换了一棵可以更好观察家门口的树，躺在上面，懒洋洋的，心里在盘算如何接近苏茜。突然听见苏茜在树下的声音，她赶紧爬了下去。

苏西没想到苏茜会主动来找她，苏茜显然觉得她像只灵活的小猴子有些可爱又有些好笑。苏西一下子红了脸。苏茜来时应该简单学了些他们的语言，又向苏西母亲请教了一些，但有些词她还是听不懂，因为不同村落之间个别用词有差别。苏西听到苏茜微笑着夸她可爱，然后用手指了指树表示很高暗示有些危险。苏西听到夸奖尤其是来自苏茜的夸奖时很开心，她画了一个问号，也指了指树，疑惑为什么苏茜知道自己在这里，问号是苏西和之前来这里的一个年轻白人女性学的，她很开心终于派上了用场，她当时还学会了几个英语问候的短句。苏茜马上明白了苏西的问题，用石块在问号旁边画了一个女人的简笔画像，努力用当地语言吐出“妈妈”这个词。然后她们互相看着对方笑了。

这之后，苏西开始常常跟着苏茜。苏茜做完编织后常常独自在村内转悠，后来又把目标放在了村外。她找到族长和他解释什么，族长像之前一样严肃地点了点头。没过几天就联系了司机开车来村内，不过这次带物资是其次——苏茜提出想去附近的沙漠看一下，而苏西在苏茜的默许下一起坐上了开往沙漠的车。

苏西一直知道村外有沙漠，但她没去过，就像她知道姐姐就在隔壁部落，父亲和哥哥在矿场上，但隔壁部落、矿场这些都只是脑中一个想象的概念。她有些失望，在她看来沙漠不如草原有趣。一眼望去都是干巴巴的沙丘，一片白金色，几乎见不到其他别样的事物。而苏茜似乎很感兴趣，久久凝视着远处，她似乎是在看着这片沙海，那泛起波纹的沙浪，但眼中似乎又有其他隐秘的情绪，埋藏在这无尽沙堆之下。落日的余晖给沙丘盖上一层橘黄金色的面纱，余晖没有涉足的地方是灰蓝色的阴影，两种颜色交替出现。

苏西问苏茜在想什么。意外地，苏茜给出了一个中文词语。她不懂苏茜在说什么，苏茜也并没有解释。苏西却牢牢地记住了那个发音，等到她逐渐了解中文后，第一时间去新华字典内翻查——找到了那个词：生命。而在很长一段的时间里，苏西也不能理解为什么苏茜看到沙漠会想到生命。但是她后来才想出，也许苏茜想说的，其实是生命的孤独。

**作者简介：**

木　俞　2001 年出生于四川资阳，目前在到处都是水的江城过着普通的大学生活。没有其他作品。写作是带着距离地看待生活。

# 给我一支烟

任 路

## 1

小雨在厨房做饭时，季军趴在阳台上看水泡。马路上不断溅起的水泡让他心情愉悦。水泡溅起来就破，接着又一个水泡，后来就越来越多，慢慢开始游动。

前段时间一直说有雨，但每次都是眼睁睁看着一团团饱含热情的乌云，在头顶一转悠就飘走了。气象台说今天有大雨，小雨想，这次预报还真准。

小雨说季军对雨情有独钟，季军也不止一次说过小时候的故事。那时候，只要一下雨，季军就领着院子里的小伙伴在雨里疯跑，每次都淋得像落汤鸡。可是季军高兴，他喜欢下雨带来的快感。长大后，季军就爱上了小雨——他的妻子。

季军认为雨就是水，水是最温柔的，就像小雨的名字，多有诗意。但是他说妻子的脾气一上来就像狂风暴雨，不讲章法，让自己抓耳挠腮。季军和妻子开玩笑时总会这样说。

半年没下雨了，天气憋闷得厉害，来一场透雨比什么都好。季军想着想着手指一阵灼热地疼痛，剩下的烟头在指间留下一块焦黄的印记。

小雨一声尖叫，季军急忙冲进厨房。一阵急雨打进厨房，案板上水淋淋的。小雨说这雨也太大了，有点吓人。季军关好窗户，安慰说没事，下一次透雨凉快，空气也好。

“又抽烟了？”小雨白了季军一眼，季军赶紧抽身溜了出去。

小雨知道季军烟瘾大，这也是他们收费站上公认的。季军总说烟能提神，为这事小雨没少和他红脸，所以季军每次抽烟都有一种负罪感。忍不住时，他就偷偷掩上小书房的门，再打开阳台窗户，让烟雾飘向窗外。抽完后，季军会把身上拍打拍打，尽量掩盖蛛丝马迹，此时，他感觉自己活脱脱像个小偷。即便是这样，烟草的残味依然逃不过小雨的嗅觉，所以季军总说小雨是狗鼻子。

小雨是警察，刚出差回来。她想趁着周末一家人好好吃顿饭，所以半下午就开始在厨房鼓捣，时不时伸头看看客厅的爷儿俩，一脸幸福。童童这小东西转眼五岁了，基本都是姥姥和姥爷带大的，和自己待的时间实在有限。而季军，结婚这么多年来，自己也没顾上给他做过几顿饭。一想起来，小雨的心里就不是滋味。

## 2

一只小花猫“喵”的一声从阳台上一闪而过，接着院子里“啪”的一声。声音不算大，似乎还溅起了一摊水花，但在一片纯粹的雨声中显得有些刺耳。

谁家的花盆掉了，肯定摔得粉碎。季军走上阳台往外看。楼下老陈叔蹚着水回来了，院子里的积水看样子已有半尺多深，沿着西墙的一溜排水口正在外泄，排成一排整齐的小水流。若是角度平行，再拉近镜头拍下去，就真的像一排小瀑布，一定好看。季军喜欢摄影，他这样想。

一道半人高的铸铁围栏，隔着马路与自己住的小楼。外面是金元路地下隧道，隧道口有小车进进出出，卷起一阵白花花的波浪，撞击着隧道的墙壁哗哗作响，又像海浪回潮般倒流回来，一荡一荡的，有些壮观。

大雨还在不停地下。季军想起来，这雨才下了半个小时，积水就这么深，要是继续下去，怕是真要成灾了吧。多少年没见过洪水内涝，季军想不起来，好像至少有十多年了吧，那时自己还没结婚。

其实省气象台发布过大雨预警，但是谁不希望在这闷热的季节来一场透彻的大雨。这样的想法是得到公认的，就连门口卖西瓜的大爷也这样说。大爷说今年的西瓜虽然小，但是格外甜，因为上半年一滴雨没下。还说老天捉弄人，每次预报都说有雨，可每次都像知了撒尿，就那么几滴，上哪说理去。大爷说着还长叹了一声。

季军查了天气预报，收费站离郑州有三百多公里，那里没雨。但他还是不太放心，就拿起电话给站上打了过去。逢雨必警，这是高速公路人的安全意识。

值班内勤说，书记和几个班长刚碰了头，说您歇个礼拜不容易，就没打扰您，他们已经巡逻去了，应该没什么问题，咱辖区下得小，淅淅沥沥。

季军放下电话，又给书记打了过去。书记说放心吧没事，这雨比省城小多了，听说省城街道上已经可以撑船了，你多注意安全，还有你那腿，伤腿变天就疼，你自己多注意。

书记撂下电话，季军才感到一条腿有些隐隐作痛，真他妈准啊。季军一边嘟囔，一边找膏药，就想到那年的除雪救援。

那年春节的雪格外大。收费员小李比喻说，一个人往雪地里“扑通”一趴，瞬间就不见了，仿佛世上就没这人。他有证据，他说他摔了个跟头就滚进了雪窝里，结果大头和小罗踩着他的脑袋就过去了，根本没看见他，疼得他直想骂娘。他说，这事大头和小罗都能作证。

高速公路挡不住下雪，但绝不能结冰，否则连救援车辆都过不来。那年冬天，大家拼命铲雪，季军衣服剥了一层又一层，最后就剩下秋衣，还湿透了。事后同事们都说，站长跟疯了一样，上身像蒸馒头，冒着袅袅青烟，秋裤上滴溜着冰碴子，动一下就哗哗直响。这关节疼的毛病就是那时落下的，几年来怎么也看不好。

### 3

小雨在厨房喊："二位爷，洗手吃饭喽。"

季军抬头看表，才五点多。

季军催儿子洗手，自己则一头钻进厨房。一份排骨炖鹅掌，是爷俩最爱的，还有几个都是小雨的拿手好菜。小雨是祖传做菜的好手艺，所以在她面前，季军没有丝毫抵抗力，很可能和她烧得一手好菜有着直接的关系。

小雨正要拿碗筷，季军就从后面抱住了她，说老婆咱们要个二孩吧，三孩都放开了。一缕气息穿过耳际，小雨一边轻轻拍打季军的手，一边朝餐厅望去，儿子就这么不合时宜地出现在厨房门口，弄得二人满脸通红。

外面的雨还在持续，偶尔有几声汽车喇叭，但很快就淹没在狂躁的雨声里。

小雨夹了一个鹅掌放在童童碗里，童童一边吃，一边说："妈妈，老师让你礼拜一去幼儿园开家长会。"

"为什么一定要我去？还让姥姥去不行吗？"

"不行。"童童顿了顿说，"老师说了，有功夫的家长到幼儿园来开家长会，只有你会功夫。"

季军扑哧一声，一块骨头飞了出去，小雨也突然明白过来，跟着大笑。

一阵急雨在餐厅的玻璃上发出剧烈的噼啪声，吓得童童一激灵，扔下筷子就朝季军身上扑。季军一把搂过童童，朝窗外看去，什么也看不见。

小雨突然定下神来，说也不知道爸妈那边怎么样，说着便拿起电话，给爸妈打过去。电话里传来沙沙的噪声，小雨朝阳台走去。电话里，爸爸说停电了，楼下的水有一尺深，不过没事，你们也要多注意安全。

打完电话，小雨心里有些忐忑不安。马路上除了涌动的水流，已空无一物，自家的小楼仿佛是汪洋中的一座孤岛。

一辆小车在金元路口抛锚，小雨分明看见一个女孩使劲推开了车门，然后跌进了浑浊的水流，转眼就不见了。小雨急忙用手擦了一把玻璃，她想看得更加清晰一点。

那个女孩呢，她没见到那个女孩，她明明就在那里。我的天哪，小雨惊叫道，季军慌忙跑了过来。

小雨的声音有些颤抖，她仿佛被凝固一般，死死盯着水流一动不动。

季军也惊呆了。路口的水流已经开始翻滚，朝地下隧道快速涌去。顺着水流翻滚的有一辆送外卖的电单车，还有遮阳伞，还有西瓜，还有木板。不对，还有人，还有人也随着湍急的水流在翻滚……

“你带好童童，我下去救人。”季军容不得小雨再说什么。

那个女孩就在车旁边不见的，小雨说，你小心点。小雨不知道该说什么，她有些手忙脚乱，但是她想季军会救起那个女孩，一定会的，因为从楼下到路口，不过百十来米。

## 4

季军在水里踉踉跄跄，他最终还是没找到那个女孩。水已经到了大腿，浑浊的水流里什么都看不清，他甚至有些愤怒，干净的城市为什么会有这么浑浊的水。

季军跌倒了，小雨和童童趴在阳台上喊他。

其实季军只是稍稍往前跨了一小步，背后的水流就将他轻松推倒。紧接着，湍急的水流推着季军朝隧道口快速奔去，他突然有一种强烈的晕船感觉。

很快，季军的头重重撞在一辆小车的保险杠上，他也趁势死死抱住了一只轮胎。等到季军重新站起来时，他已经停留在隧道半坡的地方，浑浊的脏水呛得他一阵猛咳。

一股洪流自上而下倾泻而来，重重打在季军的胸口，他使劲抓紧了车窗。这是一辆在洪水冲击下，几乎横亘在半坡处的奔驰轿车。

季军努力调整着被洪水压迫的姿势。这时，他看见还有几辆轿车都横七竖八地堵在隧道口。再往后看，每一个车顶上都有人。有人在不停地拨打着电话，有人在号啕大哭……但是，在暴雨和水流的嘈杂声里，这里仿佛是另外一个世界。

有人在喊："快报警，出不去了，桥下没信号。"

是啊，要尽快报警，桥下的情况没人知道，这是要出人命的。季军一抬头就看到了自己家，他影影绰绰看见小雨和童童站在阳台上，似乎喊着什么，但什么也听不见。季军大喊"快报警，快报警"。

季军一边抓紧车窗，一边朝隧道内大喊："你们快往外游啊。"

又一股洪流像野兽般劈头盖脸打了下来，季军感觉有些眩晕。此时他才明白，游是游不出来了，水流太急。

小雨跑下来了，她手里的伞被暴雨打得七零八碎。隔着铸铁护栏，小雨声嘶力竭地大喊"停电了，没有信号，电话打不出去"。小雨的声音很快被雨水淹没，她惊愕地望着桥下正在发生的一切。

接下来，小雨的背后出现了几个晃动的人影，他们似乎都明白隧道内正在发生着什么。

季军朝隧道内大喊，大家不要慌，救援马上就到。哪里会有救援，他心里很明白，偌大的城市正被暴雨肆虐，这里俨然只是汪洋中的一隅。

5

雨水开始越来越凉，季军打了个寒战。

小雨开始叫季军：“亲爱的，你把绳子拴在腰上，一定要拴牢。”

有人跟着大喊：“绳子足够，把多余的扔进隧道。”这是对门老陈叔的声音。

一根绳子顺着水流冲了下来。季军迅速抓住，身体在洪水中荡了几荡，又重重撞在车身上。

季军迅速把绳索拉回来，朝着最近的一位老人扔过去。还好，他抓住了。第一个人就这样拽着绳索上来了。接着是第二个，第三个……一点点向外移动。

“抓好绳子，一定要坚持住。”季军一边往外拉绳索，一边不停地朝大家喊。

有人帮忙就好多了。刚拉出来的两个年轻人加入了救援，顶着洪水吃力地往上送人。有人在拉绳子，有人在叫，洪水一遍遍把人推下来，又一遍遍被拉上去，一片嘈杂。

八个了。天也明显暗了下来。

季军感觉有些力不从心，他又打了个寒战，腿上传来一阵剧烈疼痛。疯狂的暴雨似乎越来越大，倾泻而下的洪水已经齐腰深，季军有些站不稳，他尝试着调整姿势。

里面还有人。季军远远看到隧道深处的车顶上，似乎有人在拼命挥动着双手。

“你们拉，我进去。”季军有些言语不清。

一阵急流倾泻而下，横亘的轿车快速往隧道里划去。几辆车紧紧堵在一起，强大的水流越过车顶，形成一道弧线，重重砸入隧道。

季军重新站稳身体，冲进鼻腔的水流仿佛钻进脑袋一般，一阵炸裂的疼痛。有人一阵猛咳，有人从喉咙深处发出歇斯底里的吼叫，仿佛一座大山顷刻压在身上。

好冷啊，一股强烈的恐惧感快速涌上季军的心头。

“水太急，进去出不来。”有人喊。

也许是最后一个人，季军想。他努力搜索着位置。看到了，他仿佛看到一双手拼命拍打着水面，但是转眼又不见了。

季军一头扎进隧道。

隧道里越来越暗，洪流在隧道里涌成一阵阵波浪，每一个起伏，季军都感觉离隧道顶越来越近，深邃的压迫感越来越强。这个经常穿行的隧道，他从来没有过什么神秘感，现在怎么了。他似乎听到小雨在外面歇斯底里地喊叫，也许不止一个人，声音杂乱。

在水流的推送下，季军踩着一个个车顶，蹚出了一条水路。终于靠近了，那一定是一辆越野车，高耸的车顶托着一个女子，一只手在拼命挥动着。

季军努力调整着方向，但是一条腿似乎已经不听使唤。不要急，越往里水流越平稳了，季军安慰着自己。

季军紧紧抓住车框，慢慢踩到引擎盖上。女子突然一把死死抱住季军的胳膊，瞪着惊恐的眼睛。她的身体在发抖，牙齿发出咯咯的战栗。

“没事了，很快就能出去。”季军喘了一口气，拍拍女子的肩膀，女子哆嗦着点点头。

四周黑漆漆的，除了深沉湍急的暗流。季军踩在引擎盖上，将绳索系在惊魂未定的女子腰上，比画着，试图让对方明白。他的嘴巴已经不听使唤。

女子一直抱着季军的胳膊不放，俨然在抓着最后一根救命的稻草。季军深深缓了一口气，拉着绳索，试探着水下的车辆，一步步往外移动……

终于出来了。

当女子被送出隧道口时，季军又回头朝隧道里搜索着，他明明看见一双拍打水面的手，但是转眼就不见了。

“烟。”他突然大喊一声。他很想抽支烟，烟能给他力量。

季军的舌头僵直了，他喊得含含糊糊，几乎没人听得懂。离他最近的小伙似乎明白他的意思，但是他掏出的是一把泡涨的烟屑，顺着水流瞬间卷进了隧道。

“给我一支烟。”季军从喉咙深处发出低沉的嘶吼。

当一股洪流猛地砸下来时，他感觉眼前一片白茫茫，他听到很多人在喊他，有小雨，还有童童，童童不是在家吃排骨炖鹅掌吗？他还听见有人叫着，大哥你一定要坚持住，我们拉你上来……还有很多人在喊他……

## 6

几天后，金元路隧道口摆满了鲜花，来来往往的司机都会情不自禁地在隧道口鸣下喇叭。

老陈叔连着几天坐在隧道口，见人就说，其实隧道里已经没有人了，水抽干了，就找到他一个。

最后被救起的女子流着泪，在一束鲜花上写着：大哥，万物皆永恒，唯独您不在。愿时光可以倒流，愿您眼前只有鲜花，没有黄昏。

……

那天，为季军送行的人们排成了长队。小雨没让任何人搀扶，她在季军的遗像前端端正正放了三支点燃的香烟，然后牵着童童，向季军的遗像敬了一个标准的军礼。而童童一边哭，一边使劲摇着小雨的胳膊问：“妈妈，我爸爸到底在地下，还是在天上？”

**作者简介：**

任　路　笔名南溪九叔，河南省作协会员。主编有《杨柳青青》《温暖的时光》等文学著作，出版有诗集《时光清浅》。自幼生长于安徽大别山，现居嵩山南麓汝水之滨。大山的辽阔滋养了最初的文学情怀，在创作的道路上战战兢兢二十余载，始终认为文学是拐杖，是炭火，是灯盏，是救赎，是师亦友，可牧养心灵，也可刮骨疗伤。

# 沂蒙旧事

双　鱼

过了端午，天渐渐热起来，六指却还没有来，村子里的男人们天天盯着石桥，头发像疯长的茅草，根根冲天。六指是个驼背老头，许多年了，他总是担着剃头挑子穿梭在远近的几个村子之间，每周二会来峡矸村，就在石桥一头那块大青石旁，摆两个马扎，唤头一敲，嗡嗡有如大马蜂。村里的男人们都来找他剃头，手艺自是没的说，但许是年纪大了，后来就改成了两周来一次，再后来一月一次，这一回算算时间，一个半月了，还没来。

六指不来，村里男人们摸着几寸长的头发直嘬牙花子，但也有人高兴，徐长卿就很高兴，因为可以跟着他娘去放城镇上理发。他早就不想在六指那剃头了，每次剃完头都像顶着个圆滚滚的鸭蛋，老爷们儿都说剃得好，他也是爷们儿，虽然才八岁，可他一点也没看出好来。倒是放城镇上的理发店，漂亮的大姑娘给戴上个围裙似的花布，拿喷香的洗头膏抹在头上，轻轻揉搓开，一鼻子的香气，擦干了，用电推子推得工工整整，临了还喷香水，回来好几天都不舍得洗头。

从理发店出来往回走的路上，必然会经过点心坊，这个作坊有些年头了，只一家四口在维持。点心坊里常年做的一种点心是白皮千层卷，可以像麻花一样拧几个圈，稍稍有些酥脆，外面一层糖稀，却不黏牙；再有一种叫作糖月亮，薄薄的一小块面皮裹了砂糖，捏成个尖尖的月牙，在油锅里炸得通透，捞上来撒一层当地的白芝麻粒，咬一口，里面是浓浓的糖浆，酥软的面皮更是美味，丝毫不腻。新做的点心分开摊在三个桌面大的铁箅子上，下面是三口大铁锅，糖稀混着油滴都流进铁锅，百十米外都能闻到油面香，连空气都馋人起来。点心坊也会做些应时节的吃食，如八月十五的月饼，得提前去订，否则是抢不上的。

徐长卿上一回在六指那剃头，是被他爷爷强摁在那剃完的，六指那条多出来的指头有伤，没有往日里利索，在长卿的脑袋顶上剃出个豁子来，仿若一道刀疤，被小燕笑话了好些日子。小燕是最善良的女孩，从不笑人短处的，黑瘦黑瘦的小脑瓜里，整天就知道替旁人惋惜、哀愁，那回却把她给笑狠了，他就知道，一定十二分的难看。有很长一段日子，他都不去爷爷家，就连奶奶蒸的素馅大包子，他都忍住半个多月没去吃。为了挽回宝贝孙子的心，他爷爷特意爆了两锅加糖的玉米花，丝毫不济事，又从放城买回几斤点心，都是长卿爱吃的糖月亮，也于事无补，这孩子人不大，脾气却不小。

好在小孩子的头发长起来比春日的茅草都要快，徐长卿从放城镇回来之后，以前的不愉快也就忘干净了，下学的时候，他悄悄拉了小燕，笑呵呵说："看俺的头。"

"头咋了，不就是个头。"

长卿脸上就有些不高兴了，眉头拧住，他的脸本就白净，平日里好说闲话的长舌妇就常唠叨，说长卿比丫头片子还水嫩，一点也不像个小小子，这样一生气，脸蛋红扑扑的就更可爱了。

小燕就乐起来："行了，知道你去放城剃头了，看把你给美的。"

长卿额头的疙瘩立马松开，说："人家可不叫剃头，叫理发。"

"理发就理发，谁不知道似的。"小燕也是一脸不服。

长卿扯扯小燕的书包带子，说："去我家。"

见他神秘兮兮，小燕有些撇嘴，但还是跟了上去。

因为放学早，长卿的爸妈下地还没回来，他从大门口一块石头底下掏出钥匙来开了门，丢下书包，兴冲冲从过道里抱出个纸箱子，揭开盖，是一对尚未长翎的斑鸠，隔着稀疏的灰色绒毛可以看见紫色皮肉，胖乎乎两个肉球上顶着俩小脑袋，正瞪着溜圆的眼睛打量人。

这是前些时候长卿妈妈用竹竿子绑了镰刀够槐花的时候，从树顶上掉下来的两只斑鸠，因为槐花开得密，起初并未注意在树杈上还有个鸟窝，待两个胖乎乎的小东西掉在地上，才看清是斑鸠，也幸亏是随着槐花一块掉下来，垫了一垫，没摔伤，就给长卿养了起来，给它喂点高粱谷粒也吃，偶尔抓点菜虫蚂蚱也吃，养了几天，越发圆滚滚的可爱。

小燕的眼睛一下亮了许多，伸出一只手，试探着碰一碰斑鸠的小脑袋，收回来，又伸过去摸摸斑鸠的绒毛，欢喜得不行。

眼见着小燕的眼睛和手脚都长在了斑鸠身上，长卿皱眉有些为难了，凭他和小燕的关系，应该分一只给小燕的，虽然她没开口，谁还看不出来呢，可是他也正稀罕着，真是舍不得。而且，它们还这么小，都还没长出翎来，等它们长大再说吧，他这样顺利地说服了自己，于是又欢喜起来。好在两家离得近，趴在墙头上就能拉呱，以后就不是自己天天跑到三叔家里去找小燕，而是小燕要天天往他们家里跑了，反倒是件好事呢。

看了会子斑鸠，又喂了食，俩人的肚子也咕咕叫起来。

长卿满屋子里翻找，只有一大碗槐花炒的渣豆腐，他看一眼小燕。

“要不去你家找点吃的？”

小燕一愣，说：“俺爹娘都不在家，俺哥也不在家，没啥吃的。”

“要不咱就吃这个吧，倒锅里热热就成。”

于是在灶上点了柴火，铁锅里热了油。热好的渣豆腐，用小米煎饼一卷，软糯咸香，一顿可以吃好几块煎饼，总要撑得打嗝才好。

长卿倒了两碗开水，正找白糖，嘴里还说：“这几天也不见你大哥啊。”

“忙着相亲呗，俺爹说，今年再相不上，明年就不能叫他在家里待着了。”小燕淡淡地回应，仿佛这些早就在她的意料之中。

“不在家待着？去哪？”

“出去打工呗，俺哥自己也不想待在家了，他早就跟俺说明年要出去打工，要是有合适的活，说不定年前就出去了。”

“不在家过年了吗……”

俩人忽地同时止了声。

墙外有女人的哭声由远及近，从耳边错开后，又继续往前，去得远了。

“听着像大个子的新媳妇。”小燕说。

“不是像，就是，再说，也不新了，都快两年了吧，他们两口子可真能打架，一年到头都不带消停的。”长卿拿根新筷子把两碗水里的白糖搅开了，端过来。

“俺长大可不敢娶媳妇了，太吓人了，要跟他们俩似的，俺还不得愁死。”长卿叹着气说。

“娘说，他俩要是有了小孩，就不会天天打架了。”小燕接过碗，说道。

“那也说不准。”

“你总得娶媳妇啊，跑不掉的，人长大了就得结婚。”

长卿忽然就笑了。

“老磨盘家的总笑话俺，说俺长得比大闺女还白净，长大了怕是不好讨媳妇呢，这样可不是正好，省心啦。”

“她那是瞎说，俺娘说了，你这叫男生女相，将来大富大贵哪！”

“三婶懂得可真多。”长卿还在笑。

“要不，长大了，俺给你当媳妇。”小燕放下碗，说。

长卿像大人那样托起腮帮子，像是在思考，但几秒之后他就开口说：“不行，咱们都姓徐呢！”

“都姓徐咋了，又不是一家的。”小燕撇嘴。

“可俺还管你爹叫三叔哪。”

“你这个笨蛋。”

“俺咋成了笨蛋？”

“你就是笨蛋。”

一年四季里倒有三季是花开不断的，春日里自不必说，红桃白杏粉梨，各样的果树都要开花，就连野地里，一丛一丛的草堆也冒出各色野花来，紫色地丁举起一个个小喇叭，苦菜花托起一轮轮小太阳，杨花飘舞柳絮翻飞，梧桐是富贵相，大串大串紫花开得人心里美滋滋。要说得人心，还得是槐花，不光看，还能吃啊，庄户人家，要的就是这份实在。但槐花开不长久，过了五月，入夏，花园里就是月季、蔷薇、美人蕉这些唱了主角。

暑假里天气热的时候，长卿妈妈会在堂屋门口的石榴树下纳鞋底，她总是羡慕小燕娘的手艺，纳出来的花样叫人羡慕，又轻易学不来。小燕娘不常串门的，即便离得这么近，两家处得也很好，却总是叫小燕拿些她绣的花样来给长卿妈妈。

暑假过去一半的时候，长卿爸爸用多借的学费买回一只大腹便便的山羊，不出几天就产下三只小羊羔，长卿又多了件事做，开始是天天打槐树叶，割嫩茅草尖回来喂羊，待羊羔长大一些，又天天牵出去放羊，从坡底到山头无所不至。他做这些，总是要去叫上小燕一块，而小燕大多数时候也是随叫随到，俩人都是其乐无穷。有只胖乎乎的小羊羔格外受长卿宠爱，耷拉着俩耳朵，两个犄角已经冒出来，脖子下边一对肉垂铃铛般晃来晃去，长卿最喜欢摸着这对小肉垂，还给羊羔起个名叫“小肉揪”。

日子一天一天过去，羊羔和斑鸠都长大了，长卿把斑鸠翅膀上的毛剪短，它们就像两只小鸡给养在了院子里，也不跑出去，白天真就像两只小鸡，在院里四处溜达，神气得很，夜里跳上石榴树找个树杈栖息，无忧无虑。

长卿却越来越忧愁，有一回他凑巧听见小燕大哥跟小燕说的话，等她长得不那么黑瘦黑瘦的时候，家里就把她嫁出去。长卿明白，既然说的是嫁出去，大抵不会是在峡研了，于是他的忧愁就像羊身上的毛一样越来越密集，越来越厚重。

或许，我把小燕娶过来，她就不用嫁出去了吧，那以后，她不是就可以一直跟我玩了嘛！长卿起了这个念头的时候，把自己也给吓了一跳，但这点震惊旋即就被小燕可以长久留下的喜悦所覆盖。

这样一来，他又可以放学后和小燕一块去喂羊，一起去追着两只斑鸠满院子跑了。

小燕的大哥在秋收最忙的时候出去打工了，比之前说的又提前了些，他原本就不怎么做这些侍弄庄稼的事，在不在家倒也无所谓，但在村民眼里，这毕竟不是什么光彩的事，养个儿子又不知道帮衬家里干活，出去打工这件事就显得像是在躲避自己的老子娘。长卿听说为了这事，三叔三婶又打起来了，好在因为农忙，总算牵扯了他们过剩的精力，要不然还不知闹到什么时候。

农忙时节，最是容易招贼，白天，村子里只剩下些老弱婴孩，有时候几个毛贼翻墙进了谁家院子，搬东西都不用避讳，明抢似的。至于看家护院的狗，毛贼也有的是手段，据说把抹了迷药的肉骨头给狗吃上一块，登时就瘫倒，一点动静都没有。

长卿家也招了贼，是在夜里，因为白天干活都累，半夜里大门被撬开，竟都没听见。大清早长卿爬下床去尿尿，瞥见自家大门四敞大开，赶忙叫醒了大人。长卿爸爸慌忙套上衣服，抄起顶门棍就追出去，长卿妈妈又拍开前后左右邻家的大门，于是十几个人先后顺着脚印追出去，脚印出了村子一路往西，到了西山坳就看不见了。

“跑不掉，就是放城那伙子人干的，这帮狗娘养的偷了转手卖给杀羊的，路边那些羊肉摊，不都这样。”几个邻居愤愤说道。

“他二叔，你看那边。”前邻老李说。

于是众人顺着他手指的方向看去，见路旁一个石坑里躺着个羊羔，都凑过去瞧，显是才被扔下不久，长卿爸爸一眼认出来，是长卿日日抱着要的“小肉揪”，给人割断了脖子弃在这里。

有人搭手，长卿爸爸将凉透了的“小肉揪”给抬了回来，趁着天光微亮，将羊羔剥了皮，宰杀干净，很快，“小肉揪”变成一块块羊肉分给了左邻右舍。长卿忍着眼眶里打转的泪珠子，提了一块肉给三叔家送去，那会儿已经快晌午，砸开门，门后站着小燕，见是长卿，似有一丝错愕。

“俺送肉来了。”长卿说。

“哦。”小燕答应着，侧身让他进去。

长卿走了几步，进到院中，见箩筐扫帚乱七八糟躺了一地，站住了转身问：“就你自己？”

“俺娘在里屋。”

“谁啊，是长卿吧。”里屋似乎要响应小燕的话，三婶的声音传出来，比平日里略微沙哑，像个男人，平日里的三婶也跟个男人似的，家里家外的累活苦活都能应付。

“俺送羊肉来的，俺妈说包包子最好，俺家的水萝卜也长成了，这几天没工夫去起，三婶要是拿萝卜剁馅，就自己去园里拔。”

“哎，知道了，羊肉给小燕就行，屋里乱得很，放下肉叫小燕跟你出去玩吧，今天又不用上学。”

长卿虽然有些纳闷，平日里三婶最是热络，今天怎么有点怪，可一听到小燕可以跟自己出去玩，脑子里也就顾不得其他了。

俩人出了村，小燕问：“你真的不去地里帮忙干点活吗？”

“不去，俺的‘小肉揪’被他们吃了，今天啥活也不干。”

“那咱们去哪？”

“咱们去六指屋后头的东沟玩吧，那沟里好些螃蟹，顺道看看六指，他有好些日子没来了呢。”长卿在桥头上望着北岭的方向。

也好，小燕想了想，说：“听说他家的山楂都快红了，估计怕偷，在家看着吧。”

“你咋知道？”

“俺哥临走前说的，俺哥啥都知道。”

“你哥净知道这些没用的，正经的一点也不知道。”

“谁说的？”

“俺妈说的。”

小燕听了，脸上有些不痛快，也不说话，闷闷的。

长卿有些后悔，忙转了口风，说：“俺妈也是听旁人说的，村里人都这么说，也不是她第一个说的。”

小燕的眼圈都红了。

“其实也没很多人说，俺妈就是凑巧听见了一两回。”

长卿也觉得有些无趣。当下两人都不说话，一前一后往北岭走去。

东沟确实有很多螃蟹，俩人玩得不亦乐乎，逮了满满一塑料瓶，以至于都没顾得上去六指的山楂园逛逛，眼看着日头西斜，他们不得不往回走，到了村头，迎头看见长卿妈妈正在桥上，虎着一张脸。

到了跟前，她伸手就要揪长卿的耳朵，长卿往后一缩身，远远躲开了，于是在桥上一个追一个躲，正闹得不可开交，打远处慌里慌张跑来个人，冲桥上喊：“他二婶子，你咋还在这哪，快回家，你家他二叔出事了。”

桥上的人都是一愣，随即也不顾旁的，急匆匆往回赶。

长卿爸爸坐着拖拉机回家，车到村南路口，拐弯的空当，一只脚给履带缠住，割了三个脚指头下来。长卿几个人赶过去的时候，路口已经给村民围得里三层外三层，长卿妈妈挤进去，扑在男人身上哭起来，早有人打了120，这会子还没等来救护车。有人先给找来纱布止血，长卿也钻进人群，见爸爸脸色煞白，嘴唇都咬出血来，旁边俩男人紧紧掐住他的胳膊，好叫他不能乱动。就看了这一眼，长卿的脑袋嗡嗡响起来，旁边有人使劲攥了他的手，长卿转脸看，是小燕，她也吓得不轻。随即长卿觉得有人薅着自己的衣领子往后拽，一直拽出了人群，是奶奶，她怕孩子太小，吓出个好歹来，便把长卿拽得远些。

救护车走后，人群散去，长卿回到空荡荡的家，大人们都在医院守着，他自己在家，这还是头一回。天完全黑下来的时候，他早早去把大门关好，从里面上了门闩，堂屋门也关紧，黄色的灯光毫无暖意，整个世界只剩下屋外的阵阵虫鸣。

后窗户被人敲响的时候，长卿着实吓了一大跳，他刚爬上床，好在开着灯，慌问是谁。

“是俺，小燕。”

“哦，你咋过来了。”

“俺娘说你一个人在家，叫俺问问你害怕不，要是害怕，就去俺家睡，有空床，睡俺哥那床就行。”

“不用，在自己家里有啥害怕的，俺没事，你赶紧回吧，不早了，明天还上学哪。”

“真没事？”小燕似乎并不放心，但见长卿执意如此，她便走了。

长卿躺在床上，裹紧了被子，肚子咕噜咕噜叫起来，一天没怎么吃饭，这会子可是难熬。从床上爬下来，翻箱倒柜，碗橱里有一盆剁好的肉馅，面盆里有揉好的面团，可惜没人给做饭，或许睡着了就不会饿了，他这样想。

梦里得偿所愿，长卿梦见妈妈拿笊篱从铁锅里捞出饺子来，盛在大洋盘里，热气腾腾端给自己，他拿筷子戳起一个来正要往嘴里送，忽地被一阵响声震醒，揉揉眼睛，听清了，有人在敲后窗户。

“长卿，长卿，你睡着了吗？”

是小燕的声音，长卿抬头看看墙上的老挂钟，夜里十点半了。

“没呢，有事吗小燕？”

“正好，俺想着你一天没正经吃饭，给你送点吃的来。”

“俺去开门。”长卿一骨碌跳下床。

“不用不用，你开开后窗户，从铁栏里就能递进去。”

长卿依言开了窗，果然小燕正站在窗外，伸手递上个铝饭盒。

小燕临走的时候还交代他，一定要开水烫透了再吃，肉馅饺子凉着吃容易肚子疼。

起初，长卿还想着这是“小肉揪”身上的肉，他不能吃，后来实在扛不住，开水烫了一碗，竟吃得格外香，把什么都忘了。

之后的半个多月，家里大人都顾不上长卿，更顾不上秋收，庄稼粮食都是左邻右舍帮忙给收回来的，院里那棵柿子树上挂满黄澄澄的柿子，没人摘，堂屋门口的石榴也没人摘，倒便宜了鸟雀。水缸里都生了虫子，许久没清了。还好小燕时常送些吃喝来给长卿，直到长卿爸爸给从医院接回家。

长卿爸爸的脚指头通过手术接上了两个，剩下一个大脚趾实在接不上，于是成了残疾，接回家养伤，也是整天躺在床上，精神恹恹的，不怎么爱说话，但凡关系近些的人家，娘们都挎着篮子来看望，这是他们的习俗。长卿妈妈会从送来的东西里选一两样留下，其余的给人带回去，于是不几天，家里堆了许多鸡蛋、挂面、点心、酥饼之类的吃食。

白天上学的时候，长卿就带一些好吃的零嘴在书包里，分给小燕吃。前几日，小燕绞了辫子，留了短发，像个假小子，他听人说过，外面有的地方，女人们就时兴短发，看上去比爷们还厉害，那里的娘们，个个腰跟腚一边粗。他想着，将来长大了，小燕会不会也变成那样，至少现在还不是，只是现在，长卿也没心思笑话她。

收成过后，一场秋雨一场凉，有天早晨，长卿的斑鸠被黄鼠狼叼去一只，石榴树下一摊血渍和一堆凌乱的羽毛，剩下那只斑鸠吓得跳到了树梢上，长卿就有些不开心，悻悻拎着书包出了门，叫上小燕一起去学校。

教室外边天空阴沉下来，远处有大团的乌云张牙舞爪压过来，长卿的心思有些不在课堂上，他可没带伞，又没穿雨衣，拿铅笔戳一戳前头的小燕，她摇摇头，也没带伞。

到第三节课，雨淅淅沥沥下起来，且越下越大，丝毫不见收住的意思，最后一堂课，孩子们就更没心思，东张西望。窗外忽然多了个人影，于是孩子们更明目张胆把脑袋撇向外面。那人影穿着雨衣，戴了帽子，加上窗玻璃上水汽参差，看不清楚那人脸面，只觉得像是在找人，把脸贴在了窗户上，不知道是看见了谁，那人影忽然闯进来，径直来到小燕跟前，拽起小燕的胳膊就往外走。讲台上的老师不等阻拦，听见小燕喊了声娘，细细打量，认出那人确是小燕的娘，也就不好多说什么，由着她把小燕领走。

长卿只看了一眼，确是三婶，只不过她脸上一块青一块紫，鼻子上也是伤，头发乱糟糟一团，沾了血渍，乌七八糟，一定是跟三叔打架了。长卿心里叹息一声，三婶是个好人，三叔也是个好人，可是三叔一喝酒，就会打三婶，这一回，似乎尤其狠，但他想不明白三婶把小燕拉回去干吗。好容易挨到下课放学，长卿把小燕的课本也收拾了，放进自己书包里，飞奔着往回跑。

他先回了自己家，放下书包，把小燕的书抽出来，又拿了一包小燕最喜欢吃的酥饼，这才跑去三叔家，他没看见小燕，也没看见三婶。屋里站着的、蹲着的，满满一屋子人，都是上了年岁，平日里各家主事的人，有的抽旱烟，有的举着烟袋锅子，屋里有些昏暗，烟头和烟袋锅子有一搭没一搭闪着猩红的光，像暗夜里一颗颗星。一屋子烟云缭绕，却静得很，三叔蹲在墙角，也在抽烟，他抽烟最凶，身上常年又有一股浓浓的硫黄味，即便满屋子的烟也压不住。

长卿没敢进屋，就在门口站住了，听里面人说话。

先开口的是四爷爷，这里边数他的威望最高。

没有这样的，闹离婚？咱们徐家门里这是头一遭，不答应，打死也不能答应，她不是要带着孩子改嫁吗，随她去，但这婚，不能离，真要出去另过，咱们就休了她。

再往后就是众人七嘴八舌，对三婶的一致声讨，听那意思，三婶带着小燕去了外地，似乎不打算回来了，但他不信。

长卿把书放在门槛一边的石礅上，转身回到自家的石榴树下，一个人拆开纸包，吃起了酥饼，没有人跟自己抢，反而吃着不那么香了，他偶尔抬头看一眼依旧雾蒙蒙的天空，心想，小燕应该还会回来的吧。

**作者简介：**

双　鱼　原名徐长臣，山东人，建筑行业搬砖，野生文学爱好者，喜欢中短篇小说，偶有小文获奖，不以卖字为生，独以码字为乐。混迹于榕树下、邻家文学社区、银河悦读中文网，作品散见于《山东文学》《山东画报》等，曾获“讲好山东故事”三等奖，2020深圳市“睦邻文学奖”年度十佳等奖项。

# 豌豆

张毛豆

下雨了，又下雨了。雨不大，淅淅沥沥的，老陈抬头看看天，心道："这雨一会儿就会停的。"旁边屋子里正在摸索一个车胎的马峰探出头喊："进来躲会儿吧，陈哥，外头雨大。"老陈应道："好咧，一会儿我就过来。"

今天运气不错，豌豆卖了一大半了，老陈抬起头，瞅着这些行色匆忙的人一个接一个地从自己的小摊前走过。他盼着有人能停下来问问豌豆多少钱一斤，然而没有，雨越来越大了，他们都只是低着头，遮着脸，头也不抬地往前走。

这样多好，低着头走多好！不用担心踩到脏东西，你抬头看天，还会遇到哪个熟人，你说你搭话好还是不搭话好？一搭话，就又得浪费几分钟甚至几十分钟时间，和他从蔬菜价格聊到宇宙太空，从鲜鱼海虾聊到邻村沈家的二媳妇那莫名大了的肚子；不搭话吧，人又说了，喏，他清高得很，不理人的——老陈一向就是这样一个"清高"的人，嘴笨，没办法，年轻时还格外在意他人的说法，如今年纪大了，随他们说去，生活是自己的生活哪，对吧？

雨渐渐小了，现在老陈想抽烟，老陈想喝水，老陈想上厕所，老陈想填一下肚子。人烟稀少了，老陈还是坐在那不动，老陈的小三轮陪着他，小三轮很小，只有八仙桌的一半大小，里头的东西却琳琅满目——春有荠菜豌豆，夏有茄子毛豆，秋有青菜蘘荷，冬有萝卜白菜，偶有新鲜的带着露水的艾草，或是夏日清晨新摘的薄荷叶，捏一片，薄荷香扑鼻而来。你可以在晴日里或是小雨天看到老陈蹬着三轮车去菜市场——也不是菜市场里头，菜市场里头的摊位是固定的，需要收费、缴税的，老陈一般都会在菜市场门口摆几个粮食袋子，粮食袋子上铺上几张报纸，于是百来节鼓鼓囊囊的毛豆，或是滴溜溜圆的豌豆们，乖乖地躺在报纸上，等待着客人们来挑选。刚开始，会有那么几个人蹲下来："打了药水没有啊？打了药水的我可不要的啊！""你这个也太贵了，里头才两块钱一斤，五块钱三斤呢！"时间长了，就有那么几个老客了："啊哟！老师傅你都看不清啦！那三斤不该是在这儿吗？你把秤砣往这边挪一下，啊！这不正好吗？""明天有韭菜吗？有的话我来买，我要做点春卷呢！"

雨点儿越来越小了，时不时地晃一两滴下来，老陈还是坐着不动。老陈喜欢听菜市场里"嗡嗡嗡"的嘈杂声，这让他安心，几年前，儿子陈星刚去外地工作时，老陈就整夜整夜地睡不着觉，来这边卖菜以后，老陈晚上就睡得着了，莫名的。老陈喜欢晚上喝点小酒，喝了酒，睡前就会听见白天菜市场上的那些声音了：鸡鸣声，鸭叫声，鸽子"咕咕咕"的叫声，人们的讨价还价声，雨点儿打在菜市场顶棚的声音——轰隆隆轰隆隆……有时孙女儿丫丫的笑声也会传来：爷爷，爷爷，葡萄什么时候熟呀？为什么乡下那么多蚊子呀？为什么知了一直叫一直叫却不渴不喝水的呀？为什么我好朋友陆嘉明的爷爷和他们住在一起还每天送她上学，爷爷你不和我们住在一起呀？……老陈笑了，老陈笑着在梦中说：因为丫丫喜欢吃葡萄啊！爷爷得在乡下看着葡萄呢！

你知道每天要喝八杯水吗？我也知道。且不管它是否有科学依据，每天要多喝水倒是应该的吧？于是陈星每每和老陈打起电话来，第一句话总会说——"爹，乡下现在怎么样啊？你要多喝水啊！"老陈总是习惯性地点点头："好，好，我晓得了。"老陈也知道要多喝水，可是他每天都只喝一点点，你以为老陈不爱喝水？不，夏日里渴得喉咙冒烟的时候，谁不想喝水？可是喝了水就要去上厕所，那得穿过整个菜市场，走到最北边的拐角处的。去上厕所了，小摊谁来看着？一般偷是不会有人偷的，可是错过了生意怎么办？请修自行车的马峰来看一会儿吧，他又不知道什么菜什么价，再说老麻烦人家看摊，怎么好意思呢？人家自个儿也有自个儿的事情啊！说来说去，只怪老伴儿走得早，老陈有时候坐在自己的小摊前，摸索着那把老秤，嘟囔道："丫丫都上幼儿园啦，老婆子你看到了吗？"

谁也不知道老陈是什么时候开始来这卖菜的，但是小镇上有很多人都认识老陈，为什么，因为老陈从前是学校里的敲铃先生兼看校门的，上课了，"当当当"，下课了，"当当当"，这声音都是老陈在学校的最西侧敲出来的。后来有了电子铃，老陈工作量少了许多，有一段时间，老陈总搓着手，在学校里踱来踱去，俨然一位学校领导。你可别笑，这是真的。有一次，说是上头有领导悄悄来检查学校的工作，一进校门，他就看到了穿着中山装在校园里溜达的老陈，这位领导足足盯了老陈半个多小时，回头他就说，这个学校好呀！咱们校领导不应该只光顾着在办公室研究材料，而更应该注重学生啊！实践出真知啊同志们！你看这位穿着中山装的同志，他一会儿检查地面有没有纸屑，一会儿又探到教室门口看看孩子们的学习情况，好呀！特别好！非常好！这个要好好地表扬！于是学校本来想辞了老陈的念头没有了，领导们一琢磨，把老陈调到了机印室，什么叫机印室呢？老式的打印机呗，从前没有一整沓一整沓宋体字的试卷，那些试卷大多是老师们手写的，老师们手写好了以后就送去机印室，请老陈和同事们印出来试卷给孩子们做，那时候的墨水真香啊，直到现在，有时候老陈喝醉了还能闻到墨水香。

陈星小时候经常能闻到老陈身上的墨水味儿，这墨水味儿伴着他度过了整个中学时期，中学过后的大学四年，即便在他乡，也会依稀有墨水味儿飘进他的鼻子里。现在陈星又被老婆说了，说来说去无非也就是那么几句话："喏，房租又涨了，下个月怎么办？""我父母倒常常贴钱给我们的，你爸爸哪怕一分钱也没表示过呀！""下个月丫丫考级，东西都准备好了吗？""你的工资怎么还不到账啊？"有好几次，陈星躲在房间里，拨通了老父亲的电话，那头"喂"了一声，陈星张了张口，说了句："爸，你要多喝点水呀！天热。"

窗外的知了叫了又叫，初秋了它们还不停，这几日老陈总觉得小腹疼，微疼，偶然和马峰说起，马峰劝道："那快点去医院看看嘛，和你儿子也说一声。"老陈点点头，是的，去医院看看也好，和陈星暂时就不说了吧，毕竟是小事嘛。

市区里太远，老陈就去了附近那所经常打广告的医院，护士很热情，热情到让老陈手足无措；医院很漂亮，漂亮到老陈觉得富丽堂皇得像宫殿。

这宫殿的门像某个怪兽的巨口。

老陈拿着诊断书的手抖得厉害，也许旁边有人看到了他涨得通红的脸，但并没有人上去询问。

窗外那些不停叫着的知了们大概不知道，它们赖以生存的家，即将没有了——要拆迁了。这个消息不知由何处传来，仅仅半天时间就传遍了半个小镇，拆迁了就有钱了，真好；拆迁了就有好几套房子了，真好；拆迁了就可以和城里人一样，住高楼大厦，每天上楼下楼都是电梯了，真好！只有两个人不太愿意——我所知道的，只有两个人，一个是老陈，老陈不想拆，拆了就没地儿种新鲜蔬菜搭葡萄藤了，孙女儿丫丫可是每年暑假都要回来吃葡萄的；另一个是马峰，马峰其实叫马云峰，冲着他的大嗓子和暴脾气，不知道是谁给他起了这个"马蜂"的绰号，虽然音一样，老陈还是愿意叫他"马峰"。现在已经很少有人蹬自行车上班了，可是马峰的摊子还是在这儿，有二十多年了吧。从前马峰补自行车胎，现在马峰补电动车胎，生意一般，要拆迁了？马峰不走，说什么也不走，二十三年前，马峰就在这里修自行车了。那年秋天，他的儿子豆苗儿就是在这被人拐走的，那个人把自行车往马峰这一推，说：“师傅，帮我看下后轮胎。”马峰就打了盆水低头转轮胎，当时他的豆苗儿在玩水枪，马峰记得很清楚，那水枪里的水滋到他身上了，马峰头也不抬地喊：“臭小子，待会儿揍你！”最终，马峰没有揍到他的“臭小子”。有时候老陈看到马峰坐在他堆积的那些坏轮胎旁边发呆，他想，马峰会哭吧？果然男儿有泪不轻弹吗？他从未见到过马峰哭。

马峰偶尔会递根烟给老陈，老陈摆摆手不抽；马峰偶尔也会跟老陈说起他的妻：“你说她薄情吧？这只是各人的活法罢了，我心里还是惦记着我的豆苗儿的，她愿意忘记就忘记吧。”马峰偶尔也会胡诌：“你瞧吧陈哥，我们都是这么多小小豌豆中的一颗，相互挤着凑着，谁知道旁边那颗豆子心眼里想些什么呢？不过他想他的，我活我的，谁都只是活一次啊，总要有个念想不是。她要寻开心我也不怪她，我自己不想寻开心别人也管不着我啊……”马峰太执着了，老陈也觉得马峰太执着了。可是马峰自己就愿意这么等，等到终老。

于是马峰在这儿等着，等到周边的荒地开垦了，盖了菜市场，等到小镇上也高楼迭起，等到那些和他的豆苗儿差不多大的孩子都已经结婚生孩子，他还在这里，当年胡子拉碴，如今依旧是胡子拉碴，不变的长度不变的形状，只是颜色变淡了，当年是一件军绿色的短袖，如今的衣服都是军绿色的，羽绒服，毛衣，马甲，T恤……当年店面的招牌到如今都没换，每一年都是刷一遍漆再刷一遍漆……镇上许多人都知道马峰的事情，有热心的妇女后来又为他说过女人，他也不拒绝，可是他去见人的时候邋里邋遢的，衣服还是修车子时穿的那一件，油腻腻的，满身的烟味儿，于是点头过后就没有然后了。

马峰也曾经出去找过，那个年代，没有监控没有手机，就连电话也是村里仅有的几家富裕人家才有的。马峰报了警，出去没头没脑地转了好几个市，豆苗儿的娘在家里就乖乖等着，等着有人找到了豆苗儿就送回，可是没有，豆苗儿的娘等得不耐烦了，也想出去找。马峰说，那么你出去找，我回吧。于是修车铺依旧张罗开了，刚开始豆苗儿的娘还会往家写信，慢慢地就不写了，再后来听人说她回娘家了，马峰就去丈人家，可是豆苗儿的娘面无表情地说："太苦了，离吧。"于是马峰点点头，他可以自己苦，但不能让人跟着自己一起苦——虽然她是孩子的亲生母亲。于是一年，三年，十年，二十年，这日子在旁人看来是寡淡的，无趣的，可是在马峰心里却是豆苗儿一次又一次的笑脸，那水枪里的水滋了他一身。一个人在家里的时候，马峰抽烟抽得凶，烟头还没灭，马峰就会突然号啕大哭，或是默默垂泪，可是他从不在外人面前落泪。

陈星又接到老陈的电话了，"丫丫中秋节来乡下吗？前年新种的提子，今年长了好几串哪……""爸，今年不回了，我公司里忙呢，回头我给你买一盒月饼，快递过去啊。"老陈"哦"了一声，想说"别买这些没用的"，但他没说出口。

陈星想回乡下，妻子是无所谓的，城市里待久了，偶尔回去享受享受乡村生活也是不错的，可是丫丫不愿回去，乡下虽然有葡萄提子，可是乡下没有网络，回到乡下，和同学们聊天的途径都没了，那整天晃来晃去多没意思啊！心烦！陈星也想回乡下，可是回一次一个人就要三百多，三个人就得七八百，这几年陈星的工资涨得快，可是花销涨得更快，一个月多花一两百块钱都会让他心疼，更别说这么多了。

老陈睡不着，每晚还没入睡就怕自己睡不着。下雨天的晚上雨打在豌豆藤上嗒嗒嗒的吵闹，晴天的晚上不知哪里来的小野猫不停地嚎叫，睡不着，睡不着。

三个月时间，老陈瘦了十几斤，那个医院里的医生说，你看吧，听我们的话，没错的。

老陈的手哆嗦了又哆嗦，马峰的烟抽了一根又一根，终于拆迁了。老陈第一个就签了字，村里的干部表扬老陈思想觉悟高，带头配合领导工作，奖励了他两千，隔了一天，村里干部又说，现在村里几个长辈在准备制定家谱，需要很多资金，希望老陈能捐助一点出来，于是老陈又拿出了一千。老陈没要房子，老陈直接拿的拆迁款，几十万，到底是几十万我也不知道。我只知道有一个雨天，老陈在家里和儿子打电话的时候，老陈随口问起过，八十万够你在那买一套房子吗？当时陈星在和一个客户讨论什么代码错了，他随声附和，能，能。

这个春天多雨，春雨多好，“润物细无声”的，不声不响地就把事儿办了。

老陈是在那个医院里跳楼的，据现场的小护士说，他一听到检查费大概五千多就激动地跑到窗户边了，五千多，现在查这个项目不都差不多这个价吗？你说是吧？

半天时间，雨就把那摊血迹冲淡了。

鉴定结果出来了，老陈属于自杀，为什么？谁也不知道，也许有人看到了当初那张诊断书上的字，但是一般人看不懂，老陈也只听到了当时医生的叹气声而已。各人有各人的说法，可是不知道谁说的，法医鉴定老陈只是尿结石而已，不是当时那个医生说的那毛病。

陈星收到了短信，老陈从来不发短信的，一串莫名的数字。

陈星回了老家，存折被老陈藏在了储蓄罐里。陈星去办好了手续，钱都转到了自己的卡上，这么多钱，付个首付，够了。

陈星从银行出来的时候，天阴沉沉的，又要下雨了。那一片荒芜里，唯有一个小小的修车铺孤零零地站着，葡萄藤、豌豆藤都没了——今年的豌豆还没熟呢。

**作者简介：**

张毛豆　八〇后，江苏南通人，发表文章多篇。

# 英语

何　晶

赵冶苹顶母亲职，招进单位。母亲是炊事员，高中毕业的赵冶苹，被安排在东沟水文站做饭。

站上七个人，五个中年男人，一个叫琴儿的姑娘，加上她。

琴儿十七岁，初中毕业，顶父亲职，她父亲是勘测工。

第一顿饭，没做好。赵冶苹灶上灶下忙，像跳大神。火，忽明忽灭，脸赶着变红变黑，烟窜出来，塞一屋，咳嗽声比烟囱还高。终于开饭，菜上桌，水煮盐拌，没味儿。饭滚烫，不够分，锅巴抢占一半，煳得赛炭。

都不作声，吃完，黑着脸出屋，舌头摸着牙转圈。琴儿帮忙收拾，说，冶苹姐，没事，过两年，肯定你做的饭最好吃。赵冶苹抬头看一眼琴儿，脸上雀斑跳几下，紧着嘴，拿抹布使劲擦桌子。

吃饭登记表钉图板上，图板挂墙上，七个人名字写上，谁吃了，画个圆，没吃，打个叉，这事归赵冶苹做。伙食账由琴儿初算，老张一校，老王二校，站长审核，跟资料处作校审流程一样。

一个月后，赵冶苹在厨房洗菜，被琴儿喊进办公室。站长问，老王、老孙说多画了一餐，我好像也多了，是不是画错了？赵冶苹看一眼老王，又看一眼老孙，他俩低着头校资料，算盘拨得噼啪作响。赵冶苹看着站长，不说话。

琴儿起身，走到站长桌前，伸手拿登记表，说，我看看，怎么会错呢？看了一会儿，叫起来，找到了，找到了，是初八这天。这天不是镇上赶集吗，一大早都去了，冶苹姐也去了，我要观测，没去成。早上停伙了，怎么会有站长、王师傅、孙师傅的圆圈呢？

站长伸头看琴儿手上的登记表，老王、老孙放下铅笔，起身过来，四个人围着看了一会儿，都舒展了眉头。站长说，还是琴儿心细。老孙说，年轻人，记性就是好。老王咳了一声，问，那就改了？站长说，改，有错必改嘛。

琴儿回到位置坐下，右手夹一支铅笔，手指头拨拉着算盘，校核降雨资料。琴儿的手好看，白，细长，小指翘起。

赵冶苹看着琴儿的手，脸上雀斑亮起来，一双沾着菜叶的湿手，撩起抹衣使劲擦了擦，转头向站长说，不改。是我有意画的。

站长张着嘴，其他人竖起耳朵，都等下一句。

赵冶苹脸上雀斑越发放亮，说，五号那天，半夜落大雨，你们下河回来，孙师傅喊肚子饿，正好我起夜，问要不要煮面？站长说煮，王师傅说多放些猪油，我煮了一锅面，喊你们吃。当天只够画三餐，等到初八有空格，补画圆圈。以为都明白呢，就没作声。

办公室咳声一片，有人起身倒水，有人上厕所，有人点烟，手哆嗦，划没好几根火柴。

两个月后，赵冶苹做饭空闲时，捧着一本书看，嘴里咕噜咕噜，听不懂说什么。开始几天，大家以为学菜谱，因为菜越来越好吃。直到有一天，她买了收音机，跟着广播大声念，都知道，赵冶苹学英语了。

一个做饭的，炊事员，学英语，呵呵呵，大家在办公室笑，算盘打得噼啪响。琴儿没笑，想心事。

半年后，省总站领导来检查工作，地区分站领导陪同。买了鸡、肉、鱼、蛋，好多菜。到饭点，一堆人进来，先不上桌，在厨房东看看，西看看。总站副主任姓谭，工程师，五十多岁，戴眼镜，斯文，都叫他谭工。柴火间，放着一本许国璋《英语》，谭工拿起来，吹掉上面的灶灰，随手翻了翻，轻轻放回原处。众人围桌而坐，菜上齐，香，都吃，都笑，喝酒的喝酒，吃饭的吃饭。有一道菜，豇豆扣肉，谭工连夸好吃，好吃。

吃完饭，领导上车，大家在门口送。谭工忽然探出头，问，还有一个小姑娘呢？站长说，哦，她叫赵冶苹，新招的炊事员。谭工嗯了一声。司机发动车子，要走，谭工伸手摆了摆，对站长说，把她喊来，有几句话要说。琴儿赶紧闪出，说："我去叫。"不一会儿，琴儿拥着赵冶苹出来，走到谭工跟前。

谭工用英语问，赵冶苹用英语答，交谈了十来句，谭工比饭桌上还高兴，扭头对后座说，郭书记，年轻人爱学习，好啊。又对站长说，要支持啊。郭书记、站长连声表态，好，好，支持，支持。

车开走，不见影儿，大家都回房休息。赵冶苹呆呆立着，忽然跑进柴火间，双手捧起英语书，紧紧捂在心口，号啕大哭，一边哭，一边喊，爸——爸——

赵冶苹的爸早死了，十年前，她爸下河测流，船被大浪掀翻，三天后在下游才找到尸体。

后来站长问赵冶苹，那天谭工跟你说什么？琴儿也这样问过，她都回答，没说什么，就是问我的家庭情况。其实谭工问的是，你英语谁教的？那本书谁给的？高考差多少分？想不想搞业务？谭工还告诉她，当年在沙洋农场，跟许国璋一起住过竹棚。

又过俩月，郭书记打电话给站长，说，水利部在沙市办班，英语培训，时间半年，谭工找部里多要一个名额，指定赵冶苹去。分站研究了，只要不影响防汛测报，原则上同意。怎么样啊，主汛期来了，人手够吗？站长脑子灵光，大声说，没问题呀，走一个来一个，只要有饭吃，保证不跑洪峰。郭书记发脾气，骂："你个龟儿子，找我要人，以前没配炊事员，都饿死啦！"站长挠头，嘿嘿一笑，说："以前不是有误餐补贴嘛。现在确实人手紧，抽走三个搞洪水调查，再走一个，还要自己弄饭，肯定影响防汛测报嘛。"

英语培训的事，黄了。谭工去找主任告状，主任是南下干部，很器重业务专家，耐心听完，一拍桌子，说，明天派人，把丫头转业务岗。

赵冶苹请了两天假，到邻县母校高中，找英语老师换书。这本《英语》，是老师借她的。当晚住在邻县水文站，突然接到琴儿电话，要她明天赶回来做中饭。

上午八点多，赵冶苹到站，客车上憋尿久，一头扎进女厕所，单坑，一眼看见一团草纸裹着一只避孕套。解完，拐出墙，差点撞翻琴儿手上提的水桶，琴儿脸色难看，赵冶苹走几步，听见身后哗啦一下倒水声。

过半小时，王师傅骑自行车进站，提了鸡、肉、鱼、蔬菜，一把扔食堂饭桌上，说，哪个领导来啊，半夜打电话通知。王师傅老婆是镇上邮局接线员，下夜班转告他。

快到下午一点，分站吉普车开进院子。郭书记先下车，拉开副驾驶门，下来一个四十岁左右的女人，保养得很好。郭书记介绍说，这是总站人教科牛科长。

先上桌，站长盛小碗鸡汤，添一只鸡腿，放牛科长跟前。牛科长谦让一番，大家笑劝一番。站长又盛一小碗汤，也加一只鸡腿，递给郭书记。郭书记接过，说："我就不客气了。"大家都笑。都饿坏了，都吃，都说，都笑，气氛很好。牛科长仔细看着赵冶苹，问了几句话，夸她菜做得好。

一盆鸡汤见底了，站长说，都倒来。赵冶苹赶紧放下碗筷，还没起身，琴儿抢先离座，说："我去。"很快，端来一只黑瓦罐，对着桌上的鸡汤盆，哗啦一声倒下去。汤面上浮起一颗黑乎乎的东西，站长用汤勺拨拉，说："啥东西？"大家都盯着看。琴儿惊叫，有翅膀！站长又拨拉一下，琴儿大叫一声，苍蝇！扔下瓦罐奔出屋，吐，咳。牛科长也跑出来，蹲下，翻江倒海，全部吐在水沟里，引来几只苍蝇，一堆蚂蚁。

下午，都在办公室开会，征求对赵冶苹工作表现的意见。赵冶苹没参会，她还坐着，两眼盯住桌子上的苍蝇，窗外的太阳斜照进来，一对翅膀闪射晶莹剔透的光彩，好像随时飞起来。

第二天，谭工电话打来，问赵冶苹为什么拒绝转岗。赵冶苹哭了，说：“谭伯伯！我要考走！我发誓考走！我要当老师！当英语老师！”

这都是四十年前的事了。赵冶苹后来调出水文，在当地一所中学当英语老师。据说，谭工带她去过北京，上门拜见许国璋先生。每年夏季，赵冶苹教的一个学生家长，会给她送来几十斤豇豆，这个品种很稀有，表皮红色，量少，多生长在背阴半阳的山涧。赵冶苹把豇豆用开水泡过，放在大太阳底下晒干，一根根码齐，用食品袋装好，再一袋袋码在纸箱里，抱着，坐长途客车，送到省城谭工家里。豇豆扣肉，谭工爱吃，补血。

谭工活到九十一岁。追悼会上，赵冶苹跪在遗体面前哭，几个人拉不起来。

琴儿四十五岁，退休了。女儿中考那年，总分不够上县一中，但英语分数高。琴儿犹豫好几天，想找赵冶苹帮忙。那时赵冶苹已经是县教育局副局长，兼英语教研室主任。琴儿的女儿想当外交翻译，为圆女儿的梦想，琴儿决定豁出去。

一天晚上，琴儿提了两条名烟，两瓶名酒，一只玉镯，带上女儿，一路打听，敲开了赵冶苹的家门。琴儿明显感觉，赵冶苹对自己有些隔膜，但对女儿很好，还用英语跟女儿交流。琴儿暗自庆幸，得亏把女儿带来，避免了多少年的尴尬。

赵冶苹坚决不收礼物，说如果想收，可以开一家副食店了。离开时，琴儿终于听到了承诺，赵冶苹说，你女儿英语很好，放心吧，一中破格收了。

琴儿千恩万谢出门，刚下楼梯，听见身后开门声，回头看去，赵冶苹对她大声说：“琴儿，谢谢你！”说完，门砰的一声关上了。

琴儿呆立不动，百感交集，心里堵得慌，想哭，又哭不出来。

娘俩走在街上，霓虹闪烁，车水马龙，她真想冲回去，跟赵冶苹解释，那只苍蝇，不是她放的。

手上的酒好沉，琴儿木然地走，心里反问：“谢我？谢什么？”不由得叹口气，心想：“她到底不肯原谅。”

**作者简介：**

何　晶　湖北蕲春人，现居黄州。1979年参加水文工作，现供职于湖北省长江河道采砂管理黄冈基地。十九岁发表小说，中间几近辍笔。近期复又捉笔。

# 女儿河的故事

赵建平

## 1

甘玉成是我的师傅。我们厂里的人常常叫他“老干”。干，是因为他长得瘦，瘦巴巴的样子。甘与干，音同字不同，对于老甘来说都是一个样。

早上起床，太阳白花花铺在窗子外边。一小部分透过玻璃射进来，可以看到屋子里的微尘，在明亮的阳光下起起伏伏。这个时候，我常喜欢把眼眯着，看那些挤进屋子里来的阳光。这样的喜欢，可惜每日里并不长，因为很快别扭就来了。别扭并不是来源于阳光，而是来源于我的搞电焊的师傅老干。

我来厂里报到那天，在办公室，队长高一和眯着他的小眼睛，一直死死盯我，别看他背着一双手在我身边走来走去，但他的目光却未曾离开过我。他不说话，眼却像刀子，发出锋利的光。当时，我心里发毛，对高一和的目光竟然感到了皮子和肌肉被割裂的疼。他打量半天后，回到办公桌前，用右手的食指敲着桌子，不紧不慢从嘴里吐出几个字，说行，不错，你跟老干吧，去当他的徒弟。我不知道队长的“行”和“不错”对于我有什么特殊的意思，因为他这句话，我就跟了老干，成了老干的徒弟。后来厂里的人告诉我，说老干这人日怪，厂里就没见他收过徒弟，我算特殊。以前有多少人求着他，也不见他松口。他们这样说，我似乎明白了高一和为什么要死盯着我的原因。

老干喜欢喝酒。一喝酒，就喜欢骂人，一骂人，眼睛就通红。有人说老干这人，日鼓棒槌的，有红眼病。只要红眼病一发作，说不定谁又要挨老干的活计，这里说挨老干的活计，意思是说要挨老干的骂。

老干睡得早，起得也早。他一起床，我也要跟着起床。两个人洗漱完，他就喊着我去女儿河。女儿河是一条小河，不知道的人，听这名字，肯定会想入非非。水景太美，叫女儿河？来河边洗衣服的姑娘多而绝色，把这条河叫女儿河？可偏偏不是这样，这女儿河，算不上河，充其量是一条小水沟。沟就沟吧，可还又脏又臭。从二号井和洗煤厂往下流，沿途汇入的脏污，让女儿河早已成黑黝黝的河。垃圾搁置在河床上：塑料，废纸，建筑垃圾，卫生巾，人的屎尿……全往这里来，一条河，终年散发出臭烘烘的味道。这两年搞什么河长制，女儿河里的垃圾，被组织清理了一回。可那水，还是脏兮兮的，味道也未减轻。也只有老干会去这个地方。想想女儿河的脏，就连下游水库钓来的鱼，我都不想吃。

我说师傅，困得要死，你就不可以多睡一会儿吗？老干说，不行不行，你看看太阳都升起老高了，还睡。去呼吸呼吸新鲜空气，跑两圈回来，上班。

老干这一点，我有些受不了，每天上班，累死累活，哪还有心思跟他跑操锻炼身体？但除了这点，我觉得老干挺好。得空的时候，老干经常说他老了，总有一天他要离开这个地方，要我好好学技术。等他走的时候也放心。他说他一辈子只带过两个徒弟，我算一个。我问另外一个，老干用眼睛瞅着女儿河，说死了。师傅的语气，很冷，也很慢，先是两个字，到第二遍的时候，就变成死球了。

那表情，怪怪的。

老干酒一大，就骂人，但从来没骂过我。他说厂子里的电焊工，一下班，就只会搓麻将。大凡搓麻将的人，他说都不是好人。我不知道老干为什么对搓麻将的人，有这么深的成见，但我不敢问。我站起来给他倒水，他用眼瞅着我，说你是学技术的好苗子，以后千万不要学坏。没事的时候，好好读读书。他说，书中自有黄金屋，老古语总有它的道理。说完，他又让我倒酒，我说师傅，你不能喝了，他眼睛一翻，说没事没事，叫你倒，你就倒。

这老干，时间一长，他说他喜欢我叫他老干。于是，有人的时候，我叫他师傅；没人的时候，我就叫他老干。我来之前，老干是一个人过日子。我来之后，和老干就搭伙在一起。时间一长，我就知道，老干是贵州人，无儿无女，无牵无挂。每个月工资一发下来，老干要做的第一件事，就是把钱拿去信用社存着。他说用不了多少，存起来以后养老。

我和老干住的地方是一间用石棉瓦搭成的棚子，十二三平方米。棚子里除了电焊的工具外，就只有两张用水泥砖和几块木板搭起来的床，占了大半个地方。屋子的一角，墙上挂着一口炒菜用的锅。锅下面，一张小桌子上，放着一个很小的电饭煲和几个喝水的杯子。几副碗筷，干干净净地搁在桌下面的盆子里。

## 2

白天，我和师傅在工地上做活。晚上下班，我忙着做饭菜。这个时候，老干在棚子外，坐在他从女儿河背来的石板上，吹他的口琴。他吹的曲子，有一首我知道叫《送别》，吹得是如泣如诉，哀哀婉婉。低缓的声音，从棚子外传进棚子里，这个时候，我会站在门前，看着老干，却经常发现他满脸泪水。

我叫老干吃饭，老干站起来，用手抹了一把脸，然后沉闷着。

老干进来，我倒了一杯酒放在桌子上。他拿口琴，在衣袖上擦来擦去，然后小心翼翼地打开小木匣子，把口琴放进去。然后红着眼睛，不说不讲坐在小板凳上。其实，我很想知道老干为什么老是吹《送别》，我很想让他吹一些欢快轻松一点的。他说，还是这曲子有味道。再说，他就耷拉着眼皮，自顾自地喝酒。我酒量不行，但每次我都倒了一小点，陪着他。而他，每次三杯，喝完三杯，我站起来给他盛饭的时候，他就用那双被酒精麻醉得迷糊的眼睛看我，说你不懂，不懂就别乱问，又跟着说盛半碗就行。时间一久，我就知道师傅每顿饭需要喝三杯酒，吃半碗饭。吃完后，老干就躺在他那张小床上，呼呼地睡觉。

别看老干每天早上都去女儿河跑步，可有一天他却突然病倒了，并且病得不轻。一天下班后，队长过来，我正为师傅熬药。他一进门，就说老干老干，可好点了。老干看着他，半天才说怕死不掉，说完，就笑了起来。队长说死不掉就好，你一死，我还不知如何交代。

老干听到队长这样说，就看着我，说："一峰，你出去买点菜，今儿就留队长在这儿吃顿饭。"我答应着老干，说等我把药熬下来，就去买。我这师傅，从来没有提起过他和队长的关系。这时，队长说："老干，要不，咱们先去医院检查一下，老是这样拖着也不是办法。""检查，你这狗日的，是不是成心跟我老干过不去。"师傅一边喘着粗气，一边盯着队长。"检查什么，不就是一个伤风感冒。"

师傅说伤风感冒，其实，从前几天师傅的咳痰中，我就隐隐感觉到一些什么。队长问我的时候，我把这件事告诉他，说师傅咳的痰里见红了。当时队长告诉我，说他去开点中药，让我每天给师傅熬点中药先调节一段时间。

"你这老犇子，还和原来一样，这么多年你咋想，我不知道吗，到现在还一根筋。"队长和师傅杠上了："这老干，该检查就检查，怎么一说检查就火大起来。"

等我买回菜，老干已经从床上爬起来，而队长倒了一大碗中药放在凳子上，正等着冷。看我进来，就说："一峰，这几天厂子里的事情，你多做一些，明天，我跟你师傅说了，就去医院。"我问队长去哪里医院，他说他联系了再说。

我不知道队长是如何说服师傅去做检查的。但吃饭的时候，我看师傅的脸色还不错。他说平时工作忙，队长没时间过来，他今天要陪队长喝杯酒。队长说，这死老干，一辈子就跌在酒里了。队长边说，边拿过酒瓶，给老干倒了一杯，给他自己倒了一杯。问我能不能喝，师傅说："一峰只能喝半杯。才开始学，不能让他喝多了。"

饭结束，队长走了。老干走出门，说今晚的月亮好明，我说："师傅，月亮好，那你就吹吹口琴。"师傅叫我把口琴从他的小木匣子里拿出去，他坐在砖头上，用手擦擦口琴，我倒了一杯开水，放在他的前面。

但那晚，他没有吹《送别》，却吹起了《莫斯科郊外的晚上》，并且很少有地吹了三遍，吹到第三遍的时候，我又在月光下分明看到了老干苍白的脸色，看到了他正用手擦拭着眼睛，我知道这时候，他的眼睛肯定噙满了泪水。

这老干。

## 3

第二天，老干就去了医院，是队长开着他的丰田去的。上车前，师傅说干脆坐班车去算了。可队长说："你这死老干，这些鸡毛蒜皮的事情，什么时候变得婆婆妈妈的。"老干不说话，低了头，往副驾驶上一坐，回过头告诉我，说电焊的时候细心点，注意安全。说完，那丰田屁股上就冒着烟子，转着轱辘上了公路，后面扬起一股一股的灰尘。

师傅去了医院，我回到棚子里。突然看到师傅床上的被子折叠得整整齐齐。就连枕头也四平八稳地放在被子上。和师傅在一起这么长时间，还没发现师傅折被子竟然有这么好的水平。不过，我也是第一次发现师傅折被子。

有天中午，我热了饭，坐在棚子里吃，一个影子在门外晃着，不对，是一个影子遮住了门口射进来的阳光。我抬头一看，一个女人，对，我敢发誓，我从来没见过这么好看的女人。穿着风衣，脖子上戴一条红色的围脖。她一边用手敲着门，一边问甘玉成是不是住在这里。我说："我不知道甘玉成，但这里的确有一个老干，是我师傅。"这么个地方，我实在不好意思招呼她坐下来。她说："那你告诉我，你们厂有几个老干。"我说："一个，就一个。"她说就是他了。她问我老干去了哪里。"医院。"我说。她说为什么要去医院呢。这女人，有一些刨根问底。这还用说吗，肯定是身体不好了才去医院。我说你是老干什么人，如果你要找他去，你可以直接去医院。我告诉她："我们队长开着丰田把他送到地区医院了。""你们队长？是不是高一和。"我说："是呀是呀，你怎么也知道我们队长。"女人不说话，就连一声谢谢都没有。转过身，我看着她在厂子里走了一圈。然后又回到棚子里，说她走了。她走了，是回去了呢？还是说去医院看老干去了？

她没有说，我也没必要去问。反正她就这样走了。

老干走后，不知什么原因，每天早上，一到以往起床时间，我就再也睡不着，爬起来，一个人就往女儿河边去。女儿河还是脏兮兮的样子，河边的柳树，早已掉光了叶子。我闻不到新鲜的空气，也看不到女儿河些许的妖媚，但心里却不知不觉喜欢上了女儿河。

说不出女儿河的好。但却喜欢它陪着我的每个早晨。这话，是老干说的。说这话的时候，我还觉得有一些奇怪。而现在，师傅离开的这些日子，我好像有了一些明白。而说到明白，我却又不知道具体明白了什么。

老干最后是住上了医院。队长回来后的当天晚上，又来到棚子，他把这件事告诉了我。他说，老干出问题了。我不知道他说的问题指的是什么问题。就用眼睛看着他。他说老干出问题了，肺上的问题，晚期。

“怎么会这样？”

“怎么会不这样？”

队长说：“这个老干，到这个时候，他还要强得很。”我不知道队长为什么说老干要强，也不明白老干到这个时候，为什么还要强。我告诉队长说，他们走后，有一个女人来找老干，并且那个女人还问起他。队长看看我，不说话。从口袋里拿出烟，丢一根给我，等我给他点着烟好半天，他才说：“这赵洪英，这赵洪英怎么现在才来，怎么老干一走，她却来了。怎么这么巧，偏偏这个时候来，来了却又走了。”

这赵洪英是谁，我不知道。但眼前这个高一和知道。

队长问我有没有酒，我说瓶子里还有一点。他让我倒了一杯，然后就坐在老干的床上，一口一口地喝。喝完一杯，他站起来又倒。也许是这酒度数太高，三杯过后，高一和，也就是我的队长，躺在老干的床上，他说他要睡一晚老干的床。好多年了，他和老干好多年没在一张床上睡过了。

因为高一和，我第一次知道了那个来找老干的女人，叫赵洪英。高一和说，这赵洪英，这么多年就像影子一样，他妈的赶也赶不走，一直压在心底。压在老干的心底，也压在他高一和的心底。他说：“一峰，这赵洪英，算起来你该叫师姐呢，三十年前的一天，她突然地走了，没有跟任何一个人说，就好像一夜之间，从厂子里蒸发了一样，谁也不知道到底发生了什么，好好的一个赵洪英。”高一和说，头天赵洪英都还和他和老干在一起，一点也看不出她要走的意思。可第二天就不见了。

高一和又说：“三十年了，三十年一个轮回，这赵洪英怎么又回来了呢？”他说：“从赵洪英走后，老干就不是老干了，他开始不说话，开始喝酒，开始吹口琴。三十年，厂里的人渐渐忘记了赵洪英，但是却天天见到老干，见到老干的酒量越来越大，口琴吹得越来越好，好到一听到他的口琴，就睡不着觉。”高一和说着说着，我就听到了他死沉沉的呼噜声。

## 4

老干在医院里，我被厂里安排去照顾老干。我在医院第一次见到师傅的时候，他已经完全变了一个样。但好在他还认得我，脸白得就像一张纸，没有半点血色，只见一双眼睛，向外鼓着。我倒了一杯水递过去，他用手指指床头，那意思是让我放在床头柜上。他仍然不说话，我原以为他会跟我说说赵洪英的事情，但他没有说，一直闭着嘴。

大约是我去到医院半个月以后，我又见到了那个女人。这个时候，我已经知道了她叫赵洪英。她去的时候，我正在医院门口的小馆子里，请人为老干熬粥。那段时间，医生说，老干只能喝流食。等我端着一缸流食进入病房，我便看到了赵洪英。她仍然穿着一件风衣，脖子上仍然围一条红色的围巾。看上去，比第一次见到时要憔悴得多。我看到她用一块帕子，是那种四四方方的白色帕子，正擦拭着老干的脸。见我进去，她点了点头，用手捋了捋头发，不自然地微笑着。而这时，我看见从老干鼓鼓的眼睛里滚出了一大滴泪，是的，一大滴，从眼角溢出，然后顺着脸庞，流到了耳根。

很多年后，我一直忘记不了那滴眼泪。

在病床前，我又想起了老干吹口琴时的样子。我跟赵洪英说，师傅吹口琴的时候，也经常流泪。赵洪英就问我，吹什么。我说师傅经常吹的是《送别》，也吹《莫斯科郊外的晚上》，偶尔也会吹吹《水手》，别的没有吹过。也许，那天我的话有一些多，我一说完，才发现老干，不，还有那个叫赵洪英的女人，他们的手正紧紧地攥着，紧紧地攥着。

那晚，赵洪英没有走。吃饭的时候，她跟我说，她要陪陪老干。我问她在哪里，她告诉我，说她已经退休了在家。后来她就说到高一和，说到老干。说他们以前在一起的日子，这个时候我才发现这赵洪英，只要一说到过去，她的脸上就会冒出一些红晕来。她说这老干多才多艺，就是不喜欢说话，也不喜欢热闹。在厂子里，就数高一和和他最好，两个人也最谈得来。

后来，赵洪英就不再说话。我发现不说话的赵洪英，正用眼睛看着远处。顺着她看的方向，是一幢摩天大楼，看不见天空，但在大楼的一侧，有一群鸽子，正在飞翔。

但我听不到鸽哨的声音。

赵洪英到底没有跟我说起她当年为什么不声不响离开厂子的事情。对于我，也许还有高一和，这都是一个谜。而这个谜，我想，赵洪英知道，老干也知道。

## 5

赵洪英走后，病房里就只剩下我和老干。老干又恢复到先前的样子，一天到晚，输液的时候他就看输液袋。不输液的时候，他就用那双混浊的眼睛看天花板。想喝水的时候，他也会叫我。更多的时间就是在床上沉沉地睡着。

但我也知道老干他并没有真正睡着。他在想他的心事，只是他不愿意告诉我罢了。

原以为赵洪英一来，我师傅的病就会好一些。但恰恰不是这样，他身子骨一天比一天弱。我真担心，有一天赵洪英来的时候，再也见不着老干，那不是更会后悔一辈子，好歹老干活着，我想也还有见面的时候。要是人不在了，这赵洪英来还有什么看头。

但我只能在心里这样想。事情不见得就像我所想象的那样糟糕。于是，我就天天盼老干好起来。

我想等到她来，我一定要问问，她当年为什么就选择了离开厂子，离开我师傅老干。

老干到底熬不住了。

快要熬不住的时候，他让我打电话给高一和。那天，高一和来了，和他一起来的还有赵洪英。他们来的时候，老干已经昏迷了过去。一个医生拿着病危通知书，说让家属签字。可我们三个人，谁也不是老干的家属。高一和说，老干没有家属，我是他的徒弟，师傅如父，就让我签。赵洪英看了看高一和，说高一和，你这猪杂碎，谁说老干没有家属。她说完，接过医生递过来的笔，在家属那一栏，郑重地写下了“赵洪英”三个字。三个字，就像在一张纸上长出来的三座山头。写完，是的，一写完，赵洪英的眼泪就流了出来。

高一和转过身，走到老干面前，老干已是气若游丝。他吃力地睁开眼睛。用手指了一下他的那个木匣子，我明白他的意思，木匣子里装着他的口琴。我把木匣子端到他面前，然后打开，然后把口琴递过去。他点了点头，然后用手指了指赵洪英。我不知道师傅的意思，但赵洪英一下扑了过来，双手拉着师傅的手，说老干，你不能这样。这口琴，是当年我给你的，你不能还我，我还要听你吹口琴。赵洪英一边说，一边用力地摇着老干。我不知道老干那一分钟是否看见了，也不知道是否听见了。等高一和把赵洪英拉起来的时候，医生说老干走了。

师傅走了，就死在赵洪英的怀里，就像睡着一样。

高一和，我，还有赵洪英，站在老干面前，成了三个世界。但三个世界，都在沉默着。还有一个世界，是属于老干的，或者说是属于老干和赵洪英的，但已不重要。我心里说。

老干没有亲人。从殡仪馆回来，赵洪英说：“一和，就让他随我去吧。”在车站的时候，她又让我把师傅的木匣子给她。她接过去，然后从口袋里掏出那把口琴，小心地放到木匣中，又把木匣子放进她的背包里。然后站起来，抱着装了师傅的盒子，走上了她的归程。

看着她离去，自始至终，都没有回头看看我和高一和。她坐在车上的时候，我看见她的眼睛仍然望着远处。这又让我想起了她第一次来医院看老干的情景。那天，她也是这样。只是，顺着她看的方向，这次，我却没有看到那群在半空中飞来飞去的鸽子。

又是一场送别。只是自今以后，少了一个吹《送别》的人。

## 6

回到厂子大约几个月之后，高一和跑到棚子里，让我和他一起去看赵洪英。那天天气很好，高一和一边开着车，一边跟我说起他和老干的事情。他说，这老干，在一个厂子里，没有谁比他更清楚，为人实诚，却又清高。他说他和老干，在技校的时候，两个人就要好。他和老干经常跑出去，捞鱼摸虾，摘果子。有时被人抓着，他说，那时候老干身体好，一抓着，他就告诉人家，说这是我兄弟，是我带他来的，你们要打，就打我吧。于是，那些人就对老干拳打脚踢。高一和说，从那以后，他内心一直把老干当作大哥。有时候，老干回老家贵州，带回来的东西，都是两份，一份是他的，一份是我的。想想那个时候，那种感情，现在的人有多少能懂得。高一和感叹地说。

“那么，老干和赵洪英是怎么回事呢？”我问。高一和说：“毕业之后，我们分到现在这个厂，赵洪英是从另一所技校招来的人，刚来时当了老干的徒弟。老干在厂里干了几年，后来回了贵州，在他家附近的一个电机厂上班。那时，凭老干的收入，完全可以找个漂亮女人，有滋有味过自己的小日子。可这老干，两年以后，等老母亲去世，他又跑了回来。隔了好长时间，我才知道，原来他回来是为了一个人。”

“这个人就是赵洪英。可这老干，等来等去，到底没有跟赵洪英在一起。”高一和使劲吸了一口烟，然后又接着说，“回来后不久，赵洪英就离开了厂子。听厂里传言，说赵洪英回家跟一个干部家的儿子结婚去了。老干知道了这件事，一天到晚不说一句话，上班闷着头干活，下班闷着头喝酒，谁也不搭理。很多年后，赵洪英曾给我来过一封信，信中说，这么多年来，她一直没有结婚，说她在等老干。可老干这个时候因为经常喝酒，身体早出了问题，他怕连累赵洪英，连她的信都没有回。可怜了赵洪英。”高一和说，“他就是一辈子的犟，害自己，也害了别人。”

有一次我想劝他，可他却跟我说，老了，该放的就放下。

“可我知道，这老干一直没放下。”高一和又说。

“那赵洪英，后来怎么样？”高一和说，“赵洪英回去后不久，她父亲因为癌症去世，再过几年，母亲也过世了。”

“现在都老了。”高一和好像在跟我说，又好像在自言自语。而老干这个时候却死了。死了好，一了百了，高一和说这话的时候，我突然感觉有一些苍凉在里头。

其实，你师傅也值了。我不知道高一和说老干值了，是什么意思。他说，赵洪英一直惦记着你师傅。可你师傅，对赵洪英却耿耿于怀，他心里老觉得赵洪英对不住他。每次赵洪英打电话来问，我都告诉她说，老干很好，上班，喝酒，跑步，吹口琴。哪想到这老干，却这样地就走了，而把所有的痛苦，都留给了赵洪英。

太阳落山的时候，我们见到了赵洪英。远远地，我便看见她站在公路边的一棵树下。还是穿了她去我们厂时的那件风衣，看到我们，她走上前，说：“一和，你们终于来了。”就一句话，说完，她把我们领进了一个小四合院。院里种着一些花花草草，长势很好。我说好美，她说，是吗，一天到晚就服侍这些花草，总觉得少了一点什么。

少了什么呢？她说她也不知道。

那晚，我又看到了师傅的小木匣子。被放在靠墙边的一张小茶几上，并且在木匣子的锁扣上，还结了一根红色的丝绳。赵洪英看着我，又看看高一和，说："一和，这就是甘玉成的家了。"

我们便不再说话。不知隔了多久，她又重复了一次。

第二天，赵洪英带我们去看老干，浅浅的坟堆上，长着浅浅的青草，在风中摇晃着，摇晃着。

回来的路上，我跟高一和说，这老干，终于有家了。

**作者简介：**

赵建平　生于1971年，现居云南宣威。作品散见于《中国文化报》《云南日报》《民族时报》《春城晚报》《作家世界》等报刊和中国作家网等网络媒体。有作品入选《中国作家网精品文选：灯盏·2019》等。

# 起薇山往事

黎幸欢

在大龙河上游，冰灾后的第一个春天显得特别爽朗，特别生机蓬勃。从沿海地带吹来暖洋洋的东风，用了两天一夜就把河两岸的植被吹得苍翠欲滴。三月底，我跟两个同事到大雾山附近的一个茶园去。

这条河并不大，李奥丁霍都认为它是一条山坑小溪。在秋天的时候，有几处常常干涸。现在，河水泛滥了，汹涌奔流，河面显得比过去更宽阔了。一些枯败的树枝和树叶，从上游漂下来。附近的河滩上，横着一片倒下的篱笆，那是新春河水泛滥的杰作。这种冷清的光景，只有在深秋和初春人烟稀少的地方才有。

司机跟着当地一名向导，开车到村子里收购新茶叶。我和邓维、李奥丁霍都决定到附近的山上转一转。

我们沿着北边的小山，一步步往上爬。李奥丁霍都走在前头。这会儿他穿过树林快步搜索前进，像一条猎狗，跟踪着时隐时现的足迹，邓维紧随在后面。因为没有向导，我们几乎绕过了半条山脉，但是沿途的旖旎风光，让人赏心悦目。

邓维心情十分愉快，他一屁股坐在一片铺满松针的软绵绵的山坡上，将自已埋入一丛没有香味的白色紫罗兰花里。在这荒山野岭，它们依然在幽暗的松林深处，寂寞地开放着，从来不在意鲜花盛开的季节早已过去。

“这地方不错。”李奥丁霍都说。这里居高临下，下面的小溪和小溪对岸的一座光秃秃的褐色山坡都可以看得清清楚楚。他们两个躺在那里，被太阳晒得全身暖洋洋的，李奥丁霍都在松针堆里打了个滚。在寂静中，风吹过树梢，像是一个孤独的人，絮絮叨叨说着毫无意义的傻话。

我摘下头上那顶蓝色旧帽子，让微风吹干因爬坡而被汗湿透的头发，顺势躺下，静静享受着温暖和闲晃的乐趣。

不久，李奥丁霍都坐起来，从草绿色单裤的插袋里，掏出一只红绸做的破旧烟荷包，卷起烟丝来。一面点燃，一面说：“中午快到了吧？”

“怕要过了一个钟头吧。”我说。

李奥丁霍都望着山谷：“这地方真像我家乡的山，让人觉得格外熟悉，格外亲切。”

“怎么了，李奥丁霍都？”我问他，“你从哪儿来的？”

“从 W 镇来。”他一面说，一面露出微笑。那儿是他的故乡，所以一提起就使他快活。

“你在那边是干什么的？”

“我是一个伐木工，在我的家乡的时候。”他解释说，“那儿有一座这样的高山，也有一个这样的高山茶园。”

“哦。”我说。其实，我并没有完全听明白，但他一定会往下说。

“是啊，”他说，“六岁时，父亲因疾病走了，我的母亲熬不住生活的艰苦就外嫁去了远方。我只好跟着叔叔一家生活。他们也有三个孩子，日子过得很艰难。后来，我读完初中就出来找活干。先是在木材厂帮忙，可我扛不动那些笨重的木材。有一次，搬运木材的时候，差点把工友的手砸伤。被骂了一顿之后，我就离开了那里。”

“你在那里一定吃了不少苦头吧？”我问了一句。我终于把碍手的铁芒萁拔掉，舒服地躺下。

“咳，我在那边可吃够苦头啦。”李奥丁霍都说，“如果仅仅是这样，谁都可以接受。要知道，所有的苦难都会有个尽头。当你回想过去的生活就不会痛彻心扉，懊恼不已，甚至悔不当初。”

“你是想家了？”

“不是的，伙计。”他说，“我只不过想起了过去的事。”

“过去发生了什么事？给我们讲讲吧，风流小生、浪漫情郎李奥丁霍都的恋爱史！”邓维翻了个身，搭了一句。

李奥丁霍都没有搭理邓维的嘲笑。他挪了一下，让自己坐得舒服一点，把一双黝黑的大手搁在膝盖上，拱起了背，仿佛一个无形的担子压在上面。那是一个仿佛沉浸在遥远的极度悲痛中的侧影，还有那双充满了绝望的忧郁、触目惊心的眼睛。

李奥丁霍都从身边捡起一条弯曲的枯枝，默默地拿它在沙土上画了一阵，画出一些莫名其妙的图形。

他低沉地咳了几声，把烟熄灭了，重又开口。我全神贯注地听着。

“事情发生在一座山上，和那边的山一模一样。”李奥丁霍都注视着大雾山脚下一座光秃秃的平坡说道。与其说是在讲给我们听，不如说他是在自言自语。

在我家乡起薇山的荒坡，有不少野生的茶树，那里出产大叶茶，但是产量很少。我想你们从来没有听说过那座山，也没有喝过那儿的单贵茶吧。那里到处是一眼望不到边的山域，因为海拔的原因，那里没有高大的树木，没有一棵树可以遮挡太阳。过去，那儿全是用泥土做屋顶的灰房子，到处是锄头鸟在叫。那种鸟你只要看见就认得，它的脸蛋和鼻尖像苹果一样红，蓝眼睛被风吹得眯成一条缝。那边的人们大部分以伐木为生，我从来没有见过这么艰苦的劳作。

我那时是个年轻小伙子，为了生计，跟着经验丰富的师傅上山砍伐杉木。一开始，我不会使劲，吃够了苦头。

我拿刀的手握得太紧，都起了水疱。那水疱一裂开，就锥心地痛。那些经验丰富的师傅用杉树汁帮我处理伤口。后来，我终于适应了。每年的五月到第二年的一月，我们都在山上度过，直到杉树林砍伐被运到木材厂后，领了工钱，才去酒吧疯狂。

有一天晚上，我一定是喝多了酒，要么就是酒不好。说实话，那年头，我还从来没有见过假酒，就像你从来没见过没法抽的烟，没见过没法亲近的姑娘。我喝完酒，一个人回去。和平常一样，我想跨过一条水渠，平日都是这么过去的。不过，那次我摔了一跤。也许是酒精的作用，我当时就晕过去了。

醒来的时候我发现自己躺在房冷水家的长椅上，浑身疼痛，口渴得像炭烧一样。房丽莎正端来一杯水给我喝。

“现在，你得安安静静地躺着。在你昏迷的时候，沈木希医生来为你检查过了。他说，人没事，就是脑子出了一点毛病，才会喝那么多酒。”她说。

我只说了声“哦”，一口气喝完了水，就闭上了眼睛。我心里实在闷得慌。

“爸爸在去茶园的路上，发现你躺在水沟边，就和工人把你抬回来。现在，你一定很口渴吧，我给你倒杯茶喝。医生吩咐，你现在还不能吃东西，否则，你会吐得更难受。”

她又给我喝了一杯水，把我的枕头拍拍平整。

“唉，你还年轻呢，怎么就喝得烂醉？你以后再别这样了，行吗？”

“行，我再不喝得烂醉，只要让我的脑袋不要嗡嗡作响。”我说。

“说真的，你喝醉酒能有个女人看护你，可真不赖啊！”邓维皱着眉头转过脑袋注视着山谷那边。“哪怕砸破十个脑袋也值得。”他这辈子可没有什么女人看护过他。

李奥丁霍都沉静地继续说了下去，目光稳定，像一头反刍的公牛。

后来，她让我静静躺下。我呢，就像一个干了蠢事的人。人干蠢事以后，倒是会变得聪明的。我知道自己根本没有睡意，只是酒后头晕，但我还是静静地躺下。

我就是那样认识房丽莎的，她可是个好女孩。我躺着的时候，听见她在轻声唱歌。有几首她经常唱的歌，我听不懂。但我明白她为什么唱歌。唉，她老是在唱歌，就仿佛是在为我歌唱。

下午，她父亲还没有回来，我就回工地去了。她送我出门口，并邀请我有时间到她家玩。我怎么能辜负她的一番好意呢？反正我也没有更好的地方可以去，除了喝酒的地方。

接下来的几个月，我一有空就上她家去。有时候是白天，有时候是晚上。她父亲房冷水是一个乡村的音乐老师，也是一个民间艺术小分队的教练，在起薇山脚下的一块荒地开垦了不大的一块茶园。一有空闲，他就硬要教我拿着一个小鼓，斜挂在腰间，然后跟着节拍，跳一种奇怪的舞蹈。在我学会之后，他让我跟着小分队的人一起跳舞，偶尔到附近的村庄进行巡回表演。房丽莎也跟我们一起去，她唱歌，就是我以前听过的那些歌曲。有时，房丽莎带着我到起薇山的山脚茶园走走，帮助她父亲除草，杀虫，翻土，施肥。偶尔，我们沿着那弯曲的林间小路，一直走到幽静的山谷底，那里长着一种细叶兰花，散发淡淡的幽香。我们爬上起薇山的半山腰，遥看夏日绚丽的日落。我们一起唱歌，一起傻笑，一起朝着大山呐喊，呼叫彼此的名字。那段时间，我不再去喝酒了，我沉醉在一种甜蜜的时光里，那是我这辈子最开心的时候。但是，这一切都被一个“黑斑”搅乱了——一个穿黑衣服的人。

秋天的时候，在镇上教了几十年书的老先生唐大布退休了，接替他的是一个穿黑色西服的中年老师，一个刚离异不久的家伙。我发现那个家伙总是住在房丽莎家。他从一开始就揪住了我不放，认为我眼前的艰苦生活是因为没有信仰导致的。我仿佛就是一个待拯救的灵魂，他则下了决心要拯救我。而使我感觉妒忌的是，他似乎也非常热心地要拯救房丽莎的灵魂。有好多次，看见他挨着房丽莎教她唱歌，那工整的曲谱，我站在窗前就能看得见，有必要靠那么近吗？我真想和他干一架。

我发现，尽管自己常去那里，“黑斑”去的次数比我还勤。老头和姑娘也都很高兴见到他。我恨死他了，他总是让我感到难堪，感到不自然。我说不过他，他也干不过我。我们两人像猫和耗子似的互相防备，我恨不得拧断他那聪明的小脖子。当然，表面上都客客气气的。我们有一个送朋友的规矩。这个朋友，我不希望他再回到这儿来。而他呢，也不希望我再回这儿来。于是，我们一块儿走到山坳，然后他又往回送我。我们俩就像一对机械的钟摆一样，在山头和山谷中间送来送去，直到房丽莎窗口的灯光熄灭了。我们装着在看月亮，其实一直在看着她的窗口。

渐渐地，我感到很失落，不再像过去一样，经常往房丽莎家跑，而是恢复了过去的生活，又和伙计们去外面闲逛、酗酒。有一天，我跑到房丽莎家，只是为了想见见她。房冷水和“黑斑”也都在家里。他们似乎在讨论什么事情，见到我后就突然岔开了话题。

房冷水压住自己的火气，尽量有礼貌地和我说：“哎，小伙子，事情是这样的，你得自己选择究竟走哪条路，那是你的自由。不过，我觉得年轻人不该酗酒。我们是不会欢迎一个酗酒的人走进家门的。不要说话，房丽莎。”

他看见丽莎想开口，就这样阻拦她说。“黑斑”见状，就插嘴进来。他们两人狠狠教训了我一通，非得让我改邪归正。他们认为，喝酒是件愚蠢、不可饶恕的事情。房丽莎只是在旁边看着，什么话也不说。我却看得出来，她也是认为我该改邪归正。我垂头丧气地离开了。

“唉，”李奥丁霍都的脸红了，他说，“不过，我是诚心诚意要改邪归正的。如果没有发生后面的事情的话。”

邓维想笑，可又不敢使劲笑，被李奥丁霍都发现了。

“唉，邓维，你个坏家伙，尽管笑吧。你可不了解那个‘黑斑’。他是个脸色苍白的小矮个，他说起话来就像能哄得小鸟飞下树枝，能把街边的妇女们逗得笑逐颜开，能哄得男人们以为他们从来没有和这么了不起的好人交过朋友。现在，他们站成一条战线，我就成了一个他们所说的那种需要灵魂拯救、必须改过自新的人。

“我之前说过，我是诚心改邪归正的，为了房丽莎。想起那些时光，我都感到难过。真的，那种遗憾……别笑，邓维。你没有经历过，理所当然觉得可笑。除了房丽莎，别人都不怎么看得上我，我被排斥在外。如果事情就这样，我也不会离开那个地方的。”

李奥丁霍都眼睛仍然注视着对面光秃秃的山顶。

有一次，我们参加了新年前的巡回表演。我们很久没有开展巡演了。不过，那一次出事了。刚唱完歌，房丽莎就晕倒了。沈木希医生来给她看病，不允许有人打扰他工作。

“她马上就会好起来的，孩子，她马上就会好起来的。你必须有耐心……”我和“黑斑”焦急地在门外来回溜达，没人的时候，“黑斑”总是这样安慰我，好像是他做错了事情一样。

我恨不得撕烂他的嘴，不过，现在我宁愿相信他的话。我是多么热切盼望房丽莎快点好起来，我还想听她唱歌，等她的病好些后，我们就可以结婚了。

坦白说，我的脑海里闪过各种坏念头。我想干掉这个老是夹在我和房丽莎中间、令人厌恶的人，以后再也不会有一个该死的黑影走进房丽莎的屋子，再也不会有个黑影挨着她，再也不会让我在心爱的人面前难堪了。

于是，我恶狠狠地抓住他的衣领。我年轻力壮的优势，这个时候有了发挥的余地。他那厚厚的嘴唇掀开了，露出两排发黄的牙齿，他的脸涨得通红，脸上的表情十分难看。

我发现，他没有害怕。他能说会道的才华，又一次把我制服了。

“喂，小伙子，现在不是你，就是我，只有一个人能跟房丽莎相好。怎么，你难道没有点想法吗？你是个懦夫，或者是一个情感的骗子，对吗？”

我凶巴巴地说：“说，再说。我就勒死你。”

“不，我真是替你感到可怜。因为你什么都不知道。”他说。

“你这话是什么意思？”我说。

“我常想，这事应该让你也知道。”他说，“我们俩谁也得不到，世上没有人能够得到她。沈木希医生了解她的，也了解她去世的母亲。她的病是天生的，已经治不好了，顶多还能活半年。我不是来和你竞争的，而是出于她父亲的乞求。他知道女儿的情况，并不希望你为了一场爱情耽误前途，却又害怕你无法接受生活残酷的事实。”

听到这话，我很伤心。不仅为自己伤心，也同样为他伤心。我只是不明就里，而他们却在强忍泪水，为了我这样一个无关重要的年轻人，和生活演戏。

这时候，房冷水走出来。他戴着钢边眼镜，衣服上满是灰尘。看上去，他实在是太疲倦了，站着就能倒下的那种。那一刻，我觉得我能理解老房冷水的伤心。作为一个男人，他亲自送走了自己的妻子。作为一个父亲，他即将面临失去自己的孩子的悲伤。这种痛楚，足以让任何一个坚强的汉子崩溃，让一个充满爱的父亲陷入绝望的阴影。

“你来啦？”他说道，“你已知道了所有事情。好吧，我得和你坦诚讲。我当初看到你喝醉酒，出于一个父亲的本能，我把你捡回家，避免你受到伤害。我教会你跳长鼓舞，是希望你能学会与人社交，而不是年纪轻轻就学会酗酒、放纵而毁了自个儿的前途。那个让你心生厌恶的教师，我也热心帮助他度过了那段离异后黑暗的生活。我并不求能获得什么回报，只希望生活对我的家人，对我的女儿，对我的朋友都能温柔以待。唉！我尽心尽意地对人，可是命运又对我做了什么？现在……你们走吧。我是不会让你们见她的。她太虚弱了，还是让她安安静静地睡一会儿吧。小伙子，走吧！”

他就这样不容商量，当着我俩的面，直截了当地关上了门。

要知道，我那时生离死别的事经历得很少，更不用说等待死亡了，虽说死亡是每一个人必经的道路。从那天以后，什么都和以前不同了。我变得无精打采，像一个人醉酒后的第二天那个模样。我明明有很多话想说，可是我连一句话也讲不出，也不知道该和谁讲话。房冷水不在，房丽莎不在，甚至那个过去我恨不得插死他的“黑斑”也不在了。他的存在的意义，就是千方百计地拆散我和房丽莎。我开始怀念过去，和“黑斑”两人演戏一样，送来送去的夜晚。真奇怪，我竟然不再恨他了。

我愁眉苦脸地到处闲逛，但是没有地方可去。我就偷偷回到房丽莎家附近，在外边默默地看着她房间的灯早早熄灭。有好几次，我看到老房冷水拖着疲惫不堪的身躯，在努力地赶走街上那些大喊大叫的不听话的孩子。那些熊孩子刚赶走了，又跑回来，继续吵闹。我躲在一旁，偷偷地哭了，眼泪不争气地流了下来。我找到那些孩子，毫不留情地把他们痛揍了一顿，以致那些孩子不敢吵闹了。这是我能做到的事情了，我不能连它都办不好。

第二天，我又到房冷水家门前去了。老房冷水出来开的门，他说：“你又来了，求你做一回好人。让我的女儿静一下，她好不容易睡过去。”

我再三恳求他让我见见她，哪怕只说声再见。我甚至想告诉他，我赶跑了那些孩子。最后，有个女人在二楼上向下面喊道：“她说请李奥丁霍都上楼来。”

老房冷水听到后，马上就让开了道，很客气握住我的手。

“你一定得安静，小伙子。”他说，“因为她太虚弱了。你一向是个听话的孩子。”他几乎是恳求我。我知道，那是一个父亲对孩子的爱而导致的紧张。

我右手握住他的手，左手轻轻拍了拍。我告诉他，自己现在是一个男子汉了，我会处理一些男人做的事情了。

就这样，那个女人领着我进到屋子里，见到了房丽莎。她正躺在床上，这个温暖的季节还盖着一层厚厚的棉被。她那一头浓密的头发披散在枕头上，但是她的脸颊却瘦削得使一个强壮的人害怕。

她看了我一会儿，就说：“你已知道了我生病的事儿？

相信我，不是成心欺骗你。我以为，自己能好起来。我也希望快点好起来，和你们一起去参加巡回演唱，和以前一样为大家歌唱。可是，你知道，这次我打了一次败仗。这是我人生中的第一次败仗。不过，没有关系，我会好起来的。不是吗？难道你不希望我好起来吗？”

她吻我的时候，强装出笑容，我差点儿放声大哭。她伸出手来，把我的衣领弄整齐，就像女人抚弄缎带那样。

“李奥丁霍都，你一直是我心上的小伙子。只有你是我心上的小伙子，别人都不是的。但是，现在我请你把我忘记吧，你是一个好小伙子。没事的，你将来会遇上比我好的姑娘。”

谁都知道，我们将来也许会遇上另一个爱的人，但是不会遇见第一个爱的人。就像我们能生活在另一个城市，但是不会拥有另一个记忆温馨的家乡。我感到很难过，我有很多的话想跟她讲。那段日子，快要把我憋疯了。我想告诉她，不管如何，我都愿意等她好起来，然后和她结婚。

她告诉我，沈木希医生认为这里的医疗条件太差，气候湿寒，不利于她的治疗。他们接受了这个善良的建议，准备到城里去。那里有更好的医生，为她做全面的体检以及科学的治疗方案。她让我像个男子汉坚强起来，她会为我继续祈福的。

她抬起手臂，搂住了我的脖子，可是只轻轻地搂了一下就松开了。她喘着气，像我们刚爬完一段陡坡一样。

“现在你得离开了，小伙子。”那个妇女在旁边提醒我。她是房丽莎的姑妈。我待的时间有些长了。于是，我走出房间，轻轻掩上门，下了楼。

他们就这样走了，可我连声告别的话都没有来得及说。“黑斑”也调到另一个他们称作“老寨的教区”那里去了，只有我一个人留在起薇山。

夏天来到的时候，我在镇上遇见一个来招生的老师。他是一个办事比较干脆利索的人。我正想远走他乡，而读中专技校正是像我这类人常走的路。一个星期后，我就辞掉了伐木的活儿，跟着那个招生老师离开了那个地方。

“你后来把她忘记了吗？可敬的情圣，李奥丁霍都先生。”邓维说。

“直到现在，我还在努力忘掉她。努力忘掉那个山头，努力忘记那个茶园，努力忘记那一场对我来说是绝望的爱情……”李奥丁霍都说。“老兄，人就是这么奇怪。无论你经历什么，你总是显得挺坚强，从来不叹一口气，不在清醒的时候流泪。人哪，一旦静下来，或者一个人独处的时候，那些奇怪的念头和想法，像要占领阵地一样，让你想起那座山、那个茶园，让你想起那些在你生命中出现却失之交臂的人，让你想起那些你以为早已忘记的却又一直无法忘记的往事。你总想找一个人倾诉，就像有块石头总压着你的胸口，不吐不快……”

他一边说，一边扔掉了手里那段弯曲的树枝。

这当儿，树林那边传来了汽车声。一个白色的斑点沿着公路爬上来了，司机和向导采购茶叶回来了。

“伙计，他们来接我们了，走吧。”我伸出手拍了一下李奥丁霍都的肩膀。我们就爬起来，沿着山坡开始往下走。

我曾读过小说《茶花女》，讲的是男主人公阿尔芒爱上了美丽的妓女玛格丽特，两人真心相爱。在巴黎的乡下，他们度过了一段快乐的时间。后来，在阿尔芒父亲的恳求下，为了阿尔芒的前程和其家庭的幸福，玛格丽特放弃了视如生命的爱情，痛苦地离开阿尔芒。一年之后，她不幸死于肺病。不知真相的阿尔芒对玛格丽特的离开感到非常气愤，对她进行了无情的污辱和无尽的伤害。当阿尔芒得知玛格丽特因为爱而离开他，用最大的牺牲去换取他的幸福时，追悔莫及、痛不欲生，用移坟的方式见了玛格丽特最后一面。

我原以为，这样的凄美故事，只会出现在小说里。现在，我相信，它存在我们的生活里，就发生在我们身边。

我怀着沉重的忧郁，目送着李奥丁霍都的背影穿入树林里。他的身影，被午后的阳光投射得很长。我记起了一首诗：生活使我们相遇，谁能将我们分开？爱情使我们离去，谁能将我们召回？

**作者简介：**

黎幸欢　原名李坚超，广东清远人，连南县瑶山文学协会会员。一个心怀文学梦的瑶族青年，潜心写作多年，著有《蜻蜓集》《花园集》《愿随你》等作品。

# 县长和我打老庚

李跃慧

低的是云彩，高的是花朵。春天清冽的风，仿佛要把大片大片雪白的云彩吹拂到树梢上、房檐上、绿草地上，而烈焰一样的马缨花却在高高的枝头肆意燃放，英姿勃发，可望而不可即。

这是我第二十九次来到阿莫山，来到云朵阿波的家。之所以记得这么清楚，是因为我要填很详细的表格，并且要把表格里的内容讲给云朵阿波听，得到他的确认，这也是评判我工作是否尽责的标准之一。

云朵阿波拄着根细木棍子，弓着腰站在门口，像一截弯弯的枯树桩。我说，阿波，你等我啊？等我不用站在门口，坐家里边歇边等嘛。

云朵阿波说，周干部，我不是等你，我在瞧对面山坡上的明格依鲁（马缨花）呢，我跟你说过的，我把这红彤彤的花瞧一眼，香噜噜的气息闻一闻，我就要回去了。

那马缨花，即便是凑在鼻端的时候，我也没有闻到过它的香气，我认为这开在高山苦寒地的花，多的是峻拔风骨，少的是柔媚香气。可是云朵阿波说香的时候，鼻子冲着花朵的方向深深皱起，仿佛花香从那么远的山坡来到了他的跟前，我又有些疑惑了。

云朵阿波说，周干部啊，我要回去了，你把政府给我的钱，还有你给我的钱，都拿给学堂里的娃儿吧。还有你买的那些奶水油水和粑粑饼饼，我吃不来，你都送给娃儿们吧。我拿给他们，他们说我老，可怜，不要我的钱了。

我握着云朵阿波皮包骨头的手，说，阿波，这阿莫山上，多少老人巴望着像你一样长寿哩！镇上的医生前不久才给你做过检查，你不咳不喘，能吃能睡，身体没有大毛病。你莫多心乱想，你还要看着云朵小学这些娃娃长高长胖，念初中，念高中呢。你不是最喜欢这些娃娃的吗？

娃娃，是啊，娃娃。云朵阿波把眼瞧着天边，喃喃说，可惜我的心等枯啦，眼水也望干啦，我要回去啦。

一百零三岁的云朵阿波，果真往他说的那个方向一步步走去。

我陪他吃了饭，把碗筷洗好装进竹箩，水还滴答沥着，他就说："周干部啊，你山远水远地走来瞧我，肚子饿瘪了吧，我也饿得很，快，快，我给你煨水，你来杀鸡做饭。"

我跟他说我们才吃饱，又回忆了一下刚刚咽下肚的菜。云朵阿波狐疑地问："你们真吃过了？"我说："真吃过了。"云朵阿波说："咦？"他陷入了沉思。

我想我该去找找云朵阿波的邻居——云朵小学的校长，叫他给师生们也说说，得空多瞧着点儿云朵阿波。可是我一起身，云朵阿波却像忽而惊醒似的捉住了我的手，莫忙走，周干部，你莫忙走，我有好东西给你咧。

我被他神神秘秘的样子吸引了："阿波，你要给我什么？"

"你晓得吗，我儿子，我儿子回来了，买回来好些稀奇果果。"

"啥子？"我张大的嘴巴有半天没合拢，"你儿子？你哪一个儿子回来了？"

云朵阿波虽然总是一个人生活，不唱山歌，不跳脚，不吃阿莫山上任何一家吹吹打打的酒席，可他从前并不是这么样一个老独人，云朵阿波是有儿子的，而且有过两个。

云朵阿波的大儿子解放前就丢了。那是个灵性不过的娃儿，听过的调子会唱，见过的鸡鸭牛羊、山花雀鸟，他拿火炭头在石头上画出来，活灵活现。头人儿子翻来覆去背不出的啥子三字经，他这个帮忙烧水扫地的倒听会了，背得那个利索：“幼不学，老何为，玉不琢，不成器……”

穷亲戚们都说这是个望靠得的娃儿，这家做双鞋子，缝件褂子，那家凑把苞谷面，凑把苦荞面，帮忙把这娃儿送到了县里的学堂，都觉着那里好，因为头人的儿子就在那里。云朵阿波有时挖几棵草药或是捎几匹麻布去城里头换盐，下了集，喜欢摸到学校门槛脚坐一歇，也没啥子事情，就是支起耳朵听娃儿们念书，那声音又软嫩又清脆，像小狗的牙咬着指尖，又像小猫的爪轻挠着心口。也像柳絮在半空里荡，雪白，亮嗓，飘飘悠悠，扬到上天去，扬到云彩里头去。云朵阿波想到那里头也有他儿子的声儿，觉着自己的身子也轻盈起来，仿佛也要扬到那天上去，扬到云彩里头去。

可是有一天，别人家的孩子都下学回来背粮背柴了，云朵阿波的儿子却没有回来。他找到学堂，学堂里的老师都说，娃娃回家了呀。云朵阿波又挨家问了别的娃娃和大人，都说下学后就不晓得了。只有头人家的儿子，胖得快眯住的眼里透出一丝冷光，说：“丢了活该！穷得跟花子一样，还想跟我一样上学堂，呸！”狠狠一泡口水落在云朵阿波脚背上，他顾不得，还要再问，头人扬起鞭子，声如霹雳：滚！鞭子没有落下，云朵阿波却像被抽断了脊骨。谁也不敢再有话，在阿莫山，没有啥子道理，能大过头人的鞭子。云朵阿波落了魂，从此不敢再问。

云朵阿波的第二个儿子在解放后出生，没有了战火兵灾，头人的鞭子也折了，头人府里的人已风流云散。这娃儿却远没有他哥哥伶俐，饭也能吃，活也能做，就是说不出一句整话，高兴时嘻嘻笑，愣起来两眼瞪起，额上青筋鼓暴，叫人腿肚子发软。到三十几岁还是小孩脾气，自然，也没有哪家的姑娘愿意嫁他。好在他肯下力，除了盘好自家分到的田地，还开了不少荒，撒荞子种豆子，种核桃树种梨树，一家人有吃有穿，日子倒能过。

哪晓得呢，一起杂耍的人在镇上扎了棚子，男男女女都穿着晃眼的花哨衣裳，脸上抹得红红白白，嘭嘭嘭翻跟头，稀里哗啦耍刀弄棍。镇上的人都像蚊虫见亮光一样拢去瞧。阿莫山有后生去瞧过，惊得了不得，回来一摆，满村子男女老少，能走的都去瞧稀奇。稀奇瞧过，棚子撤了，杂耍的人坐着大货车走了，云朵阿波才发觉二儿子不见了。镇上好几个人都说瞧见一个憨拙拙的汉子帮忙杂耍的人搬箱子，抬柱子，搬完笑嘻嘻跟在那些杂耍人屁股后头爬上了货车车厢，车轮子一滚，灰尘喷天地走了。云朵阿波撵了好远的路，各乡各镇都找遍，鞋底都走穿了，再没找到杂耍的人，也再没见过自己的儿子。

老伴哭了几年，又病病哼哼熬了几年，也“走”了。“走”前，她抓着云朵阿波的手说，你要等着，你要好好等着，等着儿子回来！云朵阿波应了，她这才悠悠出完最后一口气，眼睛却始终没有闭上。

埋了老伴，云朵阿波在自家过不下去了。他拿最好的田地和果木跟人换了阿莫山小学旁边一块地，搭了两间木垛房，围起篱笆，房后养鸡养鸭，房前种苦菜白菜，在娃儿们的读书声里熬起了孤身一人的漫长日子。

我第一次见到云朵阿波的时候，也觉得他实在应该到养老院去。他比我见过的任何一个老人都老，瘦弱的身子似一截枯木，还能走动，但是行动迟缓，话就更少。全部家当一眼能望穿，火塘边最简单的灶具和床上破旧的被褥，几件换洗衣服，一把柴刀，一把锄头，再没别的了。

我小口喝着云朵阿波为我烧的热水，思忖着该从哪里着手帮他。他却像石头一样沉默在火塘边，我问他，云朵阿波，你眼面前最大的困难是什么？我会想法帮你的。桌椅箱柜那些生活用品，我下回找车给你拉来。

云朵阿波却慢悠悠说，我没有困难，我啥子困难也没有，你说的那些我都不需要。我晓得你是公家派来帮扶我呢，不过我还是这个话，我不当五保户，不进养老院，我也不要钱，我也不要米。我有两个儿子，我等他们回来。

我花了一个下午的时间，听云朵阿波给我讲他两个儿子的事情。外面的风时不时捎进来，云朵阿波把火塘里的火越拨越旺，我的心却越听越凉。

其实么……我差点脱口而出，其实你的两个儿子明摆着回不来了！老大多半是当年就被头人儿子害死，老二纵使活着，也六七十岁的人了，脑子又不灵醒，还会想起家中老父，还记得回家的路么？可是我想类似的话，云朵阿波在这几十年里一定是听得太多了，就改口说，那我就帮你找找儿子吧，光等着也不是办法。

真的么？你真帮忙我找儿子？云朵阿波的头左摇右晃，手抖得握不住火夹。

我说，莫激动，莫激动，云朵阿波，我只是说找一找，我不敢打包票的，毕竟他们走失的时间太久了。

没关系的，云朵阿波说，我有时候就是这样，自己摇头，自己也不晓得，我不是激动。我感谢你，我求了多少人，他们都不肯下力气帮我找。

我心说难怪人家不肯下力气，实在是没有一点头绪啊。

不过我还是把这当个事情来做了。我问遍了阿莫山上年纪的老人，他们有的睁着灰蒙蒙的眼睛望着我，连自个儿前一天的事情都想不起来；有的说云朵阿波的大儿子是被头人儿子指使狗腿子活埋了；也有人说是被豺狗撕了，云朵阿波当时也找见了儿子的衣裳、布包和骨头的，只是不愿意信，如今更是老糊涂了。至于小儿子，大家都说那是个憨子，自己找不着回家的路，肯定也死在外头了。

我也在镇上找了不少人，有些人对当年那个马戏班子还有印象，可是谁也说不出什么有用的信息。我找派出所，网上求助，寻求媒体扩散，发朋友圈，找朋友的朋友的朋友，打热线电话……也根据好心人提供的信息，赶去外地见了几个年纪样貌接近的人，可都徒劳而返。

所以听说云朵阿波的儿子回来了，我不能不惊，不能不喜，不能不生出做梦一般恍惚。我急切地问，你哪一个儿子回来了？他在哪里？

你来，你来。云朵阿波抓着我的手，一步一步把我带到四方桌跟前，指着桌子上的东西说，瞧，这是我儿子买回来的稀奇果果。平常往下都是你买给我，这回你也尝尝我儿子买的东西。

云朵阿波望着我，久已干涸的眼里竟闪出粼粼波光。

而我望着自己早上在县城农贸市场水果摊上花几十块钱买的火龙果、哈密瓜和糯米蕉，不晓得说什么好。

周干部啊！云朵阿波笑眯眯望着我，望得我没有躲处。我儿子回来了，我眼水望干，心都等枯，老天不负苦心人，到底把我儿子盼回来了，你说，这是不是个大喜的事情？

我停一歇，点着头说，是，是个大喜的事情。

周干部，恁些年我把谁也不睬，亲亲戚戚都不往来了，为哪样？我怕人家羞我嘛！我怕人家瞧不起我，说我是断子绝孙的老独人，我怕人家说我日侬，一个儿子守不住，两个儿子还是守不住。我也觉着自己日侬，确实日侬。连个看家的狗都不如，狗还能把家什守住了，我连恁大的儿子都守不住！

不是的，阿波！我安慰他，这些年，你把自己敲核桃捡菌子挖草药的钱，都给了云朵小学里最贫困的学生娃，小学里的老师和学生，都把你当自家老人敬着呢，哪个敢说你是老独人？

云朵阿波摇着头，你不晓得，你不晓得，富人高朋满座，穷人伙伴打堆，叫花子也跟着一两个要饭的伴，可我是个挨不上伴的老独人，日侬人，我在阿莫山连个款得上白话的老庚也没有……我哪有脸跟人打老庚？

打老庚就是交朋友。彝人好交朋友，只要遇上了对脾性的人，哪怕只是摆得来白话，对得上调子，或是酒量相当，或者仅仅是看顺了眼，喊声老庚就算认下了交情，从此互帮互助，祸福与共，一家人一样走动，比血亲还亲。

我说："阿波，咱们说你儿子的事情呢，你怎么又说起了老庚？"

云朵阿波说："我说的就是这个么，我把儿子盼回来啰，这么样大的喜事，要杀鸡，要杀羊，要摆松毛席，要炸火炮，可是，没有一个老庚陪我喝酒啊！"

如果云朵阿波的儿子真能找回来，自然会有乡邻来给他庆贺，热热闹闹陪他喝酒，有没有知心的老庚也无关紧要。可是眼下，我拿什么慰藉这个思念成疾的老人呢？

"我行不行？"我小心翼翼问云朵阿波。

"啥子行不行？"

"我来当你的老庚，我来陪你喝酒，我陪你庆贺这件大喜事，你说杀鸡我就杀鸡，你说杀羊我就杀羊，你说喝大坛我就陪你喝大坛，你说喝小碗我就陪你喝小碗。总而言之，你说咋样办我就咋样办。"

云朵阿波笑起来。呵呵呵，呵呵呵，呵呵呵。那笑把他眉眼间的愁绪都撵散了，就像我讲了个很好笑的笑话那样。

笑过了，云朵阿波说："周干部啊，老庚哪得恁便宜哟，老庚要做'打'，是一个人的心碰到另一个人的心，叮当脆响，要碰得心口子生疼哩。"

"我不行？"

云朵阿波摇头："你不行。"

我有点不服气："那要咋样的人才能跟你'打'老庚，你'打'到过那样叮当脆响的老庚吗？"

谁想云朵阿波说："有啊，我有过那样的老庚。"

我说："阿波，你刚才不是说你在阿莫山没有老庚吗？"

云朵阿波说："在阿莫山没有，可是在城里头有。"

我都要被云朵阿波给绕晕了："你在城里头有老庚？你是什么时候在城里打下的老庚？"

"打下得久了，"云朵阿波仰头想一想，"就那个时候嘛，小娃娃们不知从哪里学来，都唱，解放区的天是明朗的天。那个时候头人不见了，老爷大爷也不行势了，去县城赶集的人回来说，公家的楼门上，白旗子扯撂了，换成了红旗子，公家人的相貌和穿戴也不像以前那些了，朝着破衣烂裳的穷苦人就亲亲热热喊'同志，同志'。"

我说："阿波，你记性好啊，那是新中国刚刚成立的时候。"

"就是呢。"云朵阿波说，"那时我大儿子已经丢了，二儿子还没生，家里又养不起猪鸡，静夭夭连苍蝇蚊子叫声都没有。我和娃儿他妈正吃着苞谷面饭，喝着野坝子汤。汤里放不起油盐，只有苦味，可不喝也不行，那苞谷面饭不像这朝你们年轻爱吃的甜脆苞谷、白糯苞谷那样细软，它会挂脖子，不喝汤咽不下。客人进来了，我们慌得站爬起，却不敢约人家吃饭，这咋吃嘛！领头那个客人穿着军装，扎着腰带，样貌威严，说话却和气得很，他说，老庚，我要和你摆摆白话，可以吗？他喊的不是同志，也不是老乡、老表，他喊的是老庚。我不敢应，又不敢不应，由不得点了头。他就嘱咐跟着他来的人说，你们先回去，我要和我老庚好好摆摆龙门阵。这老庚一看就是个勤俭、实在的人，我爱这样的人。"

说到这里，云朵阿波有些出神，双眼望着前方，渐渐变得空茫，仿佛回到那个遥远的时空里去了。

"然后呢？"我问，"你们摆了些啥子，就把老庚打下了？"

"也没有摆啥子，他就是问些家常话，家里几口人，叫个啥子名字，多少岁数，盘着哪些地，种些啥子，收成咋样。我把丢了儿子的事情跟他讲了，他静静听着，一句话不打断，我托他给我四处问问，他应了，又说，老庚，你不能光顾着挂念儿子，找得着找不着儿子，你自家都要保重，把家撑起，把日子过起。"

"摆的倒是些暖心窝子的白话，可是，这么样就叮当脆响了么？"

“周干部啊，”云朵阿波说，“我愿意跟他打老庚，不是为他和我摆了这么些白话，是他端起我家缺了口的老土碗，舀了我的苞谷饭吃，喝了我没有油盐的野坝子汤。他是抬过枪捏过笔、串过山南海北的能人，他能坐在我黑漆漆的破烂灶房头，跟我吃同一锅饭，那是我不敢邀约他吃的饭菜啊，我咋能不认下这个老庚？”

我问云朵阿波：“那你这个城里老庚叫什么名字？你们后来有走动吗？”

“有走动啊。老庚还给我送过两回盐巴，可他也没打听出我儿子的着落。后来老庚就不见来了，怕是我总叫他帮忙打问我儿子的音信，把他说心烦了吧。我倒是没有进城找过他，公家人嘛，忙的是大事情，不好搅扰他呢。名字么，我一辈子记着，老庚的名字叫龙辉。不过这朝他怕是早忘记我这个老庚了。”

龙辉，龙辉。我把这个似曾相识的名字默念几遍，想起来了，他是中华人民共和国成立后玉鹿县城的第一任县长，我在学习党史县史的时候有印象，他能文能武，是勇毅的军人，也是个胸有丘壑的文人，上任之后颇办了些事情，开了新局面。可惜不久就被残余的地富反坏杀害，因公殉职。

“阿波，”我说，“你晓得你这个老庚龙辉是做啥子工作的？”

“一开头不晓得，后来人家都说他是县长，就晓得了。我也不慌，不管他做啥子，他是我一个锅里吃过苞谷面饭的老庚。”

“是呢。”我点着头，心里头有一丝丝羞愧。云朵阿波说得对，老庚不是轻易得来。但是云朵阿波接下来说的话，却把我难住了。

他说：“周干部，你把我老庚找来吧！我这一辈子啊，就是个等，日头落了等月亮，月亮落了等日头，醒着等，梦着等，我晓得我儿子终归是要回来。这回子等着了，就是个了不得的喜事，我就想和我老庚款一款，喝场酒啊。我要把我泡的杨梅酒拿出来，和我老庚好好喝一回。”

我满面难色望着云朵阿波，可我怎么把拒绝的话说出口呢。

“你放宽心，周干部，”云朵阿波说，“酒自然是好酒，待得起老庚。我年年泡着杨梅酒呢，我的杨梅酒可不寻常，我摘的是阿莫山最大最红的杨梅，那杨梅树是山火炼过、霜雪冻过、日头晒够、大雨淋透的，老辣得很，那些嫩噪的树子结下的半青不红的杨梅，我是望都不会望的。这两年我走不动，我叫学生娃娃帮我摘，我悄悄把树子的地方说给他们啦。”

“嗯，”我说，“那一定是最好吃的酒。”

“周干部，你也是公家人，你一定遇得着我龙辉老庚，你跟他说，我儿子回来啦，我再不会揪着他探听我儿子的下落了，叫他放心来。”

我握着云朵阿波瘦骨嶙峋的手，心里头波涛翻滚一样，想多说几句话，又说不出来。我只有默默地在云朵阿波期盼的目光里离开。

此后的每一天，我都很煎熬。

我把云朵阿波的事情，发在了我的朋友圈上。这事情压在我心里太沉了，我就想把它摆在那里，透口气。

没想到我的老师会给我打来电话。

他说：“周啊，我想见见那个老人。”

老师关注这事，我有点意外。我说：“老师，这个老人是有点固执的，他不要钱米油盐，也不爱跟别人往来，他只要见他的老庚。”

“你带我去就行了。明天好吧？”

老师没有等我说好或不好，就把电话挂了。

我只好把我的老师领到云朵阿波面前，硬起头皮说：“阿波，你叫我找的人我找来了。”

没办法，老师叫我这么样说。

云朵阿波把我老师上下望望，左右望望，摇头：“我不认得他，我不找他啊。”

我老师说：“阿波呀，你不认得我，我倒认得你，你的学名叫李满福，后来人家叫你六月铎颇，因为你的大儿子在六月里出生。你儿子小时候，你时常把他驮在你脖颈骨上，后来你儿子丢失了，你每看见一个小娃儿都想把他驮在你的脖颈骨上，可是你不敢……”

云朵阿波抹抹眼睛，又把我老师左望望，右望望、有些拿不定：“这么样说来，你真是认得我呀！阿莫山的人这朝都不晓得我叫啥子啦，学生娃们叫我云朵阿波，大人们也就跟着叫我云朵阿波。”

“阿波，我听小周说你在找你的老庚，我就来了。”

“可你不是我的老庚呀，你莫望我老，我老庚的脸貌我记得清。”

我老师说：“阿波，你的老庚，叫龙辉？”

云朵阿波说：“是呢，我说给周干部了嘛。”

我老师说：“阿波，龙辉是我爸爸最好的同事和朋友，龙辉牺牲后，我爸爸保留了他遗物当中的书和笔记作为纪念，后来我出生，那些书成为我的启蒙读物，而他的笔记，慢慢也都印在我的心里了。”

云朵阿波凑近我老师，侧耳细听着他说的每一个字，默想一晌，才把头抬起：“你是说，我老庚已经死掉了？”

我老师说：“是的，阿波，能够长寿是很好的福气，可惜龙辉伯伯没有这样的福气。”

云朵阿波又默想一晌：“你是说，他还把我记在他的本本上？”

“是的。”我老师说，“龙辉伯伯在笔记本里写着，李满福是一个勤俭、老实的人，我爱这样的人。这样的人，是我们的依靠。”

云朵阿波抖抖索索抹着眼睛：“是呢，是呢。你这个人呀，确确实实是认得我老庚，也确确实实是认得我呢。”

我老师问：“阿波，那你最好吃的杨梅酒，我可讨得着吃？”

云朵阿波朝我招手：“周干部，你来，我说给你我最好吃的杨梅酒藏在哪里，你去把它端来。”

放学了，云朵小学的学生们嘻嘻哈哈来瞧云朵阿波，瞧见他摆酒待客，就送了些辣条、咸菜和鱼皮花生给客人做下酒菜。

没过几天，云朵小学的校长给我打来电话，说云朵阿波走了，许是睡梦里头走的，那模样倒是安逸。

我想给我老师打个电话，但是终究没打，他太忙了。那天，我老师没有告诉云朵阿波，他和龙辉一样，也是我们玉鹿县的县长，我也没有。云朵阿波说，老庚就是老庚，管他是做啥子的。

我又来到了阿莫山，送云朵阿波最后一程。村民们按习俗给云朵阿波跳撵老鸹舞，唱哭丧调，他们的脸上都喜气洋洋。

是。这的确是一场喜丧。

我仰头瞧见马缨花依然在烈烈盛放，春风清越地从头顶呼啸而过。

**作者简介：**

李跃慧　彝族，云南楚雄永仁县人，云南省作协会员。生于70年代末，长于“赛装之源”直苴村。从小热爱听故事，写故事。有小说及散文在《流行歌曲》《幻界》《金沙江文艺》上发表。小说《火弥镇女兽医》于2015年获得云南省作协举办的“深入生活，扎根人民”主题实践活动征文二等奖。

# 第一百次剃头

林　烁

## 1

我已经记不太清我爹以前的样子，只记得他是卖狗肉的，每天杀好几条狗，摊子就摆在村口的大树下，生意好得很。

那时爹很狂气，每天穿着个大背心，那背心已经被汗浸得有些发黄，甚至有些发霉，但是他穿得那样坦然，俯身时还微微能看到胸前的一些毛发。就算是寒冷的冬天，他也不过加一件外衣，身体健壮得很。

他的狂气可不仅体现在外表，更体现在性格上。自从我懂事，就知道晚饭爹是一定要喝酒的。那么浓烈的酒，爹一下子能喝三大碗，还不显醉意。他说话粗着嗓门，跟村里的大老爷们儿勾肩搭背，无论是做生意还是平时聊天，都爽快极了。这些都不算什么，要是见过爹杀狗，那才真是领略了他的本领。

我一向是不敢看的，只是常听别人夸奖爹的刀有多快，手起刀落，一刀致命，半点不含糊。我躲在房间里，都听不见院子里几声狗的“呜呜”声，爹就笑着大喊：“出来啦！已经杀好了！这胆小的娃子，真不像我儿子！”

我每次都急红了眼，却无法反驳，就躲在屋子里死活不肯出去，等着爹洗干净了手来哄我。

爹哄我没有别的本事，只是拿着那种廉价的薄荷糖，站在老远逗我。等我扑过去拿的时候，又一下子收起来，让我扑进他怀里，把我高高举起。

我爹曾经那么笃定，他会杀一辈子的狗，卖一辈子的狗肉，就这样供养全家过日子，可没想到，一切都被我打破了。

我六岁那年得了小儿麻痹症，同年查出心脏不好，一瞬间身体状况急转直下，还落下了终身残疾，一生眼看着都毁了。奶奶一夜之间头发全白了，娘几乎哭瞎了眼，可是一切都于事无补，我睁着眼躺在床上，只觉得夜那么长，好像天永远都不会亮了。

## 2

村里的人劝奶奶找仙人算一卦，问问吉凶。奶奶找了隔壁村的赤脚大仙，赤脚大仙把钱收下，双指捻了几捻，悠悠地说："杀戮太重，自作自受，累及后辈，子孙无福哟——"

奶奶得了这句话，一路哭回了家，门一打开扇了爹两巴掌，哭着捶他："你作孽唷！平时杀狗卖狗肉！害苦了我们立儿啊！"

爹鞋都来不及穿，光着脚跑到赤脚大仙那儿，"砰砰"磕了几个响头："大仙，有什么法子可解？"

大仙还是悠悠地说："多行善积德吧！莫造杀戮，放生拜佛，心诚则灵。"

那天夜里，爹在院子里放出了笼子里所有的狗。夏日的夜里闷热昏沉，天上只有一颗星星，一只蟋蟀微弱地叫着。爹赤膊与狗相对，双眼比星星还要明亮，却透着一股凶狠。

"来啊！都冲我来啊！"爹朝那些狗勾了勾手，"我不怕你们！要报仇找我来！别动我儿子！来啊——"

那些狗被关惯了，在爹的怒吼下瑟瑟发抖，却仍与他对峙着，低吼着，围着他形成一个半包围圈。

“来啊！来啊！”爹癫狂地叫着，甚至往前扑了几步，那些狗对视了一眼，掉头就跑，消失在漆黑的夜色里。

“来……来啊！为什么不来找我……为什么是我儿子……”爹一个踉跄跌坐在地上，好像骨头直接砸到了地上，这么多年我第一次见他眼角挂了泪。

寂静的夏夜，远处传来几声清响的狗吠……

## 3

许是爹跟刀真的有缘吧，放下了屠狗刀，又拿起了剃头刀。

村里年龄最大的阿婆说，免费给人剃头可以广结善缘，是行善积德，能给子孙积福。

所以除了奶奶和娘在佛前又求又拜，隔三岔五放生以外，爹立下宏愿，要为我免费剃满一百个头。

可是爹拿惯了屠刀的手，哪里能干得来这种精细活？跟村里的剃头匠学了半个月，还是把头剃得坑坑洼洼。

但是他再也等不及了，因为我隔三岔五唇紫面青，几次三番喘不上气来。爹把所有的责任都归咎于自己，迫切地想要赎罪。

于是他在平时摆卖狗肉的摊子那里放了两张凳子、一副剃头工具，眼巴巴等人送上门。过了两天无人问津的日子，他终于恍然大悟，不上赶着求人是别想有机会的。

可爹是个从来不求人的个性，平时卖狗肉供不应求，只有别人求他的份，哪有他求别人的份？他扭扭捏捏像个大姑娘，拦住了人，支吾半天说不清楚，有时被人笑话两句，涨红了脸，甩手赌气回了原处。

不过晚上爹在我床头看了半天，粗糙的手抚过我的眉毛，见我在睡梦中依然呼吸不均，噩梦连连，呆坐了许久，拖着疲惫的步伐回了房间。

第二天，爹剃上了他人生中第一个头，听说是他低声下气求来的，还赔给了人家十块钱，最后剃秃了一块，被人骂了个狗血淋头。

爹回来的时候高兴得像捡了一百万，差点被门槛绊了一下，捧着我的脸又亲又抱："娃，咱有救了！咱爷俩有救了！"

我看着他兴奋的眼，小小年纪忽然间明白了什么是生活的辛酸，眼睛有些酸胀，蜷曲的手指抬了抬，莫名流下泪来。

## 4

爹用求的方式为许多人剃了头。

村里的人多有善心，虽然冒着发型不保的危险，但还是愿意成全一个救子心切的父亲。

爹剃头的技艺也越来越精湛，从一开始的坑坑洼洼逐渐到平整圆滑，村里人也从一开始的战战兢兢，慢慢变成了谈笑风生。

那大树下也成为村民闲聊娱乐的所在。爹笑呵呵地备着茶点，边剃头边讲着蹩脚的笑话；老人摆着象棋，放着劲地厮杀；小孩子围在旁边吃着点心，叽叽喳喳地跳着笑着。

可爹的乐和只在脸上，心里其实布满愁容，随着我的长大，他越发忧虑——我这副残破的身子怎么支撑起完整的人生？

爹的工作远不止剃头一项，他还在工地上拌水泥，每天出尽了力气。下午五点，准时穿着湿透的上衣回家换衣服，又奔赴村口的大树下。

我心惊地发现，爹越来越失去了以前的风华，才不过几年的工夫，他的腰背虽依然挺拔，灵魂却好像已经佝偻，支撑不起生命的重压。

他不再狂了，连酒都不喝了。喝酒会影响工作，而他需要清醒地面对生活。他甚至逐渐瘦弱，锁骨越发明显，背心穿着都有些空荡，有时在桌前坐了许久，筷子一直悬于半空。

我知道他不说，我也知道他溢于言表。

## 5

我爹剃了那么多的头，可他从来不为我剃头。

他宁可每次都花五块钱让我到剃头匠那里去，也不肯为我剃头。他说：“我剃得不漂亮，我儿子要剃最漂亮的头！”

不过可能是命运的安排，爹剃的第一百个头，是他亲儿子的头。

那一年我已经十二岁了，柔软的四肢能支撑起身体，生活能够自理，用蜷缩的手指握住了纸笔，用知识填充了自己身体的每一处褶皱。

就在日子开始有了希望的时候，爹却病倒了。

他的病来势汹汹，整个人咳个不停，就这样卧床不起，迅速消瘦下去，眼睛深凹，脸色灰白。医生说他的身体亏空已久，积劳成疾，怕是无力回天了。

我日夜守着他，怎么也不肯去睡觉。爹努力瞪着眼想凶我，却终究长叹了一口气，把我的头搂入他的胸膛。胸膛那样单薄，这么多年，里面的血肉都用来填充我残破的身体了。

爹没有别的挂心事，嘴里只念叨着还差一个头。娘红着眼睛骂他：“你这手抖得跟筛子似的，谁肯让你剃这最后一个头？”

“不行！还差一个！”爹执着地想爬起来又跌回去，“不能让咱娃不圆满！”

“这四里乡邻都剃光了，还有谁可以剃啊？”娘把爹按下，“他爹，别倔了，不是说心诚则灵吗？”

这时候我说：“爹，你还没给我剃过头呢！”

爹的眼睛亮了亮：“对！娃，我还没给你剃过头呢！”

“你这手拿得起刀吗？”娘不放心。

“娘，我相信爹。”

我们爷俩执意如此，娘也只好让了步，于是张罗起来，搬了椅子，摆了剃头刀，就在旁边盯着。

爹撑着一口气爬起来，手抖得不成样子，拿着那把熟悉的剃头刀，好久才勉强稳住了。他小心而仔细地把刀移到我头上，仿佛朝圣一般下了手。

我感觉有冰凉的金属在我头皮上划过，带着些许不规律的震动，又仿佛某种心跳一般，带来绵长的传承。头发一缕缕飘落，我听见耳边有轻轻的呢喃：“佛祖菩萨保佑，我儿脱胎换骨，重获新生，一生平平安安……”

我猛然间湿了眼眶，有一刀控制得不平衡，微微划破我的头皮，但我的眼睛眨也不眨，那是爹留给我的印记。

## 6

剃完头，爹喘着气走到我面前，仔细盯了我许久，忽然有一颗泪从他眼里掉出来，紧接着一发不可收，泪水倾泻而下，他跌坐地上，哭得不能自已。

“怎么了爹？”我慌了，连忙弯下腰去扶他。他却摸着我的头说：“给你剃秃了……”

我哭笑不得：“爹，你剃的头是最好看的！你好好治病，以后都让你给我剃头！我再也不去剃头匠那了！”

爹紧紧握着我的手，这么热的天，他却还穿着几件厚重的衣服，显然是不耐冷。我忽然就想起他曾经穿着背心豪爽的样子，站在村口，好像个江湖侠客，意气风发。

“爹，一百个头满了，我好了！”我用柔软的腿支撑着站起来，往前迈出一步，又迈出一步，转过身面对他笑，眼中却是含泪的，“爹，这么多年，苦了你了……”

爹闭上眼长出了一口气，如释重负。

四天后，爹去世了。

菩萨也没有特别显灵，我的病并没有如爹所愿立刻就好转起来。但在每一个呼吸困难的时刻，在眼冒金星的时候，我心底都无比地镇定。我不断告诉自己：心诚则灵，我爹为我剃满了一百个头，他会保佑我平安无恙、神鬼莫侵。

这样的暗示陪我走过无数次生死难关，终于应验了爹的话语，心诚则灵。随着年岁渐大，我的病情逐渐安稳，除了身体无法恢复从前的样子，生活起来倒也与常人无异了。

我明白，其实保佑我的并不是什么神佛，而是那深深的父爱，执着地将我在每一个悬崖边上拉起。

我时常会想起我爹，想起他为我剃的最后一次头。若是世上真有神明，那把剃头刀，刮去的就是生活的艰辛……

**作者简介：**

林　烁　笔名涟漪轻散，2000年出生于广东潮州，潮州市作协会员。有作品发表于河北《青少年文学》杂志、潮州《韩江》杂志及《潮州日报》等。某文学网站签约作者，有数十万字的文学作品见于各大网站。

# 深夜出击

张满昌

下车，轻柔地关上门，他对司机说“谢谢”。

“哥们儿，”司机把叼着半支烟的嘴，连同尖尖的下巴歪出车窗，“你是个爱老婆的好男人。”

“不，用你的话说，我有点那个，书生意气。”他苦笑。

这样的镜头，在他看来，像电影里的某个桥段了——你下车，关上门，司机用一句话为你送行。遗憾的是，这个司机不那么深沉，说话时似笑非笑，猜不出真意。关键是你无法保证这个人能像丹泽尔·华盛顿饰演的那个司机那样，惯于沉默。管不住嘴的人，是无法替人保守秘密的。他能想象，司机咧着嘴，向下一个乘客转述“爱老婆的好男人”的搞笑故事。

“他居然深更半夜给我讲，要去拯救他老婆！”

他像剧作家，已经为司机设计好台词。

很显然，他们先前在车上聊得不错。有那么一刻，他已经忘记了麦子。他只是带着伤感的语气，向司机陈述那个原本应该令人愤怒的故事。

司机大概同意他的那些说法：女人像男人一样，被推到养家的前沿啊、无休止的加班在这个城市蔓延啦、无法顾及家庭啦……

后来，他们以三四十年在世上累加起来的经历，得出了一致的看法：你得向前看，生活就是这样，不进则退，没有中场休息。

“不过，你这点有些书生意气。”所有的路灯都亮着，就像指引他们往未知的地方驶去。显然，当他提到关于法律的监管和实施时，司机有了不同的意见。

“但我认为，如果所有的劳动制度能在每个企业得以良好实施，那么企业的发展将会是更长远和良性的。”这是他最近半年得出的痛苦结论。而启发他得出这样结论的，便是麦子。

他像个经济学家，又像是法律学家一样，以麦子作为标本，分析她所处的社会环境。不过他觉得奇怪，他原本可以安静地看着在路灯下飞驰而过的那些不知名的树，想想下一步该怎么做的。但却同司机聊起了这么大的话题。

“加班都取消。超过一秒钟下班，老板扯着你耳朵喊：‘喂，小子，滚回去。去谈恋爱，喝酒聊天，五湖四海。’你是这个意思吧？”司机摇头晃脑，扯着嗓子问他。

“我是那个意思。”

“祝你成功！”司机对着空旷的马路按了三声喇叭。

这声音打断了谈话。这让他想起在凌晨两点钟穿行整个城市的目的。

“我要去把她找回来。我要拯救她！”

司机转头惊讶地看他，然后对他竖起大拇指。

后来他想，大概就是这个词语，让司机给他冠以了“好男人”的称呼。

就在下车的地方，他拨通了麦子的电话。正前方是一座高高的办公楼，保安歪着头看他站在公路上手拿电话。有那么几次，他看见保安将手拿到嘴边哈气。

他走错了地方，走向了相反的方向。马路上只有零星的车辆了，掉头之后，他缓缓地穿过马路，重新走过那座办公楼，在拐角处遇见麦子。

“谁让你来？你要答应我，不许胡闹。”看样子，麦子很忐忑。

她了解这个此刻穿着红色羽绒服的男人。在他们共同生活的几年里，曾见识到他和邻居、上司，甚至朋友争吵。他的许多想法，在世上都是行不通的。说得好听一点，那是为争取公平、道德和正义而做的努力。但实际上，那只是不识时务、与社会现实脱节所做的幼稚挣扎。

“我的心告诉我，应该来看看。”他没有和麦子一起站在那棵树下，而是两手插在裤兜里，一路向蛋糕店走去。在他的前方，行道树以及路灯在上下摇晃着，路灯的颜色，恍然变作了红色，刺破凌晨的天空。

走到拐角的地方，他停了下来。他像走在迷宫里的孩子，喘着粗气。不得已，只好请教她接下来的路。

“你得向我保证，不许吵闹。”麦子赶上了他。不祥的预感向他袭来。

“我保证。”蛋糕店并不远，他说这句话的时候，已经站在店门外的人行道上了。

那是个只有一间大厅、一个工作间的蛋糕店。这完全出乎他的意料。而在这之前，他们还为麦子应该怎样通过这次面试起了激烈的争执。

那时候麦子坐在阳台的电脑前搜索这个蛋糕企业的信息，通篇的诸如“国际连锁”“绿色”“品质”这样的词语让她感到紧张和激动。

“有时候找一份好工作，简直像在找一位能让自己甘心豁出命的男人。”她这样打趣道。

“但不同的是，那样的男人，穷尽一生，总有机会找到。至于像样的工作，一辈子也就一两个机会。错过了，就永远错过了。”他也为她高兴。这个做了七年家庭主妇的女人，差一点就要被时代抛弃了。

“我要去端盘子了”“我要去扫大街了”“扫大街也没人要

了”……她总是那样担忧。

而在这之前的几个月里，她可是已经出入好几家公司工作了，几乎每个公司都有让人无法理解的条款。有家妇婴产品连锁店突发奇想地要通宵营业，而且要她同一个男保安度过漫长的夜晚。她不得不放弃那份工作——他说那不合适，不论是加班制度，还是和保安同处一室。

另外一份工作，是跑市场的业务。她有这个工作经历，可谓得心应手。但就在工作的第二天，有人给她递话：“还是换公司吧，你们那个老板不是好鸟，是要卷款逃跑的人了。”

她向那些拼命往商家店子铺货的老员工了解情况，对方闪烁其词。她穷追猛打，请大家喝红牛。一瓶红牛下肚，大家才围成圈，小声告诉她：趁老板跑路前，多出些单，早点拿到已经被拖欠了几个月的工资。

还有呢？她甚至不想继续回忆那些剩下的择业经历，一个重新踏入社会的妈妈，一个不再年轻的女人，她知道，这是艰难的开始。她完全认可他说的那样，他说“从事的职业越低等，受到的不公正待遇越多”。但是，她想，除了低等职业，别无选择。她同意有低等职业存在的——虽然人们不愿意承认。

现在这样的艰难再次出现。

这是她在新工作岗位的第七天。前三天是在店内免费为公司工作，他们把这称为试岗。第四天，她带了健康证和其他证件，甚至带了作为担保人的丈夫的证件去公司总部面试。面试后，她感到在阳台上和他的那场争吵立刻变作了笑话。那晚他一字一句地教她怎样应对面试官的每个问题，甚至给她写下了对公司的认知，让她照着背诵下来。最后这些通通没有用上。面试官只是简单地了解了她的工作经历，然后就办理了入职手续。多么神圣的准备，多么简单的入职。

面试那天下着倾盆大雨，她背着黑色的背包在各个办公楼奔走，填表格，领服装……等到所有手续办理完毕，她已经感觉头上的雨正变作白雾升了起来。

但不是所有的人都是那么幸运的，那一天这个位于省城的总部办公室聚集了其他市州的应聘者，他们自费来到这里，但许多人没有机会在合同上签下自己的名字。

也就是第四天，他们在家里举行了小小的聚会，他举杯向朋友通报了这个好消息。

“两千多一个月，转正后工资会更高。”当他说这个令人惊喜的变化时，好像在说一个可以让麦子为之奋斗终生的事业那样。以前他说坚持不住了，希望有人能帮他一把，现在他觉得麦子同他并肩站在了一起，家庭这只小船终于开始平稳航行了。这不是个有新意的比喻，但很多时候当他想起这个家庭的时候，他就只是想到颠簸着前进的小船。

那么现在呢？这个蛋糕店让他为聚会那晚表现出的乐观感到难过。

靠近门厅的地方，穿黑色套装、身材丰满的女人拿着拖把在缓慢地拖着每块地砖。女人就站在他面前，拖一次地，俯身侧头看他一次。眼睛里没有半点感情。他看那并不璀璨的大厅，就像在同深渊对视一样。

在蛋糕店两侧，手拿抹布的其他女人像拖地女人那样，以缓慢的节奏擦洗每块墙砖。唯一的一个男人走出大厅背后的工作间，缓缓看了他一眼后，继续低头往一个蛋糕里添加一点奶油。

“女儿还在家里，醒了怎么办？”当他盯着那个男人看的时候，麦子抓住他的手臂问。这时候她已经脱掉了橡皮手套，叉着腿站在他面前。他侧过头，看见只有他肩膀高的她。

是的，女儿，女儿。这让他开始愤怒起来。离家之前，他在客厅和卧室的通道里徘徊了数次，他为她仔细地掖好被子，不舍地看了她很多眼。她侧身躺在那儿，这让他稍微有点安心。但在临睡前，他还记得她的话：“妈妈回来的时候，记得让她一定拥抱我，并亲一次我的脸。”

这让他愧疚，自己并不能代替母亲的作用，尽管大部分时间他都陪在她身边。

“我能怎么办？”他提高了音量，“快要凌晨三点了，从早上八点干到现在，你可以算算，你们可以算算，快二十个小时了。连续三天了，连续三天不眠不休，每天干二十个小时，并且晚上九点后的工作都不算加班费，有这样的规定么？这到底他妈的是什么公司，什么他妈的鬼公司！这样压榨员工，简直把员工当畜生。”

他的语速不断地加快，但没有人抬头看他愤怒的脸。他注意到了，那些脸不曾有任何的变化。那些人重复着缓慢的工作，只是到最后他抛出“畜生”这个词时，才有一两个人转头看了他。他甚至渴望有那么几个人站出来，抗议他对他们的侮辱，告诉他“我们不是畜生”。但没有人那样做。

麦子不再说话，只是陪着他站在台阶下面。她不知道是该走进大厅，还是继续陪着愤怒的丈夫站在这里。

这个时候他已经开始录像，他打开手机摄像功能，一边录像，一边说：“现在是凌晨三点，还在加班，还在加班。”在确定将大厅完全录下来之后，他又将摄像头对准麦子，“凌晨三点，你还在这里”。

“大家都是这样，整个省的门店都是这样，都在加班，别人能做，为什么我不能？”麦子歪头想躲避拍摄，但后来她放弃了。

“公司安排的，在面试的时候告知了你需要加班，每个月超过三十六小时的加班就不算加班费。对，你同意了，我也认可了，只要认可了就是合理的、合法的？”他质问麦子，同时就同样的问题质问了后来被他从工作间请出来的店长。

当他提到“合理合法”的时候，他觉得自己不该这样说，觉得自己幼稚可笑，这让他想到了司机的那个评价——书生意气。他觉得自己近乎在嘶吼，后来他认识到自己也许应该完全控制火暴脾气，这样的嘶吼，在对面的店长看来，大概是最低级的抗议了。

看来是这样子的。后来店长站在台阶上，指着麦子奚落她。“所有条款都是在面试的时候告知，并经过你同意的。我们从未强迫你加班，如果你觉得无法承受这个强度，你可以走！”

“如果我同意你今晚把她杀死，你照样做了，最后便可以不承担责任？”他本来想将那些这几天记诵的法律条文背给这个年轻的店长听——这个有着狭长脸盘、细眼睛的女人——但最后他只是试着给她举了这样一个例子。

店长只是从鼻孔里轻轻地哼了一声，然后将手臂垂下，她不理会面前这个举着手机的男人，转而要麦子做出决定。

“你能解决这个问题吗？”她问麦子。

“你是店长，你决定吧。”

麦子的回答让他感到孤立。就在走出家的那一刻，他把这次外出比喻为“深夜出击”。在马路上看出租车转向的时候，他甚至把自己比作凶禽猛兽——张着血红大嘴的凶禽猛兽。

可是，当麦子无比软弱甚至一言不发地站在自己面前时，他开始怀疑这样的出击是不是一次冒险的、自作多情的行动。

“好吧，”店长拿起了座机，“没有办法，我们只有报警。他影响我们正常的工作。”

麦子没有表情，他再次转头去看她。最后他意识到应该检查一下举着的手机。他感到沮丧——竟然忘了按下摄制按钮。也就是说，从来这里到现在，那些慢吞吞的店员、站得高高的店长、沉默的麦子，还有这个大厅，都成了无法再现的历史。

他走进店里，冷笑着看店长在键盘上拨那三个冷冰冰的数字，这完全超出了他的预想，他无法把握接下来的事态发展。“但她以什么理由向警察控告我呢？”想到这里，他再次举起手机，对着大厅拍摄，最后对着店长：“现在我郑重通知你，她辞职了。明天请你通知总部，把她工资及加班费结了，这个无良的公司。”他想到了网站上对这个公司无数赞誉的词语。这些词语让他感到恶心。

在等待警察来的那段时间里，他的拍摄终于完成。他拒绝了店长提出的维护肖像权的要求，将手机稳稳地放进了口袋。最后他竟然有些期盼警察早些到来，站在他们之间，在这个大厅里，作为听众、朋友、法官，对这件事做出公正的评价。

“不是报了警么？怎么还没有来？”他笑了起来，是那种嘲讽的笑。

“你这个人真够有意思的，人家来这里不需要时间么？”店长撇着嘴，奔向门口，公路边闪着警灯的车停在那儿。一胖一瘦两位警察站在店门口。

“你看我们现在凌晨几点钟了，不一样在加班么？”胖警察斜着身子看他。年轻警察则站得更远些。显然，他们来了有段时间了。

“那能一样么？警察同志，你能理解公司对员工这样的倾轧么？再说了，警察辛苦是不假，但也是轮守吧。”他将手头的烟扔在人行道上，掰着手指给他们陈述麦子这几天的工作经历。

“那是自愿的，而且是总公司安排的，如果你不想做，可以辞职，公司会发给你工资。”店长改变了强硬的语气，“每个人都是这样。”

警察就这样听着他们继续争执，他们沉默地观察双方的脸，看看眼前这个小子丢下的烟头，再看他穿的那件皱巴巴的红色羽绒服。“快回去了，明天白天再来讲理，或者可以去劳动局解决。再闹，就回警局解决。”胖警察说。

“你们走吧，我保证不再和她吵，我犯不着，我一定会去举报这个令人恶心的公司的。你们走吧，”他表达了让警察安心的态度，“再吵，你们回来把我铐走。”

警察重新合上了早早拉开的车厢门，警灯的光像涟漪，在他们脸上掠过。

“去收拾！我去扫辆电单车。”他对着呆立原地的麦子说。说完，摸出手机，甩开腿，走向行道树下的小黄车。

小黄车没有后座，麦子只好站在凸出的两个车轱辘上，手扶着他的肩膀。

“小心点。路滑。”警察目送他们消失在夜色中。

从车开始启动的那一刻，他就感到难受，冷空气不断地向膝盖、脖子和脸上拍打。

“太不像话了，太不像话了。你看看，看看，这已经什么时候了。”他将左手腾出来，指着路灯照亮的前方公路。在公路上方，是黑黝黝的凌晨的天空。

“都是你，让你不要过来，偏偏要过来。你不是答应我不吵闹的吗？你知道吗，所有人都加班，为什么我就不可以。等到下个月，我就可以领工资了。那样我们就不再会为房贷发愁，还有，我们就有足够的钱学驾照，甚至买辆车。”

“是的，买辆车……”他感觉左胸口像有人伸进了一只手，然后不断地捏那个部位，接下来小肚子开始和心口一起收紧、疼痛。他不确定自己还能不能继续说很长的一句话：“女儿说的……要四个门的车……没错，我们得还房贷，但是，总不能为了这些……丧失尊严，像畜生一样活着！”

他将左手重新放到车把上，让车子保持最快速度向家的方向驶去。他不确定女儿此刻是否还在床上安睡。

“刚刚打车来，我和那司机说了你的事，你知道后来我们达成了怎样一致的观点吗？”天空开始下雨，但只有路灯照射的地方，才看得见如尘的雨粒。他不得不慢下来。

“猜不出。注意看路！”麦子拍他的肩。

“我们说：‘生活就是这样，不进则退，没有中场休息。’”

“但你让我又开始休息了。”

“不，这不是休息。这是喘息。生活不会因此责怪我们。”

麦子弯下了腰，从后背抱住了他。他们像两位高超的杂技演员，在凌晨的、小雨飘洒的马路上，静静地，滑行。

**作者简介：**

张满昌　1982年生，现居四川乐山。作品散见《安徽文学》《辽河》《北京青年报》《发展导报》《四川工人日报》《核桃源》等。

# 误入森林的骆驼

镜　诚

因为一些巧合与缘分，误入了自己不熟悉的地方，经历了一些微小的起起落落，在最不舍的时候离开。这是骆驼生命最后经历的故事。

他起先是躲在草丛的叶子后边，弯弯长长的黑睫毛吸引了一只雪兔的注意，那年轻的雪兔好奇地跳到跟前，被骆驼庞大的身躯吓了一跳。

“你在干什么？这般吓人！”雪兔对眼前的庞然大物问道。

骆驼的眼珠子溜了一圈，雪兔也看不清骆驼的眼眸边缘，只觉得珠子亮闪闪的，像块宝石，听得骆驼缓缓说道：“我在等人。”

“等谁？”雪兔刷刷刚才因惊吓而竖立的皮毛。

骆驼不再说话，只是扭头望向不远处的那道深深的沟壑，好像是什么巨大的刀斧，在山间开辟了一条沟，可以看到对面断裂的峭壁，崖壁上沾满了青苔，从悬崖下望百米，底下是丈量不清的奔流的河水，满月与暴雨时尤为湍急。

“雪兔！来来来！”狐狸在灌木丛后头探出一个头，伸手招招。

“他是谁？你认识？”“长得好可怕。”“我之前见过……”

雪兔才发现灌木丛后面有不少动物，都在好奇地议论着新来的庞然大物。

枝头的一片嫩叶敏锐地感受到了一缕微风波动，远处好像传来了草木慌乱的声响，那富有节律的踏声逐渐清晰，愈来愈近。骆驼的耳朵动了，随即慌张地起身，他知道，他等的那个人来了。

“簌”的一下，那葱绿的灌木丛里蹿出一只鹿，未看清她的身影，她便已飞跃到了空中，时空好像一下为她腾空，又突然流逝，没有任何害怕与慌张。鹿昂着头骤然越过了那道沟壑，那少有动物敢跳跃的距离，鹿如此轻松无惧地越过。

那是一只没有角的鹿，可她头上那朵点缀的花，让她像英雄一样耀眼。多美的花啊！骆驼在心底感叹。

鹿的身影已经消失不见，过了几秒，那风才恍然搅动，拨乱了悬崖上小白野花的花瓣，野花哆嗦几下才重新望向太阳。

那不是普通的鹿，她身上的斑斑点点，就像刚刚悬崖上抖动的那朵小白野花，点缀着健硕的肌肉，是梅花鹿，梅花鹿矫健的身姿吸引着森林里所有目睹这一幕的动物，大家都为她感到惊奇。想要欢呼时她已消失在遥远的对面。

骆驼就在原地，久久不能自已。

中午艳阳高照，喜鹊只能在地上扑腾着，浣熊颇为烦躁。转瞬间，一股清凉的风，推动了热流，向四面八方散开。

“象来了。”

“大象来了？”

“象来了！”

顿时一阵骚动，动物们的大家长来了，意味着神圣纯洁与德高望重的大象来了。象的步伐沉稳，远处便见扇动的黑影，摆动的两只大耳，呼扇出一股飓风，地上的蚂蚁赶忙钻回洞窝，不敢再踏出一步，但大多数动物要来围观，大象是他们的森林之王，见到了，总觉得能沾点运气，留点好运。

象大步踏行，亲切关怀地审视这片森林，用颔首回应小动物们热切的目光，无一例外地解答他们的疑惑。直到他看到了骆驼，便稍驻足，用鼻子碰了碰骆驼的额头，又用鼻身摸摸骆驼消瘦的脸颊。高温下的空气缓慢流动，和着象的节奏，悠悠荡荡。

猴子跳出来挠头、狐狸挤过众猴、乌龟爬上岩石、蝴蝶扑哧飞动、甲壳虫钻出缝隙、画眉鸟撩了撩树叶，还有很多前来围观的动物，都伸长了脖子，惊异地看着这一幕。多么让人安心的场景！

原先对骆驼有些害怕的麻雀，也主动接近了他几分，猴子更是送上自己存留的香蕉，放到骆驼能够着的地方。

象几度抚摸后，便又扇着自己的耳朵，晃晃悠悠地走了。

于是大家都揣着好奇心围上来了。

骆驼是如何到这里来的？大家不约而同地发出这样的疑问。

“我……跟着一个影子走啊走，就来到了这里。”

“你一个人吗？”雪兔露出红色的大眼睛，直勾勾地看着骆驼。

“对，我在沙漠上……”

骆驼话还没说完，雪兔便打断：“可是别人和我说，骆驼都是一块儿走的，排成一条长长的直线，他们一路上相互照应。你没有朋友吗？”

说完，雪兔的屁股被狐狸拧了一下，发出“啊”的叫声，孔雀在旁边嘻嘻笑。

骆驼沉默了很久：

“我是先看见鹿，然后跟着来的。”

“是那鹿吗？”“啊，是那鹿啊！”“是特有的鹿呢！”众位像是抓到了什么热点话题，议论着，夸赞着，他们也不了解这鹿，但都见过鹿的身姿。如果有天外来客是因为这鹿，那真是太正当的理由了！

“啊，那鹿，真是绝无仅有！”豹什么时候悄然出现众位身后，阴险地笑着。

“你抓不到她的！”雪兔蹦到豹面前，做出一个凶狠的表情，倒是把豹给逗笑，雪兔憋了一口气不知如何反击，只好干瞪着豹，发出警告：“不准吃她！”

“骆驼大哥！来荒草地！今晚我们有活动。”雪兔被狐狸拽走前，留下了这么一句话，也不知道是什么活动，也不清楚具体时间，等到骆驼走到那个众生簇拥篝火的地方，有人告诉他，他错过了下午精彩的能力赛比拼。

狐狸看见骆驼，就向他打招呼，骆驼问他，他又解释道：“就是跳跳高，比比谁跑得快。我们也就看了一会儿，反正我们这些小动物也参加不了。”

“可惜那只鹿没来。”“她要是来了，谁也不能比她跳得远！”“那可不一定。”“你行？”“我不行，自然有人能行。”

若是单纯的能力赛，大概也有些看头，只是人生地不熟，也没个阵营，看个热闹罢了，既然没有鹿在，那没看也不觉得遗憾。

“鹿今晚会来吗？”骆驼问狐狸。

狐狸白了骆驼一眼：“问我？”

“今晚会有烟花。”“啊！哪来的？”“猴子说他们用香蕉换来的。”“可拉倒吧，怕不是偷来的。”“猩猩那里拿的吧？”“猴儿哪儿有偷的本事！”“谁说我们没本事！”众人又笑嘻嘻，打趣闹成一团。

说笑间，“咻”的一声，只见一颗明星升上了天空，消失一会儿，随即在深蓝的天空中绽放出一朵巨大的花簇，心情好似噌地被点燃，正惊异怎么会有这样的魔法，这花簇又消失成散落的星星点点，转瞬即逝，不禁心里又生出些落寞，这火刚灭，另一处又升起一朵彩色的花，目光与情绪又被吸引去。骆驼第一次见这样的场景，心里感叹，仰着脖子，一时忘记了自己在哪里，只觉得背景的星空浩瀚，升空的花团华美，自己飘浮在空中，永远地等待着下一朵烟花的绽放。森林里还有这样的场景，真是一绝！

平日里的森林，阳光烈得很，森林里的树木又高又瘦，挡不住强光，骆驼特意往草木稀疏的地方走，忍不住在地上翻了个滚，全身暖洋洋的，这才明白什么叫“沐浴阳光”，森林里有这样的池子，抓得全身鸡皮疙瘩，舒适到忘却时间。

可这会儿，整个森林暗沉下来，一时间乌云密布。大家都训练有素地躲起来，又是一瞬间的事情。只有骆驼，没有家，不知道该去哪里，只好原地坐下，神情有点像是等待审判的罪犯，落寞又抱有什么期待。

“雷雨要来了，往西南方走，树多一点，不至于全湿。”路过的飞龙看到骆驼的样子，简单地给了提示，随后又踩着两只脚跑走了。

这些雨水从何而来？骆驼抬头看着，无端而来的瀑水，无止境地扑向地面，它们会极速汇聚，合作一股涌流冲下山崖，形成山涧奔腾的湍流。

骆驼想起了山羊曾提醒他，暴雨的时候不要靠近山涧的悬壁。可是遥望去，山涧正腾腾雾气笼罩——雨水造成的模糊，以及一些散落的水汽，不知不觉，耳边伴着天空的低吟，骆驼来到了这垂直的山壁旁。

漫漫洪水，没有想过要去往何方，没有谁来统一指挥，只因为重力的影响，冲向下游，奔得那么急促，毫不犹豫。

幻想着，一不小心就坠入山崖，在空中失去知觉，一睁眼，又回到了无际的荒漠……

骆驼的眼珠乌溜溜的，向远方望去，看不清，他又看向断层的山崖壁上钻出的那一朵小白野花，若有所思，目光里逐渐出现盈盈闪光，“我好喜欢她……”是想到那鹿了，沉浸在思念中的骆驼失神了，七彩折射一瞬间，眼泪簌簌而下，好像在悲伤，又充满着幸福的色彩。

明明刚刚被劝告过——

“回去吧，你不可能成为那鹿，更不可能拥有那鹿。”狐狸摸着自己柔顺的尾巴。

乌龟爬过，缓慢地爬着，虽是路过，也明白整个故事，掺和一句：“在不合适的地方等待结果，没有益处。”那么语重心长，长者般引得周围的猴子们纷纷附和。

日出时分，林子即开始它的升温——阳光刚刚照射进那密布葱郁树木的森林，惊醒了地底瞌睡的昆虫，红松伸长了枝尖，争取更多的光照，松鼠擦着脸钻出小窝，抬头看看那一束束天降的光亮，伸了个懒腰，与森林接壤的荒草地上，狮子懒洋洋地甩甩尾巴，赶走蚊蝇，走了几步又趴了下去，被困意围绕，眯着眼看太阳升起。

“雪兔呢？”好久没见到雪兔了。

“可能在狼或是豹的肚子里了吧。”

“为什么？”

“她从来没有两天都不回家。”

“你看起来一点也不难过。”

“这种事情，每天都发生在森林里，又能有什么难过的呢？”

“也许她只是走远了。”

“这和她落入他人肚子，又有什么区别呢？”

狐狸反问道，脸上看不出任何情感。无论如何，雪兔都已经不在他身边了。

“嗨！又见面了！”在骆驼的脑海里，雪兔蹦蹦跳跳跃上他的脖子。

骆驼伏着头说：“你快下来，我要走了。”

“你要走了？为什么？！你不喜欢这里吗？”

森林外头是草地，草地外头应当就是沙漠了吧？我不记得我是怎么来的，但是我可以选择走。

“再见了雪兔。”

总好过那冰冷冷的陡峭险峻的悬壁、那冷酷的一眼望不到底的沟壑。

太阳垂直地降落。豹瞥瞥骆驼，有些不屑地警告道：“你走不出这荒草地。”

“只要你别上来咬我，我就能走出这里。”骆驼少有玩笑的时候。

“不再看看鹿吗？”老虎也来了，他虽然没去森林参与八卦，但也从豹嘴里听得这些故事。

“这边过去是湖，没有沙漠，那边过去，走很久很久，是游牧人的地方。我真不知道你到底怎么来的。”狮子说道，他每天都能看到不同的动物在森林边界来来往往。

“你不走也没关系，这里也可以生活，你们不也待草地的吗，哪里说骆驼一定得回沙漠，野猪昨晚还犟着上树呢。”鸵鸟劝道。

“谢谢你们，我走了。”

好像看见远处的地平线，出现了模糊的影子：白色的蒙古包、成群的小羊，甚至土屋搭建的村庄……晃晃荡荡地飘浮在空中，骆驼好像想起来了，他来的时候是被人牵着的，一位戴着头巾的妇女背着熟睡出汗的孩子，在黄沙天里艰涩地行走，后来她们不见了，只剩下他行走在干涸的沙漠，白晃晃的光刺得他眩晕，稍不留神，就睡在了哪里，醒来的时候，看到了那只鹿，鹿凑得很近，正用自己丰润的唾液，舔舐着他的嘴唇……摇摇晃晃地、晕乎乎地，就来到了森林之中。

地面越来越冰凉，没有云朵的遮挡，白天那些热烈的、温和的光与热，全都消失了。

迷茫之中，骆驼时不时又会想起那只鹿，他念念不忘的那只鹿，神志里像是在清晰地呼喊着：我会回来的，届时我将飞越所谓的沟壑。骆驼想着，走着，倒在了那冰凉的寒夜……

2021.8

温州

**作者简介：**

镜　诚　1998 年生于浙江温州，中医内科学研究生在读。体验产生灵感，反思带来安慰。

# 蜗牛邮局

杨　帆

菊县是鄱阳湖畔一个古老小城，从未在新闻联播上露脸。据说某地方电视台著名的“爹爹去何方”剧组，曾打算翻山越岭驻扎该城，终未成行。原因可能在于当地变化无常的天气，深山老林野兽出没，湖塘草丛里猖狂的吸血虫，以及一成不变的饮食习惯。全县几百户本地土著，围绕一条主街、两个湖泊、一个邮局、一座寺庙展开日常生活。菊县被一座山包围了大半，两个湖又将主街环抱在胸，寺庙和邮局分布在街的东西两端。东街寺庙富丽堂皇，历经千年风雨，金黄外墙还在夕阳下闪闪放光。因为地处偏僻，不管是政治还是经济的浪潮都难以抵达，当地居民延续了他们各种古怪的习俗，包括礼拜天去庙里烧香、湖葬、裸体猎鱼等等。这里没有通向外面的公路，没有通车，没有手机、网络等通信设备，信件靠一架军机运输传递。也就是说，一年中三五次，人们能接收到外省亲友的书信、请柬、礼品或讣告。

邮局并不因此门庭冷落。相反，常来邮局串门的人不少。风雨无阻的常客里有鳏夫长生老倌，书店老板老杨，魔术师再生，还有个外县人。邮局是一栋陈旧的小房子，格局逼仄，昏暗，窗户很小。邮局本来没有名字，老一辈的人顶多说西街邮局，俨然对外的官方称谓。此外西街散布着商铺、菜市场、理发店、剧院、新华书店、照相馆、钥匙铺、钟表店，是城里名副其实的中心区。至于那些高大的建筑，监狱和寺庙都建在东街。三面环山，鄱阳湖是连接外部世界的唯一道路。在二十世纪五六十年代，菊县保持了它的安静，没有运动，没有大会，街上的人群不比天上的云朵更闹腾。艺人的手风琴、笛子发出的音色，庙里的钟声，夹杂在沿街叫卖声里，像一滴滴绿色的风，从未被任何喇叭声覆盖或打断。

关于蜗牛邮局的叫法，跟菊县终年潮湿、多云多雨有关。春季，邮局成天蒙在雨帘中，墙角长出蘑菇，看上去像被施了巫术的碉堡。这不妨碍人们前来查询信件，谈论天气，好像收信和天气一样重要。遇到他们中有人发牢骚，常常说，这是一只蜗牛邮局。他们说一只蜗牛，也说一只邮局，一只船，一只人，一只花。那些珍贵的名词在他们口腔里发出确凿的重音节，用“只”这根绳索郑重地牵出来。雨天自然影响干活，影响他们的关节，影响等信的心情。这大概是人们常去东街寺庙朝拜的原因，一年中有三个季度笼罩在大雾中、细雨中、云海中。蓝色云海在暗沉的天幕酝酿金色电光，这是乍到菊县的人见到的第一幕。持续的湿冷让最有朝气的人懒惰，让最富斗志的人软弱，让性情温顺的人暴怒，让意志强健的人悔恨。蜗牛在菊县人口中，同菊花等事物一样，算得上一个褒义词。大致是一只绿色蜗牛，软糯弯曲，从信件送达的速度、频率与分量，造成的人心浮动中粉嫩登场；显而易见，这名称里含有几分揶揄，哀愁，体谅，或者还有一点儿洋洋自得。

菊县上空的风都是慢的。一年四季，风饱浸了水汽，或清凉，或凌厉，拂遍城里大小角落。到傍晚时分，它发出呜呜的声响。鄱阳湖到这里已是尾声，余音袅袅，饶是这样，如此体量对小城来说堪称巨人。另一个湖叫南湖，更为温和翠绿。女孩骑一辆绿色自行车，载满信件和包裹，从两个湖中间穿过。这是她的上班之路，在早晚走湖的人群里，一路摇铃，享受头发被风拂起的飘浮感。人们听她说起过往，统共只有一回。她曾在北方一个建筑工地做事，一天从高处摔下来，腰部被切下七克椎骨。在卧床的一年里，她经常梦见这个被山包围的地方。事情说来透着古怪，在此之前，她从未离开家乡一步。不久，有人听说她是逃婚来的，她父亲把她抵押给他的债主之一，当地的黑老大，将她锁进阁楼待嫁。某夜起了北风，她放了把火，趁乱逃出来。她家乡的人以为她被烧死了，没有追来。在这个说法里她是跳窗，摔断三根肋骨。当她和人远远打招呼，吃力地将腿支在地面，使得车子停下来，总是不自然地侧着身子；加上胸腹不长肉，没人知道她的年纪是二十七八，还是十七八岁。菊县不比她家乡观念新，比她家乡更为偏远；热天更热，冷天更冷，此外有着小地方特有的那类馨香。那种馨香往往出自擦枪走火后的对峙，好比被飓风收割过后的稻田，不因为空旷、杂乱而留下虚无。她一路经过的那些城镇唯留风声，城中村人去楼空，新建楼盘窗口漆黑，推土机将高楼推倒，商城里拆除专柜，脚手架高耸入云，钢丝绳风中摇晃，以及杂草丛生的田埂，死寂的黑色水塘，人群像乌云一样翻涌消散，化作灰色的大气颗粒。菊县好比风声中一声呼哨，一阵馨香，终归也是要消失，却在暗中显示着来自天际的接应。位于南边一座沉寂多年的火山，虽说是死的，但有人在夜里亲眼目睹山顶上空翻飞着棕金色灰烬，隐隐伴有焦炭及硫黄气味。火山脚下一口温泉，温热的水取之不竭，还有弥漫在半空的鱼腥味。半个世纪里的几次大水，并未如远古时覆没全城，那气味就此攀附在人的气管里，渗透进当地人的脾气性情中。传说是一只巨鳌，它掌管着鄱阳湖这片水域，菊县的前世今生跟它脱不了干系。据新华书店老板老杨考证，当地土著是番邦族群迁徙的后裔，血管里残留着辛辣的岩浆。在一年里太阳最好的九月，一辆抛锚的货车把袖珍女孩吐在了灰蒙蒙的街面上。

菊县常年弥天大雾。邮局早上九点钟开门，比书店晚一个时辰。一家茶馆白天也点着灯，这在当地算是奢侈的做派，跟电视里的咖啡馆学的。傍晚围坐在茶馆里，他们也谈论“爹爹去何方”“中国好嗓门”之类节目，但不因为剧组没有进驻增添热闹、带动旅游促进经济而感到惋惜。半年来，袖珍女孩每天从种满柳树的西街穿过，西街从两只湖中间穿过。如同这里的风从柳枝间穿过，风变成了绿色，袖珍女孩后来也成为褒义词。西街人发现袖珍女孩骑着自行车，骑来骑去，也像一只蜗牛。一只绿壳蜗牛。魔术师再生说，袖珍女孩是邮局的招牌。人们赞同这个结论，袖珍女孩小小一只，头顶尖尖的，也像被施了魔法。她有十岁女童的身板，但没有小圆肚子，身形比例很好。等夏天到来，她的头发就要垂到脚底板，像一座小型瀑布；他们不免要怀疑她带着它们逃过追杀的传闻。她的脸美得惊人，头身比例正常，活像一座小小观世音，端坐在外县人专为她打造的高脚凳上，给人们带来亲人的音讯和信物。她低着头分拣信件，嘴角带着微笑，时而抬起眼睛，惊醒般地环顾众生；间或答复长生老倌的问话。长生老倌讲话大声寡气，鼓起眼盯住人，像在大会堂作报告。他面相威严，脑袋方正，很像一位古代大官。长生老倌在菜市场外守个小店，早年画瓷板维生。近年生意式微，因为菊县的老人越来越长命，包括他自己。在他皱巴巴的脖子以下，衣着有些穷酸气，袖管裤筒总是紧巴巴捆住干瘦的四肢。在他挥动手臂以壮声势，总像在进行某种徒劳的挣扎。他有一个女儿在省里做事，每季度寄来一张汇款单。只有一次信封里装了两张相片，成天聚在邮局的人传看过他女儿和外孙那张著名合影，似在一个晚会节目现场，母子俩化浓妆，穿着讲究。我屋里的妹，长生老倌这样讲解，面上露出生涩的笑容。袖珍女孩猜测他女儿做主持人，或者干脆是导演，她身上有遗传自长生老倌的来历不明的正气。长生老倌隔三岔五地来，坚信他女儿不是一个季度来一张汇款单，而是一个月里好几张；全是见鬼的邮局把东西盘丢了、私吞了，或是故意藏起来引得他闹笑话。袖珍女孩侧身向他澄清事情，不时眺望窗外银色的雨线，一分分变暗的天色。魔术师通常在傍晚时分赶到，他和书店老板老杨凑在一堆谈话，用周围人听不懂的术语大谈一气，像是专为了让人听不懂而谈的。他们谈的多是地球以外的物事，什么黑子啦飞碟啦，听得旁人一头雾水。两个人是初中毕业生，属于在各自专业领域里的高端人士，如果不是为了炫耀，这样的谈话目的是在身周隔起一道屏障。人们不久就看出来，那些谈话内容虚头巴脑，毫无滋味；他们到邮局来，是为了看看袖珍女孩。这一点既然无法掩盖，魔术师再生便讲只要他摸一摸她的肋骨，那些断面裂缝都能愈合。这话当然使人们精神一振，多半深信不疑。魔术师再生是一个兽医，有关魔术师的称呼是出于对某件先进事迹的纪念及表彰，他曾经花半个下午给一头母猪接生了六只猪崽，只只活了下来。虽然他是个单身汉，技术却是过硬，本着这份职业操守可以断定，将来他的儿女出生是可以省下一笔开销的。有人把话传到袖珍女孩耳朵里，她光是笑一笑。当地男多女少，单身汉们各怀绝技，多变着法儿在西街上表演过。比如外县人会削木头做琴，即便比不上魔术师的看家本领先进，贵在能坚持，每天早晚都能展示。魔术师有段时期力不从心，摸到老杨店里排遣苦闷，探求更新魔法之道。老杨大魔术师一个年轮，身高体壮，声若洪钟，跟戴眼镜的魔术师相比更像一名兽医。老杨来看袖珍女孩，是为他在外省读书的儿子看的。小杨书没读几本，心倒读野了，在外闯祸不断。老杨头痛之余，寻思趁着儿子放假回来，找个妹拴住他，总比将来犯事好。袖珍女孩看过小杨的相片，是老杨让他在照相馆照的艺术照，长相不及老杨开阔，显得忧郁、拘谨。个头倒是笔挺，想必过几年长开了，气度上就通融了。魔术师点着相片，两指顶住镜框，咦，公子脸上那颗痦子呢。我记得很大哇。那才叫英雄气概！

袖珍女孩租住在阳关兄妹家，一座老屋，独门独院，还带个阁楼。临街隔出块店面，阳关守着杂货铺，还在后院养了几只羊。西厢房腾给袖珍女孩住，阳关重新粉刷了墙，安了锁和纱门。他搬到阁楼上，和他父母留下的一堆杂物睡。在阳关读小学二年级那年，发过一场高烧，烧瞎了眼睛。一个说法是吃药吃坏的，那时父母时常为钱争吵，没有工夫照看他。阳关会烧火做饭，洗衣扫地，对吃药这事不在行。他的两只眼睛看上去又黑又圆，看东西看人只有隐隐约约的影子。但他救过一只兔子和一只鸟，这类事儿倒不稀奇。鸟落在草丛里，会叫；兔子是灰色兔子，被猫咬断了腿，在桂树下打抖。也有人说是老鼠，长一身癞痢皮，在阳关的护理下产下一窝崽。足足十一只！这个纪录让魔术师再生耿耿于怀了一个冬天。十一只鼠辈！谁也摸不清阳关的视力是变糟了还是好转了，因为阳关总是面无表情，眼睛发着光。他皮肤雪白，头发乌黑，上眼皮微微泛着红。他看上去像电影里的机器人，未来战士，说不准在哪一刻启动程序，给你致命一击。这不是多余的顾虑，西街人围观过阳关打架，有时是一对一，有时是群殴，说是阳关的上眼皮就是打架哭红的，红色素沉淀下来了。不知是不是这个缘故，他的视力成了一个问题；人们看着他的眼睛，不知道他是在看他们，还是笑他们。阳关的眼睛像是一个活物，有人说开过光，它能看到鬼魂。东街的神仙原擅隐身术，曾蛰伏在阳关的杂货铺里，观察过七七四十九天。神仙原是要度阳关进庙修行，不想失魂落魄，一头栽倒在南湖里，生生现了形。过往船只将他搭救了，他便还了俗，随船而去。神仙的鬼话因为他的离乡，显出几分可信。从此以后，阳关的架打得越来越好，因为练习得多，算是打出了一点名头。这里不排除二宝的得力相助，总之铺子是开下去了。人们多伸一下腿，多走几步路，赶到街角这家铺子。每当他们递给他一张钞票，一张欠条或收据，他把眼珠凑到纸面上，纸面对着日头或灯光，面孔像一朵向日葵。这种时候就是一场安静的赌博，福利彩票开奖现场，人人屏住呼吸，等着这场冒险的结果出来。那张票子像是在预测他们的寿命、运势吉凶，找零倒像是意外的获得。他们没有验证出神仙的结论，也不对阳关的清醒或平庸感到失望。阳关的算术一向好，尤其记性好，老师们都为他退学惋惜；后来，他在买卖上倒没出过差错。他认得出假钞、伪币，分得清所有面值和数目，从不使用计算器和验钞机。

那天二宝送完货，蹲在对面马路牙子上歇气。眼看运输鱼干和珍珠的货车叫人拖走，袖珍女孩在街头形单影只，二宝就把她拐到了家里。二宝刚满十五岁，怀里常抱一只灰色绒布兔。父母早年跟人去沿海打工，前些年还寄钱来，加上阳关经营铺子的收入，总算供二宝念完小学。二宝毕业后帮哥哥跑起了送货。她脑子活泛，能吃苦，铺子的生意一天天好转，大家都打趣说二宝在给自己攒嫁妆。

我呸，二宝朝地上啐一口，这辈子谁让我嫁人，我让哥哥娶谁的嬷嬷！

二宝口中的嬷嬷意思是祖母。二宝是家里最高学历了，放眼菊县也算得上人才，因此一点年纪就招来有儿子的人家惦记。后打听到这妹言行无状，教养堪忧，又难以管束，也就没有下文。二宝的嬷嬷早不在了，从她记事起，家里就只有哥哥。那只绒布兔是父母在她六岁生日寄来的礼物，寄到的那天她满七岁了。兔子帽子上印着鲜红色中国移动的字样，现在已经模糊不清，像干硬的血渣。二宝抱着兔子睡觉，出门也带上兔子，好像那只脏兮兮的兔子是她的孩子。有一年，兔子被一个同学用冰凌扎了一个洞，二宝跟他打了一架。她的额头从此留了疤，破了相，被人叫作疯婆、瘌疤婆、烈马、女罗汉。有人劝她留起刘海，遮挡一二，她从来左耳朵进、右耳朵出。那个两厘米的小洞里，汩汩的冰水，总是从二宝睡梦里流到枕巾上。至今还没有止住，只因二宝没照顾好兔子，辜负了给她寄兔子的妈妈。二宝剪下阳关脑后一绺胎毛，连同她的小学毕业照寄给父母，四年了还没收到回音。二宝把兔子身上的味儿，当作她妈妈的气味，在记忆里也好像真是这气味了。十年前，这只灰兔子曾经是白兔子，云团一样轻盈、柔软；现在这层灰里饱含雾气而显得凝重，里面包含着阳关熬的米粥，二宝发烧时的汗液，眼泪，做美梦流的口水，羊奶，以及冰水，等等气味痕迹的总和。

自从袖珍女孩住到家里，二宝不再提别家的嬷嬷。二宝对魔术师说话也不带脏字了，还用上了成语。二宝对魔术师再生说，在大街上她一眼相中了袖珍女孩，阳关对袖珍女孩也是另眼相看。二宝抽空就窜到邮局，头扎两只辫，绑着红绸子，一团喜气。乍一看像放大版的哪吒。她看到魔术师便飞奔起来，那样子活像踩上了风火轮，简直就要喊出声来，妖怪，哪里跑？魔术师总要将她推好远，连人带兔，恨不能推到墙上粘住。推到天上云团里活埋，推到邮筒里寄走。这样的心愿还有不少，与日俱增，比如扔湖堤下堵洪水，丢火山上填口子，跪庙里顶木鱼，等等。最难实现的还是魔术师再生的本行，那就是把二宝塞回她妈妈肚子里。准确地说，她妈妈的子宫里。当这样的心愿脱口而出，二宝只是嘻嘻笑，你塞呀，有本事你把她找来，我让你塞，但凡叫一只疼字，我就不是人！二宝又冲过来，额角的疤像只牛鼻环。她伸手抓他腰腿，箍膀子勒脖子，他只好将她冰凉的指节一一掰开。二宝，他尖声喊道，忘记了这是邮局。魔术师的叫声如同撕裂了一整匹棉布。等袖珍女孩朝这边转来一瞥，魔术师再生待要收住嗓门，为时已晚。

没有二宝从中捣乱，魔术师再生的日子过得太太平平。他靠在西街建立的威信，不愁衣食；他还攒下一笔钱，计划开个给人看病的医疗站。二宝每每把魔术师气得嘴巴乌青，头顶冒烟，似在奚落他要把她塞回子宫的梦想。二宝常来邮局堵他，提起话头，不依不饶。她总要闹得他心烦意乱，静不下心来想事情。等你哪日出了门，还有谁给瞎子张罗！二宝追问自己出什么门，魔术师担心自己嬷嬷被牵连，冷笑说，你心思哪个不晓得？你想出去想疯了。外面有金有银？你是中邪了，瞎子莫要赔了夫人又折兵。魔术师再生平日给猪给羊治病多用土法，命中率高，他在考虑事情上照样沿用土法。有关二宝心思的说法，显然刺激到二宝的语言功能。二宝一时卡了壳，半天挤不出一句话。

临到邮局关门，大家从门口出来，看到二宝还守在外面。这倒在情理中，人们哪日听过二宝在魔术师再生面前哆嗦不出利索词？情况应该反过来才对，他们笑着唤她，二宝妹呀，排场妹；听任二宝把话砸向魔术师再生，感到一天才算圆满结束了。我哥哥眼瞎心亮，比起有人空长一对牛卵眼，猪油蒙了心，哪个一世孤家寡人？死了没人埋！

魔术师再生倒不顾虑瞎子，有句话叫瞎子点灯白费蜡；外县人的琴又断了弦，也算残废了。让他着急上火的是小杨回来了，小杨不但上了大学，个头比他高，还抢先掌握了外面世界的秘密。袖珍女孩大半年不跟外面接触，小杨一来，那就是天雷勾地火。魔术师连夜得到消息，一早赶去邮局。没想到这天是礼拜天，邮局不开门。邮局门口只有长生老倌，背着篾篓，像在面壁思过。魔术师走近了，看出他在吃力地辨认墙上一则通告。轮到邮局不上班，人们也会习惯性聚集在附近小广场上，晒晒太阳。这是一个难得的艳阳天，六月底的天空变蓝，野草疯长。太阳把篾篓里的蘑菇晒蔫了，像长生老倌没有水分的脸。长生老倌眼里满是固态眼屎，准有一礼拜没洗脸；身上褂子皱巴巴，在太阳下泛着油光。一百天了，我妹没信来，他喃喃地问，你说这只衙门该不该关门？魔术师再生瞟了眼墙上的告示，说是天气的原因，军机延迟行程敬请谅解。魔术师说，什么鬼天气，阻信不阻人。这不晴得好好的，老杨的崽都回来了！长生老倌似听不到他说话，大步疾走起来，快要走到拐角处时猛然掉头，抖抖索索走回来。以往长生老倌也时常在邮局门口来回暴走，指天骂地，发泄历来对公家制度的不满。老一辈说他早年被一个吃公家饭的拐跑了老婆，他当即给老婆画了遗像，再没沾过女人，全副精力倾泻在年幼的女儿身上。

妹会来信的，魔术师再生倒退着走，会来的。迟早的事。

魔术师赶到新华书店，店里只有一个店员，说是老杨到码头买鱼去了。魔术师再生摸到阳关的铺子外，在墙脚下听到羊叫。袖珍女孩在灶房洗头，她的头发被两手拧成一根长棍子，闪着寒光。哎呀，他听到袖珍女孩惊叫一声，赶忙把头一低，身子矮到地上。阳关走了过来，他总是穿着一双套鞋，哪怕他整天不出门。天上不下雨，他还是套着那双胶鞋。这双鞋不是用父母汇来的钱买的，汇来的钱全填补在那些窟窿里。阳关在视力上唯一的遗憾在于，他感到身周的空间布满了窟窿，四处漏风的窟窿，暂时吞噬不了他，倒给他营造出仙风道骨的处世风格。现在他踩着套鞋从里屋奔出来，走进灶房。你怎么了？

停水了！魔术师听到袖珍女孩说。阳关很快走出灶房，他心里一定在冒问号，今天怎么停水了，水费交了的呀。魔术师感到高兴，为自己这样机灵、想到这个法子，奖赏了自己一个拥抱。关掉外面的水闸，这是轻而易举的事。等阳关摸过来，他可不会逃跑；他一直站在阳关身旁，看着阳关修理水闸。阳关在院门前站住，问一句，谁在那里？魔术师再生吓得一弹，差点没乖乖走出来；旋即他识破了瞎子的伎俩，他什么也看不到，只能采用毫无技术含量、毫无针对性的探问。阳关从院墙边走过去，抛开了那个疑问。不一会儿，阳关重新从铺子里出来，肩头扛着箱纯净水，大步进了灶房。隔着铁栅栏的空隙，魔术师分辨不出水的牌子，千岁山还是农夫山泉，看大致形状是塑料袋包着二十四瓶那种。魔术师闹不清他葫芦里卖什么药，跟到灶房外，往里面张望。这一看，魔术师后悔了一个夏天。他真该在那一刻像阳关瞎掉双眼，可恨的是他移不开眼睛，还是看啊看，看个没完。

用了十三瓶，好像水不要钱……

一个钟头后，魔术师再生向小杨讲述了那个场面。在刚起床漱洗的小杨面前，一个香艳镜头被魔术师描绘得酸咸苦口。有关阳关用纯净水为袖珍女孩淋头发的事件，在西街里传开了，人人有如亲见：瞎子两手举着水瓶，对准袖珍女孩的后脑勺，晶莹的水柱从乌发中滑落，跌碎，冲开重重雪白泡沫；瞎子手抖了，水柱溅进袖珍女孩脖颈，打湿了她的珊瑚色裙子，弯曲的侧身像一条金鲤鱼的脊背；不管瞎子把水淋在她什么部位，袖珍女孩都安静地接受，没有一句责怪的话……一切令人无法忍受。过程是那样漫长，可怕，两个人有意在他面前拖长时间，放慢动作。他听到她在笑。这是魔术师最难受的地方，一切竟是自己造成的，却无法向小杨明言。他脑子里一直出现那股回旋的水，带着白泡沫在地上流，开始横冲直撞，后来穷途末路地打着漩儿，掉进一个洞里。可能是老鼠窝，他想，又闪过阳关那个超越了他的纪录的事件。直至肥皂水灌满鼠窝，老鼠一只只翻起肚皮漂上来，袖珍女孩的笑声才减弱下去。

说不准水过期了，他说。

小杨坐在桌子边，将一块饼扔进嘴里，无声地嚼着。说不准，小杨说，来水了吗？魔术师再生点点头。小杨咽下一口粥，他们想洗多长洗多长。啊，魔术师再生尖声说，咔吧咔吧拧起手指头。他们想怎么洗怎么洗，小杨又说。魔术师再生扬起眉毛，看着眼前这个小杨，小杨端着的那碗白粥。他们洗头是他们的事，小杨收住半个哈欠，用那种令人不舒服的玩世不恭口气说，你来请我给阳关传话，让他离她远点儿的吧。可以一试，乐意效劳。

瞎子什么也看不见，但他像看到所有画面似的，红着脸，嘴角抿住，想控制住不发出微笑；可是笑意把他两个鼻孔撑圆，一会儿圆，一会儿瘪。没人见他这样笑过，水把他的裤脚浸透了，他身上脸上都带着水沫子。这个瞎子身上根本没有神迹，他是一个普普通通的瞎子。

魔术师再生转身走了。他回家找到一把刀，藏在后腰，人走向阳关的杂货铺。以后的事没有第二双眼睛看见，魔术师再生到死也没开口讲过。魔术师再生在走向阳关铺子的路上，脑子里回旋着一个念头，是时候让阳关显出原形。阳关用七升水洗出凡胎肉身，反证过程唯有血洗。血光可验证阳关是否开过光、有没有神守着。魔术师的逻辑里带着一股沸腾的兽性，邪恶像一场大雾占据心室。那个黄昏天边悬挂着落日，火烧云漫天浮雕一般，魔术师提刀经过的路上没有一个人。在走向阳关的路上，魔术师多年的计划已被遗忘，开一个救人的医疗站。转瞬间，天空暗沉下去。在阳关铺子里度过的两个时辰，没人知道发生了什么。

小杨带来两个消息，在菊县掀起大波。一是长生老倌的女儿出事了，目前被起诉收监。二是袖珍女孩可能暴露了行踪，法院在网上发布了通缉公告。这种事在外面是平常，在这里要算重磅炸弹。菊县人半数参与了讨论，没有商谈出结果。事态发展不明晰，小杨的挖掘有待深入。两天后，小杨约袖珍女孩见面。两人约在南山脚下的树林碰面，四周是细杆子杨树，一冲到天，半个人也藏不住。杨树听进人的秘密，从不传播只言片语，单是挂起月光，照亮人的去路。这对素未谋面的人之间的对话，在月光布满树梢时，浮动在雾气里。一只布谷鸟听见了，叫了几声。袖珍女孩本没打算跟小杨见面，正因对这名大学生不信任，她不得不赴这场约会。小杨对她的过去掌握了多少情况，决定了她今晚以什么面目应对他。阳关提出陪她前往，临行前突发头痛，二宝陪侍在旁不表。

小杨开门见山指出，对面站着的是一个杀人犯。袖珍女孩作为杀人犯被通缉，悬赏金额高达十万元。他没有把这个讯息透露给菊县任何人，包括他父亲老杨，目前未改讨她做儿媳的初衷。袖珍女孩听了，一时没有作答，暗自思忖对方的用心。小杨紧接着用一连串问句，要她交代凶案现场的细节。袖珍女孩开口说，如果他真心讨她做老婆，就莫问她用的是什么药、杀的是什么人这类不值得知道的细枝末节。她还强调说，如果他敢讨她做老婆，她今夜就委身于他。小杨这时爆发出笑声，这阵大笑使得袖珍女孩面上变色，只不过叫月色掩盖了，那短暂的沉默被看作羞臊的表现。小杨不曾留意到袖珍女孩身侧一道寒光，更不会想到自己在鬼门关走了一遭。这个在校无法无天的青年，多次因聚众闹事被通报，学期末更被劝退学。他脑中念及之物与袖珍女孩所想判若天渊，若非胸中热血涌动，他就不会邀她私下见面，说出下面一番话来。

我没有结婚的打算，你愿不愿意嫁给我，我都不会将你告发。我倒是想给你指出一条路来，不管路行不行得通，总是我一片诚意。我看出来你并不信任我，而事情重大也使你不能轻易开口。我先说说我了解的，你看是不是同真实情况有出入。我之所以打听那些细节，全因为只有了解来龙去脉，然后才能做出个人判断和决定。你尽可以驳倒我、反对我，不要因为我掌握了你的底细，就认为我对你有生杀予夺大权，这样的权力是任谁也没有的。你被你爸爸卖给了黑社会，他们把你当作女童豢养，包装成赚钱机器供富人消遣，你被带到不同场合表演……具体我并不清楚，这些在报道里没有说明，根据民间调查声援你的人数不少。眼下你待在我们这里，并不是一劳永逸的良策，毕竟水路通向外界，山路上车轮子碾多了，碾出路来。何况还有直升机？你若在这里待个十年八载，再被捉拿归案，你认为这么做值得，还是说舍不下你将嫁的先生，膝下儿女？

袖珍女孩听到这里，滴下泪来。她低头半晌，这才抬头说话。我刚才误会了你，差点犯下大错。世事总是因为起初一点错，后面要用大错来掩盖。我在人世就是这样，出世就是废人，后来的遭遇不过是加深这种悲惨。你所说的基本是实情，只有两点不准确，容我来纠正。一是，我并不是被我爸爸出卖，实际情况是他被人欺骗，丧失了家产，不得不由人将我抢走。卖掉我的不是我亲爸爸，而是第一个害我的禽兽，我正是找机会将他药倒，这才逃出来。二是，地下室关的不止我一个，前后有八个。阁楼、地下室都关过，这就是为什么阳关家阁楼，我一次也没上过。我们全都跑出来了，后来在街上分散了。我向南边跑，一路打短工，讨饭，再苦也感觉是甜的。那个时期担惊受怕，我不知道她们是不是跑成了，跟我一样幸运，还是被抓回去……我夜夜做噩梦，只要想到他们对我们做的事，从前那种生活……我连一秒钟也不愿想起，一个字也不想讲出口。

嗯，你可以什么也不讲。你只要了解我想要帮你，没别的意思。什么也别想，目前还没有什么好办法，我自己也说不准下半年去哪儿。小杨停止了说话，凝神听了听，接着说，今晚我们先回去，日后想出对策来再作打算。但愿你从此不做噩梦，厄运远离你和你的姐妹们。

你是个好人，袖珍女孩说。

真的吗？我算不上好人，我还是个人。

树林里又响起两声鸟叫，露水滴落之声，夹杂在晚风渐起造成的叶片翻卷声，枝条被踩折的脆响中。两人初到树林时，还感到有些闷热，此时遍体生凉，恍觉身处一个巨大的原野。一脚踏下去，心先悬起，仿佛踏进的是莫测深渊，或无边际的水泽。

袖珍女孩回到家中，家中灯火通明。阳关坐在厅堂餐桌边，安静地等她走近，微笑说，我看到你了。袖珍女孩凝神端详，阳关的眼睛眨动着，眼睫毛微微颤动，眼球对着灯光呈现琥珀色。回到那个血色黄昏，魔术师带刀直奔阳关而来。两人静立良久，一个站在门口，一个立于窗前。阳关感受到对面传来的酷烈之气，那是魔术师体内血液由沸腾转向凝结，过程中产生的阴寒。魔术师对阳关下手前，对他讲明这是一个试验。代价是不可避免的流血，因为真知往往来自血祭。魔术师讲这些话时，面肌扯动得厉害，接近痉挛。阳关听他提到了几位哲学家的名字，还有一位物理学家，一位生物学家，他提到他们是为证明自己行动的正义性。魔术师再生凛然指出，阳关的眼盲是禁锢他的东西，为助他解除桎梏，他必须真枪实弹上阵。令阳关大惑不解的是，魔术师还引用了小杨，那位从小到大的学霸讲的一句话：希望诞生在黑暗和光明之间，人既不能拥抱无限的自由，也无法忍受彻底的绝望。魔术师在做手术前还说，他要开一间伤心医疗所。血腥的过程不必赘述，魔术师照常用土法施行手术，将窄长的刀身伸进阳关的鼻腔，用草药麻醉和止血，阳关还是即刻晕厥过去。

回顾小杨和袖珍女孩的树林谈话，在场还有第三人。那是阳关。他的眼睛尚未痊愈，已能分辨轮廓，光感更强。阳关站在暗夜里，无端感到自己在一分一分逸出这具身体。不多时寒意笼罩全身，阳关的眼睛也散出寒光，视力变得清晰；他面前笔直的树干，同样笔直的小杨，还有倚树颤抖的袖珍女孩，以至头顶暗淡的星空，全都落入眼底。这片天地如此新鲜，充满未知，他自己却不在现场，感官似被肠衣包裹。从前他能看到袖珍女孩坐在邮局里，看到未来的她走向别的空间，看到过去的她游荡在黑暗的地牢。如今他只能看到不断向他走来的她，这样的镜像让人快活，又如此令人感伤。当一切变得清晰可辨、触手可及，阳关丢失了另一个世界。

魔术师大病一场。有人说他夜里发出呓语，像诗人里的狂热分子，或者革命者的敌人。总体来说，他是一个带血腥味儿的和平爱好者。按下魔术师的爱情不表，这名激进的保守主义者将要维持一段时间的单身生活。二宝在秋天到来前，怀揣一封信，搭船离开了菊县。她把灰色兔子留在小房间里，第一次出远门；被袖珍女孩洗过、缝补过的兔子，日夜端坐在二宝床头，晒干后的枕巾上。魔术师伤了元气，关门闭户，自我医治了两个礼拜。七月的一个上午，他打开屋门，发现院子中央竖着一个木牌，上面用绿漆写着五个大字，再生医疗所。未干的油漆在朝晖下熠熠发光，散出一股浓烈、刺鼻的芳香。

**作者简介：**

杨　帆　鲁院中青年作家高研班学员，大益文学院签约作家。著有小说集《瞿紫的阳台》《天鹅》《黄金屋》《后情书》等。

**图书在版编目（CIP）数据**

灯盏2021：中国作家网“文学之星”原创作品选 / 陈涛主编 .—北京：作家出版社，2022.5

ISBN 978-7-5212-1835-0

Ⅰ.①灯… Ⅱ.①陈… Ⅲ.①中国文学－当代文学－网络文学－作品综合集 Ⅳ.① I217.1

中国版本图书馆 CIP 数据核字（2022）第 041390 号

**灯盏 2021：中国作家网“文学之星”原创作品选**

**主　　编**：陈　涛
**副 主 编**：王　杨　李英俊
**责任编辑**：袁艺方
**特约编辑**：李英俊　邓洁舲
**装帧设计**：天行云翼・宋晓亮
**出版发行**：作家出版社有限公司
**社　　址**：北京农展馆南里 10 号　　**邮　　编**：100125
**电话传真**：86-10-65067186（发行中心及邮购部）
86-10-65004079（总编室）
**E-mail:zuojia @ zuojia.net.cn**
**http://www.zuojiachubanshe.com**
**印　　刷**：唐山嘉德印刷有限公司
**成品尺寸**：152 × 230
**字　　数**：350 千
**印　　张**：24.75
**版　　次**：2022 年 5 月第 1 版
**印　　次**：2022 年 5 月第 1 次印刷
ISBN 978-7-5212-1835-0
**定　　价**：58.00 元